リスボンの
THE BOOK SPY
ブック・スパイ

アラン・フラド

Alan Hlad

高山祥子［訳］

東京創元社

リスボンのブック・スパイ

登場人物

マリア・アルヴェス……ニューヨーク公共図書館のマイクロフィルムの専門家、二十七歳

ウィリアム・ドノバン……戦略情報局《OSS》長官

フレデリック・キルガー……外国刊行物取得のための部局間委員会《IDC》の長

ロイ……マリアの同僚

パイラー・ラミレス……ＩＤＣ職員

アーガス……ＯＳＳのイベリア半島担当責任者

ラーズ・スタイガー……スイスの銀行家

リカルド・エスピリト・サント……ポルトガルの銀行家

ティアゴ・ソアレス……リスボンの書店〈リヴラリア・ソアレス〉の経営者、二十八歳

ローザ・リベイロ……………〈リヴラリア・ソアレス〉の店員、文書偽造の天才、六十七歳
アルトゥル……………リスボンの新聞売りの少年、十三歳
マーティン・ネヴェス……………ポルトガル秘密警察（ＰＶＤＥ）の親独的メンバー
ヘンリ・レヴィン……………ドイツから逃げてきた反ナチスのジャーナリスト
エステル……………ヘンリの妻
アルバーティン……………ヘンリとエステルの娘

戦争に行った図書館司書たちへ

プロローグ

ワシントンDC――一九四一年十二月二十二日

日本による真珠湾攻撃の二週間後、ウィリアム・〝ワイルド・ビル〟・ドノバン大佐――アメリカで新たに設立された中央集権的情報局である情報調整局《COI》の長――は、ホワイトハウスの西棟へ入っていった。ロビーには祝日用のリースや植物、点火されていないクリスマス・ツリーなどが飾られていて、松の甘い香りが満ちていた。フランクリン《F》・デラノ《D》・ルーズベルト《R》とウィンストン・チャーチルはもちろん、アメリカとイギリスの軍事的リーダーのトップが、戦争のための軍事的戦略を立てるアルカディア会談に向けて、まもなくワシントンに集まることになっていた。だがドノバン――ひょろりとした銀髪の、大戦の名誉勲章《くんしょう》受章者で、ウォール街で実際に仕事をしていた有名な法律家――は、この会談に呼ばれていなかった。

彼の胸の内には、燃えるような決意があった。彼は、最高機密文書の入っている施錠された革の書類鞄の取っ手を握りしめた。ＦＤＲに直接報告ができる身であり、大統領の信頼と友情を得ているが、側近グループには入っていない。とはいえ、彼には合衆国軍事戦略を左右し、秘密作戦への支援を得なければならない責任があった。

濃紺のワンピースを着た中年の秘書、グレース・タリーが、彼に歩み寄った。模造ダイヤをちりばめた花のブローチをつけている。「こんにちは、ドノバン大佐」

「元気かい、グレース」ドノバンは訊いた。

「ええ、ありがとうございます」彼女は彼のコートを受け取り、ラックに掛けた。

「ミッシーの具合はどう？」

「相変わらずです」グレースはふさいだ声で言った。「ウォームスプリングスで、理学療法を受けています」

「最高の治療を受けているにちがいない」ドノバンはグレースの気持ちを明るくしたくて言った。「彼女と話すことがあったら、早くよくなるようにと、よろしく言ってくれ」

「伝えます、サー」

六ヵ月前、ＦＤＲの個人秘書であるマーガリート・〝ミッシー〟・ルハンドは発作《ほっさ》で倒れ、体の左側の一部が麻痺《まひ》し、話をする能力にも障害が残った。ドノバンはこの知らせにショックを受け、悲しい気持ちになった。彼は――自分と同じく――アイルランド系のニューヨーク人であるミス・ルハンドを好きになっていた。グレースは誠実で有能だったが、彼はミッシーの世知と門番としての監視能力を買っていて、なんとか回復して仕事に戻ってきてほしいと思っていた。

グレースはドノバンにつき添って大統領執務室へ行き、ドアをノックした。

「入れ」ルーズベルト大統領の声がした。

「いい会合を、大佐」彼女は言った。

「ありがとう」ドノバンは言った。

グレースは踵《きびす》を返して立ち去った。

ドノバンは部屋に入って、ドアを閉めた。「失礼します、大統領」

「おはよう、ビル」ルーズベルトはピンストライプの灰色のスーツに黒いネクタイをして、化粧板の貼られたカエデ材の机の向こうに座っていた――机の上は本や書類、ペン、電話、そして十以上もの小像で散らかっている。

ドノバンはルーズベルトに近づき、椅子に座ったままの彼と握手をした。

「アルカディア会談の結果に影響を与えられるように、わざとこの時間に会いにきたんだろう」ルーズベルトは言った。

「そのとおりです、サー」ドノバンは言った。

「きみの公平無私な助言には感謝しているよ」ルーズベルトは机の横の、布張りの椅子を指し示した。

ドノバンは書類鞄を膝において座った。彼の視線は大統領の机の上にある二つの小像に引きつけられた――民主党のロバと共和党のゾウが、金属の鎖でつながれている。「新しい小像ですか?」

ルーズベルトはうなずいた。「こうしてつなげば、一緒に働かせられるかもしれないと思ったんだが」

彼は微笑んだ。

ドノバンは、自分とは逆の意見を持つ人々とも協力し合おうとする大統領の姿勢はもちろんのこと、この苦境においても見られるユーモア感覚に感心した。ドノバンとルーズベルトは性格は似ていたが、相容《あいい》れない政見を持っていた。十年前、ドノバンはルーズベルトのニューヨーク州知事としての仕事を公然と批判した。ルーズベルトはそれを恨みに思わず、ヨーロッパで戦争が勃発《ぼっぱつ》したさい、ドノバンを非公式の密使としてイギリスへ行かせ、チャーチルとイギリス諜報機関の上層部と会わせた。まもなくFDRはドノバンの洞察に頼るようになり、五ヵ月前、ドノバンを情報調整官に任命する命令に署名をした。

「何を考えている、ビル？」ルーズベルトは訊いた。

「戦争中である今、わたしたちには敵に対する内密の軍事的手段を確立しておく必要があります」ドノバンは書類鞄の鍵を開け、一枚の書類を取り出して大統領に手渡した。「わたしの提案は簡単なものです」

　大統領はその書類を読んだ。彼は両目をこすり、書類を伏せて机においた。ルーズベルト——もっとも信用する助言者と友人以外には、ポリオの影響を実際より軽く見せていた——は、ズボンの下につけているスチール製の下肢装具の具合を直してから、椅子を回してドノバンのほうを向いた。

「ゲリラ部隊だと？」

「はい、サー」

「陸軍や海軍からは独立して？」

「スパイや情報機関は中央に集権させるべきです」ウィンストン・チャーチルとその情報機関上層部を訪れたさいの様子が、ドノバンの頭の中に甦《よみがえ》った。「我が国のゲリラ部隊を、イギリスのモデルと同様にすることをお勧めします」

「特殊作戦執行部《SOE》か」

「はい、サー」

　ルーズベルトはすぐには何も言わず、椅子の背に寄りかかった。「きみを情報調整局《COI》局長に任命したことが、陸軍と海軍の反感を買っているのは承知しているな。J・エドガー・フーヴァーでさえ、きみをＦＢＩの威信に対する脅威と見ている」

　ドノバンはうなずいた。

「以前はどの部署も、それぞれ独立した情報作戦を展開していた。きみはその縄張りを侵し、彼らはそれを快く思っていない。そのうえ今度は、彼らにとって最高の人材を奪い取るかもしれない、闘うスパイ軍を作りたいというのか」

「そのとおりです」

ルーズベルトは腕を組んだ。「きみの提案には賛成だが、ほかに緊急の問題がある。われわれの軍隊は戦闘できる状態ではない。敵軍と二つの広い海洋で隔てられているのは幸運なことだ。軍隊の人員、武器の生産と訓練を進めるには時間がかかるだろう」

ドノバンは背筋を伸ばした。「恐れながら、大統領、時間というのは、わたしたちにも同盟国にもないものです」

ルーズベルトは大きく息を吸いこんだ。「いいだろう、ビル。きみの提案を会談での討議に入れるが、約束はできない」

「ありがとうございます、サー」

ドアをノックする音がした。グレースが顔をのぞかせて言った。「失礼します、大統領。チャーチル首相が、早めに到着しました。こちらに向かっていて、三十分以内にいらっしゃいます」

「ありがとう、グレース」ルーズベルトは言った。

グレースは顔を引っこめて、ドアを閉めた。

「きみに会談に出席してもらえないのは残念だ」ルーズベルトは言った。「チャーチルと話し合って、出席者は軍のヘッドだけにするということにしたのでね。情報機関の長は出席しない」

「わかります、サー」ドノバンは落胆を隠しながら言った。

「チャーチルは、イギリスにきみを迎えて楽しかったと言っていたよ。イギリスの機密情報を無制限に見ることを許すとは、よほどきみに感心したにちがいない。戦争の話を共有できたから、彼の気持ちをつかめたのかな?」

「そうかもしれません」ドノバンは言った。「いや、詩かもしれませんね」

ルーズベルトは眉間に皺《しわ》を寄せた。

ドノバンは言葉を思い出しながら、大統領を見た。「〝軍馬、ずぬけた軍馬、するどい金属の剣。崇高な心にとってそれ以外は無価値、地上のその他は卑しい〟」

大統領はにやりと笑った。

「十九世紀の詩、ウィリアム・マザウェルによる〝騎士の歌〟の冒頭です。チャーチルもわたしもこの詩を知っていて、一緒に暗唱しました――一語ずつね」

「何についての歌なんだ？」

「勇気。名誉。そして戦士になろうという強い衝動です」

ルーズベルトの顔が陰鬱になった。「なぜその詩がきみの心に響いたのかわかる」

ドノバンは膝をこすった。大戦中に銃弾を受けた場所だ。「アメリカの大衆は闘うよう求められています、大統領。そしてわたしは疑いなく――最終的に――わたしたちがこの戦争に勝ち、ファシズムの専制政治から世界を解放すると考えています」

「ああ、そうだな」ルーズベルトは言った。

ドノバンは膝の上で書類鞄の位置を直した。「もう一つお願いがあります、サー」

「なんでも言ってくれ――陸軍と海軍から情報源を奪い取らないかぎりはな」

「それはありません」

「よし」と、ルーズベルト。

「あなたのご賛同を得て、アメリカの戦争関係の機関のために、敵国の新聞、書籍、定期刊行物を取得する委員会を設立したいと思っています。ご存じのとおり、現在はＣＯＩが必要とする情報の獲得に議会図書館を使っていますが、枢軸《すうじく》国の文書を手に入れることができません」

「その委員会に名前はついているのか？」ルーズベルトが訊いた。

「ＩＤＣ——外国刊行物取得のための部局間委員会の略です」

「略して縮める理由はわかる」ルーズベルトは言った。「その特別な集団の職員は、どういうひとたちがなるんだ？」

「図書館の司書です」

ルーズベルトは目を見開いた。

「正確には、マイクロフィルムの専門家です」ドノバンは言った。「職員は、リスボンやストックホルムといったヨーロッパの中立の街に配置されます。そこで、議会図書館のために資料を集めているアメリカの役人のふりをする——目下のような世界的危機において、書籍や定期刊行物を保存しようとしているというわけです。職員たちは書店や秘密の経路を使って枢軸国の刊行物を注文する。刊行物が手に入ったら、それらをマイクロフィルムに撮る——大きさと重さを削減するんです——そして分析のため、合衆国かロンドンのＣＯＩ情報部に送る」

「その委員会を率いる人物に、心当たりがあるんだろうね」ルーズベルトは言った。

「ハーバード大学図書館のフレデリック・Ｇ・キルガーです」ドノバンは言った。「この仕事に適任だと思います」

それから数分間、ドノバンは彼の提案する委員会の詳細を語り、大統領からの質問に答えた。

「司書か」ルーズベルトはつぶやいた。ペンを手にして、指で挟んで回転させた。「本気で考えているのかね？」

「敵の情報を得るのに、まさに必要な人材です」ドノバンは身を乗り出した。「サー、ヨーロッパにマイクロフィルムの専門家を配置するのは、必要不可欠です」

ルーズベルトは考えこみ、もう一度書類を手に取った。「部局間委員会——もう一度、名前を言ってくれ」

「外国刊行物取得のための部局間委員会――ＩＤＣです」

ルーズベルトは紙にそれを書きつけた。「提案の詳細を今日の午後までにグレースに届けてくれ、そうすれば今日じゅうに大統領令に署名をする。だが将来、委員会の名称をみんなが覚えられる程度に短くしてもらいたいものだ」

「尽力します、サー。ありがとうございます」彼の胸のうちに、勝利の歓《よろこ》びが湧き上がった。彼は書類鞄から一枚の書類を取り出し、大統領の机の上においた。「勝手ながら、大統領令を用意しました」

「きみは常に、わたしの一歩先を行くな」ルーズベルトは言い、ペンと紙を脇においた。

「準備をしておきたいのです」ドノバンは言った。「お役所的な手続きを省くほうが、物事は早く進みます」

ルーズベルトは小首を傾げた。「ビル、きみはワシントンでもっとも反官僚的な人間かもしれないな」

「誉め言葉と受け取らせていただきます、サー」ドノバンは立ち上がり、大統領と握手した。「アルカディア会談がうまくいきますように」

「首尾よくマイクロフィルムの専門家をヨーロッパに派遣できるといいな」ルーズベルトは言った。

ドノバンはホワイトハウスを出て、自分のオフィスのある近くのビルのほうへと歩き出した。リンカーン記念堂を通り過ぎるさい、十六代合衆国大統領であるエイブラハム・リンカーンを讃える、この建造物を見詰めた。愛国心が騒いだ。彼は歩調を速め、司書を戦士に変える計画を、心の中に書きとめた。

第一部　入隊

第一章

ニューヨーク市、合衆国――一九四二年五月十九日

司書が戦争に徴集される日、マリア・アルヴェスはニューヨーク公共図書館のマイクロフィルム部で歴史的な新聞をマイクロフィルムにおさめていた。彼女は調査助成金で買ったライカ35ミリのファインダーを覗きこみ、レンズを調節した。ベルリンのオペラ広場におけるナチスの焚書《ふんしょ》の写真が掲載されている、一九三三年五月の記事に焦点が合った。二万冊以上の本を燃料にした大きな焚《たき》火《び》のまわりに何十人もの学生たちが集まり、腕を上げて〝勝利万歳〟の敬礼をしている。嫌悪感が、彼女の全身に波のように広がった。彼女は両手の震えを抑え、カチリという小さい金属的な音とともにシャッターボタンを押した。

「こうして記録を保存しておけば、ナチズムが世界に対しておこなった邪悪な行為が、絶対に忘れられないようにできるわね」マリアは、隣の机で働いている、眼鏡をかけた三十歳のマイクロフィルム専門家であるロイに言った。

「そう願いたいよ」ロイは火のついていないパイプをくわえて言った。彼はマリアの新聞記事を一《いち》瞥《べつ》し、眉をひそめた。「その本を、全部救えたらよかったのにな。あの炎の中で、平和を愛する自由な哲学がどれほど失われたかと思うと、胸が悪くなる」

「わたしもそう思う」マリアは言った。「でもわたしは、ヨーロッパでユダヤ人の身に何が起きて

いるかのほうが、もっと心配だわ」

ロイの目に悲しそうな表情が浮かんだ。彼はうなずき、マイクロフィルムの新しいロールをカメラに入れた。

マイクロフィルム部——マンハッタンのミッドタウンにある図書館の地下、窓のない小部屋——には、二つの木製の机、列をなすフィルム・キャビネット、プリントするためのヴァロイの引き伸ばし機、医師がX線写真を見るのに使うライトボックスのようなレコーダック・ライブラリー・フィルム・リーダーがおかれている。換気が不充分なため空気は淀んでいて、ロイが図書館内で吸うことはないのに、彼のパイプ煙草の癖のある香りがかすかに感じられた。空気は動いていなかったが、フィルムを貯蔵しておくために、室内は低温で乾燥していた。隔離《かくり》された空間のおかげで、マリアとロイというマイクロフィルム専門家の二人組は、監視がほとんどない状態で仕事をすることができた——まさに、二人の好きなようにだ。

マリア——波打つ黄褐色の髪に、ハシバミ色の目をした二十七歳の女性——は、三年前に文書係として図書館で働き始めた。カリフォルニア大学バークリー校で、中世の研究で学士号と修士号を取っている。この国で最初にマイクロ写真について教えた、シカゴ大学での夏講習に参加した経験があったため、図書館におけるマイクロフィルム利用の可能性を開拓するよう命じられた。そして専門の部署を作る助手として、司書でありアマチュア写真家でもあるロイの指導者に任命された。

マイクロフィルム部で働き始めたころ、マリアは苛立った。マイクロ写真のための図書館の予算はきわめて少なく、彼女の時間の多くは、高価な装置を購入するためにミスター・ホッパー——伝統的な文書の保管法を捨てるのをためらう、図書館の館長——を説得するのに費やされた。

「印刷物をマイクロフィルム化すれば、保管場所にかかる経費を節約できます」彼女はミスター・ホッパーに言った。「図書館中の文書を、管理人室のクローゼット一つにおさめられるんです」だがホッパーは頑固で、マイクロ写真はまだ開発の初期段階にあると主張した。そのためマリアの部署には、安物で時代遅れのカメラと、数紙の地元紙を保管するのにも足りないくらいのフィルムが支給されただけだった。

それでもマリアはめげずに、毎週ホッパーの部屋に行き、外国紙をマイクロフィルム化するプログラムを開発したハーバード大学図書館などの、よその主要機関とくらべて、この図書館が技術面で劣っていることへの憂慮《ゆうりょ》を訴えた。また、図書館の収蔵品をマイクロフィルム化して保管するのを専門とする、ミシガン州の新しい会社についても話した。やがてホッパーは折れ、備品が届き始めた。マリアがしつこく訴えたからか、館長が理事会に時代遅れだと見られるのを恐れて技術投資を決めたからなのかはわからなかった。でもマリアにとっては、それはどうでもよかった。最高のマイクロフィルム部を設立するのに必要なものが、すべて図書館に揃った。

日々が過ぎ、マリアはロイにマイクロフィルム術を教えた。ロイはとても頭が切れるが目立たないプリンストン大学卒業生で、マリアの指導に特別の感謝を表明し、マリアもそれをとても有り難く思っていた。何ヵ月かのうちに、二人はアメリカ、カナダ、そしてイギリスの主要な新聞をマイクロフィルムにおさめていた。興味や育ちはまったくちがうが、二人のあいだには強い友情が生まれた。ロイは献身的な家庭人で、ジュディスという名の美しい妻と六歳になる娘のキャロルがいて、ロイの机のいちばん上の引き出しはキャロルの描いたピンクの猫の絵でいっぱいだ。彼の家は大家族で、兄弟が六人いる。また、ニューヨーク市で生まれ育ち、新婚旅行でナイヤガラの滝に行った以外、マンハッタンから百キロ以上離れたことがない。

ロイとはちがい、マリアは独身であることに満足していて、独立した生活に居心地の良さを感じていた。移民であった報道写真家の両親――ドイツのミュンヘン出身のエリーズと、ポルトガルのコインブラ出身のガスパール――のおかげで、彼女は旅行と冒険に満ちた人生を送ってきた。マリアは一人っ子で、六歳までは、ヨーロッパの街に派遣される両親とともに、ほとんど途切れることなく旅行していた。ロンドン。リスボン。ベルリン。マドリード。バルセロナ。パリ。ローマ。学校に通うようになると、ニュージャージー州の家族の友人の家に滞在し、夏季休暇にはヨーロッパにいる両親のもとへ行った。十代になるころには、六ヵ国語に堪能《たんのう》になった。両親には限られた資力しかなかったが、こつこつと金《かね》を貯めてマリアを大学にやり、両親のおかげで彼女も放浪願望を持つようになった。たとえナチスの宣伝工作をマイクロフィルムにおさめるだけであっても、マリアをファシズムに対する闘いに奮い立たせたのは、母親の死だった。

エリーズは一九三七年、スペイン内乱を取材中に亡くなった。彼女とガスパールはマドリードの西二十四キロほどの、ブルネテの闘いの写真を撮っていたさい、共和国政府軍とナショナリスト軍の十字砲火に巻きこまれた。エリーズは背中に銃撃を受け、夫の腕に抱かれて死んだ。バークリー校で学んでいたマリアは、その知らせを電報で知った。大きな衝撃だった。葬儀のあと、父親はエリーズのものだったアール・デコ風のサファイアの指輪をマリアに贈り、マリアはそれを右手の薬指にはめている。悲しい気持ちになったとき、それは彼女が認めるより頻繁にあるのだが、彼女は母親の青い宝石に触れた。〝ああ、あなたが恋しい〟と、マリアはよく独りごちた。指輪を回転させると気持ちが落ち着き、母親の犠牲を無駄にしない方法を探す決意をあらたにするのだった。

マリアがカメラに新しいフィルムを入れていたとき、ドアをノックする音がした。ウールのスカートと白いブラウスを着た受付係が部屋に入ってきて、ロイに近づいた。

「ウェスタン・ユニオンの配達員が受付に来て、あなた宛にこれをおいていきました」受付係は言って、ロイに封筒を渡した。そして踵《きびす》を返して立ち去った。

奥歯でパイプの軸を嚙《か》んだまま、ロイはその封筒を見詰めた。

「大丈夫?」マリアはカメラの背面の蓋を閉めながら訊いた。

「ああ」ロイは封筒を開き、中の文章を読んだ。その顔に笑みが広がった。彼はパイプをおき、生え際が後退しつつある茶色い髪を片手でかきあげた。「信じられない」

「どうしたの？」彼女は訊いた。

「言ってもいいんだろうな」彼は電報を見ながら言った。「秘密にしろとは書いてない」

彼女は小首を傾げた。

「外国で働く職に、就《つ》くことになった」

「あら、驚いた！」彼女はカメラを脇において、彼に歩み寄った。「すごいじゃない」

ロイはうなずいた。

「どうしてそういうことになったの？」

「フレデリック・キルガーが選んでくれたんだ」ロイは言った。「彼はハーバード出身で、最近ＩＤＣの長になった――ＩＤＣというのは、外国刊行物取得のための部局間委員会の頭文字だよ」

「聞いたことないわ」マリアは言った。

「合衆国政府の新しい情報機関、情報調整局《COI》直属の、できたばかりの組織だ」

「へえ」マリアは目を見開いて言った。

「先週、キルガーの面接を受けた」彼は頭を下げた。「ジュディスとキャロルと過ごすと嘘をついて、休みを取った、申し訳ない。あまり期待したくなかったんだ。ＩＤＣの任務には不適切だと言われるんじゃないかと心配だった。陸軍みたいにね」

「いいのよ」

合衆国が開戦したとき、ロイは陸軍に入隊を志願したが、身体検査で不合格になった。高校時代に膝を負傷し、可動域と走力が制限されるため、４－Ｆに分類されたのだ。４－Ｆの烙印《らくいん》に不平を漏らしたことはなかったが、愛国心の強いロイは、国のために働くことを許されなかったことで深く傷ついたにちがいないと、マリアは思っていた。

「どこへ行って、何をするのか、もっと教えて」マリアは言った。

「派遣される場所は聞いていない」彼は言った。「わかってるのは、ヨーロッパの中立国で、マイクロフィルムの専門家として外国の刊行物を集める仕事をするということだけだ」

マリアは自分の腕を組むようにしてつかんだ。「ＩＤＣのメンバーは全員がマイクロフィルムの専門家なの？」

「ほとんどがそうだ」彼は弁解するように言った。「でも、司書や学者も考えていると思う」

「わたしも一緒に行きたい」彼女は言った。

「ぼくもそう思う」彼は鼻梁《びりょう》の上の眼鏡の位置を直した。「面接のときキルガーに、マイクロ写真についてぼくが知っていることは全部きみから教わったと話した。きみと会ってみるように勧めておいた」

「それはご親切に」マリアは言った。「たぶん彼は、ＩＤＣは女性を採用しないと言ったんじゃないの」

「いや。アイヴィーリーグの学位のある候補者を探していると言っていた」

彼女は眉をひそめた。「ほとんど同じことね」

彼は肩を落とした。「ぼくのことで、怒ってる？」

「そんなことないわ」彼女は言って、彼を抱きしめた。「嬉しい。本当よ」

彼は彼女から離れた。「きみがいなかったら、こうはならなかった」

彼女はかぶりを振った。「ＩＤＣに採用されたのは、あなたが優秀な司書だからよ」

彼はにやりと笑った。

「ホッパーに話しにいくんでしょう」

「そうだな」

「彼と話したあと」と、マリア。「家に帰って、ジュディスとキャロルにニュースを伝えて。残りはわたしがやっておく」

「ありがとう。またあとで」ロイはパイプを口に戻し、そそくさと机を片づけて出ていった。

マリアは集中できず、カメラを手放して、備品の整理をして午後を過ごした。午後五時、彼女は図書館を出てペン・ステーションまでの八区画を歩き、そこからニューアークまで列車に乗った。普段は、仕事の行き帰りは本を読む。でも今日はそうはせず、彼女は座席の背に寄りかかり、客車の窓から外を眺めた。ロイのために喜んではいたが、落胆する気持ちも胸の中にあった。〝わたしもIDCに入れたらいいのに。アイヴィーリーグ出身者でなければならない、正当な理由などないはず〞彼女は物思いに沈みこみ、両目を閉じた。

ニューアークのペン・ステーションで下り、フェリー・ストリートを一・六キロほど歩いて、労働者階級のポルトガル人が多く住む地区であるアイアンバウンドの、三階建ての煉瓦《れんが》造りの集合住宅まで行った。二階まで階段をのぼり、父親と住んでいるアパートメントに入った。

「ただいま」彼女はキッチンのカウンターにハンドバッグをおきながら、声をかけた。

「暗室にいる」くぐもった声がした。「入ってきても大丈夫だ。もう終わったから」

彼女は暗室に入った。かつては予備の寝室だった小さな部屋だ。マリアはそこの、刺激的な金属臭が好きになっていた。頭上に薄暗い電灯がついていて、ガスパール――白髪交じりの豊かな髪と、灰色の不精髭《ひげ》のある、やせ型の男性――が、宙にわたした紐についている洗濯バサミから、白黒写真をはずしていた。

「父さん」彼女は声をかけた。

父親は振り返り、彼女を抱きしめた。「仕事はどうだった？」

「順調よ」マリアは嘘をついた。「少し、新鮮な空気を入れたら?」彼女は父親から離れ、ペンキで黒く塗られたガラスのはまっている小さな窓を開いた。温かい風と陽光が部屋に満ちた。

彼は彼女を見た。「どうしたんだ?」

〝わたしが悩んでいると、いつもお見通しね〟「なんでもない」

ガスパールは顎《あご》をこすった。「軽食を作る。おまえは、気に障《さわ》っていないことについて話してくれ」

「いいわ」彼女は渋々言った。

何分か後、調味した黒オリーブの入ったボウルとともに、二人はキッチンのテーブルについていた。ガスパールは二つの小さなグラスに、ポートワインを注いだ。

「乾杯《サウーディ》」彼は言って、彼女のグラスにグラスを触れ合わせた。

彼女はブラックベリーとチョコレートの香りのする甘いポートワインを一口飲んだ。

ガスパールは辛抱強くオリーブの実を噛んでから、種を皿に出した。

彼女は緊張感が高まるのを覚えた。「ロイが、海外勤務のマイクロフィルムの専門家に採用されたの」

「ほう」彼はグラスの脚を持ったが、飲もうとはしなかった。

マリアは大きく息を吸いこみ、それから、IDCが求めている候補者がアイヴィーリーグ出身者だけであることも含めて、すべてを話した。

彼はワインを飲み、たずねた。「ロイがうらやましいか?」

彼女は椅子の上で身じろぎした。「少しね。彼は友人で、彼のために喜んでもいる——彼はマイクロフィルムの専門家になって、IDCの任務に就くのにふさわしい。でも、エリート校に行っていない人間を選考からはずすのは不公平だわ」

「そうだな」彼は言った。「おまえはどんなアイヴィーリーグ卒業生よりも優秀だ」

彼女は微笑んだ。

「お母さんは、報道写真家の仕事をするうえで、同じような逆境に苦しんだ」彼は言った。「じつをいうと、女性だからという理由で新聞社に雇用を断わられたとき、二人で計画を立てて、わたしがウィリアム・サリヴァンという架空の写真家の代理人になることにした。エリーズはその名前で、たくさんの写真を売った」

マリアはこの話を何度も聞いていたが、父にそう言おうとはしなかった。その代わり、壁に飾られている何枚かの額《がく》入りの写真の一枚を見た――短髪で肩にライフル銃をかけている、軍服姿の女性の白黒写真だ。暗い色の挑戦的な目が、カメラを凝視している。「この写真、大好き」

「わたしもだ」彼は言った。「あの女性は〝民兵《ミリシアナ》〟、スペイン軍の女性だった。男たちと一緒に、何百人もの女性が闘っていた。エリーズは、死ぬ前の週、この写真をマドリードで撮った」彼は両目をこすり、ワインを飲んだ。

「お母さんに会いたいのね」彼女は言った。

「毎日そう思う」

マリアは胸が痛んだ。「また海外に仕事をしにいこうと思う?」

「いつかはな」彼は答えた。「当面、国内の新聞の仕事を続けるつもりだ。長年おまえと離れていたが、家にいるのもいいものだ。失われた時間を取り返していると思いたい」

マリアはうなずき、オリーブを噛んだ。

ガスパールはワインを飲み終えた。「自分勝手なものだが、おまえが戦争中に外国へ行ったら、すごく心配するだろうな。だが、国のために働きたいと思うのなら、反対はしないつもりだ」

彼女は背筋を伸ばした。「お父さんとお母さんは、どうしてスペイン内乱の取材をすることにしたの？」

「二人とも、ファシズムの台頭を嫌って自分の国から逃げてきた」彼は言った。「世界のどこの人人についても同じだが、ヨーロッパで何が起きているかをアメリカ人に知らせるのが重要だと考えたんだ」

マリアはワインを回した。

ガスパールは椅子の上で背を丸くした。「残念なことに、わたしは運命論を信じてる。ポルトガルの文化では、人間が物事の展開を変えることはできないと信じるのが一般的だ。それでも、エリーズを救うために何かできたのではないかと、考えない日は一日もない」

「ああ、父さん」マリアは言った。彼の手を握った。

「お母さんはまったくちがう考え方だった。彼女は自信に満ちていて楽観的で、まったく見込みのない場合でも、自分の将来は自分で作れると信じていた」彼は彼女の目を覗きこんだ。「おまえはお母さんによく似てるよ」

マリアは涙をこらえて、深く息を吸いこんだ。

彼は指を引っこめて、立ち上がった。「もう少し仕事がある。夕食が遅くなってもかまわないかな？」

彼女はうなずいた。

彼は彼女の頭のてっぺんにキスをして、暗室へ向かい、ドアを閉めた。

マリアは胸を痛めたまま、力なく椅子に座りこんだ。スーツケースにカメラを入れている母親の姿が、頭に浮かんだ。彼女は指にしているサファイアの指輪を回し、〝ミリシアナ〟の写真を見詰め、自分が何をする必要があるかを決めた。

第二章

リスボン、ポルトガル――一九四二年五月二十二日

ティアゴ・ソアレス――二十八歳、褐色の髪で、髭《ひげ》をきれいに剃《そ》り、一冊の本を小脇に抱えている――は、リスボンの歴史地区の狭い丸石の敷かれた通り、ルア・ド・クルシフィクソを歩いていった。彼の書店、〈リヴラリア・ソアレス〉に近づくと、ドアの近くで店員のローザが、くたびれた靴を履いた無骨な印象の十三歳の新聞売りの少年、アルトゥルと一緒に立っていた。

「おはよう《ボン・ディーア》」ティアゴは言った。

「こんにちは《オラ》、セニョール・ソアレス」アルトゥルは荷物の詰まったバーラップの袋を肩から下ろし、腕をさすった。

ローザ――頰《ほお》の丸い、灰色の縮れ毛をした六十七歳の女性――が腕時計を叩いてみせた。「遅刻よ」

「そしてあなたは、鍵を忘れた」ティアゴは言った。

ローザは顎《あご》を上げた。「あなたが時間どおりに店に来ると思ったから、家においてきたのよ」

ティアゴは微笑んだ。彼はアルトゥルの袋の中に自分の本を入れ、それを肩にかついだ。「代わりに中に持っていってやろう」

「ありがとう《オブリガード》」アルトゥルはキャップを脱いで、ぼさぼさの髪の毛と横に突き出した耳を露《あら》わにし

た。

ティアゴがドアの錠を開け、三人は店内に入った。

〈リヴラリア・ソアレス〉は、サンタ・ジュスタのエレベーター——繁華街の通りとそこよりも高い位置にあるルア・ド・カルモを結んでそびえ立つ、新ゴシック様式の鉄製エレベーター——のある地区、バイシャの、十八世紀に建てられた建物の地上階にある。古びた青と白のタイルが床を覆っている。凝った漆喰《しっくい》の装飾のある天井は高いが、店は幅三メートル奥行二十メートルと、こぢんまりした空間だ。セイヨウヒイラギガシ製の本棚が壁一面に並び、二つある長いテーブルの一台は、ぐらつかないように脚の下に薄い木片がはさんであって、テーブルの上いっぱいに本が山積みになっている。古い紙と革のバニラのような香りが、室内にかすかに漂っている。そして店の出入り口近くにレジのカウンターがあり、小さなラジオとクランク式のレジスターがおかれていた。

ティアゴは袋の中から新聞を十二部取り出し、カウンターにおき、レジの金でアルトゥルに支払いをした。「今日は学校を休むんじゃないぞ」

「休みません」アルトゥルは金をポケットに入れながら言った。キャップをかぶり、袋の中からティアゴの本を出した。「これを忘れてます」

「貸してやる」ティアゴは言った。

ローザは眉を上げた。彼女はカウンターの向こうの床にハンドバッグをおき、スツールに座った。

「なんの本?」アルトゥルは、表紙を見ながら訊いた。

「ルイス・デ・カモンイスの詩集だ」ティアゴは言った。「読んだあとで、どれがいちばん好きだったか教えてくれ」

「わかりました」アルトゥルは言った。その本を袋に入れて、立ち去った。

ローザはスツールに座ったままくるりと体を回し、ティアゴを見た。「あの子は学校を休むし、あの本を読まないわよ」

「そうかもしれないな」ティアゴは言った。

「あの子の家族はお金が必要なの」彼女は言った。「あの子は働くほかない」

「そうだ」ティアゴは言った。「でも、それで子ども時代を失っている」

彼女は両手でチャコール色のワンピースの皺《しわ》を伸ばし、聖書の一節を暗唱するように言った。

「いなくなった羊を探すために、群れを離れてはいけない」

ティアゴは肩をすくめた。「どの羊も救う価値があると信じたい」

ローザの顔の皺が緩んだ。「あなたの言うとおりね」

アルトゥルはリスボンの貧しい地区、アルファマに、母親と三人の兄弟と一緒に住んでいる。父親は死に、いちばん年長の子どもであるアルトゥルは、家族を支えるため学校の前後に新聞の売り子として働いていた。最近、ティアゴはアルトゥルが、授業のある時間にロシオ駅で靴磨きをしているのを見つけた。勉強は大切だと説いたあとで、彼はアルトゥルに少しの金を渡し、その後は書店で売れる以上の新聞を買うようになった。アルトゥルはティアゴに、靴磨きは臨時にしていただけだと言ったが、ティアゴは少年の両手についた黒い染みが消えないのを見て、ずっと学校を休んでいるのではないかと心配していた。

「今朝どうして遅かったか、教えてくれる？」ローザは訊いた。

「カフェでフランス系ユダヤ人の家族と会っていた」ティアゴは言った。「ゆうべリスボンに着いたんだ」

「お父さんがポルトから送っていらしたの？」

「そうだ」彼は言った。「ワインの配達用トラックに乗ってきた」

ティアゴにはポルトガル人でカトリック教徒の父親と、フランス系ユダヤ人の母親がいて、彼は家族で動かしているドイツ占領下フランスから逃げるユダヤ人のための逃避経路の、最終段階を担当していた。この経路はボルドー地方の祖父母のブドウ園から始まり、ポルトの両親のブドウ園を経て、リスボンの彼の書店で終わる。戦争が始まってすぐ、ティアゴの家族——同様にローザも——は、自由を求める多くのユダヤ人避難者の支援を始めた。

「今はどこに？」ローザはたずねた。

「下宿屋にいる。ここに連れてくるつもりだったが、避難者を呼び止めて書類を調べるＰＶＤＥに、危うく出くわしそうになって、それで迂回《うかい》して、公園を突っ切ってきたんだ」

「嫌な秘密警察」ローザは眉をひそめて言った。「避難者を監視する理由などないわ。迫害から逃げてきただけで、誰も傷つけていないのに」

合衆国へ航海するセルパ・ピントに乗るのを切望する、大勢の避難者の姿が、ティアゴの頭の中に浮かんだ。

戦争が勃発《ぼっぱつ》したとき、ユダヤ人たちはナチスに占領された国々から、中立国であるポルトガルへ逃げ始めた。何千人もの避難者が、ヨーロッパから出るための最後の門戸、リスボンにあふれた。ポルトガルの首相であり独裁者、アントニオ・デ・オリヴェイラ・サラザールの直接命令のもと、〝国家監視防衛警察《ＰＶＤＥ》〟が、避難者の入国と望ましくない移住者の排除を管理した。パリやその近辺から来ることの多かった裕福なユダヤ人避難者には、適切な文書とアメリカへの渡航手段を獲得するだけの金があった。だが避難者の大半はリスボンに到達するのに貯蓄を使い果たし、慈善団体やポルトガル当局からの支援に頼らなければならなかった。アメリカ領事館とイギリス大使館に仕事が殺到し、貧しい避難者がパスポートに必要なスタンプを集め、渡航費を工面《くめん》するのに、何ヵ月もかかることがしばしばあった。

「どんなひとたちなの」ローザは言った。

「ボルドーから来た三人家族だ――ユベール、アーマ、そして三歳の娘ヴィオレット」彼は片手で髪をかきあげた。「ポワティエにいたアーマの妹は一緒に来るはずだったのに、ドイツ兵に捕まった」

「気の毒に」ローザは言った。「その方もいずれ解放されて、お祖父さんたちのブドウ園に行けるかもしれない」

彼はうなずいたが、逮捕された人間が解放されることはめったにないと承知していた。

「書類はどんな具合なの?」彼女はたずねた。

「うまくない」彼は言って、ポケットからパスポートを取り出した。「通過査証が失効してる」

「どうやって国境の検問所を通ったのかしら?」

「通らなかったんだ」ティアゴは言った。「山の中と裏道を歩いてきた」

「PVDEに見つからなくて幸運だったわね。見つかれば、逮捕されるか、スペインに送り返されたでしょう」

「そのとおりだ」彼は言った。「国境警備隊の仕事は限界を超えていて、通り抜ける避難者は増えている。それにスペインもポルトガルも、ずっと住もうというのでないかぎり、避難者の行き来を認めている」

「サラザールとフランコがそれを許しているとしたら」と、ローザ。「それが、イベリア半島が戦争に巻きこまれない一助になると思っているからだわ」

「鋭いね」

ローザは指でこめかみを叩いてみせた。「そのひとたちの書類を見せて」

ティアゴは彼女にパスポートを渡した。

彼女は読書用眼鏡を取り出して、鼻の上にのせた。「まずいわね」彼女は書類を見ながら言った。

「だけど、わたしに修復できないものはない」

「時間がないようだったら、ぼくがやってみる」彼は言った。「あなたに教わったことを実践するチャンスだ」

「わたしがするわ」ローザはハンドバッグを開き、偽の底をはずして、ティアゴに二冊のパスポートを渡した。「ゆうべ夫が早く寝たから、仕事に集中できたの」

ティアゴは、フランスのリモージュから来て、今はリスボンの下宿屋に滞在している高齢のユダヤ人カップルのパスポートを見た。日付やスタンプはすべて整い、この二人がフランスでパスポートと査証を取り、スペインと、続いてポルトガルの国境警備隊のもとを無事に通過してきたように見える。「完璧だ。細部まできっちりしていて、すばらしい」

「リスボンでもっとも几帳面《きちょうめん》な法律家の下で働いて身につけた技術よ」

「才能だよ」ティアゴは言った。「そして今、あなたはその芸術的手腕で、すべてを失った人たちに希望を与えている」

ローザはうなずいた。彼女は眼鏡をはずして、両目をこすった。

ティアゴは引退した秘書であったローザに、フランス陥落の直後に出会った。彼女は書店に入ってきて、たまたま彼が、小声ではあったがフランス語で、査証が失効して困っているユダヤ人女性を慰めているのを耳にした。彼がその女性に、就業時間のあとにまた来るように言いかけたとき、ローザが二人に近づき、渡航文書を直せると言った。

ティアゴにフランス語からポルトガル語への通訳をしてもらい、彼女は自分にパスポートを預けるようにと女性を説得した。翌日ローザは、顕微鏡で見ても本物として通る、偽の有効期限の日付の入ったパスポートを持ってきた。ローザはこの仕事に対して金を求めなかった。ティアゴは感嘆し、もっと重要なことに、犯罪を犯したとはいえ、このローザという人物を信頼できると考えた。

まもなく彼は、ユダヤ人避難者のために家族で動かしている逃避経路について話し、自分は賄賂《わいろ》を使って合衆国か英国へ向かう船に避難者を乗せる手配をしていると打ち明けた。そのお返しに、彼女は彼に、ある有名な堕落した法律家のもとで二十五年間働き、法的文書の変造をおこなっていたと話した。

「どうしてもお金が入用だったの」ローザは言った。「幼い娘が二人いて、夫のジョージは関節リウマチで仕事を続けるのが難しい状態だった。家族を支えるために、できることはなんでもしたわ」

ティアゴはローザを書店で働くように誘った。彼は金の大半を避難者の救援に使ってしまうので、給料は取るに足らないものだったが、彼女は引き受けた。まもなく彼女は、彼が無効の渡航文書を持ったたくさんの逃避者を助けるのを手伝うようになり、単なる文書偽造の秘訣を習得した事務職員以上の存在であることがわかった。インクを消したり合わせたり、紙を変え、溶けた蠟《ろう》を歯科医の道具で細工して印章を作ることのできる、文書偽造の達人だったのだ。そして何十年にもわたる悪行を償《つぐな》おうとするかのように、彼女は昼も夜も働いた。

ティアゴは偽造された文書をポケットに入れた。「パスポートを届ける前に、部屋でやりたい仕事がある。しばらく店をまかせていいかな?」

「ええ」ローザは偽造する必要のある文書をハンドバッグの隠された部分に滑りこませ、窓に掛けてある標示を、開店していると示すほうにひっくり返した。

ティアゴは店の奥に行き、掃除用具などを入れるクローゼット程度の広さしかない、窓のない部屋に入った。長い紐を引っ張って天井の電球をつけてから、ドアを閉めた。彼は紙ばさみから、折りたたまれた紙片――昨晩父親から渡されたもの――を出し、小さな机に向かって座った。中立国であるポルトガルとドイツ占領下の地域のあいだで手紙を送ることは可能だが、文字で書かれた通信は検閲《けんえつ》の対象だった。そのためティアゴと家族のあいだの手紙のやりとりは、大半が手渡しでおこなわれた。
　彼は紙片を開き、風車の木炭画が見えるようにして、蠟燭《ろうそく》に火をつけた。絵をひっくり返して、何も書かれていない面を上にした。慎重に紙を炎にかざしながら、この通信がしてきた旅に思いを馳せた。これはドイツ占領下のボルドー地方で、祖父のローランが玉ねぎの搾り汁を万年筆に入れて書いたものだ。ピレネー山脈を抜けて困難な旅をした逃亡中のフランス系ユダヤ人によって運ばれて、スペインとポルトガルの国境を越え、ポルトでティアゴの両親が営むブドウ園という聖域へ、さらにはリスボンへとたどり着いた。
　ティアゴは紙片を炎に近づけた。期待感が高まった。乾燥した液体が熱によって酸化して、褐色の文字がじわじわと現われた。

　　愛する孫息子よ
　この手紙がうまく届きますように。お祖母さんもわたしも元気で無事だ、また会える日を楽しみにしている。

　ティアゴはその紙片を、指でぎゅっと握った。祖父母の姿が頭の中に浮かんだ。ドイツがフランスに侵攻して以来会っていなかったが、二人のことは細部まで覚えていた。祖母のオデットの声の、古いバイオリンに似た天使のような響き、彼女の手作りのヘーゼルナッツ入りダックワーズの濃厚で趣《おもむき》のある味。祖父の大きな笑い声、灰色のフェルトのベレー帽、まるで理髪店に行ってきたばかりのようなヘアトニックのユーカリ油のにおい。〝ああ。二人に会いたい〟

　　ドイツ占領軍はうちのブドウ園の運営を許した。ワインを飲みたいものだから、われわれの民族性を認めたのだ。自分の土地での仕事を許されたのは幸運だった、客人を泊められるからね。客人はおまえのお気に入りの部屋に泊まる。覚えているかな？

祖父母のところのワイン貯蔵室で遊んだ、子どものころの思い出が、ティアゴの頭の中で甦《よみがえ》った。ブドウ園の地下深くには、石灰岩から切り出された、迷路のようなトンネルと地下室があった。彼のお気に入りの遊び場は、祖父が彼のためにワイン樽の壁の後ろに作ってくれた秘密の部屋だった。部屋に入るには、一番下の樽《たる》のたがと蓋をはずし、隠された空間へと、空《から》の樽を這《は》って通り抜ける。ティアゴがランプで読書を楽しんだ地下の子ども時代の隠れ家が、今ではフランスやベルギーやオランダから逃げてくるユダヤ人たちの避難所になっていた。

おまえと同じように、おまえの両親にもボルドーを離れろと嘆願された。だが亡命者たちが自由を手にするのを、誰が助けるというのか？　われわれ家族は彼らにとっての生命線だ、もしうちの経路がどこかで途切れたら、数えきれないほどの命が危険にさらされる。おまえのお祖母さんとわたしは、可能ならば誰かを助けたいという義務感に駆られている。わたしたちがすぐにどうにかされるとは思わないし、当面は、ここにいるつもりだ。理解してほしい。

〝危険は迫っている。そこを離れる必要がある〟ティアゴは肩の力を抜こうとして、ゆっくり息を吸いこんだ、椅子に座ったまま身じろぎをして、読み続けた。

おまえのことを誇りに思う。おまえの助けで新しい人生に向かって船出した避難者たちのことを、しょっちゅう考える。アメリカが参戦すれば、連合国軍がフランスを解放し、皆とも会えるだろうと、楽観的に考えている。

愛と希望とともに、
祖父より

ティアゴは胸が痛んだ。〝今後も手紙を書き続けよう、そしてもし必要なら、なんとかボルドー地方へ行く方法を見つけて、そこを離れるように説得しにいこう〟でも心の奥底では、祖父母は困った人々を見捨てたりしないとわかっていた。彼はその紙片を丸め、蠟燭で火をつけて、灰皿に入れた。手紙が燃える傍らで、彼は両手で頭を抱えた。

表のラジオから、チェロのコンチェルトが流れ始めた。

ティアゴははっとした。〝ちくしょう〟彼は机の引き出しにあった飛び出しナイフをつかんで刃を出し、床のタイルの固定されていない一枚を梃子《てこ》の要領を使ってはずした。さまざまな渡航文書や偽造用の備品の入っている小さな穴にパスポートを投げ入れ、タイルで蓋をした。灰をならして紙片の存在を示すものを消し、ナイフの刃をおさめてズボンのポケットに入れた。紙が燃えたにおいを消す方法がなかったので、木箱から葉巻を一本つまんで火をつけた。蠟燭を吹き消し、部屋を出ると、暗い色のスーツを着た男性が、ティアゴに背を向けて本棚を見ていた。

〝ネヴェス警察官だ〟ティアゴは、男性の太い首と山高帽で、その人物がわかった。ローザを見ると、レジのカウンター近くで雑誌を並べなおしている。〝ラジオをつけてPVDEが来たと警告してくれるとは、気が利くね〟

ネヴェスは一冊の本のページをめくった。

「おはようございます《ボン・ディーア》」ティアゴは言った。

警察官はティアゴを無視し、濃い髭をなでながら本の列を眺めた。

マーティン・ネヴェス警察官は四十歳ぐらいで、顎が割れており、ピンストライプのズボンを穿《は》き、黒の上着はがっしりとした胸にきつそうだ。避難者の監視をおこない、ＰＶＤＥでももっとも親独派の職員だという評判のあるネヴェスは、書店の客ではない。それでも先月は、三人のユダヤ人避難者の居場所について質問をしに、店に立ち寄った。ティアゴは三人のうちの一人がアメリカへ渡航するのを手伝ったのだが、嘘をついて、何も知らないと言った。

「何かお探しですか？」ティアゴは訊いた。

ネヴェスは振り返ってティアゴを見た。「どの本がユダヤ人をこの書店に引き寄せるのか、教えてくれ」

ティアゴは葉巻で、本の積まれているテーブルのほうを指した。「うちにはフランス語やドイツ語や英語といった、外国語版の本があります。多種の言語を話すリスボンの住人も買いにきます」

「おまえの店は、避難者たちにとても人気がある」

「本は、彼らが所有することのできる数少ないものの一つだから」ティアゴは言った。「この街を出ていくまでの時間を、読書で紛らわせるんでしょう」

ネヴェスは顎をこすり、ティアゴに近づいた。「この店の強制捜査を命じたら、どれほどの本が検閲に引っかかるだろうな？」

「一冊も引っかかりませんよ」ティアゴは言った。〝ぼくのアパートメントを強制捜査したら、たくさん引っかかるだろうが〟彼はそんな思いを振り払い、葉巻を吸おうとしたが、いつのまにか火が消えていた。

ネヴェスはポケットから彫刻の施された銀のライターを出した。その火をつけ、ティアゴの顎を焼きそうなほど近い位置で、葉巻に炎をかざした。

〝彼はぼくを脅そうとしている〟ティアゴは上体を後ろにそらし、葉巻の先に火をつけて、口から離した。「ありがとう《オブリガード》」

ネヴェスはライターをしまった。「ちょっと見せてもらってもかまわないかな」

ティアゴは葉巻をふかした。「少しもかまいませんよ」

警察官が視察をしているあいだ、ティアゴはカウンターにいるローザの横に立った。新聞を広げ、読むふりをした。

「彼は何しにきたの？」ローザは小声で言った。

ティアゴは本棚を調べているネヴェスを見ながら、声を低くして言った。「なぜ避難者がこの店に集まるのか、不思議に思ってるんだ」

ローザは軟膏《なんこう》を馴染ませるかのように両手をこすってから、雑誌の整理に戻った。

三十分後、在庫品を詳しく検分し、ティアゴの仕事部屋も調べたあとで、ネヴェスは小説を一冊と、三冊セットの詩集を持って、表の机の前に来た。「これらの刊行物はいかがわしいと考える。没収して、検閲局で調べさせる」

ティアゴは頰が熱くなった。怒りを飲みこんで言った。「申し訳ありません。真実と道徳の視点から本をふるいにかけるようにしているんですが。今後はもっと徹底して、書籍販売業者からの荷物を調べるようにしますよ」

いやらしい笑みが、警察官の顔に浮かんだ。

「万が一、検閲局がそれらの本を倫理的だとみなしたら」ティアゴは言った。「返してもらえるんでしょうね」

「もちろんだ」ネヴェスは答えた。

〝嘘つけ〟ティアゴは考えたが、声には出さなかった。

ネヴェス警察官は本を小脇に挟み、ローザに向かって帽子を上げてみせてから立ち去った。

「あの本、自分で読みたいから盗んでいったのよ」ローザは言った。

「そうかもしれないな。でも秘密警察はしたいことをなんでもできる——令状などいらないんだ」

彼はラジオを切り、ローザを見た。「彼が来たことを警告してくれて、ありがとう」

「お安いことよ」彼女は言った。

「今日、店をまかせたら困るかな?」

「いいえ《ナウン》」彼女は答えた。「いろいろ、大丈夫なの?」

彼はうなずいた。「直してもらったパスポートを届ける、それから、次のアメリカ行きの船に二人乗せるのに、客室係に賄賂のワインを何箱渡せばいいか訊きにいく」

ローザはにやりとした。

ティアゴは自分の部屋の秘密の穴から文書を出し、書店をあとにした。リスボンの丸石を敷いた通りを歩きながら、あたりを見回して、ネヴェスにあとをつけられていないことを確認した。歩幅を大きくしながら、家族で動かしている逃避経路を継続するいっぽうで、自由への扉が閉ざされる前に祖父母をフランスから離れるように説得しようと、決意をあらたにした。

第三章

ニューヨーク市、合衆国——一九四二年六月二十三日

マリアはカメラをしまい、メタル・メッシュの小銭入れを取り出して、昼休憩のためにマイクロフィルム部を出た。ニューヨーク公共図書館の休憩室や近くのダイナーに行って軽食を摂《と》るのではなく、公衆電話の列に向かって、地下の廊下を進んだ。木製のブースに入り、折り畳み式のドアを閉めた。硬貨でいっぱいの小銭入れを開き、それを公衆電話の下の台においた。受話器を耳と肩のあいだにはさんで、五セント硬貨を入れてゼロを回した。

「はい、オペレーターです」女性の声が聞こえた。「どちらへ繋ぎましょうか？」

「ワシントンＤＣにお願いします」マリアは言った。「情報調整局《ＣＯＩ》です」

オペレーターはマリアに、公衆電話に入れる額《がく》を伝えた。

マリアは長距離通話料金を記憶していて、すばやく硬貨を入れた。

「繋ぎますので、お待ちください」オペレーターは言った。

マリアはスツールに座って待った。

ここ一ヵ月以上、毎日、マリアはＩＤＣに入ろうとしてワシントンＤＣに電話をしてきた。まずはこの新しく設立された委員会の長、フレデリック・Ｇ・キルガーに電話をかけることから探り始めた。マリアが驚いたことに、キルガーはすぐに捕まって、彼女の最初の電話に愛想よく対応した。

だが彼女が海外で仕事をするマイクロ写真の専門家チームに入りたいという希望を表明すると、彼は丁重ではあるがきっぱりと、ＩＤＣはアイヴィーリーグ出身の候補者しか考えていないと答えた。マリアは自分の修士号やマイクロ写真についての経験を伝えようとしたが、彼は彼女の興味に対して礼を述べ、会話を終えた。彼女は拒絶された気分で電話を切った。しかしながら翌日も彼に電話をかけ、予想どおり、このときは彼は電話を受けるのを拒んだ。それで彼女はキルガーに手紙と履歴書を送ったが、返事は来なかった。

キルガーに断わられてもあきらめず、マリアは情報調整局の長であるウィリアム・ドノバン大佐に数通の手紙を書き、毎日電話をかけた。マリアはドノバンが最高責任者であり、キルガーの上司の上司であるにちがいないと考えた。マリアには、指揮系統に従って正式な手順で連絡するような経験はほとんどなくて、誰かをさしおいて頭越しにことを進めるのは嫌だった。〝自分の希望を押し通そうとする陰湿なやり方みたいだもの〟と、マリアはドノバン宛の手紙を郵便袋に入れながら考えた。だがそれも問題ではなかった。今のところ、彼女はドノバンと連絡が取れず、同僚のロイが仕事の最終日を終えて、明日ＩＤＣの研修のために旅立つことを考えると、もう時間はなかった。

「今、繋いでいます」オペレーターは言った。

マリアは呼び出し音を聞いた。〝やめどきを知らないなんて、ばかなのかしら。でも少なくとも、できることは全部するつもりよ〟緊張を緩めようとして公衆電話の下の棚をつかむと、何かベタベタしたものに触れた。

「Ｃ－Ｏ－Ｉです」女性の受付係が言った。

「いやだ」マリアは手を引っこめながら言った。

「あなたなの、マリア？」

「ええ、バーサ」マリアは言った。「ごめんなさい。誰かが公衆電話の下にガムをくっつけてたの」

「気持ち悪いわね」

「そうなのよ」マリアはハンカチーフを持ってくればよかったと思いながら言った。「元気？」

「ええ。そちらは？」

「ドノバン大佐に繋いでくれたら、最高なんだけど」

バーサは低く笑った。「それはできないの、わかってるでしょう。ドノバンの個人秘書から、あなたからの電話は繋がないようにと言われてるのよ。電話の伝言を書いた紙を持っていくたび、大佐はすごく忙しくて、知っているひとか紹介されたひとからの電話しか受けないと、厳しく言われるの。例外はなし」

「わたしの伝言はゴミ箱行きかしら？」マリアは訊いた。

「そうだと思う」バーサは言った。「申し訳ないけど」

〝おそらく手紙も途中で処分されているわね〟マリアは肩を落とした。「あなたに大佐の友人を紹介してもらうわけにはいかない？」

「ねえ、わたしは大佐と一緒の〝友だちの輪〟にはいないのよ」

〝わたしもだわ〟

「あきらめたくないのね？」バーサは訊いた。

「そうなのよ」マリアは答えた。

「意志が固いのはいいことだわ」バーサは言った。「それに、わたしはあなたからの電話が楽しい」

マリアは微笑んだ。電話のコードを弄《もてあそ》んだ。「弟さんのジムはどうしてる？」

「来週、軍隊の基礎訓練に行くの」彼女は言った。声が暗くなった。「あの子はまだ十九歳になったばかりなのに。弟が戦争に行くと思うと、泣きたくなるわ」

「見送るのは辛いでしょうね」マリアは言った。「彼のことを忘れずに、無事をお祈りしているわ」

「ありがとう」バーサは言った。

「六十セントを入れてください」オペレーターが言った。

「もう切るわ」マリアは言った。「そうじゃないと、明日かけるお金がなくなっちゃう」

「いいわ」バーサは言った。「あなたは電話をかけ続けて、わたしはあなたの伝言を届け続ける。いつの日か、ドノバンの秘書は疲れ果てて、大佐に繋いでくれるでしょう」

「感謝するわ、バーサ」

マリアは受話器をおき、小銭入れを手にして休憩室に行った。そこで指についたガムを洗い流した。何か食べるべきだとわかっていたが、胃は土の塊《かたまり》を飲みこんだようだった。マイクロフィルム部に戻ると、ロイが机を片づけていた。

「うまくいった？」ロイは引き出しの中からしわくちゃになった紙の束をつかみ出した。

「だめ」彼女は小銭入れをおいた。「今月長距離電話に使ったお金で、新しいカメラが買えたわ」

「残念だな」彼は言った。「きみはＩＤＣに入るべきだ。ぼくなんかより優秀なマイクロ写真の専門家なんだから」

彼女はロイを見た。「自分を軽く見ちゃだめよ、ロイ。あなたはその仕事に値する」

彼はかすかな笑みを浮かべた。「研修に行ったら、キルガーに――チャンスがあるたびに――きみを入れるべきだと言うよ。考えが変わるかもしれない」

「応援してくれるのは有難いわ」彼女は言った。「でも、問題を起こして、あなたが海外に行く前にＩＤＣを首になったりしたら困る」

ロイはうなずいた。灰皿から火のついていないパイプを取り上げたが、口にはくわえなかった。

「じつをいうと、外国に行くのはちょっと不安なんだ」

「どうして？」

「きみには、ばかみたいに聞こえるかもしれない」彼は言った。

「言ってみて」

「今まで、旅行というものをしたことがないんだ」

「嘘でしょう」彼女は言った。「ニューヨーク市の五つの独立区のすべてに行ったことがあるはずよ」

ロイは笑った。

「大丈夫よ」彼女は言った。「どこの中立国に派遣されても、すぐに言葉や習慣に慣れるわ。あなたほど頭のいいひとに会ったことがない、きっと、いいＩＤＣの職員になるはずよ」

ロイは笑った。

「あなたが行ってしまったら」マリアは言った。「父とわたしが、ときどきジュディスとキャロルの様子を見にいって、きちんと暮らしているかどうか確認するわ」

「ありがとう」彼は感情を抑えこむように、瞬きをした。

「もう帰って、午後は家族と過ごしたら？」

彼は眼鏡の位置を直した。「五時まで仕事だ」

「ずいぶん真面目で従順なのね」彼女は言った。

「しかたがないんだ」彼は言った。「教会の学校で教育を受けたからね」

彼女は微笑んだ。「規則を破っても、問題ないでしょう。それに、ミスター・ホッパーはずっと打ち合わせだから、仕事の最終日にちょっと早く帰ったからって、減給したり首にしたりはしないはずよ。荷物をまとめて、司書たちに挨拶をして、帰りなさい」

「本当に？」

「ええ」彼女は言った。「途中でジュディスに花を買っていくのよ」

「わかった」ロイは机をきれいにし、私物を段ボール箱に入れ、マリアに歩み寄った。「戦争が終わったあと会おう」

彼女は彼を抱きしめた。「ナチスの焚書《ふんしょ》で焼失の恐れのあるヨーロッパの刊行物を、すべてフィルムにおさめてね」

「最善を尽くすよ」彼は言って、マリアを離した。

「気をつけてね、ロイ」

「きみも」彼は私物の入った箱を抱えて、出ていった。

一人になると、物悲しい気持ちが押し寄せてきた。〝彼がいなくて寂しくなるわ。彼は海外へ行き、わたしはここにいて、ミスター・ホッパーがロイの代わりに選んだ誰かを訓練するんだわ〟気持ちを紛らわせようとして、午後五時まで新聞をマイクロフィルムに写した。その後、身支度をして図書館を出て、ペン・ステーションまで歩き、ニューアークへ向かう混んだ列車に乗った。

鉄道のメンテナンスの問題があったせいで、アイアンバウンドの集合住宅に、普段よりも一時間遅く着いた。アパートメントに入ると、父親はキッチンにいた。

「ただいま、父さん」マリアは言った。「もっと早く帰るつもりだったんだけど、列車が遅れたの」

ガスパールはフライパンの中を木製のスプーンでかきまわした。「今日はどうだった?」

彼女はハンドバッグをカウンターにおいた。「あんまりいい日じゃなかったわ。ロイはＩＤＣに行ってしまって、わたしはまた、ワシントンの上級幹部に連絡を取ることができなかった」

「残念だったな」彼は言った。「その話をしたいかい?」

「あとでね」彼女は息を吸い、玉ねぎを炒める深い香りを吸いこんだ。「おいしそうね。何を作っているの?」

「バカリャウ・ア・ブラスだよ」彼は答えた。

〝わたしの大好物だわ〟彼女はフライパンをのぞきこんだ。玉ねぎと塩漬けの干しダラの切り身、細かく刻んだフライドポテトが、ジュージューと音を立てている。「今夜はサンドイッチだと思ってたのよ。どうしたの?」

「べつに」彼は言った。「たまには、父親が娘にすてきな料理を作ってもいいだろう?」

「そうね」彼女は言った。「ちょっと驚いただけ。初めて配給手帳を受け取って、食品にあまりお金を使えないというのに」

「材料をそろえるのに、砂糖の配給手帳は使わなかったよ」彼は彼女を見た。「ロイの最後の日で、おまえにとって大変な一日になるだろうと思った。おいしい料理を食べれば、いつでも少し気持ちが楽になるものだからね」

「ありがとう《オブリガーダ》」彼女は父親の頰にキスをした。

彼は微笑んで、炒める作業に戻った。

マリアはテーブルを整え、何分か後、ガスパールがバカリャウ・ア・ブラスを皿に盛って、刻んだ黒オリーブを添えた。グラスに赤ワインを注ぎ、彼女と向き合って座った。

マリアはワインを少し飲んだ。スモモの香りがして甘かった。「おいしい。どこのワイン?」

「安いものだよ」彼は言った。「金は、主に食料に使った」

マリアは、イギリスの小売商人たちや、彼らの配給手帳のクーポンを棒引きにする計画に関する記事を、マイクロフィルムにおさめたのを思い出した。椅子の上で身じろぎをした。「わたしたちも、イギリスのひとたちみたいに厳しい食糧不足に苦しむようになるかしら?」

ガスパールは顎《あご》をこすった。「いずれアメリカ人も犠牲を払う必要が生じるだろう。すでに砂糖やバター、缶詰の牛乳、そしてガソリンを軍隊に回した。だがこの国には、戦争が終わるまでなんとかやっていけるほどの農業資源があると思う」

マリアはうなずいた。塩漬けの干しダラとジャガイモの料理を口に入れながら、感謝するとともに、日々の暮らしに苦労しているヨーロッパの人々を気の毒に思った。

夕食のあいだ、娘がその日の話をしなくて済むようにか、もっぱらガスパールが話をした。マリアはいくらか料理を食べ、ワインを注ぎ足し、少し寛《くつろ》ぎ始めた。〝父さんの言うとおりだわ。おいしい料理があって話し相手がいれば、辛い一日でも心が和らぐ〟

「見せたいものがある」ガスパールはカウンターから新聞を取り、マリアに渡した。「わたしの写真が、〈タイムズ〉に載ったんだ」

マリアは顔を輝かせた。「すごいじゃない！」

「大騒ぎしないでくれ」彼は言った。「行進についての、小さな記事だ」

彼女は新聞を開き、撮影者として父親の名前が記されている写真を見つけた。新たに設立された陸軍婦人補助部隊に入隊した女性たち――カーキ色の制服と帽子を身につけている――の写真だ。女性たちは笑顔で、マリアには、その目が自信にあふれて輝いているように見えた。「すてきなスナップ写真ね。彼女たちの精神が写し取られているわ」

「ありがとう《オブリガード》」彼は言った。

マリアは、動員活動の支援のために最近おこなわれた軍隊と銃後の人々の行進、〝ニューヨーク・アット・ウォー〟を思い出した。図書館は、職員がこの行事に参加できるようにと、半日閉館した。これには五十万人以上が参加した――兵士、警察官、看護師、市民団体、大戦の復員軍人、スコットランドのバグパイプ奏者、高校のマーチングバンド、米軍慰問協会の会員たち、軍団、そして何百もの山車《だし》。五番街にいたマリアには、〈メーシーズ〉の感謝祭パレードの愛国版のように見えた。

彼女は写真の中の、制服を着た女性たちを見た。〝どんな犠牲を払ってでも、戦時協力に貢献できる方法を探すわ〟マリアはそんな考えを胸にしまって言った。「家族のスクラップブックのために、切り抜いてもかまわない?」

「もちろんだ」彼は言った。

マリアはキッチンの引き出しからハサミを取り出した。記事を切り取って、新聞の次のページが露《あら》わになったとき、ある見出しに目を引きつけられた。

〝ドノバン大佐、アスター邸で講演〟

マリアの鼓動が速まった。「ちょっと!」

ガスパールはフォークを落とし、フォークが皿に当たって音を立てた。「どうした?」

マリアはそのページを読んだ。「ドノバンがニューヨークに来るって」

彼は眉を上げた。

彼女は記事を読んだ。記事にはドノバンの講演の予定が書かれていて、掲載されている四枚の写真のうちの三枚は、有名な実業家であり慈善家で、海軍の現役勤務に就《つ》いていてニューヨークの地域管制官に任命された、ヴィンセント・アスターに焦点が合っていた。

マリアは新聞を脇においた。「ドノバンはヴィンセント・アスターの家で講演をするそうよ」

「ほう」ガスパールは言った。「アスターというのは、アメリカ一の金持ちだろう」

彼女はうなずいた。「ずっとワシントンのドノバンに連絡を取ろうとしてきて、その彼がマンハッタンに来ることがわかった」

「いつだね?」

「来週よ」

「講演会には誰が出席するんだ?」

「書いてないわ」マリアは答えた。「記事の大半はアスターが海軍に招集されて、持ち船のヌールマハルを沿岸警備隊に貸し出したことについてよ。個人的な催しで、出席者はお金持ちのニューヨーク市民なのかもね」

ガスパールはワインを一口飲んだ。「ドノバンが催し会場に着いたときに、話しかけられるかもしれない」

「そうね」彼女はアッパー・イースト・サイドの通りを警察官や兵士が警備しているところを思い描いた。興奮が薄れた。「警備は厳しいでしょうね。アスターの家のある区画に足を踏み入れるのはおろか、招待されていない人間がドノバンに近づくのは難しそう」

ガスパールは彼女の手を叩いた。「何がどうなろうと、おまえが挑戦したことを誇りに思うよ」

彼女は無理に笑みを浮かべて、料理をつついた。

マリアはテーブルを片づけて、皿を洗った。その後、父親と一緒に居間にいて、ボブ・ホープの出演するラジオのコメディ番組、〈ペプソデント・ショー〉を聞いた。ホープが矢継ぎ早に繰り出す冗談に、父親は大声で笑ったが、彼女の気持ちは晴れなかった。〝ドノバンが数キロしか離れていないところにいるとわかっていて、手が届かないだなんて、もっと悪いわ〟マリアは父親におやすみを言い、自室に行って、ベッドに入った。ロイが敵との衝突を避け、妻子の待つ家に無事に戻りますように、そして自分がＩＤＣに参加する方法が見つかりますようにと祈った。

何時間も過ぎた。マリアは眠れず、考えを巡らせていた。〝アスター邸に招待されるためには、百万長者か社交界のメンバーでなければならない〟アパートメントの建物が静まり返ってからずいぶん経ったとき、彼女はベッドから出て机に向かい、机上のランプをつけた。一枚の紙に何やら書きつけて、運命を変えるためにすべてを賭ける決意を固めた。

第四章

ニューヨーク市、合衆国――一九四二年七月二日

マリアは黒いタフタのイブニングドレスの、脇のファスナーを上げ、寝室のドアに取りつけてある全身が映る大きな鏡を見た。襞《ひだ》飾りのある襟《えり》と膨らんだ袖《そで》を直し、ぴったりした腰から流れ落ちるたっぷりとしたスカート部分を、両手でなでた。黄褐色の髪は、同じ建物に住んでいる美容師のおかげで、つややかな巻き毛とウェーブを生かしたスタイルに仕上がっていた。入念に赤い口紅を塗り、コンパクトを取り出して頰《ほお》に紅をつけた。〝自分じゃないみたい〟彼女は鏡の姿を見ながら考えた。〝でも上流社会のメンバーで通るには、華やかな見かけ以上のものが要る〟

彼女が身につけているものはすべて――一週間分の給料を注ぎこんで新しく買った黒いエナメル革のパンプス以外は――中古品かレンタルだった。真珠のネックレスとイヤリングは、父親の珍しいカメラを担保にして質店で借りたもの、黒いビーズ飾りのハンドバッグはマンハッタンの高級アクセサリーの中古品を専門に扱う店で買ったものだ。〈ブルーミングデールズ〉や〈サックス・フィフス・アベニュー〉のような店で贅沢な衣類を買うわけにはいかず、引き取り手のないフォーマル・ウェアを山ほど抱えているアッパー・イースト・サイドのドライ・クリーニング店でドレスを購入した。

「新品同様です」店主はフォーマル・ウェアを見せながら言った。「どれほどのお金持ちが服を引

き取りにこないか知ったら、驚くでしょうよ」

彼女は自分には二サイズも大きすぎるが、いちばん華やかなドレスを、元々の値段の何分の一かで買った。四回も手直しをし、一度などは誤って縁を自分の服に縫《ぬ》いつけたりもしたが、ドレスは優秀なお針子が手掛けたかのように、彼女の体をきれいに包みこんだ。

「車が来たぞ！」ガスパールがキッチンから呼びかけた。

マリアの鼓動が速まった。化粧道具をハンドバッグに入れ、キッチンに行くと、父親は窓の外を見ていた。彼女はハンドバッグを体の前に抱えた。「どう？」

ガスパールは振り向いた。笑みが顔に広がった。「すてきだよ」

「本当にそう思う？」

「思うさ」彼は片手を差し出した。「外まで送ろう」

彼女は父親の肘に手をおいた。二人はアパートメントを出て、彼女のドレスの裾《すそ》を踏まないように注意しながら階段を下りて、建物を出た。縁石近くで、キャデラック・フリートウッド・インペリアル・リムジンの横に、運転手の帽子をかぶった黒い制服姿の男性が立っていた。リムジンのつややかな車体が、黒曜石のように輝いている。

マリアはひどく不安な気持ちになった。父親を見た。「リムジンを手配してくれて、アクセサリーのためにカメラを質に入れてくれて、ありがとう」

「いいんだよ」彼は言った。「帰りの分まで運転手を雇う金がなくて残念だ」

「大丈夫」彼女は言った。「ニューアーク行きの列車の中で、いちばん素敵な身なりをした乗客になる、いい機会だわ」

「まったくだ」

彼女はハンドバッグをいじった。「わたしの頭がおかしくなったと思ってる？」

「そんなことはないさ」彼は言った。「おまえは夢を追いかけている、お母さんと同じようにね」

マリアは指輪をしていない薬指を見た。母親のサファイアの指輪をつけていないのは嫌だったが、小さな宝石が人目を引くのを恐れてはずした。「もしわたしが逮捕されても、保釈のためにカメラを売ったりしてほしくない。写真の道具は仕事に必要でしょう」

「おまえが屋敷の中に入れるかどうかさえ、疑ってるよ」彼は彼女の手を叩いて、にやりとした。「でも弁護士を雇わなければならなくなったら、近所で選びたいほうだいだ」

彼女は彼の肘をぎゅっとつかみ、彼と一緒にキャデラックに向かって歩いていった。

運転手は帽子を上げて挨拶し、後部ドアを開いた。

「幸運を」ガスパールは彼女の化粧を乱さないように、キスを投げるふりだけして、彼女をリムジンに乗せた。

彼女はドレスの裾をまとめて、膝の上にのせた。「いってきます、父さん」

運転手はドアを閉め、運転席に座った。「どちらへ？」

「アッパー・イースト・サイド——東八〇丁目一三〇にお願い」彼女は言った。

運転手はバックミラーごしに、彼女をちらりと見た。

彼女は前に身を乗り出した。「名前はなんというの？」

「ハロルドです」彼は言った。「友人からは、ハリーと呼ばれています」

マリアはハンドバッグから、唯一残っていた紙幣を出して、運転手に渡した。「ハリー、わたしはこれからアスター邸の催しに参加するの。もし誰かに訊かれたら、わたしの名前はミス・ヴァージニア・ワイルダーで、わたしのことをスカーズデールのおばとおじの家で乗せたと話してね」

運転手は紙幣を上着のポケットに入れた。「わかりました、ミス・ワイルダー」彼はエンジンをかけ、縁石から離れた。

マリアはリアウィンドーから後ろを見て、アパートメントの建物の前に立っている父親の姿が見えなくなるまでそうしていた。座席の背にもたれ、大きく息を吸った。〝中に入れても、断わられて蹴り出されるか、逮捕されるか〟彼女は両目を閉じて、後者でないようにと願った。車に乗っているあいだ、頭の中で何度も繰り返し計画を思い返した。

この一週間、マリアはドノバン大佐の講演会のために、ヴィンセント・アスターの屋敷に入る計画を立てていた。ロイの後任者はまだ来ないので、彼女はマイクロフィルム部に一人でいて、本や雑誌、新聞、電話帳を調べることができた。ヴィンセント・アスターと二番目の妻メアリー・ベネディクト・〝ミニー〟・カシングについて、すべてを知った。一九一二年、ヴィンセントは父親の、有名な実業界の大物であり不動産開発者であったジョン・ジェイコブ・アスター四世がタイタニックの沈没で亡くなったさい、世界一裕福な若者になった。ミニーは社交界のメンバーで慈善家で、ハーヴェイ・ウィリアムズ・カシングという有名な神経外科医の娘だった。ヴィンセントとミニーは、一年と少し前、ヴィンセントが最初の妻と離婚した直後に結婚した。マリアは二人が結婚してまだ日が浅いことで、自分が人混みに紛れこめる可能性が高くなるのを期待していた。夫婦はたくさんいるはずの互いの友人や知人を、よく知らないかもしれない。

マリアはドノバンの講演会のために雇われたイベント・プランナー、仕出し屋、そして警備会社について、名前と連絡先を突き止めた。さらに、新聞記事や過去のアスター家の催しの写真などに基づいて、招待されそうな人物を一覧にした。〝裕福なひとや影響力のあるひとは、一般人よりはるかに頻繁に新聞に載る〟マリアはイギリス王族や、ヴィンセントの幼少時代の友人フランクリン・デラノ・ルーズベルトを含む政治家たちが出席した、アスター邸での舞踏会についての記事を読みながら考えた。もっとも意味があったのは、ヴィンセントとミニー両方の個人秘書たちの名前を突き止められたことだった。そして計画を、アスター家のイベント・プランナーに電話をかけること――責任者が出ない確率を高くするため、昼食時にかけた――から実行に移した。

「〈ゴールドマン・イベント・サービス〉です」若い女性が、電話に応えた。

「こんにちは」マリアは図書館の電話ボックスで、ガラス窓から外をうかがいながら言った。「ヴィンセント・アスターの個人秘書の、リリアン・バークレーです。ミスター・アスターが、ドノバン大佐の講演会の招待客で、欠席の連絡をよこしたひとの名前を知りたいとおっしゃっています」

「ミスター・ゴールドマンは席をはずしています」女性は言った。「伝言を承って、今日の午後、折り返し彼から電話するようにいたします」

「残念ながら、それではうまくないんです」マリアは言った。「ミスター・アスターはあと五分で打ち合わせのために外出予定で、その一覧表を持っていきたいんです」

「できれば――」

「すみません」マリアは相手を遮った。「お名前を聞きそびれました」

「ミス・エヴァンズです」

「ミス・エヴァンズ」と、マリア。「ここだけの話ですが、この前業者さんに待たされたとき、ミスター・アスターはそことの取引をやめました――彼の裕福なお友だちも、同じようにしたとか」

「あの――ええと――」

「考えるに、あなたは伝言を預かって、ミスター・ゴールドマンにもっとも重要な顧客をなぜ失ったか説明する羽目になるかもしれない。あるいは、あなたが一覧表を探し出して、今わたしに名前を教えてくれてもいい」

「でも――」

「選ぶのはあなたです、ミス・エヴァンズ」マリアは静かに言った。「とはいえ、もしわたしだったら、一覧表を探すでしょうね」

「いいわ」彼女は言った。「でも数分かかるかもしれません」

「待ってます」

受話器を通して、マリアは、受付係が上司のオフィスの中にあると思われる棚をかきまわしている物音を耳にした。その後、受付係は三組のカップルの名前を読み上げた。街の外に出かけているという理由で招待を断わった者たちだった。マリアはその名前をメモし、相手の女性の協力に感謝して、電話を切った。

マリアは図書館にある資料を使ってそれらのカップルについて調べ、五十代後半の有名なニューヨーク市民、アルバートとエセルという、ワイルダー夫妻に注目した。夫妻には子どもはいないが、二人合わせて十人以上の兄弟姉妹がいて、全国各地に山ほどの姪や甥が散在していた。マリアが電話をした二番目であり最後の相手は、アスターが使っている警備会社だった。ミニー・アスターの個人秘書のモードだと名乗り、そこの受付係に、アルバートとエセル・ワイルダーの姪――ワイルダー夫妻が留守のあいだスカーズデールの屋敷に滞在している、ミス・ヴァージニア・ワイルダー――を招待客の名簿に追加するように依頼した。また念を入れてその受付係に、イベント・プランナーへの変更の連絡を頼んだ。受話器をおいたとき、マリアは自信に満ちていた。〝図書館カードの力で、信じられないほどのことができるんだわ〟

アイアンバウンドを出てから四十分、リムジンはマンハッタンのアッパー・イースト・サイドに入った。マリアはハンドバッグを抱えてそわそわしながら、マディソン・アベニューの巨大な建物を見詰めた。車は東八〇丁目へ入った。そこには検問所があって警察官がいて、大きな高級車が列をなしていた。その先頭で、正装をした人々が車から下り、豪華な石灰岩でできたタウンホームへと入っていく。

警察官が片手を上げて、車に近づいてきた。

運転手は車を止め、窓を下げた。

マリアは両手を握りしめた。

「アスターの催しに行くんですか？」警察官は訊いた。

「はい、サー」運転手は答えた。

「右側の車列に続いてください」

運転手は帽子を上げて挨拶し、車を前進させた。

車の列がゆっくり進むあいだ、マリアはハンドバッグをお腹に押しつけていた。屋敷に入っていく客たちを見ていると、不安が増した。まもなく、運転手は紺青色の燕尾《えんび》服に黒いトップハットを身につけたドアマンの近くで車を止めた。

〝ちゃんとできる〟マリアは一度深く息を吸い、身を乗り出した。「ありがとう、ハリー」

運転手はバックミラー越しに彼女を見た。「いい夜を、ミス・ワイルダー」

リムジンの助手席側のドアが開き、青い上着を着た男性が帽子を上げて挨拶をした。「いらっしゃいませ」

「こんばんは」マリアは言った。口の中がからからに渇いていた。リムジンを下り、ドアマンに導かれて、屋敷の正面にある鉄製の柵の門をくぐった。二本の大きな柱に支えられたポーチコを通り抜けた。ドアの上の明かり取り窓を通して、壮麗なクリスタルのシャンデリアが輝いているのが見えた。マリアの胸で、心臓が激しく鳴っていた。

男性がドアを開け、彼女に入るように身振りした。

〝もう引き返せない〟マリアは気持ちを落ち着けて、敷居をまたいだ。

「いらっしゃいませ」髭《ひげ》のある案内係が、玄関ロビーにおかれた台の向こうに立っていた。

「こんばんは」マリアは言った。

「申し訳ありません」彼はマリアを見て言った。「お名前をうかがえますか」

「ヴァージニア・ワイルダーです」

案内係は万年筆を手に、手元の紙に目を通した。

〝どうぞ、一覧に名前がありますように〟

身なりのいいカップルがロビーに入ってきて、マリアの後ろに立った。身動きできないような気分になって、中を見ると、二人の肩幅の広い警備員が立っていた。マリアは不安をかきたてられた。

「ワイルダーですか?」案内係は訊いた。

「ええ」彼女は答えた。

「お名前が見つかりません」

〝困った!〟マリアは恐怖を抑えつけながら言った。「おばとおじの代わりに来たんです――エセルとアルバートです。間際になって変更しました」

案内係は紙のいちばん下まで指でなぞっていって、それをひっくり返し、裏に手書きで書いてあるいくつかの名前を見た。「ああ、ありました、ミス・ワイルダーですね。不手際で、大変申し訳ありません。直前に変更されたので、Zで始まる名字の下に鉛筆で書いてありました」

「いいんです」彼女は言った。

「講演は舞踏室でおこなわれます」案内係は言って、ペンでそちらを指した。「エントランス・ホールを抜けて、階段を上がってください。すてきな夜を、ミス・ワイルダー」

「ありがとう」

マリアは興奮が全身に広がるのを感じながら、警備員たちの横を通り過ぎ、エントランス・ホールへ入った。そこでは客たちが、野鳥でも焼けそうなほど大きな暖炉の近くに集まってお喋りしていた。彼女は白黒の市松模様の大理石の床を横切り、ドレスの裾を持ち上げて階段をのぼった。

〝ドノバン大佐に自己紹介をして、ＩＤＣに入りたいと売りこんで、この場を去る――願わくば、自分の意志で〟

踊り場に着くと、二階はすべての部屋の仕切りをなくして、一つの大きな舞踏室にしてあった。いちばん奥に演台があり、それに向き合うように何列か椅子が並べてある。数人が座っていたが、大半は立って歓談し、銀の大皿を持ったウェイターたちが、オードブルやシャンパンの入ったクリスタルのフルートグラスを配っていた。部屋を見回したが、ドノバン大佐の姿は見えなかった。新聞に載っていた写真から、いればわかるはずだった。集まっている人々は華やかな装いだった。男性は仕立てのいいビジネス・スーツかタキシード、女性はイブニング・ドレスやガウンだ。マリアは高価な宝石こそ身につけていないが、自分の服装がまわりに馴染んでいると思ってほっとした。〝〈ティファニー〉の店よりたくさんの宝石があるんじゃないかしら〟耳たぶが垂れるほど大きなダイヤモンドのドロップ・イヤリングをつけている女性を見ながら、彼女は考えた。

ワイルダー夫妻を知っている誰かと遭遇して嘘がばれる危険を冒したりせずに、彼女はウェイターに近づき、シャンパンのグラスを手にした。ドノバンが来るのを待つあいだ、金色の額縁《がくぶち》に入った絵画を眺めながら、壁沿いに歩いた。何分か過ぎ、人数が増えてきた。マリアは蜂蜜の香りがかすかにする柑橘系のシャンパンを飲んだが、アルコールの力を借りても、不安は薄れなかった。まもなく、象牙《ぞうげ》の取っ手のついた杖を突いて歩く年配の男性がマリアの横で立ち止まった。話しかけられる前に、マリアはやんわりと微笑んで、次の絵のほうに移動した。

彼女はシャンパンを一口飲み、パリの街並を描いた絵を見詰めた。〝ここは今、ヒトラーの軍隊に占拠されている。ああ、国が解放されるまで、フランスのひとたちが耐えられますように〟彼女は、もし合衆国がドイツに占領されたら、どんな暮らしになるのだろうと想像してみた。ニューヨーク市の通りにドイツ軍の兵士がいて鉤十字《かぎじゆうじ》の旗がひらめいている様子が、頭の中に浮かんだ。そんな思いを打ち消して、シャンパンをごくりと飲んだ。

「その絵はお好き？」女性の声が聞こえた。

マリアが振り返ると、ミニー・アスターがいた。雑誌に掲載されていた写真を見ていたのでわかった。三十代半ばで、傷ひとつない白く滑らかな肌に、肩までの長さの茶色い髪が波打っている。銀色のシルクのガウンが華奢《きゃしゃ》な体のラインを強調し、ダイヤモンドのバー・ネックレスを三本もつけ、手首にはそれと合ったブレスレットをしている。

「すばらしいですね」マリアは必死に動揺を隠しながら言った。

「お会いしたことはありませんよね。ミニー・アスターよ」

マリアは片手を差し出した。「ヴァージニア・ワイルダーです。お会いできて光栄です、ミセス・アスター」

ミニーは握手をした。「いいのよ、ミニーと呼んでちょうだい」

フローラルな香水の香りが、強烈にマリアの鼻を刺激した。マリアは言うべき言葉を探した。

「すてきな香水ですね」

「ジャン・パトゥのジョイよ」ミニーは言った。「話によると、一オンスの瓶一本分を作るのに、一万のジャスミンの花と三百三十ものバラの花が要るんですって」

〝すごい！　きっと高いんだわ〟「それほどの花びらを使っただけありますね」

「そうよね」ミニーは言った。

マリアは手首にかけたチェーンでぶら下がっている、ハンドバッグの位置を直した。「すてきなお宅ですね」

「ありがとう」ミニーはシャンパンを飲み、舞踏室を見回した。「きれいだけど、売りたいと思っているの」

マリアは不安な気持ちを追い払おうとして、靴の中で足先を小刻みに動かした。「どうしてか、お訊きしてもいいですか」

「幽霊よ」

マリアは背筋を伸ばした。「取りつかれているとか?」

ミニーは笑って、飲み物を吹き出しそうになった。「もちろん、ちがうわよ」

マリアは頬が熱くなった。〝わたしったら、ばかみたい〟

「そういう種類の幽霊じゃないの」ミニーはシャンパンのグラスをくるりと回した。マリアに顔を寄せ、声を低くした。「かつて夫が前妻と住んでいた家に、あたらしく妻になって住むのは、奇妙なものだとだけ言っておくわ」

「なるほど」マリアは相手の女性の率直な言葉に驚いた。ミニーを見て言った。「自分の家のように感じられないのなら、売るのがいちばんかもしれませんね」

ミニーはシャンパンを飲んだ。「アスター家の人々は家をけっして売らないの」

「この場合」マリアは落ち着きを取り戻しながら言った。「ミスター・アスターは例外を認めるべきでしょう」

ミニーは微笑んだ。「元気のいいお嬢さんね」

マリアは肩の力を抜いた。〝うまく切り抜けられそうだわ〟

「それで、今夜のエスコートはどの男性?」

「一人なんです」

「あら」ミニーは言った。

「おばのエセルとおじのアルバートが、出席できませんでした。二人が留守のあいだ、スカーズデールの家にわたしが滞在しています。わたしはドノバン大佐が大好きで、それで代わりに行くように言ってくれました」

「来てくれて嬉しいわ」ミニーは言った。「わたしがワイルダー夫妻と親しかったらよかったのに。お二人は夫の友人なのよ。でも、休暇中の慈善の催しでお会いしたわ。今日帰る前に、ヴィンセントに会ってね」

マリアはグラスの柄を握りしめた。「そうします」

「どちらにお住まい？」

「カリフォルニアです」

ミニーはマリアの肘に腕を回した。「じゃあ、ミス・ワイルダー、わたしの東海岸のお友だちをご紹介するわ」

「嬉しいです」マリアは言ったが、クロークに隠れていなかったのを後悔していた。

ミニーはマリアを、女性のグループのところへ連れていった。大半がファッション・モデルかハリウッド女優で通りそうだった。マリアは紹介を簡単に済ませて、ドノバンの講演が始まる前に演台の近くの椅子に座りたいと思った。でもまもなく、ミニーには大半が夫の仕事仲間である客たちのあいだを歩き回るつもりなどないことがわかった。女性たち――そこには〈ヴォーグ〉のファッション編集者である、ミニーの妹ベイブもいた――は、西海岸の最新の噂話に興味津々だった。その後の数分間、マリアはカリフォルニアから来た社交界のメンバー、ヴァージニア・ワイルダーのふりをした。マリアは社交界の集まりに出席したことも、学校のカフェテリアやホットドッグのスタンド以外の場所で食事をしたこともなかったが、サンフランシスコの高級レストランやナイトクラブの名前を思い出すことができた。〝カリフォルニア大学バークリー校に通っていてよかった〟

つややかな黒髪で、伏目がちな長身の男性が、舞踏室を横切ってきた。

〝あら、困った――ミスター・アスターだ！〟マリアは息が詰まった。「ちょっといいかしら、みなさん、主賓《しゅひん》がいらっしゃる前に、化粧室に行ってきます」

「ちょっと待って」ミニーは言って、マリアの腕に手をおいた。それから夫を呼んだ。

マリアは足から力が抜けた。

「ドノバン大佐はロビーにいらっしゃる」ヴィンセントは、ミニーに近づきながら言った。「席に座ろう」

「そうね」ミニーは応じた。「でもその前に、アルバート・ワイルダーの姪御さんの、ヴァージニアに挨拶をしてちょうだい」

ヴィンセントはマリアを見た。

「わざわざカリフォルニアからいらしたんですって」ミニーは言った。

「お会いできて光栄です、ミスター・アスター」マリアは言い、手を差し出した。

ヴィンセントは無表情なまま握手をした。

〝ここを離れなきゃ〟マリアは、酸っぱい飲み物を大量に飲んだかのように胃がざわついた。

「お集まりのみなさま」部屋の正面にいる男性が呼びかけた。「お席にお座りください」

客たちは椅子のほうへ移動し始めた。

「大佐の講演のあとでお話ししたらいいわ」ミニーは言った。

「楽しみにしています」マリアは無理に笑顔を作って言った。

マリアはその場を離れた。シャンパン・グラスをウェイターに渡してから、三列目の真ん中の、年配の二人連れに挟まれた椅子に座った。

全員が着席すると、ヴィンセントはミニーをエスコートして、最前列に取ってあった席に向かった。彼は妻が座るのに手を貸しながら、一瞬マリアと目を合わせた。ミニーのほうに身をかがめ、耳元で何か囁《ささや》いた。

ミニーは座ったまま体の向きを変えた。マリアのほうを見て、すぐに前を向いた。

〝あのひとたち、わたしのことを話してる〟マリアの腕に鳥肌が立った。

ヴィンセントは階段のほうへ行き、警備員と話した。数秒後、別の警備員が、銀髪の制服姿の軍人、ドノバン大佐を踊り場に案内してきた。ヴィンセントはドノバンに挨拶をし、二人そろって部屋の正面へ歩いていった。ヴィンセントが演台の前に立ち、ドノバンがその横に並ぶと、お喋りが静まった。

「こんばんは、みなさん」ヴィンセントは人々を見回して言った。

マリアは息を吐き出した。〝過剰反応だった。何もかも大丈夫。ドノバン大佐がお帰りになる前に話をしよう〟

ヴィンセントは紹介をし――ドノバンの実業界での業績と軍での功績、そして大戦での英雄的行為で名誉勲章《くんしょう》を授与されていることを、流暢《りゅうちょう》に語った――ドノバンのほうへ片腕を伸ばした。

「戦略情報局局長、ウィリアム・J・ドノバン大佐をお迎えしましょう」

聴衆は拍手をした。

興奮の波が、マリアの全身に広がった。

ドノバンが演台に歩み寄り、ヴィンセントはミニーの隣の椅子に座った。

「温かく迎えてくれてありがとう、ヴィンセント」ドノバンは演台に両手をおいて、聴衆を見回した。「ヨーロッパで戦争が始まったとき、わたしはヒトラーに対する闘いに合衆国も加わることを支持しました。じつのところ、頻繁に孤立主義者や中立主義者から、アメリカを戦争へ導こうとしていると非難されました。ドイツの攻撃に抵抗するイギリスの力を評価するためルーズベルトの特使としてロンドンへ行ったのは、秘密でもなんでもありません。それはイギリスの型にはまらない戦争行為の手法について学ぶためでもありました。そしてその間に、ウィンストン・チャーチル首相とジョージ国王の信用を得たのです」

　マリアは椅子の座席をつかんだ。

「日本による真珠湾襲撃以来、我が国はナチスの圧政を打破する闘いに取りこまれました。われわれは現在、イギリスと連合国軍とともに闘っています。アメリカの情報活動の可能性を広げるため、最近ルーズベルト大統領は情報調整局――COI――を戦略情報局――OSS――とする大統領令に署名しました」

　二十分ほどかけて、ドノバンはOSSの組織を説明し、IDC内の司書にも少し言及しながら、いくつかの部門について話した。だが大半の時間は、情報収集やスパイ活動、妨害行為や宣伝活動の説明に費やされた。

　マリアの後ろに座っている女性が、その夫に小声で言った。「彼からこんな話を聞くなんて、信じられないわ」

「彼のことをワイルド・ビルと呼ぶのには、理由があるんだよ」夫は言った。

　マリアは身じろぎをした。

「OSSについての計画は、イギリスの特殊作戦執行部《SOE》からヒントを得ました」ドノバンは言った。「研修所を作っていて、数ヵ月のうちに、イギリスと同等の活動ができるようになると思われます。SOE同様、OSSには性別による制限はありません。われわれは敵に占拠された地域で、男も女も諜報《ちょうほう》員として働きます」

〝女性のスパイね〟と、マリアは考えた。愛国心が胸にあふれた。

　二人の警備員が後ろから歩いてきて、両側の壁際、マリアの座っている三列目を挟むような位置に立った。

　マリアは目の端で警備員たちを見た。両手を握り合わせて、彼女のほうを見ている。興奮は消散した。〝どうしよう――ばれたんだわ〟脇に出てこいと言われるかと思ったが、警備員たちは黙ってその場に立っている。〝ドノバンの話が終わるまでわたしを見張っておいて、その後、ここから追い出すか、逮捕するかするつもりだわ〟マリアはなんとしてでも警備員に捕まる前にドノバンに近づく方法を見つける決心をして、懸命に考えをめぐらせた。

「わたしは知的で自立した考え方のできる、敵国で働く気概のある人材を探しています」ドノバンは言って、人々を見回した。「この秘密の戦士たちが、われわれを勝利に導いてくれると信じています」

ドノバンは演台から離れた。聴衆は立ち上がって拍手した。ドノバンは足を止めて握手をしながら、ゆっくり歩いた。

マリアは列の横に出るのではなく、椅子や客のあいだを無理に通って前方に向かった。ドノバンに近づいたとき、警備員たちが彼女を見つけ、前方へ走り出した。マリアは諦めず、二人のタキシードを着た大柄な男性のあいだを通りぬけて前へ進んだ。だがドノバンの数メートル手前で、警備員の一人に追いつかれた。

「こっちへ来なさい」警備員は言って、彼女の二の腕をつかんだ。

マリアの希望はしぼんだ。警備員の指に力が入り、腕の筋肉に痛みが走った。「わかりました」彼女はかすれた声で言った。「騒ぎを起こすつもりはありません」

もう一人の警備員が近づいてきて、仲間に、ドノバンから離れて外に出るよう手ぶりで示した。警備員はうなずいた。

〝こんなに近くにいるのに、諦められない〟マリアの胸で、心臓が激しく鳴った。マリアは脚を上げ、エナメルのパンプスの踵《かかと》で警備員の足を思い切り踏んだ。

警備員は顔をしかめ、その手から力が抜けた。

マリアは前に飛び出した。「ドノバン大佐！」

ドノバンが振り向いた。

マリアは群衆をかきわけて進んだ。

ヴィンセントがドノバンに歩み寄った。「警戒するには及びません。招待していない客が来ていたんです。警備の者が、すぐに屋敷から退去させます」

大佐の前へ行き、マリアは彼を見て言った。「志願者がいるんです、サー」

警備員たちが彼女を引き留め、客たちは騒ぎを避けようとするように後ろに下がった。

「お願いです、大佐」マリアは言った。

ドノバンの顔の表情が和らぎ、彼は手を振って警備員たちを離れさせた。「かまわない」

マリアは警備員たちの手が腕から離れるのを感じた。耳の奥で鼓動が響いていた。

ドノバンはマリアを見た。「その志願者の名前を訊いてもいいかな」

マリアは勇気を振り絞って言った。「わたしのことなんです、サー。わたしはマリア・アルヴェスといいます。ニューヨーク公共図書館のマイクロフィルム専門家です。修士号を持っていて、海外旅行の経験もあって、六ヵ国語に堪能《たんのう》です。きっとOSSのIDCで働けるはずです」

ヴィンセントは眉をひそめて、ドノバンに顔を寄せた。「あの女性はなぜか、今日出席できなかった客の姪だと言って、ヴァージニア・ワイルダーという名前で入ってきました。幸い、わたしはアルバート・ワイルダーとは幼馴染で、家族全員を知っています」

ドノバンは顎《あご》をこすった。「どのように受付を通ったのか、訊いてもいいかな」

〝牢屋に放りこまれて、鍵を捨てられるわ〟計画が破綻して、彼女はこれ以上嘘をついても事態が悪化するだけだと考え、アスター家の個人秘書になりすまして招待客の一覧表を調べた経緯をドノバンに話した。

客たちは目を見開いてマリアを見詰めた。人々のあいだに囁き声が広がった。

「普段は、ひとを騙すようなことはしません、サー」マリアは言った。「ＩＤＣで働きたいという希望を電話や手紙で伝えましたが、うまくいきませんでした。あなたがここで講演をすると知って、これが採用される最後のチャンスだと思いました」彼女はヴィンセントに顔を向けた。「ミスター・アスター、お騒がせして申し訳ありません」

ヴィンセントは腕を組んだ。

「それから、足を踏んでごめんなさい」警備員が右足の様子を気にしているのに気づいて、マリアは言った。

「その女性を連れていけ」ヴィンセントは警備員たちに言った。

「待ちなさい」ドノバンが言った。「どうだね、ヴィンセント、あなたの催しに潜りこむだなんて、ずいぶん賢い人間ではないかな？」

ヴィンセントは体の重心を左右に移し替えた。「そうですね」

「わたしは自分の情報機関で働くのにふさわしい技能と勇気のある者を、誰でもその場で雇い入れる主義だ」ドノバンはマリアに手を伸ばした。「ＯＳＳへようこそ」

マリアは目を見開いて、彼の手を握った。「ありがとうございます、サー」

「ＩＤＣのフレデリック・キルガーから、電話が行くはずだ」ドノバンは言った。「彼が図書館を通じて連絡をして、あなたが研修に行く手配をする」

「わかりました、サー」

ドノバンはマリアの目をまっすぐに見た。「期待しているよ」

マリアは息をのんだ。「ご期待に添うようにします、サー」

ドノバンはヴィンセントと一緒にその場を離れ、客たちに挨拶をした。

マリアはすぐに立ち去りたかったが、腕を組んで一人で立っていたミニーに歩み寄った。「あなたに嘘をついたことを、残念に思っています」

ミニーはうなずいた。「本当にOSSに入るつもりなの?」

「ええ」マリアはハンドバッグをいじった。「ドノバン大佐に近づくためにあなたとご主人を騙して、本当にごめんなさい」

ミニーの目の表情が和らいだ。「ゆっくりしていらして。みんな、きっと将来のスパイとお喋りしたいはずよ」

「ありがたいお誘いですが、もう充分に長居をしたと思います」

「幸運をね」ミニーは言った。

「あなたにも」

マリアはドノバンとの出会いについて早く父親に話したくて、アスター邸を出て、勢いよく駅に歩いていった。決意と動揺がないまぜになって、胸の中で渦巻いていた。キルガーが、彼女をIDCの研修に行かせるというドノバンの指示に従ってくれるといいのだが。自分に海外で自国のために働く実力がありますように、チャンスをくれた大佐を落胆させることがありませんようにと祈った。

第五章

リスボン、ポルトガル――一九四二年七月三日

ティアゴは上着の裏地の内側に隠されたポケットに失効したパスポートを入れ、リスボンの港に面した大きな広場、コメルシオ広場のカフェをあとにした。イベリア半島でもっとも長い川、テージョ川の真っ青な水面に、朝の陽光が輝いている。ティアゴの視線は、川岸で服を洗っている避難者たちに引き寄せられた。彼らの背後には、ぼろぼろのスーツケースや毛布、鞄などがある。〝何千人ものユダヤ人がポルトガルに流れこんできた。その大半が金を持たず、路上で寝ている〟彼は川沿いを離れ、自分の書店に向かいながら、ずっと、彼ら全員を助ける手段があればいいのにと考えていた。

ティアゴは書店〈リヴラリア・ソアレス〉に着いた。ドアの錠が開いていて、窓に〝営業中《しんちゅう》〟の札が出ているのを見た。彼が中に入ると、ドアの上部に取りつけてある、来客を告げる真鍮製のベルが鳴った。

新聞を持ってレジの机の前に座っていたローザが、眼鏡を鼻先まで下げた。

「こんにちは《オラ》」ティアゴは言って、帽子をラックに掛けた。「今日は鍵を忘れなかったんだね」

彼女は腕時計をちらりと見て、眉をひそめた。「あなたは、また遅刻」

「そうだね」彼は祖母にするように、彼女の頬《ほお》にキスをして、にやりと笑った。「おはようござい

ます、ローザ。ご機嫌は？」

　微笑みそうになるのをこらえるように、ローザの口元の両端が震えた。「あなたが時間どおりに店に来たら、もっとよくなるわ。ゆうべ遅かったの、それとも朝早くに打ち合わせでもあった？」

「そうだね」ティアゴはからかうような会話を続けたくて、わざと曖昧に答えた。ティアゴは二人のあいだの朝の辛辣なやりとりを楽しみにしていたが、ローザのほうが彼よりもっと楽しんでいるようだった。

　ローザは新聞をたたんだ。「それで、どっちだったのかしら？」

　ティアゴは上着の隠されたポケットから、パスポートを一束取り出して、カウンターにおいた。

「今朝、カフェで、フランスのルーアンから来たユダヤ人の家族と会った」

　ローザはその小冊子をめくってみた。「子どもは何人いるの？」

「五人だ」ティアゴは答えた。「母親は妊娠六ヵ月目だ。どんなふうにピレネー山脈を越えてスペイン北部を抜け、ポルトの両親のブドウ園に辿り着いたのか、想像もできない」

「奇跡ね」ローザは額《ひたい》と胸、そして両肩に触れて、十字を切った。

「ぼくたちは、自由への最後の歯車なんだ」ティアゴは、深刻な声で言った。ローザを見ると、彼女の目の周りは文書偽造のための睡眠不足で黒ずんでいる。

　ローザは涙をこらえるかのように、瞬きをした。

「あなたがいなかったら、できなかった」

「そうね」ローザは顎《あご》を上げた。「わたしがいなかったら、あなたは店に来るのがもっと遅くなるってことを、忘れちゃいけない」

　ティアゴは低く笑った。

「書類はいつまでに要るの？」

「できれば、一週間以内に」

ローザはうなずいて、パスポートをハンドバッグの偽の底の下にしまった。「お祖父さんやお祖母さんはどうしていらっしゃる？」

ティアゴは胸が苦しくなった「フランスに留まると言い張ってる。ぼくも両親も、逃げてくれと手紙を書いたんだけど」

「お祖父さんたちはユダヤ人をドイツから守っている」ローザは言った。「もしあなたがその立場だったら、その亡命者たちを見捨てると思う？」

「いや、でもそれとこれとは話がちがう」

「どうちがうの？」彼女は訊いた。

ティアゴは体重を移し替えた。「祖父や祖母はぼくの家族で、ぼくは二人のことが心配なんだ」

「愛するひとたちを守りたいという気持ちはわかる」彼女は言った。「でも、お二人の希望を尊重するのも大切よ。お祖父さんたちがいなかったら、フランスを脱出する手段のない避難者がたくさん生まれることでしょう」

彼女の言葉は真実であり、ティアゴの胸は痛んだ。彼は大きく息を吸い、うなずいた。朝のカフェでの話し合いが、ティアゴの頭の中に浮かんだ。「今朝会った家族によると、祖父母は彼らの子どもたちに、ブドウ園で隠れているあいだに読む本や、鋳鉄《ちゅうてつ》製のミニチュアの馬を貸してやったそうだ。ぼくが子どものころブドウ園を訪れたときにしてもらったのと同じことだ」

「それだけ勇気があって優しいお祖父さんとお祖母さんがいて、誇らしいでしょう」

「そうだね」〝でも、やはり心配でしかたがない〟

「戦争が終わったら」ローザは言った。「ぜひ会わせてもらいたいわ」

彼は微笑んだ。「そうできたら、本当に嬉しいよ」

長身で骨ばった男性と、頭にスカーフをかぶった女性が、書店のガラスのウィンドーに近づき、中を覗きこんだ。

ティアゴはカウンターの前に立ち、ローザがカウンターの下にハンドバッグを突っこむのを二人に見られないようにした。それからドアに歩み寄って開いた。「ご用ですか?」

男性は連れのほうをちらりと見て、両手をポケットに入れた。「フランス語は話しますか《バルレ・ヴ・フランセ》?」

「ええ《ウィ》」ティアゴは二人に、中に入るように身振りした。

二人は灰色の髪と目の周りの皺《しわ》から察するに六十代後半だろうか、ぎこちない様子で中に入った。

男性が帽子を脱いだ。「イーフレイムといいます。これは妻のヘリーン」男性は女性の手を握りながら言った。「ティアゴという名前の男性を探しています」

「ぼくがティアゴです」

「渡航文書のことで、力になってくれるそうですね」男性は言った。

「誰から聞いたんですか?」

「波止場《はとば》にいた男です」

ティアゴの首筋に鳥肌が立った。彼の家族の逃避経路を使わずに旅してきた避難者が彼について聞きつけてくることも、珍しくはなかった。だが注意しなければならない。リスボンにはスパイがいたるところにいて、避難者でさえ、秘密警察《PVDE》に買収されている可能性がある。

「別のひととまちがえているのではないかな」ティアゴは言った。「うちは本を売っています。リスボンにいるあいだに暇つぶしで読む本ならあるかもしれません」

ローザはフランス語がわからず、会話を理解するのに苦労して眉をひそめた。

「お願いします」ヘリーンが言った。その顎が震えていた。「サミュエル・ベンダから、あなたならパスポートを手に入れるのを助けてくれるかもしれないと聞きました」

サミュエルと妻のポーリーン――ティアゴが偽の渡航文書を提供し、下宿屋に一時的に住まわせた――の姿が、ティアゴの頭の中に閃《ひらめ》いた。彼はローザを見た。「店の奥に行く。誰かが入ってきたら、ラジオをつけてくれ」

彼女はうなずいた。

彼はイーフレイムとヘリーンを店の奥に連れていき、スツールを持ち出して座らせた。数分ほど、ティアゴは二人に質問をし、ＰＶＤＥの罠ではないと確信できたのち、力になろうと申し出た。

「パスポートを盗まれてしまったんです」イーフレイムは言った。

「どのように？」ティアゴはたずねた。

「三日前にリスボンに着きました」イーフレイムは言った。「滞在する場所がなかったので、ほとんどずっとロシオ広場にいました」

〝ユダヤ人の避難者が集まる場所だ〟ティアゴは考えた。〝そして亡命者の大半が、ＰＶＤＥに監視されていることに気づいていない〟

イーフレイムは髭《ひげ》をさすった。「ヘリーンはベンチで休んでいて、わたしはあたりを歩いてくることにしました。通り一本離れたところで、ポルトガルの秘密警察に呼び止められて、書類を見せろと言われました。その警察官は少しフランス語を話して、わたしの査証が正式なものじゃないと言い――これは嘘でした――パスポートを押収したんです」

「ひどいな」ティアゴはヘリーンを見た。「あなたのパスポートも取られたんですか？」

「いいえ《ノン》」彼女は答えた。

「警察官の名前は憶えていますか？」ティアゴは訊いた。

「たしか名字は、ヌネスとかなんとか言っていたと思います」イーフレイムは言った。

「髭があって、顎が割れていて、スーツに山高帽の？」

「そうです《ウィ》」と、イーフレイム。「知っているひとですか?」

「マーティン・ネヴェス警察官ですね」ティアゴは言った。「この件は、警察に報告しないほうがいいと思います。あなたにとって、よけいに面倒なことになる」

イーフレイムはうなずいた。

「どこに滞在してるんですか?」ティアゴは訊いた。

「今のところ、路上で生活しています」ヘリーンは目を伏せて言った。

「お金はありますか?」

ヘリーンは指からルビーの指輪をはずし、イーフレイムに渡した。イーフレイムは自分の金の結婚指輪をはずして、それを宝石の指輪と一緒に手のひらにのせた。「お金はありませんが、これでお支払いします」

ティアゴの心は沈んだ。「わたしの仕事には、支払いは不要です。でもそれらをエスクードに替える必要があるでしょうね。船に乗れるまでに何ヵ月かかかるでしょうし、食費も要るでしょう。ここを出る前に、指輪を公正な値段で買い取ってくれる宝石商の住所をお教えします」

「ありがとう《メルシ》」ヘリーンが言った。

「お礼は、船の切符を手に入れたときに言ってください」ティアゴは言った。「アメリカに行くつもりですか?」

「はい《ウィ》」二人は声を合わせて言った。

ティアゴは身を乗り出した。「話を進める前に、あなたには選択肢があるのを知っておいてください。ポルトガル当局へ行って、パスポートをなくしたと言ってもいい、でもその場合、あなたが不法に入国したと思われてスペインに返される可能性もあり、そこからフランスへ送り返されるでしょう。あるいは、わたしはあなたのために偽のパスポートを作ることができる。わたしの仕事は、たいていは現存するパスポートの書き換えだから、あなたが検閲《けんえつ》を通れずに逮捕される可能性もあります」〝そして、彼らがどこで偽のパスポートを手に入れたかPVDEに話せば、ぼくも逮捕される〟

イーフレイムは妻を見て、妻はうなずいた。イーフレイムはティアゴに顔を向けて言った。「あなたにお願いします、どこでパスポートを手に入れたかは、誰にも言わないと約束します」

「いいでしょう」ティアゴは言った。文書の偽造はローザにまかせているが、避難者たちには、自分一人で行動しているふりをした。〝誰か逮捕されるとしたら、それはぼくだ〟「あなたの写真や、利用できるような書類はありませんか?」

「ないんです」イーフレイムは言った。

「それではゼロから始める必要がある」ティアゴは紙と鉛筆を取り出した。数分かけて、彼はイーフレイムから情報を聞き出した。名字と名前。誕生日。国籍。職業。「生まれたのはどこですか?」

「フランスのリブルヌです」

「ボルドーにいる、わたしの祖父母のところの近くですね」

イーフレイムはスツールの上で身じろぎした。ヘリーンは下唇を噛《か》んだ。

ティアゴは鉛筆を下ろした。「何か、気になることを言いましたか?」

イーフレイムは妻に腕を回した。「ヘリーンの妹とその家族は、ボルドー近くの村で逮捕されました」

〝なんてことだ〟「いつですか?」

「三週間前です」ヘリーンは言った。

「何があったんですか?」ティアゴは訊いた。

ヘリーンは両手を握り合わせた。「妹は、夫と十代の娘とともに、ユダヤ人登録をしろというドイツ占領当局の命令に従いました。一週間後、彼らは――シナゴーグの十人以上もの仲間とともに――ドイツの兵士たちに捕まりました」

ティアゴは全身が冷たくなった。「気の毒に。どこへ連れていかれたか、わかっているんですか?」

「いいえ《ノン》」イーフレイムは言った。「でも、リブルヌでは、ユダヤ人は勤労奉仕収容所に連れていかれるという噂でした」

ティアゴは祖父母の身の安全が気になってしかたなかったが、イーフレイムの文書のための情報を集めるのに意識を集中させようとした。それが終わったあと、ティアゴは宝石商の住所の書いてある紙片を渡し、ドアまで送り、二週間のうちにまた会う予定を決めて二人を帰らせた。窓から外をうかがい、二人が通りを歩いていって、角を曲がって姿を消すのを見送った。

「どうしたんですって?」ローザが訊いた。

「男性のほうが、パスポートをネヴェス警察官に取られた」

「ひどい男」ローザはつぶやいた。

ティアゴは胃がよじれるような気分で、彼女のほうを見た。

「顔色が悪いわね」ローザは彼に近づいた。「大丈夫?」

「いや」彼は言った。「あの女性の妹さん、そしてその家族は、ボルドー近くのシナゴーグでドイツの強制捜査を受けて逮捕されたそうだ」

「まあ」ローザは言った。

ティアゴは髪の毛をかきあげた。「あなたの献身は徳であるという言葉は認めるけど、フランスのユダヤ人にとって事態は悪化しているようだ。祖父母は危険にさらされている、ポルトガルに連れてこなければならない」

「だけど、あなたもお父さんもすでに手紙を送って、お祖父さんたちはそこを離れることを拒否されたんでしょう」

ティアゴは胸が焼けるように感じた。「ボルドーへ行く」

ローザは目を見開いた。「だめよ！　逮捕されずに行って戻ってくることなど、できやしない！」

「ぼくたちはフランスから逃げてきたユダヤ人を何人も助けた」彼は言った。「ぼくは避難者たちが通った道筋を知っている――ボルドーから、ピレネー山脈を越えてスペインに入り、バスク地方からポルトガルへ。ユダヤ人をかくまう教会や修道院の場所もわかる。祖父母のところまで、同じ道を逆に辿っていけないはずはない」

「ばかなことよ」ローザは言った。

「やってみなければならない」ティアゴは言った。「あなたには、渡航文書のことで協力してほしい」

ローザは腰に手を当てた。「やらないわ」

「だったら自分で文書を作る」

「あなたの未熟な偽造技術では、捕まるわよ」彼女は、行かせまいとするかのように言った。

「あなたが協力してくれてもくれなくても、ぼくは行く」彼は彼女を見た。「お願いだ、ローザ。あなたの助けが必要なんだ」

彼女は不承不承うなずいた。「いつ発《た》つの？」

「明日だ」

二人は、すぐに店を閉めた。ローザは、妻の秘密の仕事を知らない夫に電話をかけて、友人と夕食に行くという作り話をし、夜遅くまで仕事ができるようにした。店の奥で、二人はティアゴの旅の計画を立て、書類を用意した。二人は午後十時に作業を終え、偽造のための備品をティアゴの仕事部屋の秘密の穴に入れ、書店をあとにした。ローザは一人で歩いて帰ると言ったが、ティアゴは家の近くまで彼女につきそった。

「ここで、充分よ」彼女は通りの角で足を止めて言った。

彼は彼女の顔を見た。「二週間以内に、帰ってくる」

彼女は首に下げていたメダルのついているチェーンをはずし、彼に渡した。「これを持っていって」

街灯の鈍い光の下で、ティアゴはブロンズのセント・クリストファーのメダルを見た。〝旅人の守護聖人だ〟

「夫のジョージが漁船で働いていたときにつけていたものよ。仕事の行き帰りに歩くのに身につけるようにと、わたしにくれたの。あなたはユダヤ教の信者だから身につけるのは嫌でしょうけど、フランスでドイツ兵に止められたときに助けになるかもしれないわ」

「ありがとう《オブリガード》」

ティアゴはメダルをポケットに入れ、ローザが夜の中に消えるのを見守った。自分のアパートメントに帰る道すがら、公園の茂み近くで休める場所を探している避難者の集団の横を通り過ぎた。〝何千人ものユダヤ人がリスボンに到着したが、多くが自由に至る旅の途中で失敗している〟ボルドー地方に到達できる確率はかなり低いだろうと、ティアゴは考えていた。そしてもし半分ユダヤ人である彼がドイツ占領下のフランスで捕まったら、命を落とすことになりかねない。それでも彼は、どんなことをしても祖父母を救うと決意していた。

第六章

ポルト、ポルトガル——一九四二年七月四日

ティアゴは帆布《はんぷ》と革でできた雑嚢《ざつのう》を持ち、ポルト駅で列車を下りて、リスボンから五時間も列車内で座っていたせいでこわばった脚を伸ばした。駅を歩いていくさい、ローザのセント・クリストファーのメダルが白いボタンダウン・シャツの下で、チェーンにぶら下がって前後に揺れた。外に出て、狭い丸石の敷かれた通りを歩いた。バロック様式、ゴシック様式、そしてポルトガル・ロマネスク様式の建物や聖堂のある街に、教会の鐘が鳴り響いた。港湾労働者たちで騒がしい河岸で、ラベロ船に乗せてもらった。ラベロ船とは底が平らな木製の貨物船で、ドーロ川を上流に向かって引っ張られていくものだ。船が川を進んでいくと、ポルトの街並は消え、山腹にブドウ畑が広がっている、緑豊かな渓谷が現われた。父親のラベロ船にポートワインの樽をのせる仕事を手伝った青年期の思い出が、ティアゴの頭の中に甦《よみがえ》った。ヨーロッパが平和だった日々が懐かしかった。

一時間後、船が河岸に着き、ティアゴは雑嚢を持って飛び下りた。急勾配の泥道を、段々になったブドウ園まで登っていった。ブドウの若枝や整枝された木々——トウリガ・ナシオナル、ティント・カォン、トウリガ・フランセサなどの品種から成る——が、支柱につけられたワイヤに沿って伸びている。暑い風がブドウの葉を揺らした。両親の二階建ての家が見えてきたとき、彼の胸に不安が湧き上がった。〝フランスのシナゴーグでの襲撃の話をしたら、父さんや母さんはどう思うだ

ろう？〟彼はその思いを振り払い、太腿《ふともも》の筋肉に痛みが走るほど急いで歩いた。

ティアゴは生まれてから、コインブラ大学で現代語学と文学を学びに家を出るまで、ずっとブドウ園で過ごした。父親のレナートは若いとき、インフルエンザで一週間のうちに相次いで両親を亡くして、ここを引き継いだ。ワイン醸造家というよりも労働者であったレナートは、ブドウの栽培や発酵についての科学的知識を持っていなかった。それでも彼はブドウ栽培の専門知識を獲得し、父親の事業を続けると決意した。そこで無報酬の労働と引き換えに、ドーロ渓谷のワイン醸造家に弟子入りをし、世界一すばらしいワインが作られる場所と思われるフランスのボルドー地方へ旅に出た。フランスのブドウ園を訪問中に、両親のワイナリーで働いていた美しくて知的なワインの作り手、リーナと出会った。言語の壁や宗教のちがい――リーナはユダヤ教徒でレナートはカトリック教徒――にかかわらず、二人は恋に落ち、ボルドーの地方会議所で民間の結婚式を挙げた。二人はドーロ渓谷へ移り住み、一緒に暮らし始めて、やがてポルトガルで最高のポートワインを作るようになった。たった一人の息子ティアゴが生まれたとき、二人はいつの日かこの子に家族のワインの伝統を引き継いで欲しいと願った。だが書物への愛、そしてファシズムへの強い嫌悪が、ティアゴを家から離れさせた。

　ティアゴは鞄をおき、痛む腕をさすって、アーチ形の木製のドアから中に入った。「こんに《オ》ちは《ラ》！」

　キッチンから足音が近づいてきた。母親のリーナ――頬骨《ほおぼね》が目立ち、灰色と赤褐色の髪が肩まで落ちている、やせ型の中年女性――が廊下に現われた。

「ティアゴ！」かすかにフランス語の発音が感じられる口調で言った。

「会えて嬉しいよ、母さん」彼はリーナの両頬にキスをした。

「来るとわかっていたら、寝る部屋を用意しておいたんだけど」彼女は階段のほうをちらりと見た。

「予備室は、お客が使っているの」

〝避難者たちだな〟彼は考えた。「何人いるんだい？」

「二家族よ、全部で八人、昨晩着いたの」

ほんの一瞬、その避難者たちはボルドー地方近くでおこなわれた大量逮捕について何か言わなかっただろうかと考えたが、その話は両親二人と一緒にするのがいいと決めた。「どんな様子なの？」

母親は自分を抱くように、腕を体に回した。「あなたのお祖父さんたちのブドウ園を出たあと、かなり苦労したみたい。みんな栄養不良で、三人は脚に生々しい傷がある。旅を続けられるほど元気になるのに、一週間はかかるかもしれない」

「母さんが元気にしてやれるでしょう」彼は言った。「もし必要なら、リスボンに着いたとき、書類を揃える手伝いをするよ」

母親はうなずいた。

ティアゴは両手をポケットに入れた。「父《パイ》さんはどこに？」

「貯蔵室で働いているわ。わたしも行こうとしていたところ」

「一緒に行こう」

彼は雑嚢を家の中におき、母親と一緒に、斜面に建てられている石と木材の梁《はり》の建造物へと歩いていった。窓のない建物に入ると、室内は外よりひんやりしていて、オークと古いポートワインの香りがかすかに感じられた。二人は両脇にオーク材の樽《たる》が三個重ねられている石造りの通路を、ランタンの光のほうへ進んだ。木製の棚の修理をしている父親が見えた。

「こんにちは《オラ》、父《パイ》さん」ティアゴは言った。

レナート――白髪の生え際が後退しつつある、長身でやせ型の男性で、カーキ色の作業用シャツの袖《そで》を肘の上まで折り上げている――は、ハンマーをおいて、息子を抱きしめた。「会えて嬉しい」

「ぼくもだよ」ティアゴは言って、父親《パイ》から離れた。

「どうして来たんだ？」父親《パイ》はたずねた。

「父さんと母さんに話さなくちゃならないことがあってね」

「いろいろ、大丈夫なの？」母親がたずねた。

ティアゴはかぶりを振った。「お祖父さんとお祖母さんから、最後に連絡があったのはいつ？」

「一週間前よ」母親は言った。「ゆうべ到着した避難者たちは、おまえのお祖父さんもお祖母さんも元気だと言っていたわ」

〝ありがたい〟と、ティアゴは考えた。「ユダヤ人の大量逮捕について、何か言っていなかった？」

「なかったな《ナオ》」父親《パイ》は言った。「何があった？」

「昨日、ユダヤ人の夫婦――うちの逃避経路を使って移動したのではない――が、ぼくの書店に来た。渡航文書のことで助けることになったんだけど、彼らによると、ボルドー地方近くのシナゴーグでドイツによる強制捜査があったらしい」

「そんな」母親が小声で言った。

「その夫婦は、ボルドーから四十キロメートルほどの、リブルヌから来た」ティアゴは言った。

「奥さんには妹さんがいて、その家族は逮捕されたそうだ」

父親《パイ》は妻の体に腕を回した。「ドイツ軍は、逮捕したひとたちをどうしたって？」

「夫婦は知らなかった」ティアゴは言った。「でも、リブルヌでは、逮捕されたユダヤ人は勤労奉仕収容所へ送られるという噂だったそうだ」彼は、恐怖に満ちた母親の目をのぞきこんだ。「お祖父さんたちにとって、危険過ぎる。二人を連れ出す必要がある」

「あなたのお父さんやわたしがあそこを離れるように言ったのに、聞いてくれなかった」母親は言った。「もう一度、あなたから聞いたことを知らせる手紙を書くわ。次の避難者の一団と一緒にここに来るように頼んでみる」

ティアゴは体の重心を変えた。「ぼくからも手紙を書いた。お祖父さんたちはドイツ占領下のフランスから逃げ出すユダヤ人を助けることに責任を感じていて、また手紙を書いたとしても、困っているひとたちを見捨てる気になるとは思えない。それに、フランスへの手紙は検閲《けんえつ》の対象で、ユダヤ人の逮捕について知らせたら、さらに危険なことになるかもしれない」

「でも何かしなければ」父親《パイ》は言った。

「手紙ではだめだ」ティアゴは肩に力を入れてそびやかした。「ぼくがボルドーに行く」

母親は目を見開いた。「危険過ぎるわ」

父親《パイ》はティアゴに近づいた。「それはだめだ。二人を連れ出す、ほかの方法を考えよう」

「大丈夫だよ」ティアゴは言い張った。「スペイン国境を越えるための渡航文書を偽造した。フランス国内で止められたときのための書類も揃ってる。それに、お祖父さんとお祖母さんのための、本物のスタンプの押してある偽のパスポートも持っている」

「だめだ《ナオ》」父親《パイ》は言った。「スペイン国内で逮捕されてみろ、内乱のとき反フランコで闘ったことがわかったら、処刑されるぞ。もしフランスでドイツ軍に捕まったら、半分ユダヤの血が入っている者として、恐ろしいことになりかねない」

スペイン内乱で闘ったときの様子が、ティアゴの頭の中に甦った。彼はサラザールがフランコに送った軍隊とは敵対する、ファシズムに反対して闘う数千人のポルトガル人の一員だった。帰国した反ファシズムの兵士の大半は収監された。だがティアゴは――スペインでの戦闘中――フランスの祖父母のブドウ園で働いていたという偽のアリバイと、そしてその秘密を暴く可能性のある、同じ部隊にいた人々の大半が戦闘中に死んだという事実によって、逮捕を免れた。〝ぼくは逮捕されるか、もっと悪いことにもなりかねなかった、でもフランスにいるかぎり祖父母も同じなんだ〟

ティアゴはその思いを脇におき、言った。「新しい身分を証明する書類を持ってる。過去のことやユダヤ人であることは、誰にもわからない」

父親《パイ》は腕を組んだ。

「スペインのサンセバスティアンまでは、車で一日の移動だ」ティアゴは言った。「そこからボルドーへ、徒歩なら五日かかるけれど、渡航文書があるから列車に乗れる、だからもっと早く着く。三日もあれば、お祖父さんとお祖母さんのところへ行ける」

母親は息子の計画を検討するかのように、額《ひたい》をこすった。

「自動車などないだろう」父親《パイ》は言った。

「父さん《ナオ》のトラックを使うつもりだった」ティアゴは言った。

「だめだ」父親《パイ》は言った。

「だったら一台盗む」と、ティアゴ。「いずれにしても、ボルドーに行くよ」

父親《パイ》は妻を見た。「誰かが行くとしたら、わたしだろう。わたしはポルトガル人のカトリック教徒で、ユダヤ人ではない。ドイツの兵士はわたしのことを危険とは思わない、スペイン人もな」

「父さんには、渡航文書がない」ティアゴは父親に言った。

「それらを手に入れるように手配する」彼は言った。

「それでは時間がかかる、そんなに待っていられない」ティアゴは言った。「向こうへ行くのは、ぼくじゃないとだめだ」

「どちらも、行ってほしくないわ」母親が、震える声で言った。

数分ほど話し合ったあと、ティアゴは両親を見て言った。「ぼくを信じて欲しい。二人をフランスから連れ出してくるよ」

父親《パイ》の心配そうな表情が和らいだ。

母親は言葉を切り、両目を拭い、渋々うなずいた。「くれぐれも気をつけてね」

「うん」ティアゴは答えた。

父親《パイ》はティアゴの肩に手をおいた。「スペインに入国する目的を記した書類も持っているんだろう」

「うん」ティアゴは言った。「父さんのトラックのほかに、ポートワイン一箱と、未使用のコルクの箱が要る」

父親《パイ》は眉をひそめた。「コルク？」

ティアゴはうなずいた。

まず、ティアゴは両親の家に滞在していた避難者たちと会った。彼らの旅路について、特にドイツ国防軍の兵士たちがパトロールしている南西フランスの海岸線の、安全な避難場所や地域についての情報を集めた。その後、父親のトラックに行き、両親の見ていないところで、雑嚢を開けて偽のフランスの文書、弾薬の箱、そしてスペインでの戦闘中に使用した拳銃、アストラ四〇〇を出した。武器の冷たい金属に触れると、恐ろしい光景が甦った。激しい砲撃。火薬のえぐいにおい。負傷した者たちの泣き声。ほんの一瞬、彼は、ナチス占領下のフランスから祖父母を助け出すためにひとを殺さなければならないだろうかと考えた。そんな思いを払い退けるように頭を振り、それらを座席の下に隠した。

一時間かけて、彼と両親はコルクの箱、軽油の大きな缶を三つ、それからラベルのついていないポートワインの箱を一つ、トラックの荷台に積んで、防水シートをかけて隠した。地図を使って、彼は両親に旅程を説明した――ドーロ渓谷からスペインの国境へ、そしてサンセバスティアンへ。

「フランスへ入る前に、サンセバスティアンの修道院にトラックを預ける」ティアゴは地図をたたんだ。会ったことのない修道士の名前が、頭に浮かんだ。「フランシスコは、どういう方かな？」

「信頼できるひとよ」母親が言った。「戦争が始まったとき、お祖父さんたちが、ピレネー山脈を越えてスペインに入るユダヤ人避難者たちをかくまってくれと、彼に頼んだの。ここを目指す旅に出る前に、彼が避難者たちに食料と隠れ場を提供しているのよ」

ティアゴは地図をしまい、母親の用意した食料の籠《かご》と水の入った水筒を運転台におき、両親に歩み寄った。

「いってらっしゃい《オ・ルヴォワール》」母親は言って、彼を抱いた。

彼は母親をきつく抱きしめた。

父親《パイ》は彼に身を寄せ、両腕を回した。

ティアゴは父親から離れ、運転席に座ってドアを閉めた。錆びた蝶番《ちょうつがい》が音を立てた。彼はエンジンをかけて発車し、バックミラーの中で小さくなる両親の姿を見た。未舗装道路に出てから、アクセルを踏んだ。タイヤが埃を舞い上げ、古いトラックの速度が上がるとともに、後部の車軸が荒荒しく回転した。彼はハンドルを握りしめ、ピレネー山脈の手前までトラックが壊れませんようにと祈った。

全身が振動するような、わだちのできた田舎道を三時間も走ったあとで、ティアゴはアルカニセスという町近くの、スペイン国境に近づいた。真っ赤な太陽がイベリア半島に低くかかり、空をオレンジ色と金色に染めている。四十メートル先にスペインの国境警備隊員が二人、道端の木に繋がれた馬の横に立っていた。不安な気持ちがティアゴの腹部に広がった。スペインとポルトガルは不可侵条約を結んでいて、お互いに国境については敬意を払い合っているが、ティアゴがかつて反ファシズムの兵士だったとわかったら、そのような条約はなんの助けにもならないだろう。彼は助手席の上の、偽造した書類をちらりと見た。〝これまで何度もスペインで逮捕を免れてきた。もう一度できるはずだ〟

カーキ色の制服を着てホルスターに入れた銃を携えた、国境警備隊員の一人が、道路に踏み出して腕を上げた。

ティアゴは脈拍が速くなるのを感じながら、トラックの速度を緩めて止めた。

シャツの脇の下に汗染みのできている警備隊員は、仲間に荷台を調べるように身振りで示した。自分は開いている運転席横の窓に近づいて、ティアゴを見た。「スペイン語を話すか《アブラス・エスパニョル》？」

「はい《シ》」

「書類を見せろ」警備隊員はスペイン語で言った。

ティアゴは身分証明書と書類を相手に手渡した。バックミラーで、警備隊員の仲間――内側に綿でも詰めてあるように丸い頬をした、恰幅のいい髭面《ひげづら》の男――が防水シートをめくり、箱を調べる様子を見た。手を下げて座面におく。隠してあるアストラ四〇〇から数センチのところだ。

「ペドロ・ブラガか」警備隊員は、書類を見ながら言った。「スペインに入る目的はなんだ？」

「ビルバオのメンドーザという醸造所に、コルクを届けます」ティアゴは言った。「出荷書は書類の中にあるでしょう」

「メンドーザとは、聞いたことがないな」警備隊員が言った。

ティアゴは手をほんの少し、銃に近づけた。

警備隊員が書類をめくるいっぽうで、その仲間はさらに箱を調べている。警備隊員は眉をひそめ、ティアゴを見た。「どうしてその醸造所は、スペインのコルクを使わないんだ？」

「セニョール・メンドーザは、マラガの供給元からのコルクの汚染で困っています」ティアゴは落ち着いた口調で答えた。「リオハ・ワインは、栓を開けたとき濡れた犬のようなにおいがするって」

警備隊員は鼻に皺《しわ》を寄せた。

ティアゴは開いている窓に腕をのせ、警備隊員のほうに身を乗り出した。「セニョール・メンドーザの言葉を正確に覚えているとしたら、たしか、カタルーニャの共産主義者どもからコルクを買うぐらいなら、地獄に落ちると言っていました」

警備隊員はにやりとして、不揃いの歯をむきだした。「左派のやつらの大半は撃たれたか、刑務所で腐ってる。だがやつらはネズミ同然、あっというまに増えて、捕まえづらい」

ティアゴは胃のあたりに湧き上がる熱い思いを隠して、うなずいた。

仲間のほうがワインの箱を一つ抱えて、トラックの荷台から下り、警備隊員に近づいた。「ワイン《ヴィーノ》がいくらかあるほかは、全部コルクと燃料だ」

警備隊員はワインの瓶をちらりと見て、それからティアゴを見た。「書類はコルクを運ぶことは許可しているが、ワインについての言及はない」

「雇い主のセニョール・ファリアは、彼のポートワインにポルトガルで最高のコルクを使っています。コルクの品質を知ってもらうため、セニョール・メンドーザにワインを何本か提供したいということで」

「ワインは押収する」警備隊員は言った。

仲間はしたり顔だった。

「サンプルを持っていかないと、雇い主に首にされるかもしれない」ティアゴは、少し大胆になって言った。「何本か、持ちこませてもらえませんか?」

警備隊員はティアゴに書類を返した。箱から瓶を一本出した。「おまえの雇い主は共産主義者を嫌いだろうから、一本持たせてやろう」

「ありがとう《グラシアス》」ティアゴは瓶を受け取り、助手席の上においた。

警備隊員は彼に、行けと手ぶりをした。

ティアゴは全身が震えるほど気持ちが高ぶっていたが、アクセルを踏んで車を出した。〝ポルトガルのワインを取り上げることで喜ばせて、気を逸らして運転室を調べるのを忘れさせられた〟ティアゴは国境警備隊への提供品としてポートワインを選んだことに感謝しながら、スペインの田舎へと車を進めた。

発光するダイヤル時計によると、サンセバスティアンというバスク地方の海岸の街に着いたのは午前二時半だった。月の輝く空の下、ピレネー山脈が街にのしかかるように見え、トラックの車軸が回る音以外、静まり返っている。避難者たちとの会話から記憶した情報を基に、地方自治体のはずれにあるベネディクト会修道院を見つけた。トラックを隠す場所がなかったので、彼はそれを納屋の近くに止め、武器と弾薬と書類を雑嚢に入れた。ブーツで砂利を踏みながら、修道院のほうへ歩いていった。窓に鎧戸《よろいど》のある、二階建ての建物だ。この時間に修道院の住人をわずらわせるのは嫌だったが、スペインの巡回車の注意を引きかねない、ポルトガルのナンバー・プレートのついているトラックの中で寝るという危険を冒す気にはなれなかった。

戸口で、彼はドアについている拳大の鉄製の輪を使ってノックをした。何分か経ち、もう一度ノックしようとしたとき、修道院の内部から、足音が近づいてくるのが聞こえた。錠が音を立て、ドアが開いて、黒いフードのあるローブを着た、眼鏡をかけた男性が現われた。男性が持っている蠟《ろう》燭《そく》の入ったランタンが、薄暗い光を放っている。

「ティアゴといいます」彼はスペイン語で言った。「フランシスコに会いにきました。ボルドーにいる祖父母のローランとオデットの、友人なんです」

修道士はその名前に聞き覚えがあるというようにうなずき、ティアゴを中に入れてドアを閉めた。何も言わずに、修道士はティアゴを導いて長い廊下を進み、歪んだ石灰岩の柱のある四角い柱廊を抜けた。連結している建物に着くと、修道士は寄宿舎の一室のような部屋のドアを開いた。小さなベッドと書き物机があった。ランタンを使って机の上の蠟燭に火をつけ、ティアゴに、ここに泊まるように手まねで示した。

〝沈黙の誓いだ〟ティアゴは考えた。

修道士はドアを閉めて立ち去った。

ティアゴは旅で疲れ果てていて、鞄をおいて椅子にへたりこんだ。ベッドの上の十字架以外なんの装飾もない小さな部屋の壁に、蠟燭の炎が揺れた。ティアゴは深呼吸をして、古い建材と、燃える蜜蠟《みつろう》の素朴で甘い香りを吸いこんだ。数分が経ち、瞼《まぶた》が重くなってきたころ、廊下から足音が聞こえた。眠気と闘いながら、顔をこすって立ち上がった。

ドアを軽く叩く音がして、白髪を短く刈り、髭を生やした年長の修道士が部屋に入ってきた。黒く腫れたくまが目の下にできていて、不眠症に悩んでいるような印象を与える。肩衣のついた黒いローブを着ている。首から木製の十字架をかけていた。

「ティアゴです」彼は言って、手を差し出した。

「フランシスコです」彼はティアゴと握手し、話をするのが気まずいように、体重を移し替えた。

「ローランとオデットのお孫さんですか?」

「はい」ティアゴは言った。「ボルドーの祖父母のブドウ園から遠くないシナゴーグで、ドイツによる強制捜査があったと聞きました。祖父母にとって危険な状況になりつつある、二人をフランスから連れ出さなければなりません」

修道士は十字架を握った。その目に涙があふれた。

ティアゴは胃のあたりが締めつけられる気がした。「どうしたんですか?」

「ドイツの兵士が、あなたのお祖父さんとお祖母さんを逮捕しました」

ティアゴは一歩引いた。「そんな、ありえない。避難者の一団が、二日前にポルトガルの両親のブドウ園に着いた。彼らは、祖父母は無事だと言っていました」

「今日の午後、ユダヤ人の夫婦が修道院にやってきてわかりました」フランシスコは言った。「お祖父さんたちは、その夫婦がブドウ園に着いた翌日に逮捕されました。夫婦はワイン貯蔵室の秘密の部屋に隠れていて、捕まらずに済んだ」

子ども時代の隠れ家の映像が、ティアゴの頭の中に閃《ひらめ》いた。腹部がむかついて、吐き気に襲われた。

「ボルドーから逃げるさい、夫婦は、ドイツ兵がボルドーでユダヤ人の大量逮捕をたくさんおこなっているのを知ったそうです」フランシスコは言った。「あなたのお祖父さんたちは、連れていかれた人々の中にいました」

ティアゴは脚が、今にも折れそうな枝になったような気がした。「どこへ?」

フランシスコは両手を握りしめた。「駅に連れていかれて、そこで何百人もが家畜輸送車に乗せられて、運ばれていった」

「まちがいにちがいない」ティアゴは言った。心ではすでにわかっていることを、頭が否定していた。

「残念です」

「その夫婦と話せますか」ティアゴは言った。

「もちろんです。もう、起きてもらいました。図書室で待っています」フランシスコはローブのポケットから、折りたたんだ紙片を取り出して、その手を伸ばした。「お祖父さんたちの逮捕の前に、夫婦は、リスボンに着いたときにあなたに届けるようにと伝言を預かっていました」

〝なんてことだ〟ティアゴはその紙片を手にした。

「夫婦と話をする準備ができたら図書室へ案内します、外の廊下で待っていますね」

ティアゴは折りたたまれた伝言を見詰めた。
フランシスコはその場を離れ、ドアを閉めた。
ティアゴの胸に痛みが走った。紙片を開くと、ブドウの蔓《つる》のからんだ棚の木炭画があった。〝ありえないことだ!〟彼は紙を裏返して、何も書かれていない面を見た。奇跡を祈りながら、それを蠟燭の炎にかざした。酸化剤による文字――祖父の、玉ねぎの汁の入った万年筆で書かれたもの――が、ゆっくりと紙面に現われた。

愛する孫よ
おまえのお祖母さんとわたしは無事で、元気にしている。フランスのシナゴーグでドイツによる強制捜査があったという噂がある。だがドイツ人たちはわたしたちの作るワインが飲みたいだろうから、わたしたちは我が祖国に蔓延《まんえん》する反ユダヤ主義の惨禍《さんか》を免れるだろうと希望を持っている。

ティアゴは紙片を握りしめた。鼻をすすり、涙をこらえて、読み続けた。

おまえからフランスを離れるように嘆願されたことを、よく考えたが、ここに留まることにした。わたしたちがここにいればいるほど、フランス、ベルギー、そしてオランダからの避難者たちに、ナチスの迫害から逃がれるチャンスが与えられることになる。これまでの何週間かで、十人以上のユダヤ人避難者たちが、我が家に避難してきた。自由を求める旅路において彼らをかくまう者はほとんどいない。わたしたちは彼らを見捨てることなどできないし、そうするつもりもない。わかってくれるね。

ティアゴは目頭から涙を拭った。

おまえのことは誇りに思っている。おまえはユダヤ人たちに、ナチス占領下のヨーロッパから遠く離れ、新しい人生へと旅立つチャンスを与えている。どうかわたしたちがおまえを愛していること、おまえのことをけっして忘れないことを承知していてほしい。

限りない愛と希望をこめて、

祖父より

ティアゴは紙片をたたんだ。打ちひしがれて、膝をついて泣いた。

第七章

ワシントンDC——一九四二年八月九日

マリアはハンドバッグとスーツケース、それに〝ビスコイト〟——父親が作った、バターたっぷりのレモン風味のポルトガルのクッキー——の缶を持って列車を下り、ワシントンのユニオン駅構内を歩いていった。駅は広い屋内ホールのある古典的装飾様式の建物で、アーチを描く天井が頭上にそびえ立ち、マリアは神聖な記念碑の中にでも入ったような気分になった。何千人もの人々が駅を行きかい、その多くが、軍隊の基礎訓練に行くために乗り換える若者のようだった。〝彼らは戦争に行こうとしているんだわ〟マリアはスーツケースの取っ手を握りしめて考えた。〝わたしも同じだ〟彼女は上流に向かって泳ぐ鮭のように、密集して歩く人々のあいだを縫《ぬ》って進んだ。出口に辿り着き、外に出て、タクシーを止めた。

「議会図書館へ」マリアは言い、タクシーの後部座席に座った。自分の横の空いている空間に、持ち物をおさめた。

運転手はうなずいて、縁石から離れた。

マリアは落ち着かず、クッキーの缶の蓋を叩いた。

運転手が、バックミラー越しに彼女のほうを見た。

「ビスコイトをいかが?」彼女はたずねた。

「なんですか？」

「ポルトガルのクッキーよ」彼女は言った。「最高なの」

「ぜひ」

彼女は蓋を開けてクッキーを一つ出し、運転手に手渡した。

「ありがとう」運転手は菓子を嚙《か》みながら、往来を進んだ。「本当だ。おいしい」

「父が作ったのよ」切ない思いが、マリアの胸にあふれた。〝まだスタート地点に立ったばかりなのに、もう父さんが恋しい〟彼女は缶の蓋を閉めて、ワシントン記念塔を見ようとして窓外に目をやった。

ウィリアム・ドノバン大佐は彼女に、ＩＤＣの長であるフレデリック・キルガーから電話が行くはずだと言い、その言葉は正しかった。大佐と会うためにアスター邸に忍びこんだ日の翌朝、午前八時半に職場に行くと、キルガーから電話があったとの伝言が机の上にあった。彼女はハンドバッグの中の小銭をつかみ、マイクロフィルム部を飛び出して電話ボックスへ向かったが、廊下を歩いているときにミスター・ホッパーの受付係に呼ばれて、図書館館長の部屋でキルガーからの電話に出るようにと言われた。丁寧かつ断固とした口調でＩＤＣはアイヴィーリーグ卒業生しか候補者として考えていないと言われたキルガーとの過去の会話とはちがい、学歴や、以前は彼女の志望に無関心だったことについての言及はなかった。彼は単刀直入に、ドノバン大佐が彼女をＩＤＣに入れたがっている、休職については彼がミスター・ホッパーと話し合うと、彼女に伝えた。誠実で簡潔な言葉で、彼は彼女に、一ヵ月ほどで身辺を整理してワシントンＤＣへ向かうようにと言った。

マリアはニューヨーク公共図書館での最後の日々を、エヴェリンという名前の新しい司書――ロイと彼女の後任者となる――に、マイクロフィルム部の仕事を教えるのに費やした。夜は、父親と一緒に食事を作り、アイアンバウンド近辺を長時間散歩した。ベッドに入る前、二人はしばしば居間に座り、ラジオで〈ペプソデント・ショー〉やビッグバンドの演奏を聞いて過ごした。彼女が出《しゅっ》立《たつ》する日の前の晩――グレン・ミラー・オーケストラによる〈チャタヌガ・チュー・チュー〉という曲でトランペットとトロンボーンが列車の警笛を真似するのを聞きながら――父親はマリアを見て、言った。「ああ、お母さんがいて、おまえを駅で見送れればいいのにな。お母さんは、おまえをとても誇りに思っただろう」マリアの胸に物悲しい想いが渦巻いた。彼女は父親の涙に濡れた目を見詰めて言った。「わたしも、そう思っている」

　ワシントンのユニオン駅を出てから十分後、タクシーは議会図書館の前に止まった。運転手はエンジンを切り、彼女のスーツケースを図書館の広い階段の下まで運んだ。彼女はクッキーの缶をおき、ハンドバッグから金を出して彼に支払った。

　運転手の視線が、缶のほうへさまよった。「荷物を階段の上まで運ぶ手伝いをしましょうか?」

「いいえ、けっこうよ。だけど、いくつかクッキーを持ち帰って、荷物を軽くしてもらってもいいわ」

　彼は微笑んだ。

　マリアは缶を開けて、クッキーを二つ取り出した。運転手が去ると、マリアはその場に立ち、議事堂の建物、自由の像をのせたドームを見た。厳粛な気持ちになった。〝我が国のために働いて戦争に勝つために、できることはなんでもするわ〟マリアは持ち物を抱えて階段をのぼった。出入り口までのぼっていくうちに、決意はさらに強くなった。

　中に入り、受付係が新しい上司であり戦略情報局内のＩＤＣの長である、フレデリック・キルガーに電話をするあいだ、彼女はロビーのベンチで待った。指にはめている母親のサファイアの指輪を回しながら、合衆国最大の図書館の壮麗な内装を眺めて感嘆した。何分かのち、暗い色のピンストライプのスーツとネクタイ姿の痩せた男性が、ロビーを横切ってきた。二十代後半で、油をつけた茶色い髪を撫でつけ、しっかりと自信に満ち溢れた歩きぶりだ。よく磨かれた、先の尖ったオックスフォード・シューズが床で音を立てた。

マリアは立ち上がった。〝IDCの長にしてはずいぶん若いわ〟

「ミス・アルヴェスかな?」彼はマリアに歩み寄ってたずねた。

「はい」

彼は手を差し出した。「フレッド・キルガーだ」

彼女は彼の手を握った。「お会いできて光栄です、サー」

「ついてきたまえ」彼は言った。「別館へ行く。アパートメントへ行くまで、荷物はそこにおいておける。あなたはミス・ラミレスと一緒に住むことになる」

彼は踵《きびす》を返して、ロビーの向こうへ歩き始めた。

マリアはもう少しでクッキーの缶を落としそうになりながら、自分の荷物をつかみ、あわてて彼のあとを追いかけた。

「ここまでの旅はどうだった?」彼はてきぱきと歩きながらたずねた。

「順調でした、サー」マリアの頭の中で、さまざまな疑問が飛び交った。〝ミス・ラミレスって誰? どこで研修をするの? わたしはどの国に派遣されるの? いつここを発《た》つの?〟質問するよりも指図に従っているほうがいいと、彼女は決めた。そもそも彼をさしおいて志願したことで、不興を買っているかもしれないのだから。

二人は建物の奥まで行き、階段を地階まで下りて、長いコンクリート製のトンネルに入った。電線管のパイプが天井いっぱいに列をなし、壁には格子がかぶせられた照明があって、その空間に地下の刑務所の通路のような雰囲気を与えていた。

「別館は通りの向こうだ」キルガーは言った。「地下から行ったほうが早い。この建物は数年前に公開されて、そこに図書館が拡張された。だが戦時協力体制が色濃くなり、ドノバンは図書館の数百平方メートルほどを手に入れて、戦略情報局の調査と分析部門に当てた。そこの一部が司書やIDCのマイクロフィルム専門家に割り当てられている」

スーツケースの重みで、マリアは腕が痛くなった。それでもキルガーに遅れないように、必死に歩いた。

「図書館の空間に加えて」キルガーは言った。「ドノバンは、OSSの新人のためにメリーランド州とヴァージニア州に武器訓練用地を取得しようとしている」

マリアはぴくりとした。「IDCの職員も武器訓練を受けるんですか?」

「いや。戦闘訓練を受けるのは、敵に占領された地域に派遣されるスパイや妨害活動員だけだ。IDC職員は中立国で働くことになる」彼は彼女をちらりと見た。「心配いらないよ、ミス・アルヴェス。あなたが前線に送られることはない」

「はい、サー」彼女は当惑して答えた。

別館の地下室に入り、二人はエレベーターで、五階、すなわちその建物の最上階に行った。廊下の端まで進み、表示のないドアから教室に入ると、男性が数人と女性が一人、個別の作業場についていた。マリアは腕の筋肉が痛くて、スーツケースを足元においた。

「みんな、いいかな」キルガーが言った。

全員が、そちらに顔を向けた。

見知った顔を見て、マリアの不安は消えた。

ロイは口を大きく開けた。火のついていないパイプが、机に落ちて音を立てた。彼はあわててパイプを拾い、上着に入れた。

マリアは微笑みをこらえた。

「ユージーン、ＩＤＣの新入生を紹介する――ニューヨーク公共図書館から来た、マリア・アルヴェスだ」

教室の前方に立っていた、三十代後半の眼鏡をかけた男性が、手を上げた。「ようこそ、マリア」

「よろしくお願いします」彼女は言った。

「ミスター・パワーは技術面での専門家だ」キルガーはマリアに行った。「マイクロフィルムを扱う作業や手順について、知るべきことはすべて彼が教えてくれる」

〝ユージーン・パワーね〟マリアは考えた。すぐに、新聞の記事や業界紙に載っていたマイクロフィルムのパイオニアだと気づいた。戦争前、パワーはイギリスの図書館のために資料をマイクロフィルムに写し、大英博物館の希少本をマイクロフィルム化するプログラムに協力した。そのうえ、パワーはミシガン州に、ユニバーシティ・マイクロフィルムズ・インターナショナルという会社を設立し、資料を複写して保存する方法を変えた。ＯＳＳは海外勤務のマイクロフィルムのチームを作るため、アメリカでも最高の知能を呼び寄せたのだと、マリアは理解した。

「ロイのことは知っているね」キルガーは言った。彼は新人たちを一人ずつ指していった。「こちらはマシュー、ウィルバー、エヴァン、スティーヴン、ヘンリー、パイラー」

マリアは手を振った。「はじめまして」

「みんなとは休憩時間に話をするといい」キルガーは言った。「パイラーとロイのあいだの机を使いなさい。今朝、新しいマイクロフィルムの機材が届いた。ミスター・パワーが、その機能の概要を説明するだろう」

「はい、サー」マリアは言った。

キルガーは部屋の前方にいるパワーに歩み寄った。二人はハンマーと釘抜きを使って木製の梱包の外装をはずし、カメラとフィルムを取り出し始めた。

マリアは自分の机についた。

ロイが彼女のほうに身を寄せて、低い声で言った。「いったい、どうやってここに?」

「タクシーよ」

パイラーが、抑えた笑い声を漏らした。

「わたしも会えて嬉しいわ、ロイ」マリアは、我慢できずに友人をからかって言った。

「ごめん」ロイは言った。「あんまり驚いたから、でも来てくれて嬉しい」

「あとで、全部話すわ」

彼はうなずいた。

キルガーとパワーはカメラを前列にいる新人たちに渡し、さらに箱から機材を取り出した。

マリアはパイラーという名前の女性に顔を向けた。小柄で二十代半ばぐらいの、褐色の目と黒髪の女性で、髪はピンカールにしている。

「よろしくね」マリアは言って、手を差し出した。

パイラーはマリアと握手した。「こちらこそ、よろしく」スペイン語の癖のある口調で言った。

「名字はラミレスかしら?」

「ええ」パイラーは言った。

「じゃあ、ルームメイトね」

パイラーはうなずいた。「ミスター・キルガーから、新入りさんが同室になると聞いたけど、名前は教えてくれなかった。研修のあと、荷物を運ぶのを手伝うわ」

「ありがたいわ」

キルガーは箱型のカメラとフィルムをマリアの机の上においた。新人たちがそれぞれ機材を受け取ると、キルガーはクラスに向き合うように椅子に座り、試験を監視する監督官のように腕を組んだ。

マリアとクラスメートたちは、カメラを調べた。

「コダックのモデルDマイクロファイル、レコーダック35ミリメーターとも呼ばれるものだ」ミスター・パワーは、黒板の前に立って言った。「海外に派遣されたさい、保存する必要のある外国の書籍のみならず、枢軸国《すうじく》の出版物をマイクロフィルムに撮るのに、これを使ってもらう」

マリアのうなじに、鳥肌が立った。

ミスター・パワーはカメラの仕様や、使用済みの空き缶を使ってマイクロフィルムを保管するさいの分類方法を説明した。その後、彼はカメラにフィルムを入れるように指示し、新人それぞれにダシール・ハメットの『マルタの鷹《たか》』と、中のページをマイクロフィルムで写すために本を固定する金属製の器具を配った。

〝テストだわ〟マリアは考えながら、本をめくった。この小説は読んだことがなかった。それでも、昨年映画館でハンフリー・ボガートとメアリー・アスターが出演した映画版は見ていた。

「二十分で、この本をマイクロフィルムにおさめるように」パワーは言った。

マリアは最後のページを見た。〝二百二十四ページある〟急いで頭の中で計算をした。〝時間内に終わらせるためには、一ページにつき、平均五秒使える。大丈夫だわ〟

パワーはポケットからストップウォッチを出して、親指でボタンを押した。「始め」

司書たちは立ち上がり、机にかがみこんでファインダーをのぞいた。シャッターを切る音とページをめくる音が室内に満ちた。

マリアはカメラを本の最初のページの上にかまえ、レンズの焦点を合わせ、シャッターボタンを押した。ページをめくって、マイクロフィルムで写し続けた。マリアにとっては、レコーダックは重くて、扱いづらい印象だった。彼女はフィルムを巻き進めているロイを見た。

「図書館にあったカメラほど、使いやすくないわね」彼女は囁《ささや》いた。「たぶん、写真に焼くと画質がいいんだろう」

「そうだね」ロイはファインダーに目を当てながら言った。

マリアの撮影は滞った。カメラが扱いづらく、両手にうまくおさまらず、ページが動かないように押さえておけるはずの金属製の器具はすぐにずれてしまって、どこまで写したかわからなくなった。マリアは古いライカを思った――母親が報道写真家として働いていたときに使っていたカメラだ――今、それはスーツケースの中にある。幸運のお守りとして、出発するときに父親が持たせてくれた。それを鞄から持ち出して撮影に使いたい衝動と闘った。なんといっても、それはニューヨーク公共図書館で使っていたのと同じモデルだったのだ。彼女はそんな思いを脇に除け、なんとか効率を上げようと苦労しながら撮影を続けた。だが五十ページ撮影したところでも、普段よりずっと効率が悪いままだった。制限時間が近づいたとき、本の半分も撮影できていなかった。

「やめ」ミスター・パワーがストップウォッチを止めた。

司書たちはカメラを下ろした。

マリアは仲間たちの机を見た。全員が、彼女より多くのページを撮影していた。そのうちの三人は、すべてのページを写してしまって、時間を余らせていた。「ひどい仕事ぶりだった」マリアは小声で言った。

「すぐに慣れるわ」パイラーが言った。

励ましの言葉に感謝して、マリアはうなずいた。

キルガーが椅子から立ち上がった。手を後ろに組んで、机から机へと歩き回り、全員の進捗を見た。マリアのところで立ち止まり、眉をひそめた。「道具に問題でも?」

「いいえ、サー」マリアは言った。「レコーダックのカメラを使うのは初めてだったんです」

「海外で働きたいなら、速度を上げる必要がある」キルガーは言った。

「そうします」マリアはスーツケースのほうを見た。「いつもは、もっと速く撮影ができるんです。ニューヨーク公共図書館ではライカを使っていました。スーツケースに同じモデルのものが入っています。それを使って、どれだけ写せるかを見ていただけますか」

キルガーは小首を傾げた。「OSSでは、職員にドイツで生産された道具を使わせる予定はない」

クラスメートたちの視線がマリアに集まった。

マリアは困惑し、頰《ほお》を赤くした。「そうですね、サー。レコーダックで効率を上げるように努力します」

「続けろ」キルガーは体の向きを変え、巡回を続けた。

その日の残り――昼食休憩を取って、図書館のカフェテリアでコーヒーとエッグサラダ・サンドイッチとともにクラスメートと話をした以外――を、マリアたちは新しい道具に慣れるのに費やした。夜までに、マリアはだいぶ撮影の速度を上げることができた。それでも、ほかの新人たちには遅れを取っていた。新しいカメラに慣れるため、夜遅くまで作業を続けたかったが、パイラーとロイを待たせるわけにもいかない。彼女は自分の道具を机の引き出しにしまって、教室を離れた。図書館の外に出て、パイラーとロイとともに、パイラーのアパートメントのあるネイヴィー・ヤードに向かって歩いた。

マリアは頭の中で、忙しくその日の出来事を思い返していた。「わたしったら、すごく愚かだったわ」苛立ちを抑えきれずに言った。

「レコーダックに慣れるよ」ロイはマリアのスーツケースを運びながら言った。「ぼくはここに来てから、古いコダックのモデルを使っていた。使い心地がよくなるのに、少し時間がかかったよ」

「カメラのことじゃないの」マリアは言った。「ヒトラーと闘っているというのに、ドイツ製のカメラを使いたいと言うだなんて、ばかだったわ」

「ああ、あれか」ロイは上着からパイプを出して、奥歯のあいだにはさんだ。

「わたしもライカを持ってる」パイラーが言った。「レコーダックより好きよ」

「キルガーに、ライカのほうが好きだと言った？」マリアは訊いた。

「あら、とんでもない」パイラーは笑いながら言った。

マリアはくすくすと笑った。パイラーの率直な態度に感心した。それに知り合ってから一日も経っていないのに、パイラーのことを信用できると感じていた。「ライカを持っていることで、キルガーに悪く思われないかしら」

「大丈夫」パイラーは言った。「彼は一つのことに集中してる――できるだけ早く、最高のマイクロフィルムのチームを派遣できるように準備することよ」

〝その一員になるつもり〟マリアは自分に誓った。

ロイはマリアを肘でつついた。「一日じゅう、どうしてきみがＩＤＣに採用されたのか訊きたかったんだ。どうやったんだい？」

マリアは両手で持っていたハンドバッグとクッキーの缶を持ち替えた。数区画歩くあいだに、彼女は二人に、ドノバン大佐のオフィスに手紙を送り電話をかけたが返事がなかったこと、アスター家の個人秘書だと偽り、カリフォルニアから来た社交界の女性のふりをしてドノバンの講演の日にアスター邸に入りこんだことを話した。

ロイは眉をひそめた。「冗談だろう」

「今、冗談なんか言うもんですか」マリアは言った。「持っているお金のほぼ全部を使って、役になりきったわ――ドレス、靴、リムジン、宝石」

「驚いたよ」

パイラーは目を丸くしている。

「最初は、すごくうまくいっていたの」マリアは言った。「警備をうまくすり抜けて、ミニー・アスターやそのお友だちとお喋りをして、ドノバンの到着を待った。でも運悪く、ヴィンセント・アスターに紹介されてしまって、このひとはものすごく記憶力があるの。彼に偽物だと見抜かれたけど、警備員に屋敷からつまみ出される前にドノバンと話すことができた」

「ドノバンに、なんて言ったの？」パイラーが訊いた。

「本当のことを話したわ」マリアは言った。「ＩＤＣに入りたいと訴える最後の手段として、アスター夫妻を騙したと認めた。逮捕されると思ったけど、ドノバンはわたしがその催しに入りこんだことを感心してくれて、キルガーから電話が行くだろうと言った」

「すごいじゃないか」ロイは言った。「きみほど運の強い——そして頑固な——人物には会ったことがない」

マリアは微笑んだ。「誉め言葉として受け取っておくわ」

数分後、三人はネイヴィー・ヤード近くの繁華街、バラックス・ロウに着いた。煉瓦《れんが》造りの建物に入り、三階まで階段をのぼり、パイラーのアパートメントに入った。

ロイはスーツケースをおいた。「移動や仕事で疲れているだろうし、荷物の整理もしなくてはならないね。ぼくのアパートメントは通りの先だ。早めの朝食で会うというのはどうだい？」

「いいわ」マリアは言った。

ロイが出ていき、パイラーはマリアに、家具つきの寝室二つのアパートメントの中を案内した。そこはアイアンバウンドのマリアの家より、ずっと広かった。荷物を片づけたあと、マリアはコーヒーを淹《い》れる香りに引かれてキッチンへ行った。ビスコイトの缶を手に、湯気の立つカップをテーブルに用意していたパイラーに合流した。

「はい」パイラーは言って、マリアのほうにカップを押し出した。

「ありがとう。いい香りね」彼女は缶を開けた。「コーヒーとよく合うのよ」

パイラーはビスコイトを一つ取ってかじった。「おいしい」

「そう言ってもらえて、父が喜ぶわ」

「お菓子屋さんなの？」

「報道写真家よ」

パイラーはクッキーを味わった。「転職を考えてもいいかも」

マリアはくすくすと笑って、コーヒーを飲んだ。

「どうしてIDCに入ったの？」パイラーが訊いた。

「勝利に貢献するためよ――ナチスの独裁者がヨーロッパを征服しようとしているのに、黙って見ているわけにはいかないわ」マリアはコーヒーのカップを揺らした。「今日はひどい仕事ぶりだったけど、わたしは本当は有能なマイクロフィルムの専門家なの。両親が報道写真家だったから、海外を旅した経験もあるし、六ヵ国語に堪能《たんのう》よ。だからIDCで役に立てるんじゃないかと思ったの」

「ご両親は、あなたが自慢なんでしょうね」

「父はね」彼女は指にはめているサファイアの指輪を見た。「母は亡くなったの」

「お気の毒に」パイラーは言った。「最近のこと？」

マリアはかぶりを振った。「わたしが大学生のときだった。両親はスペイン内乱の取材でスペインに行って、そのとき母が軍の十字砲火で亡くなったの」

「まあ」パイラーは息をのんだ。「すごく残念なことね」

「ありがとう」マリアの胸に、痛みがあふれた。カップの縁を指先でなぞった。「いつも、母のことを考えている。国のために働こうと思ったのには、母への敬意も大きいわ」

「お母さんはあなたを誇りに思っているはずよ」

マリアはうなずき、ビスコイトを噛んだ。「わたしのことはこれくらいにしましょう。あなたはどうしてIDCに?」

「あなたと同じで、わたしもナチズムの台頭と独裁政権が嫌だった」パイラーは言った。「わたしはもともと、スペインのマドリード出身なの。話し方の癖でわかったでしょう」

「ええ、すてきよ」

パイラーは微笑んだ。「うちの家族は、内乱の前にスペインを出て合衆国に来た。父はスペイン国立図書館で司書をしていて、今は議会図書館で働いている。わたしはペンブルック・カレッジを卒業したあと、議会図書館のマイクロフィルム部に就職したの」

「へえ」マリアは言った。「それでIDCに勧誘されたの?」

「いいえ」パイラーは言った。「別館で、マイクロフィルムの専門家たちが海外に行くための研修を受けていると知ったとき、自分からキルガーに近づいて、父とわたしはスペインの司書たちにコネがあるから枢軸国の出版物を提供してもらえる、だから入れてくれと頼んだのよ」

「勇気があって、いいわ」

パイラーはにやりとした。

「あなたがスペインに戻るかもしれないことを、ご家族はどう思っているの?」

「母は心配してる」パイラーは言った。「でも父は、もし自分にマイクロフィルムの知識があったら、なんとかして一緒に行くだろうって、しょっちゅう言ってるわ」

「あなたはきっと活躍するわよ」マリアは言った。

「あなたもね」

一時間ほど、二人はコーヒーとビスコイトでお喋りをしていた。食事のために外出するのではなく、冷蔵庫の中のもので済ませることにした。冷たいミートローフのサンドイッチ、ニンジン・スティック、そしてパブストのビールが三本。主にクッキーの缶を空《から》にしたせいでお腹がいっぱいになり、二人は居間に落ち着いた。ラジオをつけて、〈ゼイ・バーンド・ザ・ブックス〉を聞いた。ナチスが、国家主義的、政治的、反ユダヤ的な理由からおこなった出版物の破壊を描いたラジオ劇だ。焼き捨てられる書籍や、勝利万歳といって腕を上げる人々の姿が、マリアの頭の中に浮かんだ。腕に鳥肌が立った。

「人類の運命が危険にさらされている」マリアは言って、パイラーを見た。「それを救うために、できることをしましょう」

第八章

ワシントンDC——一九四二年八月十日

マリアとパイラーはダイナーでロイと落ち合い、スクランブルドエッグとトーストとコーヒーという早めの朝食を摂《と》り、議会図書館の別館へ行った。始業時間の四十分前に到着したので、教室には誰もいなかった。マリアは自分の作業場の引き出しからレコーダックを取り出し、パイラーとロイに教えてもらいながら、ダイナーから持ってきた二日前の〈ワシントン・ポスト〉を使ってマイクロフィルム撮影の練習をした。マリアにとっては、誰かに教えてもらうのは奇妙なものだった。ニューヨーク公共図書館のマイクロフィルム部を作る責任者となって以来、ロイを始めとして、他者にマイクロ写真という技法を教える専門家として頼りにされてきたのだ。それでもマリアは、新しい型のカメラについて学習曲線を上向かせるための二人の協力に、謙虚に感謝した。

何分かしてほかの新人たちも、一人、また一人と教室に現われた。彼らは本棚の近くに集まって、前夜のことを話し合った。

マリアは滑らかな動きで、シャッターを切ってフィルムを巻き進めた。その作業を繰り返し、新聞のページをめくった。

「すばらしいよ」ロイは、パイプをくわえたまま言った。

「ほんと」パイラーが言った。「こつをつかんだわね」

マリアはカメラを下においた。「二人とも、ありがとう」

「いつでもどうぞ」ロイは言った。

キルガーとミスター・パワーが教室に入ってきて、部屋の前方に立った。

「おはよう」キルガーが、クリップボードを手にして言った。「座ってくれ」

新人たちは、それぞれの作業場についた。ミスター・パワーは黒板の近くのスツールに座った。

「ミスター・パワーが技術的な解説を始める前に」キルガーは言った。「きみたちがどこに、いつ派遣されるか、そもそも派遣されるのかどうかという見込みについて話しておきたい」

マリアは背筋を伸ばした。〝全員が海外に行くんだと思っていたけど〟

キルガーはクリップボードを見た。「中立国に行ったら、きみたちは議会図書館のために資料を集めているアメリカの職員のふりをすることになる。議会図書館は現在の世界的危機にさいして、記録を残しておこうとしているというわけだ。しかしながら、きみたちの第一の目的は、枢軸《すうじく》国の出版物を集めることだ」

マリアは指輪を回した。

「きみたちは書店や新聞の売店に行って、枢軸国の出版物を買うことになる」キルガーは言った。「また、書店の店主に頼んで、彼らの購買経路を使って枢軸国の情報源を取り寄せてもらうこともあるだろう。出版物を手に入れるためには、こちらが提供する外国の貨幣を使用することになる。それればかりでなく、〈ライフ〉〈ニューズウィーク〉〈タイム〉や〈ヴォーグ〉といったアメリカの雑誌を、交換取引のために提供もする。しかしながら、中立国の中にも雑誌を禁じる監視法のあるところもあるから、逮捕や強制送還を避けるために、特別慎重に行動してほしい」

〝ナチスの焚書《ふんしょ》から書籍を守る以上のことをするんだわ〟マリアは考えた。

「敵国の出版物を手に入れたら」キルガーは言った。「それらをマイクロフィルムにおさめ、フィルム缶に入れて、毎週合衆国かイギリスのどちらかに飛行機で運ぶ。印刷された形で運ぶことはない――飛行機内で、重さや場所を取り過ぎるからだ」彼はいったん言葉を切って、クリップボードのメモ書きを見た。

さまざまな質問が、マリアの頭の中で渦巻いた。彼女は手を上げた。

「はい、ミス・アルヴェス」キルガーが言った。

「サー、IDCの職員がフィルムを現像することはあるんですか?」

「いや」彼は言った。「われわれの役割は、三つに限られる――手に入れて、マイクロフィルムに写し、発送する。ロンドンかワシントンDCのどちらかで、戦略情報局《OSS》職員のチームがフィルムの現像と、情報部のための整理をおこなう」

三十分かけて、キルガーは集まっている者たちに仕事の手順と予想できる事態の説明をした――いや、正確にいえば、彼らがするのを認められないことの説明だった。新人たちは紙にメモを取っていたが、マリアは指を握り合わせて、心の中に刻みつけた。

「きみたちはスパイじゃない、どんな場合にもスパイ行為を試みたりはしないこと」キルガーは言った。「きみたちの仕事は、できるかぎり枢軸国で刊行されたものを集め、マイクロフィルムという形で送り返すことだけだ」

マリアは椅子の上で身じろぎをした。〝わたしたちは、情報収集のために送り出される〟

キルガーが、クリップボードを下げた。「何か質問はあるか?」

マリアが手を上げた。

「はい、ミス・アルヴェス」

「サー、どのようなタイプの枢軸国の出版物を探すべきなんでしょうか?」

「すべてだ――本、新聞、住所氏名録、雑誌――手に入るものはなんでもだ。派遣される前に、職員にはそれぞれ、枢軸国の出版物に関する詳しい説明があるはずだ」キルガーは教室を見回した。「ほかに質問はあるかな?」

クラスメートたちは互いに見交わしたが、誰も手を上げなかった。

マリアはロイを見た。ロイは彼女と目を合わせ、かすかにかぶりを振った。黙っているのが最善だというように。〝新人たちは質問をするのを怖がっている。たぶん、権威に挑戦するような態度が、派遣に不利に影響するのではないかと心配なのね〟マリアの不安が募った。

「ミスター・パワー」キルガーは言った。「技術面の研修は、おまかせするよ」

マリアが手を上げた。

キルガーは眉をひそめた。「ああ、ミス・アルヴェス。なんだね?」

「サー、もしIDC職員が職務中に、刊行されたのではない敵の情報を発見したとしたら、その情報を送る手段はどんなものでしょうか?」

「きみの質問がよくわからない」キルガーは言った。「もう少し具体的に言うか、例を挙げてくれないか?」

「はい、サー」彼女は両手を握り合わせた。「IDCは中立国で枢軸国の情報を探します、ということは、敵たちもまた同じ場にいて連合国についての情報を見つけ出そうとしていると考えられます。軍事的情報として有益かもしれないと思われるものを見聞きしたら、どうやってそれを伝えればいいのでしょうか?」

「職員は、わたしに報告すればいい」キルガーは言った。「だが――どんな状況であれ――IDCの職員がスパイ活動に関わることはない。スパイ活動は、まもなくヨーロッパに派遣されるはずの、訓練を受けたOSS職員だけの職務だ」彼は鼻梁《びりょう》の上の眼鏡の位置を直した。「きみは司書であって、スパイではない。きみの役割は枢軸国の出版物を手に入れて、マイクロフィルムに写し、現像していないフィルムを連合国の本部に向けて飛行機に載せる――それだけだ」

〝もし書店の経営者を買収して敵国についての情報を得るなら〟マリアは考えた。〝わたしたちだって、そのつもりはなくても、スパイ活動に関わることになる〟あえてその問題を深掘りすることはせず、彼女はキルガーを見て言った。「はい、サー。ご説明、ありがとうございました」

キルガーはネクタイを手でなでた。「いいだろう、ミスター・パワー。あとは頼む」

その日、彼らは何束もの古い雑誌や新聞をマイクロフィルムに写した。ミスター・パワーは前日にしたような一連の時間制限つきのテストをおこなった。だが前日とはちがい、マリアはほかの候補者たちと同じようにうまく作業した。午後の遅い時間には、クラスの大半よりもいい成績を残した。

「少し休もう」パワーはストップウォッチを押しながら言った。「十五分後に再開する」

新人たちはカメラをおいた。

パワーがマリアに近づいた。「今日はずいぶん速いな」

「はい、サー」マリアは言った。「パイラーとロイが、レコーダックについて助言をくれたんです」

「いいチームワークだ」パワーはうなずいて、部屋を出ていった。

マリアはパイラーとロイのほうを見た。「カフェテリアでコーヒーでもどう？　ご馳走するわ」

ロイは額《ひたい》に皺《しわ》を寄せた。「コーヒーはただだよ」

「知ってる」マリアは言った。「だから誘ったのよ」

パイラーがくすくす笑った。

カフェテリアで、三人はコーヒーを飲み、マリアはレコーダックについての援助のお礼として、ハンドバッグに入っていた小銭でアップル・パイを買って二人に奢った。カフェインと糖分を燃料にして、三人はその日の残りもパワーのもとで研修を受けるつもりで教室に戻った。ところが、キルガーが黒板に何かを書いていた。

「座ってくれ」キルガーは部屋に入ってきた新人たちを見て、言った。

マリアは座った。その目が、黒板に書かれた一覧に引きつけられた。

ポルトガル
スペイン
スウェーデン
スイス
リヒテンシュタイン
アンドラ

ミスター・パワーが入ってきて、キルガーの近くのスツールに座った。

「最初の配属グループを決めた」キルガーは両手についたチョークを払いながら言った。「黒板に書いてあるのはヨーロッパの中立国で、そのうちのいくつかにＩＤＣ職員が派遣されることになる」

マリアは興奮を覚えた。最初に海外へ送られる職員の一人になりたいと思った。

「まずは、活動をリスボン、ストックホルム、そしてベルンに絞る。そこでの活動が軌道に乗ったら、さらに職員を送り、ヨーロッパの中立国のほかの街に広げる」キルガーは体の向きを変え、黒板の幅いっぱいに水平の線を引いた。その線に沿って、節目となる日時を書いた。最初は一九四二年九月だった。

マリアは目を見開いた。〝ちょっと！　来月じゃない！〟

キルガーはクラスのみんなのほうを向いた。「ロイ、きみはリスボンに行ってもらう」

「はい、サー」ロイは言った。

マリアは誇らしかった。〝がんばってね、ロイ！〟

「スティーヴン」キルガーが言った。

髭《ひげ》のある男性が、軽く電気ショックを受けたように、ぴんと背筋を伸ばした。「はい、サー」

「きみにはスイスのベルンに行ってもらうが、うまく入国させられるかどうかによる」

「準備をしておきます、サー」スティーヴンは言った。

それから数分間、キルガーはさらに二人の新人を派遣する予定を話したが、そのどちらも、マリアでもパイラーでもなかった。

「今後の何週間かで、さらに計画を進める。決定事項はそのつど知らせていく」キルガーは腕時計を見た。「これで解散だ」

新人たちは立ち上がって、部屋を出始めた。

マリアは個人的な落胆を隠して、ドアを出たところにいたロイとパイラーに近づいた。「おめでとう」

「ありがとう」ロイは彼女を見た。「きみにもチャンスがある。きっとね」

「わたしたち、二人ともね」マリアはパイラーをつついて言った。

「そうね」パイラーは言った。

マリアは教室の中をちらりと見た。キルガーが一人で、黒板を拭いていた。「作業場に忘れ物をしたわ。先に行って。帰り道で追いつくから」

「大丈夫？」パイラーが訊いた。

マリアはうなずいた。彼女は教室に戻り、二日前の新聞を手にして、それを折りたたんで小脇にはさんだ。キルガーに近づくさい、思わず肩に力が入った。

「すみません、サー」マリアは言った。「ちょっといいですか?」

キルガーは黒板拭きをトレーにおき、振り向いた。「仕事ぶりのことなら、ミス・アルヴェス、ミスター・パワーから聞いているよ。マイクロフィルム撮影の効率が上がったそうだね」

「仕事ぶりのことではありません」彼女は言った。「派遣についてです」

彼は腕を組んだ。「いいだろう。なんだね?」

「新人たちのことを、少し知るようになりました。あなたが最初に派遣しようとしているひとたちは、複数の言語を操れるわけではありません」

「わかっている」キルガーは言った。「頭のいいアイヴィーリーグの卒業生たちだ。現地に着いてから言語を理解し、慣れることだろう」

マリアはもじもじと身じろぎした。「率直にお話ししてもいいですか?」

彼はうなずいた。

「地元の言語に堪能《たんのう》な誰かを同行させたら、最初の派遣はもっと効率が上がるはずです」

「つまりはきみを、ということか」

「それからパイラーもです」彼女は言った。「わたしはポルトガル語とフランス語、ドイツ語を含めた六ヵ国語を使えます。パイラーはスペイン語に堪能ですし、家族のコネがマドリードにありま す。地元の言語や文化を知っていたら、書店員たちとも信頼関係ができて、IDCとしても効率的に枢軸国の資料を集められるでしょう」

「仕事に対する熱心な姿勢は買う」キルガーは言った。「ドノバンはきみの粘り強さに感心したと言っていた、彼がきみを気に入った理由はよくわかる。だがきみはここに来てまだ二日だ。もっと研修が必要だ。パイラーについては、マドリードに職員を派遣する準備が、まだできていない」彼は言葉を切って、シャツの袖《そで》を直した。「きみが海外での職務にふさわしいかどうか、まだ様子を見る必要がある。しばらく、辛抱していてくれ」

「失礼ながら、サー、わが国には時間がありません」

キルガーは顎をこすった。「わたしの決定は変わらない」

「はい、サー。お話しさせていただいて、ありがとうございました」

マリアは図書館を出て、アパートメントまで歩いた。歩調を速めながら、お気に入りの写真を思い出した——母親が、死の直前に写したものだ——暗い色の挑戦的な目をした、ライフル銃を肩にかけたスペインの女性兵士。マリアは、強い決意に全身が震えた。〝なんとしてでも、熱意をわかってもらう。どうにかして、闘いに参加する方法を見つけるわ〟

第二部　使命

第九章

ニューヨーク市、ニューヨーク州――一九四三年二月二十一日

マリアは神経がぴりぴりと高ぶった状態で、ラガーディア空港のマリン《M》・エア《A》・ターミナル《T》の、広々としたアール・デコ風のロビーに入った。ここはアメリカのヨーロッパ方面の主要な空の出入り口である、新しい飛行艇基地だ。父親はこの日の午後、ターミナルまで同伴するために仕事を休み、彼女の荷物を運んでいる。円形の建物にはぐるりと、神話から飛行艇まで、空を攻略しようとする人類の闘いを描いた大きな壁画がある。

彼女は足を止めて、その芸術作品を見た。「きれいね。空を飛ぶのはどんなだろうって、ずっと思ってたのよ」

ガスパールはマリアのスーツケースを下においた。「お母さんと一緒にヨーロッパに行ったときの、三等船室の設備よりはずっと快適なはずだ」

混みあっている三等船室の甲板で母親の手を握っていた幼少期の思い出が、頭の中に閃《ひらめ》いた。

〝ああ、母さんがここにいたらいいのに〟

「戦争が終わったら」彼は言った。「一緒に飛行機に乗れるかもしれないな」

彼女は父親を見た。「きっとね」

彼の下唇が震えた。「泣かないつもりだった」

マリアは喉が詰まった。「わたしも」

ガスパールは感情を抑えこもうとするように、深く息を吸いこんだ。「ニューヨークを経由して移動することになって嬉しいよ。おかげで、きちんと見送りをする機会ができた」

彼女はうなずいた。OSSによって、出発前に家に滞在する時間が二十四時間に限られたのが残念ではあった。「どれぐらい行ったままになるかわからないけど、なるべく手紙を書くわ」

彼は彼女の肩に手をおいた。「おまえを誇りに思うよ」

マリアの目に、涙があふれた。彼女は両腕を父親に回した。「愛してる、父さん」

「わたしもおまえを愛してる」彼は彼女をきつく抱きしめた。「注意するんだぞ、自分から危険に近づくようなことはしないと約束してくれ」

〝母さんの身に起きたことを考えているんだわ〟マリアの心は痛んだ。「約束するわ」

ガスパールはマリアを放した。

「行ってきます、父さん」

彼はマリアの頰《ほお》にキスをした。「気をつけてな」

「ええ」

彼は手の甲で涙を拭い、ロビーを横切ってターミナルから出た。

マリアは一人きりになり、寂しさと期待が混じり合った奇妙な感覚が胸に渦巻いた。スーツケースを持ち上げて、パンアメリカン航空の受付へ歩いていった。荷物をポーターに預け、ハンドバッグからチケットとパスポートを出し、それを航空会社の女性職員に渡した。

職員は書類を見て、それらをマリアに返した。「リスボンへの旅をお楽しみください」

「ありがとう」彼女は書類をハンドバッグに入れた。

マリアは美しいタイル張りの廊下を進み、ターミナル・ビルの奥から外に出た。バワリー湾の重た。苦しい水面を吹いてきた冷たい風が、頬に痛かった。突堤のはずれにとまっているのは四つのエンジンを搭載した巨大な飛行艇で、横腹に〝ヤンキー・クリッパー〟という名前が描かれている。船橋――飛行艇の上階部分に位置している――の風防ガラスの向こうで、操縦士と副操縦士が操縦ハンドルの前に座っていた。男性と女性の乗客たちの大半が上品なウールのコートと帽子を身につけていて、埠頭《ふとう》に列をなしていた。それらの人々が一人ずつ、飛行艇の翼の下にあるドアから入っていく。〝もう引き返せない〟彼女はハンドバッグを胃のあたりに押しつけながら、突堤へ踏み出した。

この六ヵ月、マリアは議会図書館に配置されていた。彼女の技能はクラスメートと同等か、それ以上のものだったが、ミスター・キルガーは彼女を海外任務に派遣しなかった。何人かの男性候補生がヨーロッパに配置されていったが、彼女とパイラーは図書館に残っていた。研修を終えて、二人は図書館のマイクロフィルム部に配属されたのだ。海外で国のために働きたいという思いが揺らぐことはなく、マリアは何度も予告なしにキルガーのオフィスを訪ね、自分とパイラーはいつ海外に配置されるのかたずねた。

「ヨーロッパでの作戦が安全かつ円滑におこなわれるようになったら、行ってもらう」キルガーは紫檀《したん》材の机の向こうに座り、腕を組んで言った。

時が経つにつれて、マリアは、戦争のあいだじゅう議会図書館で働くことになるのではないかと考え始めた。だが感謝祭の二日後、キルガーは彼女とパイラーをオフィスに呼んだ。

「パイラー」彼は両手の指先を合わせて言った。「きみは来月、ポルトガルのリスボンに行ってロイと合流してもらう。マリア、きみは二月にリスボンに行く――そうしたらロイはパイラーとともに、スペインのマドリードに新しい拠点を作りに行けることになる」

マリアは驚き、パイラーとともに意気揚々とキルガーのオフィスを出て、出立《しゅったつ》の予定を立てた。

二人は家族に電話をし、仕事のあとで外食に出かけて、パンケーキとスイート・ポテトパイというお祝いの食事をした。マリアは、キルガーのオフィスに押しかけたことが彼の決断に影響したのだろうかと考えた。あるいはキルガーは——もしあまりにも長くアメリカ本国に留めておいたら——またもやマリアは、彼の頭越しにドノバン大佐に働きかける方法を見つけ出すと心配になったのかもしれない。だがそれはどうでもいいことだった。マリアとパイラーは、祖国のために働くべく、海外へ行くことになったのだ。

マリアは埠頭を進み、飛行艇のスポンソンの一つに乗った。スポンソンは艇体の両側に水面の高さで横に突き出していて、乗客にとっての通路であると同時に、水面に浮く飛行艇を安定させてもいるようだ。パンアメリカン航空の客室乗務員たちがドアの両側に立っていて、マリアを迎え入れた。贅沢な雰囲気の広い船内に足を踏み入れたとたん、マリアの気持ちは高ぶった。

白い上着に黒いズボンとネクタイという服装の客室乗務員が、彼女のチケットをちらりと見て、コンパクトな作りの贅沢なホテルのような飛行艇の中を案内した。飛行艇の前部には、操縦士と乗務員のいる上階に続く階段があった。飛行艇の先端から引き返すと乗客用コンパートメントがあり、次に調理室、ラウンジと食堂があり、さらに何室かコンパートメントがあった。マリアは飛行艇の中を歩いているうち、乗っている人々は全員が一等席の客なのだと理解した。〝チケットは高価だったにちがいない。OSSは金に糸目をつけずに、わたしをリスボンに送ってくれるんだわ〟

客室乗務員がマリアのコートを受け取った。窓際にあるウール地の張られた座席を指し示した。マリアは座り、膝の上にハンドバッグをおいた。「座り心地のいい椅子ね。居間に座っているみたい」

「それは寝台に変えられるように設計されてるんですよ、ミス」乗務員は言った。「今夜、コンパートメントは寝室に変わります」

〝すごいのね〟

「コートはお預かりします」彼は飛行艇の後部のほうを指した。「奥には化粧室と、女性と男性それぞれ専用のバスルームがあります。もしお荷物が必要になったらお声がけくださ い、上階の荷物室から持ってまいります」

「ありがとう」

「ご搭乗、ありがとうございます、ミス」乗務員はコンパートメントを離れた。

マリアは窓をのぞいて、乗客たちが埠頭を横切って飛行機に乗りこむ様子を眺めた。

「やあ」男性が、南部の癖のある口調で言った。

マリアはそちらへ顔を向けた。「こんにちは」

その男性――灰色のダブルのスーツに白いピンホールカラーのシャツ、栗色のネクタイ――は、彼女の隣に座った。茶色い髪のもみあげに灰色のものが混じっているところから、四十歳ぐらいだろうかと考えた。

男性は微笑んで手を差し出した。「ベンだよ。これから十八時間と三十分、きみが隣に座っていなければならない男だ」

マリアはくすくす笑って、彼の手を握った。「マリアよ。そんなに早くリスボンに着けるだなんて、信じられないわ。前回ヨーロッパに行ったときは、客船に一週間以上乗っていたのに」

「飛行機に乗った経験は?」

マリアは首を横に振った。

「きっと気に入るよ、この豪華な要塞で飛ぶならなおさらね。ボーイング三一四クリッパー――エレノア・ルーズベルトにそう名づけられた、特別な飛行艇だ」

マリアはファースト・レディーが飛行艇の船首にシャンパンの瓶をぶつけて割る光景を、頭の中に思い描いた。

「一時間に二百九十キロメートルを巡航できて、燃料タンクには四千八百キロメートル飛べる燃料が入っている。三十六人の乗客と、十二人の乗務員を乗せられる。でも乗務員の話だと、これは米《U》国慰問《S》協会《O》のフライトで、臨時便だから、乗客は若干少ないらしい」

「それはすてき」彼女は彼を見て、相手もまたUSOのメンバーなのだろうかと見極めようとした。

「あなたも、慰問活動の方なの?」

彼は笑った。「いやいや、そうじゃない。歌は歌えないし演技もだめ、気の利いた笑い話も披露できない。だけど、作家としては悪くないよ」

「どんなものを書くの?」

「何冊か本を出したんだが、今ではジャーナリスト、戦地特派員なんだ。リスボンに着いたら、英国機でイギリスへ行く。〈ニューヨーク・ヘラルド・トリビューン〉のロンドン支社のチーフとして、新しく着任するんだ」

「おめでとう」

「ありがとう」

「本のタイトルはなんていうの?」

「最新作は『赤い丘と木綿』だ。サウス・カロライナ州ピケンズ郡で過ごした少年時代の話だ」

マリアは顎《あご》をこすった。「あなた、ベン・ロバートソンなの?」

彼は目を輝かせた。「そうだよ。ぼくの本を読んだのかい?」

「残念ながら、読んではいないわ。でも、必ず買うと約束するわね」

「どうしてぼくの名前を知っているのかな?」

「わたしは図書館司書なのよ」マリアは言った。「仕事柄、著者や書籍に通じていなければならないの」

彼はネクタイをなでた。「どうしてリスボンへ行くことに?」

「議会図書館で働いているの」彼女は作り話を持ち出した。「図書館は世界的危機の記録を残しておこうとしていて、そのための資料を集めるためよ」

彼の顔が厳粛になった。「ナチスの焚書《ふんしょ》は、ひどい話だ」

「本当に」

それから数分間、乗客たちが席に着くあいだ、二人はこれまでの経歴を話し合った。ベンが新聞業界で働いていたことを受けて、マリアは彼に、スペイン内乱の取材をした報道写真家の両親の話をした。でも、母親が死んだことは口にしなかった。〝戦地特派員として新しい仕事に意欲を燃やしているとき、勢いをそぐようなことを言う必要はないわ〟

茶色い髪をきれいに整え、暗い色のエキゾチックな目をした三十代後半の女性がコンパートメントに入ってきて、マリアの列の近くで立ち止まった。ハンドバッグを座席におき、濃紺のワンピースに留めてある、琥珀《こはく》色の宝石がちりばめられた銀の花のブローチを直した。

それが有名な歌手であり女優――雑誌やブロードウェイのミュージカルのポスターで見たことがある――タマラ・ドラシンであると気づいて、マリアは目を丸くした。

タマラはマリアを見て微笑んだ。「ブンブンいっている音は何かしら?」

「プロペラの音だといいんだけど」マリアは言い、すぐさま自分の返答を後悔した。当惑して、顔を赤らめた。

タマラは笑った。「タマラよ」

「わたしはマリア」彼女は落ち着きを取り戻しながら言った。手で隣を示した。「こちらはベン」

「会えて嬉しい」ベンは言った。

「よろしくね」タマラは言った。

肩までのブルネットの髪で、真っ赤な口紅をつけた女性がコンパートメントに入ってきて、タマラに挨拶をして抱き合った。二人は指定された座席について話をし、それから通路の向こうの列に座った。

マリアは眩惑《げんわく》されたような気分になって、ベンに顔を寄せた。「あれはジェーン・フローマンじゃないかしら」

ベンは通路の向こうをちらりと見た。「ああ、そうだと思う」

「彼女の歌声、大好きよ」

「ぼくもだ」彼は言った。「〈スターズ・オーヴァー・ブロードウェー〉というミュージカル映画はすばらしかった。見たかい？」

マリアはうなずいた。

風変わりな大きさと形から、楽器のケースだと思われるものを持った男性が二人、マリアとベンの前に座った。

マリアは乗務員が男性たちのケースを持ち去るのを眺めた。〝ギターかしら？　それともクラリネット？〟

「あまりうたた寝できそうにないな」ベンは言った。

「どうしてそんなことを言うの？」マリアは訊いた。

「これはＵＳＯの飛行だろう。きっと、いろいろ出し物があるにちがいない」

マリアはラジオでなく生で音楽を聞くのはいつ以来のことか思い出せなかった。彼女はベンを見て言った。「一睡もしないでいたいわ」

客室乗務員が飛行機の先頭から船尾まで歩いて、乗客たちを出発に備えさせた。お喋りが船内に満ちた。

マリアはシート・ベルトのバックルをはめ、窓の外を見た。外では港湾労働者が飛行艇のロープをほどき、埠頭に下りた。エンジンが咳きこむような音を立て、轟音《ごうおん》とともに動き出した。飛行艇が震えた。マリアの腕に鳥肌が立った。〝いよいよだわ〟

ベンが上着から銀色のケースを取り出した。「煙草をどう?」

「いらないわ、ありがとう」

ベンは紙巻き煙草に火をつけて、吸いこんだ。

煙草の焼けるにおいがマリアの鼻をくすぐった。彼女は咳をこらえた。

飛行艇が埠頭から離れた。プロペラの音とともに、しばらくはイースト川を航行していた。水が飛行艇の腹部に当たった。会話が減った。乗客たちは窓外を見詰めていた。ロングアイランド湾に出ると、エンジンの轟音が大きくなった。徐々に速度を上げながら、飛行艇は大きなレーシング・ボートのように水面で撥《は》ねた。

マリアは興奮が高まるのを感じながら、座席の肘掛けをつかんだ。飛行艇は揺れながら音を立て、船体に波が打ちつけた。さらに加速した。飛行艇の先端が上方に傾き、マリアは重力で座席に押しつけられるのを感じた。声に出さずにお祈りを唱えた。数秒後、飛行艇は浮き上がった。飛行艇は右に傾いて眼前に開ける大西洋へと向かい、水平飛行に入った。

マリアは海を見下ろした。「信じられないわ」

ベンは煙草を吹かした。「一度飛んだら、もう客船での旅には戻りたくないと思うはずだ」

何分か経って、ヤンキー・クリッパーは高度を増した。高度数千メートルに達したところで、客室乗務員が乗客たちに、船内を歩き回ってかまわないと告げた。

マリアはシート・ベルトをはずした。ほかの客たちと交わることはせず、ハンドバッグに手を入れて、ポルトガルの地図と、書店の長い一覧表が書いてあるノートを取り出した。最初の一週間の予定を立てようとしたが、すぐに、気持ちが高ぶっていて考えに集中できないことに気づいた。資料を脇において、窓を通り過ぎていく雲を見た。

まもなく、グラスの中で氷が触れ合う音が、ラウンジから聞こえてきた。カクテルやビールのグラスを持った乗客たちが、船内を歩き回った。日が沈んで、窓の外に何も見えなくなってから、マリアは食堂にいるベンに合流した。航空運賃に含まれている六皿のコース料理が供された。メインの料理としてハムのスライス、豆のバター・ソテー、ロールパンが、それぞれすてきな陶磁器で出た。祖国に仕えるために海外へ行くことに歓《よろこ》びを感じながらも、マリアは後ろめたさに襲われた。〝わたしたちの国は配給制で、世界中の人々が戦争や飢餓《きが》で亡くなっている、それなのにわたしは、女王さまのような食事をしている〟食欲がなくなって、彼女はオードブルとデザートを食べず、カクテルの代わりにコーヒーをブラックで飲んだ。

ベンの言うとおりだった。離陸して数時間すると、タマラ・ドラシンとジェーン・フローマンを含めたＵＳＯのメンバーたちがラウンジに集まった。二人の女性たちが——ギタリストとクラリネット奏者、そして楽器のケースをスティックで叩くドラマーの伴奏で——乗客のために歌った。

マリアは混みあったラウンジに入って、そこに立った。ヨーロッパでは戦争がおこなわれ、刻々とそれは迫ってきているが、ヤンキー・クリッパーの乗客たちは音楽に浮かれた。タマラとジェーンは代わる代わる、ブロードウェイの音楽やビッグ・バンドのヒット曲を歌った。一瞬、戦争は忘れ去られ、誰もが楽しんだ。マリアは、友人や家族から離れて、外国に配置された軍人たちを楽しませにいくＵＳＯのボランティアをすばらしいと思った。彼らがイギリスで、連合国軍の兵士たちのために公演しているところを想像した。マリアにとっては、ＵＳＯのメンバーたちは娯楽を提供するよりはるかに意味ある存在だった。希望を提供する者たちだ。

ショーが終わりに近づき、タマラは最後の曲として、〈アイル・ビー・シーング・ユー〉を歌った。マリアはこれまで何度もこの曲を聞いたことがあったが、その歌詞が胸に響いた。若すぎる死を遂げた母親と、最愛のひとを失った父親のことを考えた。マリアの想いは、闘いに行った何百万人もの兵士、自由のための闘いで致し方なく死んでいくであろう数知れない魂《たましい》、戦争によって壊される家庭へと移った。マリアは胸を締めつけられた。かつては、これはただ愛する者を恋しく思う歌だと思っていた。だが今、暗い大西洋の上空三千三百メートルで、不確かな未来に向かいながら聞くと、歌詞に新しい意味が感じ取れた――時空を超える愛の力だ。

タマラは美しいビブラートをきかせて、最後の歌詞を歌った。唇に指先をつけ、ゆっくりと頭を下げた。

乗客たちは拍手喝采をした。マリアは頬を濡らす涙を拭った。まわりの人々を見て、それは自分一人ではないのを知った。飛行機内に、涙を見せていない者はいなかった。

第十章

オルタ、アゾレス諸島――一九四三年二月二十二日

ヤンキー・クリッパーがポルトガルのアゾレス諸島の島にある町、オルタの湾へ下りていくさい、マリアは座席の肘掛けをぎゅっとつかんだ。船体に水が撥《は》ね、客室の窓に海霧がかかった。プロペラの音は弱まり、飛行艇は港へ向かって航行した。

「池に鴈《がん》が舞い下りるようだったわね」彼女はベンのほうを向いて言った。

彼はうなずいた。「あとたったの四時間で、リスボンに着く。今は、客船についてどう思ってる?」

「船旅は大好きだったの」彼女は言った。「でも、空の旅ですっかり甘やかされてしまったみたい」

「ぼくもだ」彼は煙草を取り出して、火をつけた。

飛行艇が港に入っていくとき、マリアは窓から外を覗いてみた。オールのついた漁船が空《から》の状態で岸の満潮線の上におかれていて、近隣には三階建ての石造りの建物が並んでいる。街の向こうには、ファイアルという火山島全体に広がる、草に覆われた急勾配の丘陵地が見えた。樹木はほとんどなくて、緑豊かではあるが岩が散在する風景は、ジュール・ヴェルヌの小説『地底旅行』を思わせた。

エンジンが止まった。何人かの乗客は、シート・ベルトをはずした。

「全員が下りるのかしら？」彼女は訊いた。

「いいや」ベンは言った。「アゾレスが最終目的地の客だけが下りるんじゃないかな」

客室乗務員が飛行艇のドアを開いた。新鮮なそよ風がコンパートメントを吹き抜け、煙草のにおいを薄めた。何分か後、灰色の髭《ひげ》を生やした、雨具を着こんだ男性が舵を取る動力つきの漁船が、飛行艇の横に着いた。二人の男性の乗客が、それぞれスーツケースと雑嚢《ざつのう》を持って、飛行艇から出て船に乗った。船長は乗務員に手を振って、男性たちを海岸へ船で運んだ。

乗務員たちが飛行艇の出発準備をしているあいだ、マリアはベンが、身を乗り出すようにして窓の外を見ているのに気づいた。

「席を替わる？」マリアはたずねた。

「気遣いはありがたいが、きみが外を見られなくなるのは申し訳ない」

マリアはシート・ベルトをはずした。「いいのよ、どうぞ。もう、たっぷり海を見たわ。リスボンに着く前に、数時間休みたい」

「いいのかい？」

「もちろんよ」

「ありがとう」彼は立って、マリアと入れ替わった。

数分のうちに飛行艇は飛び立ち、マリアは背にもたれて目を閉じた。

夜のあいだ、ほとんど眠れなかった。USOのメンバーによる即興の音楽会のあと、マリアは勇気を出してタマラ・ドラシンとジェーン・フローマンに話しかけ、すばらしい演奏だったと誉めた。有名なのに、二人ともとても謙虚で話しやすいとわかった。そしてマリアと同様に、二人とも、ぜひとも祖国の役に立ちたいと考えていた。一時間以上も、三人はラウンジで、お茶とビスケットとともにお喋りをしていた。その後客室に戻ったとき、座席は客室乗務員によって寝台に変化していた。女性用の更衣室で、タマラとジェーンはサテンのナイトガウンに着替え、キルトのベッド・ジャケットを羽織った。マリアは秘かに自分を笑いながら、着古したピンクのフランネルのパジャマを着た。もともと白かったのに、うっかり赤いソックスと一緒に洗ってしまったものだ。柔らかい枕と温かい毛布のおかげで寝台は寝心地がよかったが、マリアはリラックスできなかった。プロペラの低い回転音が耳について眠れないまま、頭の中で任務の計画を繰り返し考えていた。

マリアは軽く腕をつつかれて、身じろぎをした。

「邪魔してごめん」ベンが言った。「でも、これを見たいんじゃないかと思って」

マリアは目をこすり、ベンを見た。彼は窓を指さしていた。太陽が沈み、水平線がオレンジと赤、そして金色の温かな色合いに染まっている。遠くで、紺青色の海が岩がちの海岸線に当たって砕けていた。

マリアの鼓動は速まった。「わたし、何時間も眠っていたのね——もう着くの?」

彼はうなずいた。

岸に近づくにつれ、飛行艇は右に傾き、しだいにテージョ川の河口上空、数十メートルまで下がっていった。ポンバル様式とマヌエル様式の建物や聖堂がたくさんあるリスボンの街、その全体に明かりがきらめいていた。

「きれいね」マリアは言った。「ヨーロッパの大半は厳しい灯火管制が布かれているけど、リスボンはまだ光の街なのね」

「ずっと光に照らされているはずだ」ベンは言った。「この国が、戦争に巻きこまれないかぎりね」

飛行艇は川上に向かって飛んだ。いく筋かの着水灯に近づき、飛行艇は下降しながら左へ方向転換をした。

マリアの体重がベンのほうへ偏り、二人の肩が触れ合いそうになった。彼女は肘掛けを握りしめた。「ロンドンへのフライトはいつ？」

「明日の午後だよ」ベンは微笑みながら言った。「リスボンを探検するのに一日ある。きみはすぐに仕事かい？」

「ええ。同僚たちがきっと――」左翼の先が川の水面に触れそうなのを見て、マリアは息をのんだ。ベンは窓に手のひらを押しつけた。「おい、これは！」

乗客たちが悲鳴を上げた。翼が水中に沈んだ。金属の割れる音がした。

飛行艇が川に突っこみ、マリアは体ごとつんのめった。腰に激しい痛みが走った。冷たい水が機体に開いた穴から入り、客室に流れこんだ。マリアは息を吸いこみ、そのまま喉を詰まらせた。真っ暗になり、マリアは手探りでベンを探した。手が隔壁のようなものに当たり、マリアは自分の座席が床から引きはがされたのに気づいた。

呻《うめ》き声や悲鳴が、悲惨な状態の船内にあふれた。

水位が上がり、マリアの胸、顎《あご》、そして口まで水中に入った。マリアは顔を仰向けて、シート・ベルトをひっかいた。

機体が、膨大な圧力下の潜水艦のように軋《きし》んだ。女性がすすり泣いた。

水没しそうになり、マリアは息を吸いこんで、水中で背を丸めた。シート・ベルトを引っ張ったが、びくともしない。身をよじると、腰と下腹部に鋭い痛みが生じた。肺の中の使用済みの空気を再利用しようとして、横隔膜《おうかくまく》が痙攣《けいれん》した。鼓動が鼓膜に響いた。体内に酸素がほとんどなくなった状態で、マリアはシート・ベルトと格闘した。ようやくバックルがはずれた。勢いよく体を伸ばし、機体に頭をぶつけた。逆さまにした浅いバケツ程度の空気ポケットを見つけた。口と鼻を天井に押しつけるようにして、あわてて息を吸った。水位は上がり続けた。空気ポケットがなくなる寸前、マリアは最後の息を吸いこみ、水中に潜った。両腕を動かし、使い物にならない右脚をひきずって、マリアは水没した機体の中を、船体の破片や死体をよけながら進んだ。〝ああ、なんてこと、ひどい!〟

黒ずんだ水のせいで痛む目で、開口部を探したが、暗闇が広がるばかりだった。水をかくごとに酸素がなくなった。胸で心臓が激しく打っていた。諦めかけたとき、片手が機体にできた、ぎざぎざの開口部に触れた。尖った縁で背中に傷を負いながらも、体をひねってその穴を通り抜け、暗黒の海を泳いだ。水面に出て、必死に空気を吸った。

広い川の遠くで、月明かりが水面を照らしていた。街の中心から数キロ北だ。飛行艇――翼は破砕して、なくなっている――は、船尾の先だけを残して水没していた。いちばん近い岸まで一・六キロメートルほどだろうと、マリアは見積もった。岸の明かりは見えず、サイレンも聞こえず、すぐにカボ・ルイボ水上飛行機基地から救助隊が来る気配はなかった。

両腕で水をかいて進みながら、マリアは生存者を探した。何メートルか離れたところで、一人の搭乗員が女性を、浮いている機体の残骸に乗せようとしていた。腰がズキズキ痛むのにかまわず、マリアはそちらへ泳いでいった。

「このひとを引っ張り上げるのに、手を貸してもらえるかな?」搭乗員の男性は、女性が沈まないように抱えているのに苦労していた。「このひとはひどい怪我をしていて、わたしはわたしで背骨が折れているようなんだ」

「やってみるわ」マリアは間に合わせの筏《いかだ》に片手をおき、もういっぽうの腕を女性の体に回した。そこでこの女性が歌手であり女優でもあるジェーン・フローマンだと気づいた。ジェーンはショック状態に陥りそうで、浅くせわしない呼吸をしていた。「捕まえたわよ。もう大丈夫だから」

ジェーンはマリアに頭をもたせかけた。「タマラはどこ?」

マリアは夜の暗闇に目を凝らした。近くで、残骸が海面に浮いているのが見えた。「ああ――わからないわ」〝どうしよう――ベンはどこなの！〟

搭乗員――上着の胸に翼の記章がついているから、副操縦士であるらしい――は苦労して間に合わせの筏に乗り、横向きに寝そべった。痛そうに呻きながら、ジェーンをその上に引っ張り上げた。水中から引き上げられると、マリアは女性の怪我のひどさを目の当たりにした。ジェーンの左脚は膝下あたりで切断されかけ、右脚も複雑に折れているようだ。

マリアは恐ろしくて全身が震えた。「何かで止血しなくちゃ」

副操縦士は自分のネクタイをはずし、マリアの手を借りてそれをジェーンの左脚に巻いた。筏は三人が乗るには小さかったので、マリアは残骸とともに浮いていた。カーディガンを脱いで水を絞り、ジェーンにかけた。

暗闇から呻き声が聞こえた。

「どこにいるの？」マリアは呼びかけた。

何秒かが過ぎた。「助けて」遠くから、哀れな声が訴えてきた。

〝三十メートル？　四十メートルかしら〟マリアは副操縦士を見た。「行ってみるわ」

「わたしが行く」副操縦士は起き上がろうとして顔をしかめ、すぐに筏に寝そべってしまった。

「どちらかが、しっかり止血している必要がある」マリアは言った。「あなたはここにいて――わたしよりひどい怪我だから」

「あなたはの怪我はどんな具合だ？」

マリアは、内側に曲がっている右脚に片手をおいた。「腰が脱臼してるみたい」

「それでは無理だろう」

悲鳴が夜を引き裂いた。

「行くわ。腕を使って泳げるし、必要なら浮いていられる」マリアは筏から離れた。「待ってて

――今、行くわ！」

マリアは泳いだ――腰がひどく痛かった――声のする方向を目指した。三十メートルほど進むと、肺が焼けるようになり、筋肉が疲弊した。水をかきながら休止して、呼びかけた。苦しそうな声を手がかりに、マリアは脚に痛みが走るにもかかわらず泳ぎ続けた。水を飲んで、喉を詰まらせた。まもなく、マリアの腕の動きが鈍った。呻き声は弱くなり、やがて消えた。筏に戻るほどの力はなくなり、マリアは仰向けに浮き、海に向かって流された。体温が下がり、歯が鳴った。生存者を見つけたい、救助隊が来て欲しいと祈った。だが何分かが経っても、どちらも叶わなかった。

第十一章

リスボン、ポルトガル——一九四三年二月二十二日

ティアゴは夕方に書店を閉め、ロシオ広場へ歩いていった。この大きな広場は、中世の時代からリスボンの人々にとっての待ち合わせ場所だった。だがヒトラーの軍隊がヨーロッパの多くの国を攻略している今、ここはユダヤ人避難者たちの集合場所となっていた。バロック様式の噴水が広場の向こう端にあり、中央にはポルトガル王であるペドロ四世のブロンズ像ののった大理石の記念碑がそびえ立っている。騒がしい通り——自動車、タクシー、そして路面電車が行きかう——が、ロシオ広場を取り囲んでいる。何軒ものカフェや店が、常連客たちでいっぱいだった。新古典主義の様式の建物の屋根には大きなネオンサイン——〝薬〟——とともにバイエルクロスのロゴがあり、まるでドイツの製薬会社が、薬の宣伝ばかりでなく、親独の宣伝活動までおこなっているかのような有様だ。電気の通ったガラス管の文字が、街灯や通りにぶら下がっている電球の光と合わさって、広場を昼間のように明るくしていた。

ティアゴは歩道で、ロシオ広場でも最大の建物であるカフェ・シャヴェ・ドウロに入ろうとしている、身なりのいいひとたちの横を通り過ぎた。いくつかの言語——ポルトガル語、フランス語、英語、そしてドイツ語——によるお喋りが、開かれたドアの向こうから聞こえた。ニンニクと調理されたイワシの香りが、ティアゴの鼻をくすぐった。彼はウールのコートの襟《えり》を立てて、通りを渡

り、広場に入った。裕福なひとたちがおいしい肉料理やワインを楽しんでいるカフェとはちがい、この公共の空間は、恵まれないリスボンの住人や避難者であふれていた。気温が低いにもかかわらず、みすぼらしい服を着た子どもたちが、噴水に紙の船を浮かべて遊んでいた。一人の女性がベンチに座っていて、スカーフで自分を覆い隠すようにしながら、泣いている赤ん坊を胸に押しつけている。〝彼らにはどこにも行く場所がない、集団でいることで安心しているのだろう〟彼の想いは祖父母へと向かい、また胸が痛んだ。

祖父母が逮捕されたというニュースを聞いて、彼は呆然とした。サンセバスティアンの修道院を出たあと、ポルトの両親にそれを伝えにいくのではなく、ボルドー地方への旅を続けた。彼の祖父母が家畜輸送車に乗せられて連れ去られるのを見たという、ユダヤ人の避難者たちの話を疑う理由はなかったが、本当のところをはっきり知らなければならなかった。悲しみを原動力にして、拳銃と偽の文書で武装し、彼はピレネー山脈を抜けてフランスへと旅した。カトリック教会に隠れ、ドイツの検問所を避けながら、ついに何日か後に祖父母のブドウ園に辿り着いた。奇跡を願いながら、二階建ての石造りの農家に近づいた。だが車が近づいてくる音を聞き、急いで森の中に入った。オークの木の陰にうずくまって見ていると、灰色の制服と長靴を身につけたドイツ国防軍の軍人が二人、キューベルワーゲンから下りて家に入っていった。ティアゴは夜になるまで森に隠れていて、その後、畑を横切って、ブドウ園の年長の労働者であり祖父母の友人でもあった、ポールという男性の家へこっそり向かった。ポールは、すでにティアゴが知っていたことを改めて確認させてくれた。祖父母はいなくなり、ドイツの軍人たちがブドウ園の家を居住施設にしていた。だがティアゴが新たに知ってショックを受けたのは、ゲシュタポの職員と国防軍兵士たちによるボルドー地方のユダヤ人たちの一斉検挙を止めるためにフランス警察が何もしなかったこと、そして逮捕された者全員がすでにフランス国内にいないということだった。

「兄が鉄道の駅で働いている」ポールは、ハンカチーフで目元を拭きながら言った。「ドイツの兵士がユダヤ人たちはポーランドの強制収容所に送られると言っているのを、聞いたそうだ」

ティアゴは無力さを噛《か》みしめ、疲弊してボルドー地方をあとにし、ポルトの両親の家へ戻った。母親はこのニュースを聞き、膝をついてすすり泣いた。父親とともに母親を慰めながら、ティアゴは後悔で胸を締めつけられた。〝もっと早く行けば、フランスを離れるように説得できたかもしれない〟彼の両親は蠟燭《ろうそく》を灯して窓辺においた。三人で、祖母と祖父が虜囚《りょしゅう》の生活を耐え、戦争後にふたたび会えますようにと祈った。だがティアゴは、二度と祖父母に会えないのではないかと恐れた。


ティアゴはロシオ広場の人混みの中に紛れこんだ。やがてイーフレイムとヘリーン、ボルドー地方近辺でのユダヤ人逮捕の情報をくれた夫婦が、鉄製のベンチに座っているのを見つけた。昨年の夏にリスボンに来て以来、夫婦は合衆国への船に乗る手立てを求めて苦労していた。持ち金がなくなり、天気が荒れ模様のときに——ティアゴが手配し、料金も支払って——下宿屋に泊まる以外、路上で生活をしている。

「わたしとは知り合いじゃないふりをしてください」ティアゴはフランス語でそっと言った。

夫婦は彼のほうを振り向いた。

「わたしがベンチに腰かけられるだけの場所を空けてください」彼は言った。「それから、噴水で遊んでいる子どもたちに注意を向けて」

夫婦は腰かけたまま横にずれた。

ティアゴは腰を下ろした。目だけを動かして、人混みを探るように見た。「気をつけなければ——秘密警察《PVDE》はどこにでもいます」

「そうですね」イーフレイムは言った、低い声だった。

「知らせることがあって来ました」ティアゴは言った。「けっして表情を変えないでください。できますか?」

ヘリーンは夫の手を握りしめた。「ええ《ウィ》」

近くの通りでサイレンが鳴り響いた。

ティアゴは落ち着かない気持ちになった。

救急車が二台と警察のパトカーが一台、広場の横を通り過ぎて、北東の方向へ走っていった。ティアゴの不安は薄れた。彼はコートのポケットから小さな革装の本を取り出して、自分の横においた。「すぐにわたしは立ち上がっていなくなります。ベンチに本をおいていきます。その中に、セルパ・ピントに乗船するための切符があります。あなたたちは朝、アメリカ行きの航海に出ます」

「神の祝福あれ」イーフレイムは言った。彼の声は震えていた。

ヘリーンが瞬きをして、涙を払った。「お礼はどうしたら?」

「その必要はありません」ティアゴは新聞紙を折って船を作っている子どものほうを見たままで言った。「でもニューヨークに到着したとき、ここで起きていることをみんなに話してほしい」

「必ずそうします」イーフレイムは言った。

戦争の初期には、ティアゴはそこそこの額《がく》の金とポートワイン何箱かで船の乗客係や港湾労働者を買収し、秘かに避難者を船に乗せることができた。だが亡命者がリスボンにあふれて必要性が増すと、買収額は高騰《こうとう》した。ローザの偽造技術のおかげで、夫婦は渡航文書を持っていたが、ポルトガルを出る経済的な手段がなくて、施しでなんとか生活していた。たくさんの避難者を助けるせいで資金が枯渇し、ティアゴがこの夫婦の乗船券を買うための金を用意できるまでに、何ヵ月もかかってしまった。

「もっと早く渡航の手配ができたらよかったんですが」

「あなたのしてくれたことすべてに感謝しています」イーフレイムは言った。

ヘリーンはコートの袖《そで》で目元を押さえた。「あなたのことは、けっして忘れないわ」

「わたしもです」ティアゴは、ベンチに本をおきっぱなしにして立ち上がった。人混みの中を歩いて、広場を離れた。

ティアゴは、祖父母が逮捕されたあと、彼の家族が動かしていた逃避経路はなくなるものと思いこんでいた。ところが、彼はユダヤ人の地下ネットワークの順応性を過小評価していた。ボルドー地方の祖父母のブドウ園はドイツの軍人たちの宿舎にされてしまったが、フランス系ユダヤ人は――口コミと、ピレネー山脈を抜ける独自の逃亡手段を作ることによって――ポルトにある彼の両親のブドウ園、そしてリスボンの彼の書店へ至る経路を見出した。期限切れの渡航文書を持っていたり、文書を無くしたりした避難者の数が増えた。彼とローザは対応に追われ、書店は破綻寸前だった。それでもなお、二人は来る日も来る日も、亡命者のためにパスポートと査証を偽造し続けた。そうした人々は――もし渡航文書なしでＰＶＤＥに捕まったら――スペイン国境に追いやられる危険性がある。

シアード地区の近辺まで行き、ティアゴは自分のアパートメントのある建物に近づいた。そのファサードは彩釉《さいゆう》タイルで覆われている――釉《うわぐすり》をかけた青い陶磁器タイルだ。彼は正面のドアから入り、建物の最上階である五階までのぼった。アパートメントのドアに手を伸ばして、凍りついた。ドアの下から漏れている、鈍い光を見詰めた。

〝ランプをつけっぱなしにしただろうか？〟

鍵を差しこむのではなく、そっとドアノブを回してみると、錠は開いていた。鼓動が速まった。ドアに耳を押しつけたが、何も聞こえなかった。押しこみ強盗に荒らされた室内を予想しながら中に入ったが、キッチンは何もかもがいつもどおりのように見えた。ただし、煙草のにおいとランプの明かりが、居間からうかがえた。

「入れ、ティアゴ」低い声がした。

ティアゴは向きを変え、気持ちを高ぶらせて居間に入った。ソファーに、PVDEのマーティン・ネヴェス警察官が座っていた。サイド・テーブルには栓の開いた、彼の家のポートワインの瓶と、少量のワインが入っているグラスがあった。

ネヴェスは膝まであるウールのコートを着て山高帽をかぶっていて、煙草をふかしていた。怒りがティアゴの全身に広がった。「ここで何をしてるんですか?」

「おまえと話がしたい」ネヴェスは言った。「ドアが施錠されてなかったので、中に入って、帰りを待っていた」

「仕事に出たとき、ドアに錠をかけました」

「忘れたんだろう」ネヴェスは灰を落とし、煙草をサイド・テーブルにおいた。燃えさしが木材を焦がした。彼はソファーから立ち上がり、ティアゴに近づいた。

ティアゴは頑なな態度を変えなかった。「捜査令状を見せてもらえますか?」

「もちろんだ」ネヴェスは両腕を突き出して、ティアゴを乱暴に押した。

不意を突かれて、ティアゴはよろけて壁にぶつかった。

ネヴェスは素早い動作でコートから小剣を取り出し、それをティアゴの首筋に押しつけた。小鼻をひくつかせて言った。「これが、おまえの家に入るための認可書だ」

ティアゴは細長い刃が皮膚に食いこむのを感じた。胸で息が詰まった。

「わたしはPVDEの捜査官で、なんだって好きなことができるんだよ」ネヴェスは少し身を引いたが、小剣の尖った切っ先はティアゴの喉仏につけたままだった。彼はティアゴの頬《ほお》を軽く叩いた。

「心配するな。もしおまえを殺したかったら、もうとっくに喉を裂いてる」

〝おまえは頭がおかしい〟ティアゴの胸で怒りが沸き立った。「何が欲しい？」

「座れ」ネヴェスは一歩下がり、小剣でソファーを指した。

ティアゴは座った。首をさすり、その手を見ると、血が少しついていた。〝嫌なやつめ〟

「かすり傷だ」ネヴェスは言った。

キッチンの床下に隠してある拳銃が、ティアゴの頭の中に閃《ひらめ》いた。それを取りにいきたい衝動を抑えつけた。ソファーから動いたら、刺されるとわかっていた。

「ある人物を探している」ネヴェスは言った。

ティアゴは両手を拳に握った。

「ヘンリ・レヴィンという名前のユダヤ人だ」

「聞いたことがない」

「偽名を使っているかもしれない。戦争前に、国の軍国主義政策を批判して追放された、ドイツのジャーナリストだ。フランスのマルセイユからポルトガルへ逃げた。ゲシュタポに追われている」

彼はポケットから写真を出して、ティアゴに見せた。

ティアゴは、暗い色の髪を後ろに撫でつけた、顎髭《あごひげ》を生やした四十代の男性の写真を見た。「知りません」

「顔を覚えておけ」ネヴェスは写真をポケットに戻しながら言った。「そうすれば、おまえの書店に入ってきたとき気づくだろう」

「どうしてうちの店に来ると思うんですか？」

「おまえがユダヤ人と親しいからさ」

〝ぼくが政府発行の文書を偽造していることはばれていない、そうでなければすでに逮捕されているはずだ〟反抗的な気持ちが湧き上がった。「誰かと親しくするのは犯罪じゃない。避難者に本や義援金を提供しても、法は破っていません」

「そうかもしれないな。でもレヴィンは共産主義者で、サラザールと秘密警察は、ドイツ人たちが嫌っているのと同じくらい、共産主義者を忌《い》み嫌う。もしレヴィンに協力しているのがわかったら、おまえを逮捕するぞ。今後死ぬまで、刑務所で暮らすことになるんだぞ」ネヴェスはまだ小剣を持ったまま、グラスにポートワインを注いで、くるりと回した。「もしこの男のことを見聞きしたら、連絡をよこせ」

ティアゴはネヴェスに情報を提供するつもりなどなかったが、うなずいた。

警察官はポートワインを勢いよく飲み、空《から》になったグラスをテーブルにおいた。「うまいワインなので驚いた、醸造家の妻がユダヤ人だというのにな」

ティアゴは頬が熱くなった。〝ぼくのことを調べてるんだ、両親のことを知られている〟

「そう――おまえが半分ユダヤ人だと、わかっているんだぞ」ネヴェスは言った。「だが、わたしが頼んだことをやるというなら、それを見逃してやってもいい」

「悪いことは何もしていません」ティアゴは嘘をついた。「レヴィンと会うことがあったら知らせますよ」

「そうしてくれ」ネヴェスはコートの中の鞘《さや》に小剣をおさめた。ソーセージのように太い指を山高帽のつばに走らせて、立ち去った。

ティアゴはドアにかんぬきをかけた。拳銃を隠してある床板の下も含めて、アパートメントの中を調べた。本棚が荒らされ、引き出しのいくつかが開けられていたが、ワインのほかになくなったものはなかった。バスルームの鏡を見ながら、洗面用のタオルと石鹸《せっけん》を使って、首筋の数センチほどの浅い傷を手当てした。傷を押さえながら、自分の家族やフランスから逃げてくる避難者たちが払った犠牲について考えた。大胆な気持ちが胸にあふれた。〝ぜったいに、ファシストに怖じ気づいたりしない。呼吸をし、心臓が脈打つかぎり、迫害を受けて自由を求めるひとなら誰でも助けよう〟彼は傷に絆創膏《ばんそうこう》を貼った。ネヴェスに喉仏につけられた傷でローザを心配させたくなかったので、引き出しをかきまわして、仕事に着ていけそうなタートルネックのシャツを探した。

第十二章

リスボン、ポルトガル――一九四三年二月二十三日

ティアゴは早く起き、かび臭いパンのトーストと牛乳入りのコーヒーという朝食を摂《と》り、夜明け前に書店に着いた。ネヴェス警察官との遭遇で避難者を助ける行為に影響が出るのが許せず、彼は自分の仕事部屋へ行って、ユダヤ人女性の期限切れの査証を書き換える作業を慎重におこなった。この女性はフランスのナント出身で、先週リスボンにやってきた。数時間後、偽造文書のインクが乾くのを待っているあいだに、ドアの上部についているベルが鳴った。彼はインクをこすらないように注意しながら床の秘密の穴に文書を入れ、タイルを被せた。店の表へ行くと、ローザがコートを掛けていた。

「おはよう《ボン・ディーア》」ティアゴは言った。

「あら！」ローザは目を見開いて、コートを落として振り返った。「死ぬほど驚いたわ！　何をしているの？」

「ごめん。じつはここで働いているんだよ、知らなかったかい？」

「今みたいに、こっそり近づいたりしないで」

「脅かすつもりじゃなかった」ティアゴはローザのコートを拾い、ラックに掛けた。「奥の部屋に明かりがついてるのが見えなかったかい？」

「見えたわ」彼女は言った。「だけど、ゆうべ店を閉めるときに、あなたが消し忘れたのかと思ったの――あなたはたいてい、店に来るのが遅いから」

「そうだね、でもそれは、たいていの朝、公園やカフェにいる避難者の様子を見回っているからだ。今日は待ち合わせの時間が午後なんだよ」彼は頭をかいた。「早く店に来て、喜ばれると思ったのに」

「ひとがぐずぐずしているのは嫌い――ひとが早く来るのも嫌いなのよ」笑いをかみ殺しているかのように、ローザの下唇が震えた。彼女は腕時計を叩いた。「時間どおりにしてちょうだい。驚かされるのは嫌――わたしが心臓発作《ほっさ》で死んだら、だれがこの店をやっていくの？」

「あなたの心臓は大丈夫。ぼくよりよっぽど丈夫だ」

「そうね」彼女は顎《あご》をくいと上げて言った。

「わかったよ、ローザ。これからは、時間どおりに動くように努力する」

「実際にそうしてくれたら信じるわ」彼女は眼鏡の位置を直して、目を細くした。「タートルネックのシャツはどうしたの？」

彼は襟《えり》に触れて、絆創膏が隠れているのを確かめた。〝ぼくの身の安全を、ローザに心配させる必要はない〟「新しいスタイルを試してみようと思ったんだ」

「似合わないわ」彼女は眉をひそめて言った。「キスマークでも隠そうとしてるみたい」

ティアゴは低く笑った。

「その話題になったから訊くけれど」ローザはハンドバッグを正面のカウンターの陰におきながら言った。「あなた、最後に誰かを口説いたのはいつ？」

ティアゴはもじもじと動いた。タートルネックのシャツから話題が変わるのは嬉しかったが、私生活に欠けているものについて話すのは気が進まなかった。戦争が始まって以来、デートはほとんどしていなかった。最後に真剣な仲になったのは、コインブラ大学で学んでいた時期に好きになった、レオノールという女性だった。美人で社交的で、文学が大好きなのがきっかけで親しくなった。ティアゴはレオノールが人生の伴侶になる女性なのかもしれないと思った。だがスペイン内乱が起き、彼がファシズムの台頭への闘いを支援するために戦争に参加するつもりだと打ち明けたとき、事態は変わった。レオノールはポルトガルのサラザールによる独裁政権を支持していて、突然彼との関係を終えたのだ。彼女の美しさに目がくらみ、彼は二人の信念――芸術や書物を超えた――が合わないことを見落としていた。彼は悲嘆した。とはいえ時間が経ち、彼は自分が、権威主義的な規則に縛られない世界を夢見ていて、何よりも重要なことに、そのために自ら行動を起こすような人物と一緒にいたいと思っていることに気づいた。

ティアゴはローザを見た。「戦争が終わったら、個人的なことをする時間もたくさんあるだろう」

ローザは眉をひそめた。「きりもなく働くのは体によくないわ。時間の使い方や服装について口やかましいおばあさんと一緒にいるというなら、なおさらね。あなたはあなたの将来の設計をするべきよ」

「迫害から逃げようともがく避難者がいなくなったら、自分のことを考える」

ローザは大きく息を吸いこんで、うなずいた。

彼は正面のカウンターに近づいた。「大事な話があるんだ」

数分かけて、彼はローザにマーティン・ネヴェス警察官とのやりとりを話した――ネヴェスにアパートメントに押し入られたことと、首に小剣を突きつけられたことは除いておいた。また写真に基づいて、ヘンリ・レヴィンの人相も説明した。

「もしネヴェスが、レヴィンがここに現われるかもしれないと考えているのなら」ティアゴは言った。「秘密警察《PVDE》がこの書店を監視するようなこともあるだろう。危険度が増すし、うちの商売は経済的に破綻しかけてる。まもなく、避難者を救済するための資金は底をつく。あなたが辞めるというなら、それも理解できる」

ローザはスツールに座り、カウンターに肘をのせた。「ネヴェス警察官がなんだっていうの。わたしはここにいるわ」

「よかった」彼は言った。「リスボンで最高の偽造者がいなければ、ここをやっていくのは不可能に近い」

ローザはにやりと笑った。「今の言葉はね、ティアゴ、今朝あなたが口にした中でいちばん鋭いわ」

ドアが開いて、ベルが鳴った。新聞売りの少年アルトゥルが、バーラップの袋を持って入ってきた。

「こんにちは《オラ》」アルトゥルは言った。

「おはよう《ボン・ディーア》」ローザが言った。

アルトゥルは袋を下におき、肩をさすった。

「元気かい？」ティアゴがたずねた。

アルトゥルはキャップを脱いだ。「元気です、セニョール・ソアレス」

「配達が終わったら学校へ行くんだろうな？」

アルトゥルは、黒い靴墨で汚れている両手を、そっとポケットに入れた。「ああ、はい、セニョール」

アルトゥルが学校を休むこと、そしてずる休みを正直に認めないことが、ティアゴは気に入らなかった。それでも彼は、家族を支えようとするこの少年の労働観と責任感を買っていた。父親が死んだあと、アルトゥルは二つの仕事をしてきている。ティアゴは自分が注意することで、いつの日かアルトゥルが学校で勉強を続けようという気になってくれたらいいと願っていた。それまで、彼はアルトゥルに本をたくさん与えて、教育の足しにさせようと決めていた。

ティアゴは本棚のほうへ行った。並んでいる本を見渡し、アレクサンドル・エルグラノの中編小説集『伝説と物語』を選んだ。「ほら」彼は言って、その本をアルトゥルに持たせた。

「ありがとう《オブリガード》」アルトゥルはページをパラパラとめくった。

ティアゴはアルトゥルの袋から新聞の小さな束を取り出し、カウンターにおいた。レジにはほとんど金がなかったので、ポケットから小銭を出してアルトゥルに渡した。「今日はよく売れたんだな。新聞がほとんど残っていないじゃないか」

「そうなんです」アルトゥルは言った。「みんな、あの大惨事のことを知りたがってる」

「大惨事？」ティアゴは訊いた。

「ゆうべ飛行艇が川に墜ちたんです」アルトゥルは言った。

ローザは目を見開いた。

ティアゴはカウンターの上の新聞を開いた。


アメリカの大型飛行艇がテージョ川に墜落！

死者四人、行方不明者二十人、ほかに乗客と乗組員十五人の大半が負傷

「まあ、なんてこと」ローザは言った。

ティアゴはサイレンが鳴り響いていたことを思い出した。胃のあたりが凝り固まるような気がした。「そういえばゆうべロシオ広場で、救急車とパトカーが川の方向へ走っていくのを見た」

ローザの顔が蒼白になった。

彼らは一緒に、合衆国から飛んできたヤンキー・クリッパーというパンアメリカン航空の飛行艇が、リスボンのカボ・ルイボ水上飛行機基地に着陸しようとしてテージョ川に墜落した事故に関する、短い記事を読んだ。乗客たちの名前は掲載されておらず、事故の原因についても何も記載がなかった。

ローザは額《ひたい》、胸、そして肩に触れて十字を切った。「お気の毒に」

「悲劇だな」ティアゴは新聞紙を脇におき、少年の肩に手をおいた。「気をつけろよ、アルトゥル。きっと明日の新聞にはもっといいニュースが載ってる」

アルトゥルはうなずいた。バーラップの袋を拾い上げて、立ち去った。

朝のうち、ティアゴは仕事に気持ちを集中しようと努力した。思いはすぐに、流れに捕まった船のように、悲劇のニュースへと逸れていった。亡くなった乗客たちが苦しまなかったように、そして行方不明の人々が無事に発見されるようにと願った。

第十三章

リスボン、ポルトガル――一九四三年二月二十三日

マリアは麻酔で朦朧《もうろう》とした意識のまま目を開けて、飾り気のない灰色の壁と、同色のタイルの床のある病室を見た。何枚もの白いシーツに体を覆われ、金属の枠のベッドに仰向けで横たわっていた。舌が渇いて、唾を飲みこめない。消毒液と洗剤のにおいが鼻を刺激した。部屋を仕切っているカーテンの向こうから、呻《うめ》き声が聞こえた。動こうとしたが、腰から脚にかけて鋭い痛みが走った。胃から吐き気がこみあげた。マリアは、ベッドの横のスタンドにある金属製のインゲンマメ形のたらいをつかみ、顎《あご》の下に当てて吐いた。

漂白した布を白鳥に似せて折ったような形の看護帽をつけた女性が、部屋に入ってきた。「麻酔の副作用です」彼女はポルトガル語で言った。「水を飲めそうですか?」

「飲んでみます」マリアはしわがれた声で言った。

看護師はたらいを脇におき、枠の下のハンドルを回してベッドの上半身部分を上げた。水の入ったピッチャーを持ってきて、グラスにいくらか注ぎ、マリアに手渡した。

マリアは水を口に含んだ。

「あまり飲みすぎないほうがいいですよ」看護師は言った。

マリアはグラスを返し、枕に頭をのせた。残骸や死体が浮いている記憶が、頭の中に閃《ひらめ》いた。目

に涙があふれた。

「医師が診察に来ますからね」看護師が言った。

「飛行艇で、ベン・ロバートソンという男性が隣に座っていたの。無事だったかしら？」

看護師は目を伏せた。「その名前の患者さんは、ここにはいません」

マリアは息をのんだ。「タマラ・ドラシンは？」

看護師はかぶりを振った。「医師を呼んできます」看護師は汚れたたらいをつかんで、タイルの床にヒールの音を響かせて立ち去った。

マリアは胸を締めつけられ、両手で顔を覆って泣いた。

マリアは救助ボートに最後に乗せられた生存者のうちの一人だった。カボ・ルイボ水上飛行機基地からの救助隊が現場に来るまで、彼女は冷たい水中に三十分も浸かっていた。震えながら、取り乱して沈みかけていたところを、二人の男性によって川から引き上げられた。低体温症を起こしており、すぐさま毛布に包まれて岸へ運ばれ、救急車に乗せられた。病院に着くころ、麻痺《まひ》状態だった、腰と脚がひどく痛み始めた。明らかに普通ではない状態だった。モルヒネを注射され、小さな子どものような手をした年配の外科医の診察を受けた。

「股関節が脱臼しています」医師は言った。「全身麻酔をかけて、骨を元の位置に戻しましょう」

マリアはストレッチャーに乗せられ、手術室へ運ばれた。医師には、看護師一人と屈強そうな病院の助手二人が同伴していた。マリアは華奢《きやしや》な医師から、筋骨たくましい男性たちに視線を移した。

〝このひとたちに、脚を元の位置に入れさせるのかしら〟分厚いゴム製のマスクが、マリアの鼻と口を覆った。マリアは積極的に麻酔を求めて、甘い麝香《じやこう》のにおいのするガスを深く吸いこみ、すぐに何もかもが真っ暗になった。

「おはよう《ボン・ディーア》」医師は部屋に入ってきて、言った。ベッドの脚部にある表示板に貼られたカルテを見た。「気分はどうですか？」

「ふらふらです」彼女はこめかみをこすった。「墜落から、何人が生き残ったのか、ご存じですか？」

「まだ川を捜索中です」医師は腹の前で両手を握った。「まずはあなたの具合を診ましょう。もう少しよくなったら、それから――」

「お願いです」彼女は医師の言葉を遮った。「知りたいんです」

医師は沈鬱な表情になった。誰かに聞かれるのを恐れるかのように、肩越しに後ろをうかがった。

「あなたは十五人の生存者の一人です」

〝なんてこと。三十九人の乗客と乗務員が乗っていたのに〟水没した飛行艇の座席に縛りつけられた人々の恐ろしい姿が、マリアの頭いっぱいに甦《よみがえ》った。「ジェーン・フローマンは生存者の中に？」

「その女性は無事に手術を済ませました」

マリアは枕に頬《ほお》を押しつけた。

「あなたは生きていて幸運です」医師はマリアのベッド脇に歩み寄り、彼女の肩に片手をおいた。

「診察していいですか？」

マリアはうなずいた。

医師はシーツをずらし、白い入院着をめくって、腫れてビーツのような色の痣《あざ》になっている右脚の上部と腰をあらわにした。

彼女は顔をしかめた。

「股関節の骨頭《こっとう》を寛骨臼《かんこつきゅう》に戻しました。一ヵ月は松葉杖を使って、完治するには二、三ヵ月かかるかもしれません。それまで、再度はずれることのないように注意する必要があります」医師はマリアの膝を曲げて、大腿骨《だいたい》の動きを確かめた。

マリアは腰に走った痛みを紛らわせようとして、ふうっと息を吐いた。

医師はマリアの脚を下ろし、彼女の体にシーツをかけた。「背中に裂傷もあります。二十四針、縫《ぬ》いました」

脚が痛いせいで、包帯の下の肩甲骨《けんこう》のあいだの鈍痛はほとんど気にならなかった。「いつ退院できますか?」

「股関節が落ち着けば、数日で」医師はカルテを取り、ポケットから出したペンで何かを書いた。「腫れている部分に当てる氷嚢《ひょうのう》を持ってくるように、看護師に言いましょう。冷たいのが我慢できるかぎり、ずっと当てていてください」

「わかりました」

医師はカルテをベッドの端にかけ、マリアを見た。「面会者が来ています。待合室で夜通し待っていました。会えそうですか?」

「ええ、お願いします」

カーテンの陰から、呻き声と苦しそうな呼吸が聞こえた。医師は仕切りの向こうへ回りこんで、患者の診察をした。窓から差しこむ日の光を受けて、医師が注射を打つ様子が影になって見えた。呻き声が消えて、医師は立ち去った。

看護師がマリアの腰に氷嚢をのせ、肌に冷たさが広がった。マリアは意識が冴えるような気がした。看護師がいなくなってから数分して、パイラーとロイが部屋に入ってきた。

「ああ、マリア」パイラーは言った。その声が震えている。

マリアは瞬きをして涙を払った。「あなたたちに会えて、本当に嬉しいわ」

ロイはベッドのマットに手をおいた。「気分はどう?」

「股関節を脱臼して、背中には縫うほどの切り傷ができたけど、すぐによくなるわ」マリアは両手を握り、母親のサファイアの指輪がまだ指にはまっていることに気づいた。急に、体から力が抜けるように感じた。「抱きしめてもらってもいいかしら」

二人はベッドに近寄って、マリアを抱いた。

マリアは腰が痛むのにおかまいなしに、二人を抱きしめた。

三人は体を離した。ロイは木製の椅子に座り、パイラーはベッドの端に腰かけた。

マリアは勇気を出して、墜落について思い出せることを二人に話した――飛行艇の翼が水に浸かったこと、骨まで揺さぶられるような衝撃、座席が床からはずれたこと、息を止めてやみくもに水没した機内を泳いだこと、救助隊が来るまで必死に水面に浮いていたこと。「USOのフライトだったの。エンターテイナーたちは積極的で楽観的な態度で、軍を支援しようとしていたわ」マリアは苦し気に息を吸った。「乗っていたひとの大半が墜落で亡くなってしまったのよ」

パイラーはマリアの手を握りしめた。「大変だったわね」

ロイは両手の手のひらを合わせた。「ぼくたちは飛行艇の基地で、きみが到着するのを待っていたんだよ」

「墜落するのを見たの?」マリアはたずねた。

「いいえ」パイラーが言った。「緊急のアナウンスがあって、パンアメリカン航空の地上員が、大慌てで飛行艇の位置確認をしていたわ」

「対応の準備ができていなかった」ロイは言った。「埠頭《ふとう》から出発するのに、すごく時間がかかっていた。自分にも何かできたらいいのにと思ったよ。まったく歯がゆかった」

「あなたにできることはなかったのよ」マリアは言った。

ロイは上着からパイプを取り出したが、口にくわえようとはしなかった。

「父に、わたしが無事だと知らせなくちゃ」マリアは言った。「きっと合衆国には知らせが行っていなくて、父はものすごく心配しているわ」

「ぼくたちが、お父さんに電報を打った」ロイが言った。「きみが大丈夫だと承知していらっしゃるよ」

「それはありがとう」マリアは胸をなでおろした。脚を覆っているシーツをなでた。「キルガーには連絡した？」

「ああ」ロイが答えた。「知らせを聞いて驚いていた。きみが無事だと知って、ほっとしていたよ」

パイラーは身じろぎし、ロイをちらりと見た。

「何か隠していることがあるの？」マリアは訊いた。

ロイは、どう言おうか考えているかのように、パイプをいじった。

「キルガーは、あなたを帰らせようとしているの」パイラーが言った。「回復して退院できたら、合衆国行きの客船に乗るようにって」

マリアは苦労して体を起こした。背中に痛みが走った。「帰ったりしないわ」

「その点については、きみに選択肢はない」ロイが言った。

「いいえ、あるわ」マリアは言った。「ここに来るために、ものすごく苦労してきたんだもの」

「動揺するのはわかる」ロイは言った。「でも、故郷で療養するほうが楽なんじゃないか」

「もちろん動揺しているわ」マリアは言った。「飛行艇に乗っていたひとの大半が亡くなった。あのひとたちは国のために働いていて命を落としたのよ、その犠牲を無駄にはさせないわ。わたしは途中でやめたりしない。ベッドから出たら、ＩＤＣ職員として働くわ。この戦争が終わるまで、家には帰らない」

パイラーはロイを見た。「マリアの言うとおりよ――この問題は、彼女に選ぶ権利があるはず。

みんなで一致団結して、わたしたちがリスボンでマリアを支えるとキルガーに言いましょう。キルガーだって、イベリア半島にいる職員全員を好き勝手に動かせるわけじゃないでしょう」

ロイは額《ひたい》をこすった。

マリアはパイラーの腕を軽く叩いた。「味方になってくれてありがとう、でも、あなたたちを巻き添えにはしたくない。キルガーとのことは、自分でなんとかするわ。何か、筆記用具を持ってきてくれる?」

パイラーは部屋を出て、便箋《びんせん》と鉛筆を持って戻ってきた。

マリアはいいほうの脚の上に紙をおいて書いた。

ミスター・キルガー
仕事の仲間から、帰国しろというあなたからのご指示を聞きました。わたしの健康についてご心配いただき深く感謝しますが、失礼ながら、あなたのご提案はお断わりいたします。すでにすばらしい治療と、予後の手当てを受けました。軽い股関節脱臼のせいで動けないのは、せいぜい四十八時間程度です。その後、リスボンで任務を始める予定です。
優しいお気遣いに感謝します。来週にも、わたしからの最初の荷物が届くとご期待ください。
よろしくお願いいたします。

マリア・アルヴェス

パイラーが、手紙を覗き見た。「いい感じだわ」

「ロイ」マリアは言った。「キルガーに電報を打ってもらえる?」

「わかった」

彼女は便箋をロイに渡した。

ロイはそれを読んだ。「キルガーから、次の船で帰国しろと命じる返事が来ても、驚くんじゃないぞ」

「いい指摘だわ」マリアは手元の紙に別の文章を書き、それを彼に渡した。「もし帰国を命じる返事が来たら、これを送って」

ロイはその文章を見て、目を見開いた。

ミスター・キルガー

あなたがわたしをＩＤＣから除籍する権利をお持ちなのはわかっています。しかしながら、たとえ任務を解かれたとしても、わたしはリスボンに残って外国の出版物を集めるつもりでいることをご承知おきください。もしわたしのマイクロフィルムはいらないとおっしゃるなら、わたしはそれを英国大使館に提供しようと思います。連合国軍はその情報を喜んで受け取ると確信いたします。

よろしくお願いいたします。

マリア・アルヴェス

「本気じゃないだろう」ロイは言った。

「本気よ」マリアは答えた。

パイラーがロイに近づき、その文面を読んだ。マリアを見て、にやりと笑った。

「いいだろう」ロイは言った。「電報を打つよ、二通目を打たずに済むことを祈るばかりだ」彼は預かった紙をポケットに入れて立ち去った。

「しきたりを守ることについて、彼はけっこう頑固なところがあるの」パイラーは言った。「すぐに機嫌を直すわ。いつもそうだもの」マリアはパイラーを見た。「権威に挑戦するのは、彼にとって容易なことじゃない。規則を守ることによってここまで来たのね。逆にわたしは、規則を破ることでここに辿り着いた」

「あなたがいてくれて、わたしは嬉しいわ」

パイラーはマリアがブイヨンスープを飲むあいだ、その場にいた。まもなく、看護師にそろそろ帰るようにと言われた。

「今夜、また来るわ」パイラーはマリアを抱いて言った。「退院するときに着るものを、何か買っておくわね」

「ありがとう」マリアは自分の荷物――衣類、マイクロフィルムを写す装置、母親のライカのカメラ――が、残骸となったヤンキー・クリッパーの倉庫室に沈んでいる様子を思い描いた。

一人になってから、マリアは父親に二ページにわたる手紙を書いて、悲劇的な事故と自分の怪我を説明したが、その大半は自分が元気になるといって安心させる内容だった。その後、看護師に墜落事故の生存者に会いにいきたいと訴えたが、ベッドに寝ているべきだと諭《さと》された。それで、その看護師が休憩に入ったとき、マリアはわざとコップに入った水をベッドにこぼした。掃除係がシーツを替えるあいだ、車椅子に乗せられたさい、マリアは自分で車椅子を動かして廊下を移動した。三人の生存者と話ができて、そのうちの一人はひどい怪我を負ったジーン・ロレーンという名前のダンサーで、夫でありダンスのパートナーでもあったロイ・ログナンをこの墜落事故で亡くしていた。病院のベッドで夫の死を悼《いた》む女性を見て、マリアは胸を痛めた。互いの涙が涸れるまで、マリアはジーンの手を握っていた。

ジェーン・フローマンも見つかったが、大量の鎮痛剤を投与されているせいで話すことはできなかった。ジェーンの右腕にはギプスがはまり、右脚は牽引されていた。ジェーンの怪我は重傷のようだったが、膝下から切れそうになっていた左脚が、切断されずに包帯が巻かれているのを見て、マリアは安堵した。ジェーンのために小声でお祈りをし、自分の病室に戻った。そこで看護師に、ベッドにいるようにという指示に従わなかったのを叱られた。腰がズキズキと疼《うず》き、もう一度モルヒネの注射をしてもらった。この薬が——痛みとともに——背筋の凍るような記憶も消してくれればいいのだが。

第十四章

リスボン、ポルトガル――一九四三年三月二日

マリアは松葉杖を使って右脚を上げて、腰に負担がかからないようにしながら、テーブルに身を乗り出して、ドイツの新聞の第一面の上にレコーダック35ミリのカメラを据えた。ファインダーを通して、ヒトラーの宣伝部長であるヨーゼフ・ゲッベルスによって書かれた記事を見て、腹の底から嫌悪感が湧き上がるのを感じた。低い金属的な音とともにシャッターを切り、ページをめくり、こうしたマイクロフィルム撮影の手順を繰り返した。

キルガーは予後の経過が順調だという本人の主張に基づいて、マリアが職員としてリスボンに居続けるのを許した。ロイは英国大使館にマイクロフィルムを提供するという脅迫めいた予備の電報を送らずに済んで安堵した。マリアは飛行艇の墜落の二日後に退院して、パイラーの住む寝室が二つあるアパートメントに入った。ロイのアパートメントから、廊下をさらに進んだ場所だ。彼らの家は街路樹や広い住居、集合住宅、高級ホテル、銀行やカフェなどが並ぶ、幅が九十メートルほどあるリベルダーデ大通りに近い、四階建ての建物の最上階にあった。マリアは子どものころに両親と一緒にリスボンを訪れたことがあったが、街のあまり裕福でない地区にある安宿や下宿屋に泊まり、上流の地区で過ごしたことはほとんどなかった。新しい住まいに入ったとたん――すべての家具が揃い、ダイニング・ルームは小型のマイクロフィルム部に改造されている――戦略情報局《OSS》が金

に糸目をつけずに、マリアたちの任務遂行に必要なものを揃えてくれたのがわかった。

　腰の負傷の回復を待たず、マリアはすぐに仕事を始め、〈ダス・ライヒ〉や〈デア・アングリフ〉、そして〈フェルキッシャー・ベオバハター〉――ナチス党の機関紙――などのドイツの新聞をマイクロフィルムにおさめた。ダイニング・ルームの隅に膝ほどの高さに積まれた刊行物は、マリアが着く前にロイとパイラーが新聞の売店で手に入れたものだった。マリアは中立国ポルトガルでは枢《すう》軸《じく》国の出版物がとても容易に入手できることに驚き、早く自分で売店や書店を巡りたくてたまらなかった。だが松葉杖をついてリスボンの急な坂道や丸石の敷かれた歩道を歩いたらまた腰を悪くする危険があったため、マリアはアパートメントに残り、パイラーとロイが外に出た。数日のうちに、マリアはＯＳＳに向けて輸送できるほどの量の撮影済みマイクロフィルムを作った。彼女の仲間たちは、毎週ヤンキー・クリッパーに載せて現像されていないフィルムを送っていた。だがキルガーの手配で、リスボンとアメリカ間の飛行艇経路があらたに設立されるまで、マリアたちはマイクロフィルムを英国海外航空《BOAC》の飛行機でロンドンのＯＳＳ本部に送り、そこでフィルムを現像して情報を洗い出すことになった。

「おはよう」パイラーが部屋に入ってきて言った。

「おはよう」マリアはシャッターを押し、カメラを下げた。「よく眠れた？」

　パイラーはうなずいた。「何時に起きたの？」

「四時半よ」マリアは言った。

「早すぎるわ。もっと体を休めなくちゃ」

　マリアは松葉杖に寄りかかった。「眠れなかったの」

「また悪夢を見た？」

「ええ」

「かわいそうに」パイラーは言った。

「ありがとう」

事故以来、マリアは夜間恐怖症に悩まされていた。夜明け前に目が覚める——溺れるような感覚に襲われてあえぎながら。水中に沈んだ死体の映像が今も頭の中で渦巻いていたが、マリアは脚を引きずりながら新聞をマイクロフィルムに写しにダイニング・ルームへ行った。悪夢を寄せつけない唯一の方法は、仕事に忙しくしていることのようだった。

マリアは片方の足に体重をかけかえた。「眠れないことの利点は、仕事がはかどるということね。失われた時間を取り返せるような気がするの。わたしが何ヵ月もワシントンでぼんやりしていたあいだに、あなたたち二人は一生懸命仕事をしていたんだもの」

パイラーは撮影済みのマイクロフィルムの箱を指さした。「あなたはすごく仕事をしてる、わたしとロイがさぼってるみたいに見えるわ」

マリアは微笑んだ。

「わたしが出かける前に、朝食をどう?」

「そうね」マリアはマイクロフィルムの装置を片づけて、脚を引きずってキッチンに行った。

二人はブラック・コーヒーとバターを塗ったトーストを用意し、小さな木製のテーブルについた。

パイラーはコーヒーをすすった。「ロイとわたしがいないあいだ、一人で大丈夫かしら?」

「もちろんよ。食べるものはたくさんあるし」マリアは、カリっとしたバター風味のトーストを一口かじった。「荷物の準備はできてるの?」

パイラーはうなずいた。

マドリードに拠点を設立するというパイラーの任務が、マリアの健康が回復するまで保留になったため、キルガーはパイラーとロイに、枢軸国の出版物を探す範囲をリスボンの外へ広げるように求めた。あと数時間で、この二人はポルトガルの中部にあるコインブラへ、一泊旅行をしに列車に乗ることになっている。

「一緒に行きたいわ」マリアは言った。「コインブラはいろいろな歴史のある、美しい街よ。コインブラ大学の図書館に入れてもらうといいわ。世界でも古い大学の一つだから」

「行ってみるわ」パイラーはトーストをかじった。「わたしたちがいないあいだに外に出るとしたら、くれぐれも注意してね」

マリアはコーヒーをかきまわした。「どうしてこのアパートメントを出るだなんて思うの?」

「あなたのことはわかってるもの」パイラーは言った。

「ここにはエレベーターがないし、リスボンには松葉杖をついて歩けるような平らな場所はほとんどない」

「だからといって、外に出ずにいられるかしら」

マリアはくすくす笑った。

「あなたには、書店に行ってもらうといいかもしれない。ドイツの新聞を手に入れるのは比較的簡単だったけど、本となると難しかった。あなたとちがって、ロイもわたしもドイツ語やポルトガル語が堪能《たんのう》じゃない。あなたなら価値のありそうな出版物を見分けられるだろうし、地元の住人のように喋れるから、店主の信用も得やすいでしょう。きっとわたしたちより収穫があるんじゃないかしら」

「あなただってすごい仕事をしてきてるわ」マリアは言った。「それに祖国のスペインに戻れば、もっと成果を上げられる。戦争に勝つのに、あなたを頼りにしてるわ」

パイラーはにやりと笑った。

ドアをノックする音がした。パイラーはキッチンを出ていき、革製のスーツケースを持ったロイともに戻ってきた。

「おはよう」ロイは言った。

「おはよう」マリアはこんろの上のポットを指さした。「コーヒーを飲まない？」

「嬉しいな。うちのはタールみたいな味なんだ」彼はスーツケースをおき、キャビネットからカップを出して、自分でコーヒーを注いだ。「具合はどう？」

「よくなってきたわ」マリアは言った。「こっちの脚にも、少し体重をかけられるようになった」

「それはよかった」彼はコーヒーを一口飲んだ。「ぼくたちが集めたものをマイクロフィルムに写してくれて、助かってるよ。きみは書店まわりをしたいんだろうが、少し休んでいるほうがいいかもしれない。回復の妨げになるようなことは、避けるに越したことはないよ」

マリアは背筋を伸ばした。「戦争が続くかぎり、毎日兵士が戦闘で死んでいく。彼らには休みはない。どうしてわたしたちが休まなくてはならないの？」

ロイは息をのんだ。「言いたいことはわかる」

パイラーはコーヒーを飲み終えて、カップを流しにおいた。それからマリアのほうを向いた。

「わたしたちがリスボンを出るのは、今回が初めて。あなたはポルトガルを旅行したことがあるんでしょう、何か助言をもらえる？」

マリアはカップの縁を指先でなでた。「列車の駅で秘密警察《PVDE》に呼び止められる可能性は高い。渡航文書を、すぐに出せるところに用意しておいてね。もし止められたら、落ち着いて、議会図書館のために資料を集めているという筋書きを守ること」

二人はうなずいた。

「荷物を調べられて、ポルトガルの検閲《けんえつ》に引っかかる出版物が見つからないかぎり、何も違法なことはしていない。アメリカの雑誌との交換が、枢軸国の新聞を手に入れるのに有効だとわかったわ。

でも、わたしだったら、それらを持っていったりはしない。列車の駅には検閲所があって、ＰＶＤＥがそれらを不適切だと考えるかもしれない。買い物は、なんでもエスクードでするのがいいわ」

ロイは髪の毛をかき上げた。スーツケースを膝にのせ、〈ヴォーグ〉〈ライフ〉〈ニューズウィーク〉そして〈タイム〉といった雑誌の束を取り出した。

マリアは彼の鞄の中を覗きこんだ。エスクードの束を見て目を丸くした。「ちょっと、ロイ！いくらお金を持っていくつもり？」

「旅行に困らないだけの金を持っていきたいと思った」

「そこそこのエスクードにしておいたほうがいいわ。いつでも、あらためて買いに行きなおせるんだから。お金を持っていすぎると疑いを招く。なぜ多額の現金を持ち歩いているのか、ＰＶＤＥに尋問されるのはまっぴらでしょう」

ロイはスーツケースから現金の大半を出し、それらをテーブルにおいた。彼はパイラーを見た。

「きみの荷物はどう？」

「大丈夫よ――雑誌は入ってない。ハンドバッグにエスクードがあるけど、注意を引くような額《がく》じゃないわ」

ロイはスーツケースを閉めて、それを足元においた。

マリアは、大半のポルトガル人の年収よりも多額のエスクードが、枕カバーやクッキー缶、トイレのタンク内にテープ留めされている耐水性の容器などの中に隠されていることを考えた。ＯＳＳによって無限に資金を提供されていると、金銭感覚が麻痺《まひ》するのは容易なことだった。自分はそうならずに済むように祈った。

マリアは松葉杖をつきながら、二人をドアまで送り、さようならと言って抱きあい、二人が階段を下りていくのを見送った。ドアに錠をかけてダイニング・ルームへ行った。マイクロフィルム撮影を再開するのではなく、怪我したほうの脚にそっと体重をかけてみた。腰に鈍痛が走った。〝これくらい、なんだっていうの〟気が変わらないうちに、マリアは脚を引きずってバスルームへ行き、きれいな服に着替えた。

三十分後、マリアは財布とロイの手書きの書店の住所一覧を入れた大きな布製の袋を肩にかけ、アパートメントを出た。手すりにつかまって、もういっぽうの手で杖を抱えながら、そろそろと階段を下りた。ロビーで立ち止まって息を整え、覚束《おぼつか》ない足取りで外に出て、タクシーを止めた。まっすぐ書店を目指すのではなく、街の中を少し見て回りたいと運転手に頼んだ。

タクシーがリベルダーデ大通りを走るさい、彼女は窓を下ろして新鮮な空気を吸いこんだ。太陽が明るく輝いて青空には雲一つなく、気温は摂氏二十度に近い。カフェの外で、人々が歩道のテーブルについて、煙草を吸ったりエスプレッソを飲んだりしている。タクシーは大通りを離れ、ロシオ広場に沿って走った。マリアは、は、穏やかな気候にもかかわらず何枚も衣類を重ね着している大勢の人々に目を引きつけられた。マリア噴水の近くに鞄や荷物が積み上げられていて、女性や小さな子どもたちが毛布の上で休んでいる。アメリカの新聞やラジオのニュースなどから、ドイツに占領された地域からの避難者がリスボンに流れこんでいるのは知っていた。だがそうしたニュースでは具体的な数字を知ることはできず、マリアはこれほど多くの亡命者たちを目にする心の準備ができていなかった。

マリアの胸は沈んだ。「避難者のことを教えてもらえますか?」彼女はポルトガル語でたずねた。

運転手はバックミラー越しに、ちらりとマリアを見た。「避難者は増え過ぎました。毎日、どんどん街に入ってきます」

「どこから来るのかしら?」

「あらゆる場所からです」運転手は煙草に火をつけて、広場を離れた。

一時間ほど、彼女は街を見て回った。街の広場、特にロシオ広場とコメルシオ広場に避難者が集まっている以外は、何年も前に両親と訪れたときと、ほぼ同じようだった。水際の埠頭《ふとう》に着いたとき、マリアは客船に乗るのを待っている人々の多さに驚いた。

「あんなに多くのひとたち全員が、あの船に乗れるはずないわ」マリアは開いた窓から外を見ながら言った。

運転手は煙草を吸った。「あの連中は、乗船を許されるのを期待して、毎日ここに来るんです。金のない者はリスボンを発《た》つのに、何ヵ月も、場合によっては一年も待たされる」

「どうしてそんなに長くかかるの？」

「ポルトガル政府は彼らが働くことを許さないから、彼らは寄付に頼るしかないんです」

マリアはもう充分だと考えて、身を乗り出して言った。「バイシャに行ってちょうだい」

まもなく、マリアは運転手に料金を払って、リスボンの繁華街の中心でタクシーを下りた。なめらかな石灰岩の敷石でできた歩道をたどるように、慎重に松葉杖で進んだ。午前中の残りの時間で新聞の売店をいくつか回ったが、たいしたものは見つからなかった。売店を中にしつらえた東屋《あずまや》のようなキオスク・カフェで、焼いたイワシの昼食を摂《と》ったあと、ロイの一覧表を見直して、近くに書店があるのを発見した――ルア・ド・クルシフィクソにある、〈リヴラリア・ソアレス〉だ。店名の横に、ロイの手書きのメモがあった。

しょぼい店――新聞はほとんどない、詩集が多い

マリアは新聞以外のものも探したいと思っていたので、ロイのメモを無視し、狭い丸石敷きの道を歩いていき、やがて店の看板を見つけた。中に入るとき、ドアの上のベルが鳴った。癖のある白

髪で、頬《ほお》の丸い年配の女性が、カウンターの向こうのスツールに座っていた。

　マリアは微笑んだ。「こんにちは《オラ》」

「こんにちは《ボア・タルデ》」女性はカウンターの上に開いてある雑誌に視線を落とした。

　マリアは本棚の並んでいる壁沿いに歩いて、本を見た。大半が詩集だったが、店の奥へ行くと、フランス語やドイツ語、さらにはポーランド語の本でいっぱいの机があった。マリアが一冊手に取ったとき、ドアの蝶番《ちょうつがい》が軋《きし》む音がした。

「何かお探しですか」男性の声がした。

　マリアは振り向きざまに体のバランスを崩し、本を落とした。両手で松葉杖の持ち手をつかんで体を支えた。

「すみません」男性は言い、床から本を拾い上げた。「仕事部屋から出るとき、お客さんを驚かせないようにもっと注意しなければいけないな」

　男性は二十代後半で、長身でがっしりした体型だった。灰色のウールのスーツに白いボタンダウンのシャツを着ている。栗色の髪の毛はきれいに梳《す》かしてあり、髭《ひげ》もきれいに剃《そ》ってある。剃刀《かみそり》を使っていて切ったのだろうか、喉仏の近くにかすかに傷跡が見えた。

「いいんです」マリアは言った。

　男性はマリアに本を渡した。「ぼくの書店にようこそ。何か、特別に探しているものでもあるんですか？」

「ええ」マリアは言った。「わたしはアメリカ人で、今の世界的危機の記録を残そうと考えている議会図書館のために、出版物を集めているんです」

「ポルトガル語が上手ですね」

「ありがとう」マリアは言った。「今言ったとおり、わたしは議会図書館で働いていて、特に興味のある本としては――」

男性の口元に笑みが浮かんだ。

「前にも聞いたことのある話だとか？」

「そうだな、でもパイプを吸ってる男性から、英語でね」

「なるほど」彼女は言った。「店内を見せてもらっていいかしら？」

「もちろん。ここにある本はどれも売り物だし、ぼくの意見では、保存するに値する」男性は手を差し出した。「ティアゴだよ」

「マリアよ」彼女は握手した。

「助けが必要なら、いつでも喜んで」

「ありがとう《オブリガーダ》」

ティアゴは踵《きびす》を返し、その場を去った。

マリアはテーブルの上の外国語の本を見た。ほとんどが詩集だった。すでにロイが店内を見たことを考えて、帰ろうと思った。だが腰が痛み始めて、この日はほかの店を回るのはやめたほうがいいと判断した。それで、本棚ごとに一段ずつ見ながら店の奥まで進んでいき、やがて参考文献《リファレンス》の小さなセクションを発見した。『ドイツの産業文化』というタイトルの分厚い革装の本を見て、マリアは目を見開いた。その本を棚から取り出し、めくってみた。その本にはドイツの製造業の歴史に加えて、分野別に会社の名前と住所の長い一覧表があった。マリアは指でその一覧表をなぞっていった――時計製造業者、自転車製造業者、エンジン製造業者、小火器製造業者……

〝すごいわ！〟マリアは店の表のほうをちらりと見た。ティアゴが、カウンターに座っている女性と話していた。本の奥付のページを見ると、一九三六年に刊行されたものだとわかった。工場の住所の多くは、今も正しいだろう。マリアは連合国軍の飛行隊の爆撃機が搭載爆弾を落とし、ヒトラーの装甲車を作るのに用いられるエンジンの工場を破壊する様子を想像した。残りの本棚を見たが、それ以上に興味を引かれるものはなかった。その本を購入するのを目立たなくするため、マリアはフランスの詩集を何冊かと、ハンガリーの小説とポーランドの料理本を買うことにした。それらを自分の布袋に入れて、カウンターに持っていった。

「必要な本は全部あったかな？」ティアゴは訊いた。

「ええ」

彼はカウンターの女性を指し示した。「ローザだよ」

「はじめまして。マリアです」

「ティアゴから、アメリカから来た司書だと聞いたわ」ローザは疑うような調子で言った。「どこでポルトガル語を習ったの？」

「父からです。父はコインブラで生まれたんです」

女性の顔の表情が和らいだ。「ポルトガルに家族がいるの？」

「もういません」マリアは言った。「ニュージャージーに住んでいる父を除いて、ポルトガル側の家族は、みんな亡くなりました」

「お気の毒に」ローザが言った。

「ありがとう《オブリガーダ》」マリアは松葉杖に寄りかかって、本をカウンターにおいた。

「いろんな本を選んだね」ティアゴは言った。

「わたしたちは、幅広い範囲の出版物を集めているの」

「どうしてポルトガルの本がないのかな？」と、ティアゴ。

「戦争状態にある国の本を保存したいと思っているの。ポルトガルは中立国でしょう」マリアは松葉杖の持ち手を握った。「外国の出版物を、もっと注文してもらえるかしら？」

「ものによる」ティアゴは言った。「どんな本に興味があるのかな?」

「文化的に、宗教的に、あるいは政治的に、反対の立場の本——たとえばユダヤ人作家の作品とか。ドイツやイタリアの参考文献にも、すごく興味があるわ」

ティアゴは顎《あご》をこすった。「何かできるかどうか、考えてみるよ。きみに連絡をするには、どうすればいい?」

「一週間か二週間したら、また来るわ」マリアは連絡先の情報を明かさないほうがいいと判断して、答えた。

ティアゴはうなずいた。

ローザはレジスターに本の金額を打ちこんだ。

マリアはエスクードで支払いをし、本を袋に入れた。

「運ぶのを手伝おうか?」ティアゴは訊いた。

「大丈夫。タクシーで帰るから」マリアは袋の持ち手を肩にかけた。

「脚をどうしたのか、訊いてもいいかな?」ティアゴはたずねた。

「ああ」マリアは言った。「飛行艇の事故で怪我をしたの」

ローザがあえいだ。「あなた、川に墜落した飛行艇に乗っていたの?」

マリアは胃のあたりがこわばるのを感じた。「そうなんです」

ローザは頭から胸へと、十字を切った。

「大変だったね」ティアゴは言った。

「ええ」マリアは答えた。

ローザはスツールから立って、マリアに歩み寄った。マリアの目をじっと見た。「神さまが、あなたにさせたいことをお持ちなんだわ。助かったのには理由がある。あなたは神さまのご意思に応えなければならない」

マリアは息をのんだ。女性の熱い言葉に驚き、心を動かされた。「そうしたいと思います」

ティアゴは手を差し出した。「本は重いものだ。タクシーに乗るまで、袋を持っていかせてくれ」

「お願いするわ」

ティアゴはマリアの肩から袋を取り、一緒に外に出た。通りの突き当たりでタクシーを止め、彼女が後部座席に乗りこむのに手を貸した。

運転手が車を出した。マリアは早くドイツの出版物をマイクロフィルムに写したくてたまらなかったが、神さまが自分にさせたいことがあるという、神さまのご意思についてのローザの言葉を思い出した。アパートメントに戻るのではなく、ロシオ広場に行って欲しいと運転手に頼んだ。

それから午後いっぱい、マリアは公園の隅にあるジャカランダの木の下に座っていた。あたりには、居場所がない様子の避難者たちがたくさんいた。自由を求めて祖国から逃げてきた人々を見るのは、悲しいことだった。自分の職務がなんらかの形で、ヨーロッパでの苦難を終わらせる役に立つといいと思った。

日暮れどき、灰色のスーツの上に黒いコートを着た長身の男性が広場を横切って、ベンチの、足元に丸めた毛布をおいている髭の長い避難者の隣に座った。

マリアは自分のいる木の下から十三メートルほど離れた場所の、その身なりのいい男性を見詰めた。〝あれはティアゴだわ〟

ティアゴはコートから本を取り出し、ベンチの自分の横においた。髭の男性と少し言葉を交わし、それから黙って座っていた。その後まもなく、ティアゴは本をおいたまま歩き去った。

マリアは自分の荷物を持って立ち上がり、ベンチのほうへ歩いていった。そこの男性に近づいていくと、男性が本の表紙を開き、そこにパスポートと現金のようなものが見えた。男性は本を閉じ、毛布の下に突っこんだ。

マリアは強烈に興味をかきたてられて、方向を変え、ティアゴを追いかけて通りを渡った。あまり速く歩けず、歩道が混んでいるせいもあって、彼に追いつくのに苦労した。名前を呼んだが、人声や往来の騒音のせいで声が届かなかった。脚を引きずりながら歩調を速めた。松葉杖が脇の下に食いこんだ。

ティアゴは脇道に入った。

その角まで行って曲がったとき、マリアの松葉杖の先が出っ張った敷石に引っかかった。マリアはつんのめって地面に倒れ、袋から本がこぼれおちた。鋭い痛みが腰に走った。

ティアゴが振り向いた。事態を察知して目を見開き、マリアに駆け寄った。「怪我をしたかな?」

マリアは腰をさすり、脱臼《だっきゅう》していないのを確認して安堵した。「大丈夫よ」深呼吸をして、気持ちを落ち着けた。

ティアゴの手を借りて、杖をついて立ち上がった。

肩甲骨のあいだが痛み、背筋を何かが伝い落ちるのを感じた。「背中の傷が開いてしまったみたい」

「どれくらいひどいんだ?」

「わからない」彼女は言った。「ちょっと見てくれる?」

ティアゴはマリアが上着を肩の下までずらすのを助けた。「ブラウスに血がついてる」

〝やっぱり〟

「医師のところに行こう」

「いいえ」マリアは言った。「家に帰って、自分で手当てするわ」

「誰かに頼んで、傷を消毒して手当てしてもらえるかい?」

「いいえ。自分でやる」

「手が届かないだろう。病院に連れていってあげるよ」

マリアはかぶりを振った。

「こんな状態では、一人にさせられない。病院に行くか、ぼくが包帯と消毒剤で手当てをするかだ。ぼくはシアード地区に住んでる、ここから歩いて五分ぐらいのところだよ」

ティアゴは信用できそうに見えたが、ほとんど知らない相手だ。だがほかに選択肢がないとしたら、病院に戻るのは嫌だった。「いいわ。あなたの家に行かせて」

「ここにいろ。タクシーを拾ってくる」

マリアが答える前に、ティアゴは角へ走っていって運転手に手を振った。何分か後、二人は、正面が青い陶磁器のタイルで覆われている集合住宅の前に到着した。中に入り、マリアはティアゴに助けられて階段をのぼった。ティアゴがドアの錠を開け、明かりをつけ、マリアをテーブルに導いた。マリアが背中を出して座れるように、椅子の向きを変えた。

マリアは椅子に座り、松葉杖を壁に立てかけた。数少ない家具と古い本のおかれている室内を見回した。「一人住まいなの?」

「ああ」ティアゴはいったん離れ、包帯とガーゼと医療用テープ、そして消毒用アルコールの瓶を持って戻ってきた。キッチンの流しでアルコールで手を消毒し、きれいなタオルで拭いた。

マリアは上着を脱いだ。「ひどそう?」

ティアゴはマリアの後ろに立った。「シャツに、プラムぐらいの大きさの染みができてる。傷を手当てするには、背中を出してもらわなければならない」

〝わたしったら、どうしたというの〟彼女はブラウスのボタンをはずした。「口に出して言えないものは見ないでね」

「なんのことだ？」

「下着よ」

「ああ」彼は言った。「傷だけを見ると約束するよ」

マリアはブラウスを下にずらして、背中を露《あら》わにした。

「縫《ぬ》い目が二つはずれてるが、ほかは無事だ。病院には行かなくてもよさそうだな」

〝助かったわ〟

「沁みるかもしれないよ」ティアゴは消毒用アルコールにガーゼを浸け、それを傷口に当てた。

マリアはひんやりとした刺激を感じた——だが違和感だけではなく、彼の触れ方が優しいのにも気づいた。

ティアゴは血を拭き取り、さらに消毒用アルコールをつけた。「出血は、ほとんど止まっているよ」

マリアは机の傷を指でなぞった。「ありがとう、助かったわ」

「お安いご用だ」彼は傷口を軽く押した。「飛行艇の事故のニュースには驚いたよ。きみがどんな経験をしたか、想像もできない。まったく大変だったね」

「ありがとう《オブリガーダ》」

「痛いかい？」

「少しね。股関節を脱臼したけど、よくなっているし、もうすぐ松葉杖も必要なくなると思う。来週、抜糸の予定よ」機体に水が流れこんでくる光景が、頭の中に閃《ひらめ》いた。「墜落のときの記憶のほうが、体の傷より辛いの」

「時間とともに、辛い記憶は薄れていくよ」ティアゴは、彼自身も悲劇を経験しているかのように言った。

自分の体の具合以外の話題にしたくて、マリアは訊いた。「ローザはあなたのお祖母さんなの？」

「ちがうよ、でも祖父母代わりとして最高の存在だ――頑固なのと、時間にうるさいのを除けばね」

「優しいひとね」マリアは微笑んだ。「あなたが遅刻することが多いんでしょう」

彼は低く笑った。「ご明察だ。言い訳させてもらうと、ときどき、書店に行く前にやらなければならないことがあるのでね」

「祖父母代わりと言ったけれど――本当のお祖父さんやお祖母さんは亡くなったの？」

「父方の祖父母は、ぼくが生まれる前に亡くなった。母方の祖父母は、生死がわからない」

「連絡を取っていなかったの？」

「いいや、そういうわけじゃない、うちの家族は仲がいい」彼はマリアの背中に清潔なガーゼを当てた。「母方の家族はユダヤ人なんだ。祖父母はフランスのボルドーにブドウ園を持っている」

マリアは落ち着かない気持ちになった。

「祖父母はドイツ兵に逮捕されて、家畜輸送車に乗せられた何百人ものボルドーのユダヤ人の中にいた」

「まあ。お気の毒に」

「ありがとう《オブリガード》」

「どこへ送られたの？」

「ポーランドの収容所だ」

マリアは口の中が渇いた。

「両親もぼくも手紙を書いて、フランスから逃げ出すように頼んだんだが、二人ともその地を離れるのを拒んだんだ」

「どうして？」

「祖父母はユダヤ人避難者を助ける活動をしていた」彼は言った。「ワイン貯蔵室にかくまって、カトリック教会のネットワークを通じて、国を出てポルトガルのドーロ峡谷にあるぼくの両親のブドウ園へ、さらにはリスボンへと逃げるのに手を貸していた」

「家族で逃避経路を作っていたのね」

「そうなんだ」彼は言った。「昨年の夏、避難してきた夫婦から、ボルドー近くのシナゴーグでドイツ兵の手入れがあってユダヤ人たちが逮捕されたと聞いた。祖父母たちが心配だったから、ぼくは逃げるように説得するつもりで、彼らのブドウ園まで行った。でも遅すぎた。ぼくが到着するより何日も前に、逮捕されて連れ去られてしまっていた」

「あなたが悪いんじゃない。あなたはお二人を助けるために、できることを全部したわ」

彼はうなずいた。「希望を捨ててはいないが、もう二度と祖父母に会えないと感じるときもある」

「きっと会えるわよ」

彼は大きく息を吸った。「ぼくのことは、これくらいでいい。きみは書店からタクシーで家に帰るはずだっただろう。どうして松葉杖をついて街の中を歩いていたんだい?」

「退院してからずっとアパートメントに閉じこもっていたから、少し新鮮な空気を吸いたかったの」彼女は胸を両腕で隠すようにして、少し体を彼のほうへ向けた。「ロシオ広場にいたとき、あなたが男のひとのためにベンチに本をおいていくのを見た。そこにはパスポートとお金が入っていた」

彼は布とテープを手にした。「ずいぶん観察力があるね」

「あのひとがリスボンから逃げるのを助けているの?」

「そうだ」

「あのひとは、あなたの家族の逃避経路を通じて来たの?」

「そうだ。彼はユダヤ人の避難者で、一年近く路上暮らしをして、アメリカ行きの客船に乗る金を集めようとしてきた。ぼくは彼の旅費を手助けしているんだ」

「それは親切なことね」彼女は言った。「だけど、どうしてパスポートを渡したの？」

「彼から預かって保管していた」

「そんな話を、わたしが信じると思う？」

「いいや、思わない」彼は包帯で傷を覆い、ずれないようにテープを貼った。「外国の出版物を集めようとしている理由を、もっと詳しく教えてほしい」

「議会図書館は戦争で失われるかもしれない記録を保管したいと考えているのよ」

「特にドイツの記録に興味があるようだね」彼は言った。

「破壊される危険のあるものなら、どんな出版物にも興味があるわ」

「それをぼくが信じると思うのか？」

「信じないかもしれない」〝お互い、秘密を全部打ち明けたくはないようね〞

彼は何枚ものテープで包帯をとめた。「気分はどう？」

「だいぶよくなったわ。ありがとう」

彼はマリアから離れ、白いボタンダウンのシャツを持って戻ってきた。「これを着ていけ」

「その必要はないわ」彼女は言った。

「せっかくきれいな包帯をしたんだ。汚さないほうがいいんじゃないか？」彼はシャツをテーブルにおき、彼女に背を向けた。

マリアは血のついたブラウスを脇においた。彼のシャツを着てボタンをとめ、裾《すそ》をウールのスカートの下にたくしこんだ。「これでいいかしら」

彼は彼女と向き合った。「アパートメントの建物には、階段かエレベーターがあるかい？」

「エレベーターがあるわ」彼女は嘘をついた。〝家まで送ってくれるつもりね、でももう充分に手間をかけた〟

二人は彼のアパートメントを出た。一段ずつ、ゆっくりと階段を下りた。手すりで体を支えるのではなく、マリアはティアゴの腕にすがった。外に出て、彼は彼女をタクシーの後部座席に座らせて、松葉杖と袋を載せた。

「シャツを返すわね」彼女は言った。

「その必要はないよ。気をつけて、マリア」彼はタクシーのドアを閉めた。

運転手が車を出した。マリアは窓の外を覗き、ティアゴが視野から消えるまで見ていた。

自宅の建物に着き、マリアは苦労して階段をのぼって、アパートメントに入った。疲れていたし、体が痛かったが、マリアは休む前に、購入してきたドイツの本『ドイツの産業文化』をマイクロフィルムに写すと決めていた。マリアは着替えもせず、ティアゴのシャツの袖をまくりあげて、本を写し始めた。数ページ進んだところで、マリアはティアゴと一緒にいた時間を思い出した。〝優しくて親切なひとで、家族とともに避難者を救うためにすべてを賭けている〟彼の気遣いに感謝していたし、もっと自分の家族について話せばよかったと思った。特に、母親を失ったことについて。〝どちらも戦争で愛する者を失った〟彼女はそんな考えを脇に退け、今度彼の書店を訪れたとき、もっと彼のことを知ろうと心に決めた。

マリアはその本をマイクロフィルムにおさめ終えた。疲れて料理する気になれず、乾いたパンとオリーブとワインで食事を済ませた。ソファーに歩み寄り、クッションに身を沈めた。本を読むことはせず、彼のシャツで自分の体をしっかり包みこんだ。まもなく、マリアは深い眠りに就《つ》いた。飛行艇の事故以来初めて、夜間恐怖症で目覚めずに済んだ。

第十五章

リスボン、ポルトガル——一九四三年三月十日

ティアゴは書店の仕事部屋でしゃがみこんで、タイル敷きの床の秘密の穴からパスポートと渡航文書の小さな束を取り出した。文書を整理して、有効期限切れのもの、査証が不適当なもの、写真のないもの、ページが損傷しているものに分類した。彼とローザの手に余るほどの仕事があり、二人はそれに応じて昼夜をおかずに働いていた。ティアゴの銀行口座の金はほとんどなくなり、ローザは退職金を偽造に使う消耗品の購入に当てることで、活動を支援すると言い張った。彼はローザに返済を約束したが、書店の心もとない売上と、助けを必要とする避難者の増加を考えると、近い将来に返済できるかどうか疑わしかった。

傷の手当てをして、タクシーで去るのを見送って以来、マリアとは会っていなかった。だが約束したとおり、彼女の興味に基づいて、書籍業者に連絡をして外国の出版物を注文した。数週間のうちに、本が書店に届くだろう。支払うための金があるといいのだが、そしてそれ以上に、マリアが書店にまた来るといいのだが。

マリアと知り合ってから、彼は彼女との会話を頻繁に思い返した。祖父母の身に起きたことを、両親とローザ以外には誰にも話したことがなかった。だがマリアといると寛《くつろ》いだ気持ちになり、うまく説明はできないが、彼女のことを信用する気になった。彼同様に、彼女は本に情熱を持ってい

て、枢軸《すうじく》国の出版物に興味のあるところをみると、おそらく何か秘密を抱えているのだろう。〝紛争で失われる可能性のある本を保存しようとしているだけかもしれないが、彼女の国は戦争状態にあり、まちがいなく、手に入る情報はどんなものでも利用するはずだ〟また、彼は彼女の家族や、議会図書館のために本を集めるべく安全な祖国を出てきた理由について、もっと訊かなかったのを悔やんだ。

　ローザのカウンターの上のラジオから、クラシック音楽が流れた。

ティアゴの鼓動が速まった。パスポートと文書を穴に入れ、タイルで蓋をした。両手で衣類についた汚れを払い、皺《しわ》を伸ばして、仕事部屋を出た。二人の男性に歩み寄るにつれ、胸に焼けるような痛みを感じた。男性の一人は、その山高帽で誰かわかった。

「おはようございます《ボン・ディーア》、ネヴェス警察官」ティアゴは男たちに近づきながら言った。

ネヴェスは振り向いたが、自分が連れてきた、ボクサーのように潰れた耳をしたピンストライプのスーツ姿の若者に向かって言った。「よく見ろ」

若者はうなずいて、棚に歩み寄って本を眺め、その何冊かを指先で引き出して床に落とした。

カウンターの向こうに座っているローザは、ティアゴを見た。

「なんの用ですか？」ティアゴは訊いた。

「新人の研修だ」ネヴェスは言った。「検閲《けんえつ》局で調べるべき本を探すために、ここに連れてきたんだ」

「禁止されている出版物はない」ティアゴは言った。「この店は、以前あなたが視察したでしょう。何も見逃していないはずです」

「あれはしばらく前のことだ」ネヴェスは言った。「何も見つからなくても、倫理に反する本を見分ける練習になる」

若者はテーブルから本を一冊取り、ページをめくり、その本を床に落とした。

「あなたの連れは、散らかしたものを片づけるんでしょうね」

ネヴェスはティアゴに近寄った。「家を訪問したことを、根に持っているのか?」

ローザが目を見開いた。

ティアゴはその場からあとじさったりしなかった。

「わたしの訪問は傷跡を残したようだな」ネヴェスはティアゴの首を指さして言った。

怒りでティアゴの全身が震えた。ネヴェスと会って以来、彼は鞘《さや》に入れたフィレナイフを上着の内ポケットに入れていた。アストラ四〇〇を持ち歩くことも考えたが、もし火器を隠し持っているのを見つかったら、逮捕されて、スペイン軍の武器をどうやって手に入れたのか問いただされるだろう。だがフィレナイフは、魚が主要なたんぱく質源であるリスボン市民の多くが持っている、一般的な道具だ。たとえネヴェスのような人物であっても、誰かを刺すというのは嫌だったが、必要とあれば自己防衛するつもりだった。〝今度小剣で傷つけられそうになったら、あいつの肋《あばら》に刃を刺しこんでやる〟

ドアの上のベルが鳴った。アルトゥルが新聞の束を抱えて入ってきた。少年は床に散らばっている本を見て、その場に凍りついた。

「やあ《オラ》、アルトゥル」ティアゴは、少年を落ち着かせようとして声をかけた。「今日は十二部、新聞をもらおうか──

少年はかぶっていたキャップを脱いで、新聞を袋から出した。

ネヴェスはティアゴを見た。「ヘンリ・レヴィンの居場所を知っているか?」

「いいや《ナウン》」ティアゴはネヴェスに見せられた写真を思い出しながら答えた。

「この男はどうだ?」ネヴェスは、五十代ぐらいの髪の薄い男のぼやけた写真が載っている新聞の切り抜きをポケットから出した。「カール・ブレグマンという男だ」

ティアゴはかぶりを振った。

ネヴェスの部下が、また本を床に落とした。

ティアゴは頬《ほお》が熱くなった。

ネヴェスは、アルトゥルがローザに新聞の束を渡しているカウンターへ近づき、切り抜きを見せた。「どちらか、この男を見なかったかな?」

ローザとアルトゥルはかぶりを振った。

ネヴェスは別の写真をポケットから出した。「この男はどうだ?　名前はヘンリ・レヴィンだ」

「いいえ、セニョール《ナゥン》」アルトゥルは、青い顔をして言った。

「わたしはひとの顔を忘れないの」ローザが言った。「そのひとは、見たことがないわ」

ネヴェスは写真をスーツの上着に入れた。

ティアゴは自分のポケットにあった小銭で、アルトゥルに新聞代を支払った。「配達が済んだら、すぐに学校に行くんだぞ」

「そうします」アルトゥルはポケットに金を入れ、袋を肩にかけて出ていった。

ネヴェスは、店の表のほうへ戻ってきた部下を見た。「何かあったか?」

「これらの本ですが」若い警察官はルイス・デ・カモンイスの詩集を二冊、ネヴェスに手渡した。

「これらはサラザールが禁止した詩人のものと思われます」

「それはフェルナンド・ペソアのことでしょう」ティアゴが言った。

若い警察官は眉をひそめた。

「そうかもしれないな」ネヴェスは言った。「だが内容が倫理に適っているかどうか確かめるため、持ち帰って検察局に調べさせる」ローザに向かって帽子を上げてみせ、部下と一緒に書店から出ていった。

ドアが、ベルの音とともに閉まった。

「嫌な男」ローザは言いながら、スツールから立った。「彼があなたの家に行ったのね？」

「ええ」ティアゴは床から一冊、本を取り上げて、棚においた。

「いつ？」

「数週間前です」

「どうして言わなかったの？」

「心配させたくなかった」ティアゴは言った。

「何があったのか、教えてちょうだい」

彼は髪の毛をかきあげ、それから数分かけて、ネヴェスが彼のアパートメントに押し入り、彼の首に小剣を突きつけた様子を説明した。

ローザは両手を握り合わせた。「秘密警察《PVDE》の長、アゴスティニョ・ロレンソに連絡するべきだわ」

「秘密警察に苦情を言っても、何もいいことはないと、あなたもぼくもよくわかってる」

「何かしなくちゃ」ローザは言った。

「しているじゃないか」ティアゴは言った。「ぼくたちは、避難者たちに生活を立て直すチャンスを与えている」

「それはそうだけど——」

「ネヴェスと、彼の嫌がらせについては、ぼくがなんとかする」彼はローザに歩み寄り、その目をじっと見た。「ぼくたちはネヴェス相手にいくらか負けるかもしれないけど、避難者たちが自由を見つけるのを助けることで、戦争に勝っているんだ」

ローザの目が潤《うる》んだ。

「おいおい」ティアゴは微笑んで言った。「ネヴェスの愛弟子はぼくの仕事場を調べるほど賢くない——ルイ・デ・カモンイスとフェルナンド・ペソアのちがいもわからないようではね——心配することは何もないよ」

ローザは微笑んで、目を拭った。「散らかった本を片づけるのを手伝ってちょうだい。わたし一人で片づけるほど、お給料をもらってないわ」

「この前確認したら、まったく払っていなかった」

ローザは笑った。「そうよ」

二人は床から本を拾い、棚に戻した。その後、ティアゴは仕事場へ行き、床の隠し穴からパスポートを二冊取り出して、それらをローザに手渡した。

「今日はもう家に帰ったらどうだ？」

「帰る理由はないわ。夫のジョージが寝ないと、パスポートの仕事はできない」

「だったら午後は休んでゆっくりするといい」彼は言った。「今夜の仕事がはかどるだろう」

「あなたはどうするの？」

「ぼくも午後は休む」彼は言った。「もう、ずいぶん休みを取っていないだろう」

「そうね」ローザはパスポートをハンドバッグの中の、秘密の仕切りの下に入れた。

ティアゴはローザが通りの角を曲がるまで見送ってから、正面の窓に閉店の看板を出した。ドアの錠を閉め、仕事部屋へ戻った。家には帰らず、翌日の早朝まで渡航文書の偽造をしていた。

第十六章

リスボン、ポルトガル――一九四三年三月十七日

ティアゴは、船に乗るのを辛抱強く待っている避難者たちでいっぱいの、アルカンタラの港の埠《ふ》頭《とう》に沿って歩いた。今は使われていない、船に積荷を載せるためのクレーンの近くに、フランス系ユダヤ人の夫婦であるエドモンとブランシュが、毛布にくるまった六ヵ月の赤ん坊エリザと一緒にいるのが見えた。

「どうしてる?」ティアゴは彼らに近づいて訊いた。

「なんとかやってます」エドモンは赤ん坊を抱いている妻に腕をまわした。

ティアゴは微笑んだ。「エリザの渡航文書を持ってきた」

ブランシュは涙ぐんだ。「ありがとう」

「メルシー」エドモンが言った。

誰にも見られていないことを確認してから、ティアゴは上着から文書を取り出し、エドモンに渡した。人々が検問所を通って船に乗っていく道板《みちいた》を指さした。「わたしは時間ぴったりに来たようだね。列に並んだほうがいい」

夫婦はティアゴを抱きしめた。それから荷物を持って、人混みを縫《ぬ》って歩いていった。

ティアゴはクレーンの基部に座り、家族が無事に船に乗りこむのを待った。夫婦はブランシュが

妊娠中にトゥールから逃げてきた。ピレネー山脈を抜ける厳しい逃亡のあいだに、ブランシュは一ヵ月早く産気づき、ブラックパインの下で出産した。スペインで領事に助けを求めることはせず――フランスに送り返されるのを恐れて――国境の遠隔地まで農場のトラックに便乗していき、見つからずにポルトガル国内に入った。夫婦には渡航文書があり、船に乗るための金も衣服の縁の中に縫いこんであったのだが、赤ん坊にはパスポートはおろか、出生証明書もなかった。だがリスボンに着いて、ティアゴから偽の査証を受け取ったという女性に、ルア・ド・クルシフィクソの〈リヴラリア・ソアレス〉を訪れてみろと教わったとき、夫婦にとって事態は変わった。

ティアゴは夫婦が当局の承認を受け、船に乗るのを見届けてから、埠頭を離れた。書店へ向かう道々、出航を告げる船の長い汽笛《きてき》が響いた。ティアゴはプライドと寂しさの混じり合った思いを嚙《か》みしめた。〝彼らは新しい人生に向かおうとしている。ああ、お祖父さんとお祖母さんに、自由に向かう避難者たちの姿を見せられたらよかったのに〟

ティアゴは正午を少し過ぎたころに書店に着いた。正面ドアから入るとき、来るのが遅いとローザにからかわれるのを予想していた。ところがローザはスツールに座って、議会図書館から来たというアメリカ人女性とお喋りをしていた。

「こんにちは《オラ》」マリアはティアゴを見て言った。

「よく来てくれたね」彼は言った。「具合はどう?」

「うんといいわ」マリアはカウンターに立てかけてある一本の松葉杖を指さした。「杖は二本じゃなくて一本で大丈夫になったし、抜糸もしてもらったの」

「それはよかった」彼は言った。「ここに来て、ずいぶん経つのかな?」

「少しよ」マリアは言った。「ローザと楽しくお喋りしていたわ」

ローザは腕時計を指先で叩いた。「ずいぶん長くお待たせしたのよ。わたしがうまく相手をしていたからよかったものの、そうでなければ彼女は帰ってしまっていたわ」

「ありがとう《オブリガード》、ローザ」彼はマリアを見た。「来るのが遅くて、悪かった」

「ぜんぜんいいの」マリアは言った。「新しく本が入ったかしらと思って立ち寄っただけだから。あと忘れないうちに、これ、洗濯してアイロンをかけたわ。貸してくれて本当にありがとう」マリアはたたんだ白いシャツを出し、カウンターにおいた。

　ローザがにやにやしている。

　ティアゴは頬《ほお》を赤くした。「あなたが考えてるようなことじゃないぞ、ローザ」

　ローザは両方の手のひらを上げてみせた。「何も考えていないわよ」

　マリアは誤解されたのに気づいて、目を丸くした。「あら、そういうのじゃないんです。ティアゴが背中の傷の包帯を替えてくれて、シャツを貸してくれたんです」

　ローザは舞台を見る観客のように、椅子の前、ぎりぎりまで身を乗り出した。

「きみが興味を持ちそうな本が、何冊か手に入ったよ」会話の流れを変えようとして、ティアゴは言った。

「すごいわ」マリアは言った。

　彼は店内を見て、ほかに客がないことを確かめた。「本はぼくのアパートメントにある。秘密警察《PVDE》が、検閲《けんえつ》の規則違反にあたるかもしれない出版物を押収するために、定期的に書店を視察に来るんだ。本の内容から、店におかないほうがいいと判断した。きみに時間さえあれば、十五分で取りにいってくる」

「一緒に行くわ」マリアは右腕で松葉杖を構えた。

「本当に？」彼は訊いた。

「ええ」マリアは言った。「脚は痛くないし、少し動いたほうがいいの」

「わかった」ティアゴはカウンターのシャツを手に持った。

マリアはローザに顔を向けた。「お話しできて楽しかったです。ありがとう《オブリガーダ》」

「わたしもよ」ローザは言った。

マリアとティアゴはドアへ歩いていった。

「ティアゴ」ローザが声をかけた。「ちょっといい？」

彼はマリアを見た。「外で待っていてくれ」

マリアはうなずいて、店を出た。

ローザがティアゴに歩み寄り、両手を腰に当てた。「わたしは彼女が好きだわ」

「ほっとした」彼は言った。「何か悪い話があるのかと思った」

「真面目に言っているの」彼女は言った。「彼女を相手にヘマしないでね」

「ヘマすることなんてないよ、ローザ。本を売るだけだ――それ以上のことは何もない。うちには金が要る、そうだろう？」

ローザは眼鏡を鼻先まで下げた。「わたしの言ってること、わかるでしょう」

「もう行くよ」

「ごゆっくり」

ティアゴはローザに身を寄せて、顔をうかがうように見た。「きみは誰だ、ローザ・リベイロをどうした？」

ローザは笑みをこらえるように、唇を噛んだ。

数分後、ティアゴとマリアはシアード地区のアパートメントに着いた。悪いほうの脚にも体重をかけ、介助なしで階段をのぼる様子から、マリアが回復しているのがティアゴにもよくわかった。

彼はテーブルにシャツをおき、居間のソファーを指し示した。「本を持ってくる」

マリアは座った。

ティアゴはクローゼットから古い電気掃除機を出し、ソファーの彼女の横に座った。

彼女は眉を上げた。

彼は掃除機の集塵袋《しゆうじん》を開き、何冊かの本を取り出した。

「賢いわね」

彼はハードウッドの床を、靴で踏んでみせた。「侵入者が掃除するべき敷物がないのに気づいたら、あまりいい隠し場所とは言えないな」

「気づくひとなんているかしら」

彼はソファーの、二人のあいだの座面に本をおいた。「ブラガの業者から取り寄せた。戦争の前、ナチス・ドイツから亡命したドイツ人作家たちの作品を出していたオランダの出版業者と、仕事上の関連があった人間だ」

彼女は本を見た。その中には、ドイツのハンブルグの製造業者の住所録と、クラウス・マンによる『メフィスト』という小説があった。

「すばらしいわ」マリアは言った。「その業者さんは、こういう本をどれくらい持っているのかしら?」

「何冊もだ」彼は言った。

「注文してちょうだい――全部買うわ」

「まず、これらの本の値段を話し合うべきだろう」

「いくらなの?」

「店にあるものよりも高い。ポルトガルの検閲《けんえつ》基準に引っかかるものもあるだろうからな」彼は顎《あご》をこすりながら、値段を考えた。

マリアはハンドバッグに手を入れて、エスクードの束を彼に渡した。「これで大丈夫かしら」

「多すぎるよ」

「依頼料ということにして」彼女は言った。

彼は紙幣を親指でめくってみた。何人かの避難者たちの自由を手に入れるだけの額《がく》がありそうだった。それをソファーの横にある台においた。「ポルトガルの図書館は、本を買うのに莫大な資金があるわけじゃない。どうして議会図書館がこんな金を持っているんだ？」

「税金よ。合衆国は人口が多いから」

ティアゴはうなずいたが、彼女にはほかに事情があると確信していた。「アメリカに本を送る前に造船所に隠す必要があるなら、港で働いている友人で、信用できるやつがいる」

「その必要はないの」彼女は言った。「本を船で送ることはないわ」

彼は小首を傾げた。「じゃあ、どうするんだい？」

「飛行機で運ぶために、マイクロフィルムに写すのよ。出版物を保存するのに速くて長持ちする方法だし、フィルムなら嵩張《かさば》らない」

「上の者に早く本の内容を伝えるのが重要なようだね」

「そうなの」

〝彼女の国の図書館は、彼女を情報収集の手先として使っているのだろうか〟彼は考えたが、余計なことは言わなかった。マリアはリスボンにおける自分の真の目的を明かしそうになかったが、彼はもっと彼女について知りたかった。「商売をする相手について、なるべく知っておきたいんだ。きみがどうやってマイクロフィルムを扱う司書になったのか、訊いてもかまわないかな？」

「長い話になるわよ」

「時間ならある」彼は言った。「ローザに、急いで戻らなくていいと言われた。彼女らしくないことだ。きみはだいぶいい印象を残したようだよ」

「嬉しい」彼女は言った。「ローザはあなたのことを誉めていたわよ」

「時間を守るって？」

彼女は微笑んだ。「それ以外の、全部をね」

「前回会ったとき、きみはぼくの祖父母について優しく同情してくれた」彼は言った。「もしよかったら、きみのことをもっと教えてほしい」

マリアはウールの上着からはみ出したブラウスの袖口《そでぐち》をいじった。「わたしは一人っ子で、報道写真家の両親に育てられたの。母はドイツのミュンヘンの生まれで、父はポルトガルのコインブラで生まれた。二人は大戦が始まる直前に合衆国に移住した。ニューヨークの下宿屋で知り合って、恋に落ちて、やがてわたしが生まれたのよ」

「きみはニューヨークで生まれ育ったのかい？」

「一時期はね」彼女は言った。「両親は報道写真家として、頻繁に仕事でヨーロッパに行った。学校がないときは、わたしも両親の仕事の旅行に同行したわ。主にフランス、イギリス、イタリア、ポルトガル、スペイン、そしてベルギー。子どものころの大好きな思い出の一つは、両親と手をつないでパリのシャンゼリゼ大通りを歩いたことよ」

「すてきな幼少時代だったようだね」

「そうね。お金はなかったけど、気持ちは豊かだった。両親は愛情深く、よく話を聞いてくれて、自立することを教えてくれた。両親がくれた冒険という贈り物に、感謝してるわ。そのおかげで六ヵ国語を身につけて、三十五ミリメートルのフィルム・カメラも扱えるようになった。両親が働いているあいだは、長い時間を図書館で過ごしたから、本が大好きになったの」

「ご両親がきみの図書館と写真への興味を育《はぐく》んだんだね」

「そうよ」彼女は言った。「大学を出てから、ニューヨーク公共図書館に職を得て、マイクロ写真の講座を受けた経験があったから、図書館から、マイクロフィルム部の設立を助けるように命じられたの」

「どうして議会図書館の仕事で海外へ派遣されることになったんだい？」

「ニューヨークでの仕事に、外国の新聞をマイクロフィルムにおさめることがあった。その中にドイツ中でおこなわれたナチスによる焚書《ふんしょ》の写真や記事もあった。それを見て、ものすごく腹が立ったし、嫌な気持ちになったわ。それで本を救い、ナチズムと闘うために、何かしたいと思ったのよ」彼女は大きく息を吸いこんだ。「外国で働くために、議会図書館に拾ってもらう方法を、なんとか見つけ出したとだけ言っておくわ」

「感心したよ」

「ありがとう《オブリガーダ》」

「ご両親は誇りに思っているだろうね」

「父はすごく誉めてくれる。チャンスがあれば必ず、自慢の娘だって言うのよ」彼女は両手を握った。「母は亡くなったの」

「気の毒に」

マリアはうなずいた。「わたしが大学生のとき、スペインで亡くなった」

彼は胸が沈んだ。「事情を聞かせてもらえるかな？」

「両親はスペイン内乱を取材するために派遣された。戦闘の写真を撮っているとき、二人は共和国政府軍とナショナリスト軍の十字砲火に巻きこまれた」彼女は深く息を吸いこんだ。「母は銃撃を受けて、父の腕の中で息を引き取った。わたしは大学で、電報を受け取って知ったの」

ティアゴは彼女の腕のほうに手を伸ばしたが、触れる直前に止めた。「さぞかし辛かっただろう」

マリアはうなずいた。「母は亡くなる一週間前、ライフルを持ったスペインの勇敢な女性兵士の写真を撮っていた。その写真が、ニュージャージーのわたしたちのアパートメントに飾ってあって、母の精神を思い出させてくれる」彼女は記憶を探るかのように、天井を見上げた。「わたしと父が悲しみを克服するのには時間がかかったわ。母のことを思い出さない日は一日もないし、父は寂しいだろうと思う。母は父の、最愛のひとだった。母の死後、父はフリーランスで、国内の仕事だけしているわ。いつの日か、海外で仕事をする情熱を取り戻してほしいのだけれど」

「きっと、そうできるさ」

「どうしてわかるの？」

「いくらかでもきみが似ているとしたら、お父さんはきっと平和が戻るや否や、最初の船でヨーロッパに向かうだろう」

彼女は微笑んで、髪の毛を耳の後ろにかけた。

ティアゴは顎をこすりながら、彼女の話を思い返した。「ご両親がスペインで取材していた戦闘の名前はわかるかな？」

「ブルネテの闘いよ」

ティアゴの胸に鈍痛が広がった。「それなら、よく知っている」

「どうして？」

「ぼくはその近くの、マドリード包囲戦にいた」

マリアは目を見開いた。「スペイン内乱で闘ったの？」

彼はうなずいた。

「あなたは自分から進んで、フランコの独裁政権のために闘うタイプには見えないわ。フランコを支持するためにサラザールがスペインに送った軍隊の一員だったの？」

「いいや」彼は髪の毛をかきあげた。「反ファシズム軍の兵士だった」

彼女は背筋を伸ばした。「ポルトガル政府に知られたら、投獄されるでしょう。どうして秘密にできたの？」

「ぼくのパスポートと査証には、スペイン内乱に参加していた期間、フランスにいたと記録されている。ボルドーの祖父母のブドウ園で働いていたことになっているんだが、秘かに国境を越えて国際部隊の一員として闘っていた」

「そのような情報を明かすのは危険よ」彼女は言った。「ファシズムに対抗して闘っただなんて、ひとに言うのは控えたほうがいいかもしれない。とくに最近知り合ったような相手にはね」

「きみのために禁止されている本を秘かに取り寄せることでも、ＰＶＤＥに逮捕されるかもしれない」彼は言った。「図書館司書を信用できなくて、ほかに誰を信用できる？」

「そのとおりだと思いたいわ」彼女は両手でスカートをなでた。「一つ、質問をしてもいい？」

「もちろん」

「この前話してから、あなたの家族のことを考えていたの。明らかにあなたはご両親やお祖父さんお祖母さんのことを愛していて、その全員がワイン作りに深く関わっている。どうしてあなたはブドウ園を離れて、本屋さんになったの？」

「もちろん簡単な決意ではなかった」彼は言った。「きみと同じで、ぼくには兄弟がいない。奇妙なことだけど、家を離れて、現代語学と文学の学位を取るために大学に行ったとき、家族を捨てるような気がしたよ。でもぼくはずっと本に情熱を感じていて、やがて家族もぼくの決意を認めてくれた。父はいつの日かぼくが迷いから覚めて、ドーロ峡谷に戻って家業を継ぐと期待していたようだけれどね。そうはならないんじゃないかな。自分が本に囲まれていない場所で何かをしているとは考えられない」

「わたしもだわ」

「ワインといえば」彼は言った。「両親のポートワインを一本持っていかないか？」

「帰る前に、一緒に試飲させてくれたらね」

彼はいったんその場を離れ、ポートワインの入ったグラスを二つ持って、戻ってきた。

「何に乾杯する？」彼は彼女にグラスを手渡しながらたずねた。

彼女は彼を見た。「わたしたちの家族のために、そして早く戦争が終わりますように」

「乾杯《サウーディ》」彼はグラスを触れ合わせ、ブラックベリーと苦いチョコレートの香りのする豊かな味わいのワインを口に含んだ。

彼女も一口飲んだ。「すばらしいわ。お父さんは正しい、あなたは正気じゃない。これほどおいしいワインを作るブドウ園の仕事を望まないだなんて、どうかしているにちがいないわ」

彼は笑った。

彼女はグラスの中のワインを回した。「ところで、本を買おうとする女性をアパートメントに連れてくることを、恋人はどう思うのかしら？」

「恋人はいない」彼はワインを飲んだ。「きみがリスボンにいることを、婚約者はどう思っているんだい？」

彼女はグラスの縁を指先でなぞった。「婚約者はいないわ」

二人は数分のあいだ、好きな本や食べ物や音楽についてお喋りした。それから彼女は、自分が全快したらすぐにマドリードへ派遣されることになっている同僚のパイラーとロイについて話した。

ワインを飲み終え、グラスをおいた。

彼は立ち上がって、手を差し伸ばした。「そろそろ仕事に戻るべきかな」

「残念ながら、そうね」彼女は彼の手を握って立った。

ティアゴは彼女の本を紙袋に入れ、その上にポートワインを二本と、トマトとキャベツを入れて、食料品の買い物袋のように見せかけた。それを自分が持って、外まで彼女を送って出た。ずいぶん体力が戻ってきたので、彼女はタクシーではなく路面電車で帰ると言い、そこで二人は通りを二本先まで行ったところの、路面電車の停留所まで歩いた。

ティアゴはあたりをうかがい、声を低くした。「用心するに越したことはない。リスボンは秘密警察の密告者であふれてる」

彼女はうなずいた。

黄色い電車が近づいてきて、速度を緩めて止まった。

「本をありがとう《オブリガーダ》」マリアは言った。「お話しできて楽しかったわ」

「ぼくもだよ」

一本の松葉杖を使って、彼女は路面電車に乗った。

彼は車中まで入り、袋を彼女に渡した。二人の指が触れ、しばらくそのままでいた。「さようなら、マリア」

「さようなら《アデウス》」

触れ合った箇所がヒリヒリしているように感じながら、ティアゴは手を引っこめた。歩道に下りて、路面電車が走り始めて通りの先へ消えるのを見送った。

第十七章

エストリル、ポルトガル――一九四三年五月十日

ネックラインが非対称になっているデザインの、黒いカクテルドレスを着たマリアは、サテンのクラッチバッグを鏡台から取り、寝室を出た。つま先の見えるハイヒールの靴がハードウッドの床に当たる音を響かせながら、居間へ入っていった。そこではパイラーとロイ――セミフォーマルの服装だ――が、新しく取得した本の山を見ていた。

ロイが振り向いた。その目を見開いた。

「くるりと回ってみせて」パイラーが言った。

マリアは裾《すそ》を翻《ひるがえ》してみせ、スパンコールで覆われた胸に片手を走らせた。「どうかしら？」

「ハリウッドの若手女優みたいよ」パイラーは言った。

マリアは微笑んだ。「あなたはオリーブ・グリーンがよく似合ってる」

「本当？」パイラーは言った。

「ええ」と、マリア。

ロイはダブルの上着のボタンをかけた。「ぼくはどうかな？」

マリアは顎《あご》に指を一本かけた。「そのペーズリーのネクタイ、どうしてもつけたいの？」

「何かまずいかい？」彼は自分のネクタイを見下ろしながら訊いた。

「そうなのよ」パイラーはマリアを見ながら言った。「わたしも同じことを考えていたわ。そのスーツには似合わない」

彼は眉間に皺《しわ》を寄せた。「別のに取り替えてこよう。すぐに戻るよ」

「ロイ」マリアは言った。「からかったのよ。すごくすてきよ」

ロイは笑った。「心配になったよ。色合わせは得意じゃないんだ。どこかおしゃれなところに行くときは、いつもジュディスがネクタイを選んでくれていた」

マリアがリスボンに到着して以来、彼らにとって初めての夜の外出だった。マリアは腰が悪いにもかかわらず、日中は新聞の売店や書店を巡り、夜は集めてきたものをマイクロフィルムで撮影した。パイラーとロイさえも、仕事を休むことはほとんどなかった。マリアは少しずつ健康を取り戻した。もはや松葉杖を必要とせず、腰の痛みはほぼ消えた。ただし一日じゅう立っていたりしたら、鈍痛を感じたが。パイラーとロイはマリアの回復を祝って夜に外出しようと提案したが、彼女はマイクロフィルムで撮影しなければならないものがたくさんあるとか、父親に手紙を書く必要があるなどと言って、誘いを断わってきた。〝ヤンキー・クリッパーに乗っていた二十四人が亡くなったのに、自分のお祝いをするのはまちがっている気がするの〟

三日前、夜に繁華街へ出かけるのを避けるマリアの口実は効かなくなった。キルガーからロイとパイラーに、マドリードへ行って任務を始めるようにと命じる電報が届き、ロイがアメリカ大使館に呼び出された。そのうえキルガーは、三人がイベリア半島における戦略情報局《OSS》の作戦行動の責任者――暗号名を〝アーガス〟という――と、ホテル・パラシオ・エストリルのバーで会う日時を伝えてきたのだ。

三人のうちの誰も、リスボンから二十五キロほど西に位置する、〝ポルトガルのリヴィエラ〟にあるリゾート地、エストリルを訪れたことはなかった。高級ホテルやカジノ・エストリルのある、豊かな海辺の町だ。彼らの知る限り、エストリルとその隣町カスカイスはドイツ占領下の国々から逃亡してきた富裕層や王族が住んでいる場所だった。アーガスと会うのがしゃれた店なので、三人はＯＳＳの資金を使ってそれにふさわしい服装を購入した。その会合のため、うまく周囲に溶けこむことが重要だとしても、マリアは戦時協力のために使える金で衣類を買うのが嫌だった。

「アーガスには、わたしたちのことをなんて言うの？」マリアは訊いた。

「たいしたことは話さない」ロイは言った。「決まりどおり、電報は読んだあとに廃棄した。キルガーから知らされたのは、暗号名と、アーガスがいずれはスペインに行ってマドリードの支部長になることだけだ」

「アーガスは、あなたとパイラーがマドリードでマイクロフィルム撮影の仕事を始めるにあたって、いろいろ打ち合わせをしたいんでしょうね」

「そうだと思う」ロイは言った。

「認めざるをえないわ」マリアは言った。「この人物が暗号名を持っているのが、ちょっとうらやましい」

「わたしもよ」パイラーが言った。

「ぼくたちには、ほかのＯＳＳ職員のような秘密の職務があるわけじゃない」ロイは言った。「ぼくたちの仕事は、議会図書館の代理人として、公然と振舞うことだ。物事はそのように計画されていて、決まりには必ず理由があるはずだろう」

キルガーの言葉がマリアの頭の中に甦《よみがえ》った。〝どんな状況であれ、ＩＤＣの職員がスパイ活動に関わることはない。スパイ活動は、まもなくヨーロッパに派遣されるはずの、訓練を受けたＯＳＳ職員だけの職務だ〟「キルガーがわたしたちの役割を外国の出版物の獲得に限定しているのはわかる、でもわたしたちは戦争中で、なんとしても敵を打ち負かす必要がある。流血の惨事を終わらせる可能性があるなら、規則を破ることも躊躇《ためら》わないつもりよ」

「反対だとは言いづらいわ」パイラーが言った。

ロイはネクタイをいじって、うなずいた。「パイラーから、きみがあらたに発送するものを見せてもらっていたんだ」彼は、話題を変えたくてしかたない様子で言った。「すごいな。どこで手に入れたんだい?」

「ルア・ド・クルシフィクソの〈リヴラリア・ソアレス〉よ」マリアは言った。

「詩集ばかりおいてる、あの、しょぼい店かい?」

「ええ、あそこはリスボンで最高の書店よ」マリアは言った。「店主のティアゴは、わたしたちが探しているとおりの本を見つけてきてくれる」

「驚いたな」ロイは言った。「あの店を見誤っていたよ」

マリアはティアゴと週に一回会っていたが、お互いの職務――彼女は出版物の獲得、彼は避難者の救済――のため、話せる時間が限られるのが残念だった。とはいえ二人の時間が持てないことで、彼に会いたいというマリアの気持ちは強まるばかりだった。彼は彼女のために秘かに本を取り寄せるだけでなく、彼女を信用し、家族で動かしているユダヤ人のための逃避経路や、軍務に就《つ》いて勢力を広げるファシズムと闘った経歴などを詳しく話してくれた。マリアの母親の死をともに悲しんでくれた。マリアは彼の、自由を求める者たちを助ける無私の行為をすばらしいと思った。彼を信用し、彼と一緒にいると寛《くつろ》げた。もちろん任務の遂行が第一だが、いつの日か、彼との関係をもっと育《はぐく》みたいと思っていた。

ロイは腕時計を見た。「下におりたほうがいい。もうすぐ運転手が迎えにくる」

「写真を撮る時間ぐらいあるでしょう」マリアは言った。「リスボンで一緒に過ごした時間を思い出すよすがが、何かあってもいいわ」

「わたしのカメラで撮りましょう」パイラーは言った。「セルフ・タイマーがついているから、みんなで写せる」

パイラーは彼女のカメラを三脚につけ、学校専門のカメラマンのように、友人たちに、どこでどのように立つかを指示した。タイマーをかけ、マリアとのあいだにロイを挟むような位置に走っていった。女性二人は微笑んだ。ロイは奥歯でパイプをくわえて、にやりと笑った。カメラがカチリと音を立てて、はしゃいだ瞬間は終わった。

リスボンを出てから三十分後、彼らの車はホテル・パラシオのエントランスに着いた。この大きなホテルは正面が白く、緑豊かな庭園に取り囲まれて、電気式の提灯と空に輝く月に照らされていた。三人は運転手に支払いをして車を下り、金色のボタンのついた濃紺のスーツに丈の短い赤いケープを羽織った、白手袋のドアマンが開けて押さえている正面ドアから中に入った。

ロビーでは、凝った漆喰《しっくい》塗りの天井からキラキラと輝く二層のシャンデリアが下がっていて、壁には大きな金縁に入った絵画のあいだに、蠟燭《ろうそく》に似せた燭台《しょくだい》が飾られている。トラバーティン・タイルの敷かれた廊下を歩いていくと、着飾った客たちとすれちがった。その中にはダイヤモンドとルビーのティアラをつけた、プリンセス・スタイルの舞踏服を着た女性もいた。マリアは、ドノバン大佐の講演を聞きに集まった社交界の人々でいっぱいの、アスター家の屋敷に移動したような気分になった。

三人はホテルのバーへ行き、プライバシーを確保でき、視界が開けていてほかの客たちを見ることのできる、角のテーブルに座った。ラウンジの床は黒白の市松模様に石が敷き詰められており、店内は薄暗く、卓上に小さな蠟燭があるほかは、酒瓶が飾られている奥の棚が真鍮《しんちゅう》製のランプに照らされているだけだ。あたりは革と葉巻、そして饐《す》えたシャンパンのようなにおいがした。タキシードを着たつややかな黒髪の男性が二人、スツールに座っていて、ダーク・スーツ姿の男性のグループが、部屋の反対側のテーブルでお喋りをしていた。

ウェイターが注文を取り、酒を持って戻ってきた。ロイにウィスキー、マリアとパイラーにはジン・トニックだ。

「相手を見つけるのに、時間がかかるかもしれないな」ロイは言った。

マリアは酒を飲んだ。強烈な松の風味のある、柑橘系の味だ。「こちらから見つける必要はない。あちらが簡単にわたしたちだと見分けるでしょう——男性一人、女性二人だもの」

三人がカクテルを半分ほど飲んだとき、黒いスーツに帽子をかぶった長身の男性がバーに入ってきた。その目が三人のところで止まり、その男性はテーブルに歩み寄ってきた。「こんばんは」

ロイは酒を飲みこんだ。「どうも」

「アーガス、ですね」マリアは自信をもって言った。

男性はうなずいた。

「わたしはマリア。こちらはロイとパイラーです」

アーガスは三人と握手をし、帽子を脱いで座った。三十代後半だろうか、髪の生え際が後退しつつある。眉はこめかみに向かって上向きに反《そ》り、顎の肉づきがいい。

「長く待たせたかな？」アーガスはバリトンの声で言った。

「いいえ」ロイが言った。

アーガスはウェイターを見た。ウェイターは頷いて、バーへ向かった。

マリアは自分の酒を飲んだ。

アーガスはほかの客に自分たちの声が聞こえないのを確かめるかのように、室内を見回した。

「きみたちのしているマイクロフィルムの仕事について、本部からはいい話を聞いているよ」

ロイは背筋を伸ばした。「ありがとうございます、サー」

「わたしがイベリア半島の作戦行動の責任者を命じられたのは知っているね」三人はうなずいた。

「わたしはポルトガルとスペインの活動を管理する」アーガスは言った。「だが念のために言っておくが、わたしがここにいることで、きみたちの職務やキルガーに報告するという関係になんら妨害が入ることはない」

〝少し変化があるほうがいいかもしれないのに〟マリアは思ったが、口には出さなかった。

「キルガーはきみたちに適切な援助をしているだろうし、必要とあればわたしも支援する」

「ありがとうございます、サー」ロイが言った。

ウェイターが、白ワインの瓶とグラスを四つ載せたトレーをテーブルに運んできた。瓶のコルクを抜き、一つのグラスに少量を注ぎ、アーガスに渡した。

アーガスはそれを一口飲み、ウェイターにうなずいた。

「シャトー・ディケムだ」ウェイターがワインを注ぐ傍らで、アーガスは言った。「ボルドー地方で最高のシャトーの一つだ。戦争が勃発する前、このホテルのセラーにはいいフランス・ワインが揃っていた」

マリアは、ブドウ園でドイツ兵士たちに逮捕されたという、ティアゴのユダヤ人である祖父母のことを思った。強制的に家畜輸送車に乗せられる人々の様子が、頭の中に浮かんだ。胸が苦しくなった。彼女はアーガスを見て言った。「すてきなワインのようですが、サー、わたしはいただきません。連合国軍がフランスをドイツ占領から解放するまで、フランス・ワインを飲まないことにしたんです」

ロイとパイラーはマリアを見た。

アーガスが片手を上げた。

ウェイターはワインを注ぐのをやめた。

「立派な主義だ」アーガスは言った。「代わりにポルトガルかスペインのワインを飲むかね？」

「どちらもすばらしいです」マリアは言った。

アーガスはウェイターに言った。「これを下げて、ここにある最高のポルトガルのワインを持ってきてくれ」

ウェイターはテーブルを片づけて立ち去った。

ロイは数珠《じゅず》か何かでもあるかのように、火のついていないパイプをこすった。

「わたしは明日、マドリードへ行く」アーガスはワインを替えたことに動じない様子で言った。「少人数のチームがリスボンに来た。そのうちの何人かを連れていって、スペインでの情報活動を始める。ロイとパイラー――きみたちはいつ発《た》てるかな？」

「文書は揃っています」パイラーは言った。「必要なら、すぐにでも出発できます」

「わたしもです」ロイが行った。

「いいだろう。明朝の列車に乗るように」アーガスは指を絡めて、マリアを見た。「きみはヤンキー・クリッパーに乗っていたと聞いた。大変だったね」

「ありがとうございます」彼女は言った。

「仲間たちがマドリードへ行っているあいだ、何か必要なものがあるかな？」

「ありません、サー」マリアは言った。

「よし」アーガスは言った。「何かあったら、大使館にわたし宛の伝言を預けなさい」

ウェイターが戻ってきて、ポルトガル産の赤ワインを四つのグラスに注いだ。スペイン行きの話が終わり、彼らはワインを飲みながら、ヨーロッパで繰り広げられている連合国側の戦時協力について話し合った。マリアはアーガスの言葉の選び方、発音、ヨーロッパのどんな都市やランドマークに詳しいかを注意して聞き、彼が――おそらく海外で――高い教育を受け、数ヵ国語を操るようだと推測した。〝裕福な企業の執行役員からスパイになったのかもしれない〟友人たちがいなくなるのは残念だったが、ウィリアム・ドノバン大佐がイベリア半島におけるOSSの作戦行動の責任者に最高の人材を選んだのは、少しも意外ではなかったし、喜ばしいことだった。

「これまでにエストリルに来たことは？」アーガスは、三人のグラスにワインを注ぎ足しながらたずねた。

「ありません」ロイが答えた。

「わたしは一週間ほど滞在している」アーガスは言った。「だいたいの状況はつかんだ。ここホテル・パラシオは連合国側のホテルだとされている」彼は目だけで示した。「バーの向こう端にいる男たちはイギリスのMI6だ」

グラスの脚を持つ、マリアの手に力が入った。

「ドイツの連中はたいてい、やはりこのエストリルにある、ホテル・アトランティコに出入りしている。だがここでも、酒を飲んでいるのを見かけることは珍しくない。昨日などは、イギリスのMI6と、うちのOSS職員とも向かい合うテーブルで、二人の国防軍情報部の部員たちが食事をしていた」

パイラーは椅子の上で身じろぎし、ワインを一口飲んだ。

「国防軍情報部部員だと見分けるのは、必ずしも簡単ではない」アーガスは言った。「ドイツの軍事情報部には、きみたちやわたしよりも流暢《りゅうちょう》に英語を話す人間がいる」

マリアは一瞬、口調の癖以外から国防軍情報部部員を特定できはしないかと考えた。

「ドイツのスパイはどこにでもいる、エストリルには噂やその逆の噂があふれている。ホテルやバーの従業員は信用するな――雇われた情報提供者の可能性がある。どうやら誰もが、盗み聞きした会話からの情報をスパイに売って、懐を肥やしているようだ」

ロイは大きく一口、ワインを飲んだ。

ワインが終わり、会話も途切れがちになった。アーガスはウェイターに、ワインとカクテルの支払いをした。

「きみたちにとっては、ポルトガルで一緒に過ごす最後の夜だ」アーガスは言った。「カジノ・エストリルで少し楽しんだらどうだ。ここから歩いてすぐだよ」

「ありがたいご提案です、サー」マリアは言った。「でも今夜やらなければならない仕事がありますし、パイラーとロイは荷造りを――」

「それはそれだ」アーガスは言った。「きみのマイクロフィルムの提出量はわかっている。群を抜くものだ。一晩ぐらい休むのは、きみたち全員にとっていいことだろう」

「はい、サー」マリアは言った。

アーガスは立って、帽子をかぶった。「きみたち二人とは、マドリードで会おう。幸運をな、マリア」

「ありがとうございます、サー」マリアは言った。

アーガスはバーを出て、廊下の先へ姿を消した。

「さて、ボスの命令だ」ロイが言った。「カジノへ行こう」

彼らはホテルを出て、斜面の先に大西洋を望む、よく手入れされた庭園に入った。大西洋の海面が月明かりで輝いている。波の音が近くでシャンパンを飲んでいるカップルの笑い声と混じり、塩気のある空気に溶けていく。マリアはアルコールのせいで気持ちが高ぶっていて、靴を脱いで裸足《はだし》で浜辺を歩きたいという衝動を覚えた。だがそうはせず、友人たちのあとからカジノ・エストリルへ向かった。そのエントランスはブロードウェイの劇場のように明るく照明されていた。

カジノに入ると、人々の喧騒と煙草の煙に出迎えられた。身なりのいい男女が大勢、ブラックジャック、ルーレット、クラップス、そしてバカラのテーブルに集まっていた。蝶ネクタイをつけたウェイターたちが、シャンパンとカクテルを載せたトレーのバランスを取りながら、人々のあいだを縫《ぬ》って歩く。マリアはカジノを見回した。世界の大半が混迷しているというのに、ここは酒を飲みギャンブルを楽しむ陽気な人々であふれている。〝裕福なヨーロッパの人々にとって、エストリルは戦争のない理想郷《シャングリラ》なんだわ〟

「ブラックジャックのやり方は知ってるかい?」ロイが訊いた。

マリアとパイラーはかぶりを振った。

「やってみせるから、見ていてごらん」彼は言った。「すぐにわかるよ」

「いいわ」パイラーは言った。「ずっと、ブラックジャックのやり方を覚えたいと思っていたの」

「どうぞ、行って」マリアは言った。「わたしはちょっと歩き回ってみる」

「大丈夫?」パイラーが訊いた。

マリアはうなずいた。「あとで追いかけるわ」

パイラーとロイは、空席のあるブラックジャックのテーブルに向かって歩いていった。

マリアは人々を眺め、会話に耳を澄ましながら、カジノの中をさまよった。会話はポルトガル語、英語、フランス語、ルーマニア語、ハンガリー語、ポーランド語、そしてオランダ語が使われていた。カードのテーブルに近づいたとき、そこには仕立てのいいスーツ姿で煙草を吸う、ドイツ語を話す男性ばかりがいて、マリアはうなじに鳥肌が立った。胸で心臓がどきんと音を立てた。アルコールで興奮した頭をはっきりさせようとして、バーでライム入りのトニック・ウォーターを買い、ドイツ人たちの背後、一メートルほど離れたところに立った。ゲームを見ているふりをしながら、主にディーラーがカードを切っているあいだに交わされる会話を聞き取ろうとした。だが数分後、ドイツ人の一人が仲間に夕食の予約に遅れると言い、男性たちはカードをおいて立ち去った。

マリアは彼らがホテル・アトランティコに向かうこと以外、ほとんど情報を得られずにがっかりして、会話を盗み聞きできそうなグループがほかにいないかとカジノの中を見回した。

「こんばんは《ボア・ノイチ》」背後から男性の声がした。

マリアが振り返ると、灰色のスーツと白いシャツに、鋼色のサテンのネクタイをした、長身で金髪の男性と向き合うかたちになった。「こんにちは《オラ》」

「あなたはポルトガル人ですか？《ヴォセ・エ・ポルトゲス》」

彼女はかぶりを振った。「アメリカ人です」

「これは失礼」男性は英語で言った。「ポルトガル人かもしれないと思ったもので」

〝フランス人？　スイス人かしら？〟彼女は相手の口調から判断しようとしながら考えた。「半分合っています。父がポルトガル生まれですから」

男性は微笑んで、手を差し出した。「ラーズ・スタイガーです」

「マリア・アルヴェスです」彼女は握手した。「どちらの方ですか、ラーズ？」

「スイスのベルンですよ」

マリアはトニック・ウォーターを一口飲んだ。「ポルトガルにはどうしていらしたんですか？」

「わたしは銀行家なんです」彼は言った。「リスボンには、商用で来ました」

「英語がお上手ですね」彼女は言った。

「ありがとう。何年も国際的な銀行業務に就いていますし、ロンドンで勤務していたこともありました」彼は上着の内ポケットから銀色のケースを取り出した。「煙草をどうですか？」

「いいえ、けっこうです。吸わないんです」

「吸ってもかまわないですか？」

「ええ」

彼が煙草に火をつけるとき、彼女は相手をもっとよく観察することができた。四十代後半だろう、額《ひたい》の両側が広くなっていて、青い目の目尻に少し皺がある。余暇《よか》はテニスコートで過ごすのだろうか、体は引き締まっていて強そうだ。左手に金の結婚指輪があった。

彼は煙草を吹かした。「あなたはどうしてポルトガルに?」

「わたしは議会図書館の司書なんです」彼女は言った。「世界的危機にさいして、本や記録を保存する仕事をしています」

「りっぱな仕事ですね」彼は言った。「成果はありましたか?」

彼女は飲み物を飲んだ。「いくらかはありましたが、期待していたほどではありません」

彼は煙草を吸いこみ、鼻から煙を出した。「ここには一人で来てるんですか?」

「友人と一緒です。友人たちはブラックジャックをしているか、もうお金を全部すっているかもしれません。そうしたら、わたしがリスボンに帰る交通費を出さなくてはいけないわ」

彼は笑った。「あなたはお金の使い方に慎重なようだ」

「司書のお給料で暮らしていたらけちになって、運任せのゲームに注ぎこんだりしません」

「なるほど」彼はルーレットのテーブルのほうを指し示した。「自分の金を賭けたくないのなら、わたしの金を一緒に賭けてみませんか?」

「すてきなお誘いですね」彼女は飲み物をくるりと回した。「女性を賭博台に誘ったりして、奥さまはどう思われるかしら?」

彼は指にはまっている指輪を見た。「妻は亡くなりました」

「それは失礼しました」彼女は、彼の言うことが本当だろうかと訝しみながら言った。「何年前ですか?」

「三年前です」彼は体重を片側へ移した。「妻のギゼラと子どもたち――ペリーヌとニロ――は、交通事故で亡くなった」

彼女は息をのんだ。「それはお気の毒に」

「ありがとう」彼は言った。「妻のことや、妻との思い出を忘れないために、指輪をしています」

マリアは彼の目に浮かんでいる深い悲しみに気づき、最初彼の話を疑ったことに罪悪感を覚えた。

彼は金のカフスボタンを直した。「ルーレットの輪がわたしを呼んでいる。あなたに会えて嬉しかったですよ、マリア。リスボンでの仕事が実り豊かなものでありますように」彼は煙草の灰を近くの灰皿に落とし、賭博台のほうへ歩いていった。

マリアは決意した。「一ゲームだけ」

彼は足を止めて、振り向いた。

彼女は彼に歩み寄った。「あなたのするゲーム、なんでもいいから、一回だけ賭けます。でもわたしを部屋へ誘いこむつもりなら、落胆しますよ。会話以上のものは、何も望んでいません」

「あなたはいつも、そんなにあけすけに話すんですか?」

「ええ」

「正直でいい。その態度には感心します」彼は煙草を口にくわえ、吸いこんだ。「あなたに話しかけたのは、あなたが一人きりでいて、話し相手が欲しいように見えたからです。そして正直に言わせてもらうと、あなたはわたしには若すぎる」

「よかった」彼女は言った。「わたしたちはとても気が合いそうですね」

ラーズは彼女をテーブルに導いた。ルーレットのゲームを仕切っていた進行補佐《クルピエ》が、手を上げてフロアの管理者に合図した。まもなく、カジノの従業員が革製の書類鞄を持ってきた。それを開けると、カジノの代用硬貨《トークン》が大量に入っていた。従業員はテーブルの上で、ラーズの前にトークンを積み上げた。

マリアは、ほかの客たちはテーブルに金をおき、クルピエにトークンに替えてもらっているのに気づいた。〝ラーズはこのカジノで、よほど大金を張る上客なんだわ〟

ラーズはマリアに、賭け率や支払いなど、ルーレットというゲームについて簡単な説明をした。

「どうしたいかを言ってください、わたしが賭け金をおきますから」

「どうしたらいいのか、見当もつきません。きっとお金を無駄にしますよ」

彼はトークンの山を軽く叩いてみせた。「それ以上に稼いでみせましょう」

「いいわ。あとで警告しなかったとは言わないでね」彼女はルーレット台の上の升目《ますめ》を見渡した。

「黒に賭けましょう」

ラーズはトークンの山を、黒いダイヤの描かれている升目においた。「数字を四つ選んで、一目賭けしたらどうですか?」

「そうね」彼女は言った。「十九、二十一、二十四、三十二にしましょう」

彼はいくつもトークンの山を台の上に作って、賭けると示した。

〝あんなに賭けるだなんて、多額過ぎるわ〟彼女は両手でグラスを握りしめた。

「受付を終了します!」クルピエが叫んだ。回転盤を回し、円を描いて回っている枠の一つに球を落とした。

回転盤が回り、マリアは緊張した。何秒かしてから、球は——回転する枠の上で勢いを失って——回転盤の中心のほうへ落ちていき、何度か弾んで、一つの溝に落ち着いた。

クルピエが回転盤を見た。「二十四、黒、偶数!」

マリアはラーズに顔を向けた。「どういう意味かしら?」

「わたしたちが勝ったという意味ですよ」

「ええ！」

クルピエが、はずれたトークンを片づけ、黒に賭けたトークンの隣に同じだけの山を、二十四という数字の一目賭けには大量のトークンをおいた。

マリアは目を見開いた。「ずいぶんたくさんね」

「一目賭けに勝つと、配当は三十六倍ですからね」彼は言った。

「勝っているうちに止めるべきね」

「もう少しやりましょう」彼は言った。

「一ゲームだけの約束です」彼女は言った。

「お友だちが遊び終わるまで、何をしているつもりですか？」

「あちこち歩いてみます」

「ここにいるほうが面白いでしょう」彼は言った。「あなたになんの損がありますか、どうせわたしの金なのに？」

マリアは彼の提案を考えた。〝ちょっと楽しんでも、いいかもしれない〟「いいわ。もう少しいます」

それから一時間以上、二人はルーレットで遊んだ。マリアが数字を選び、ラーズがトークンをおいた。賭けに勝ったり負けたりするにつれて、トークンの山も大きくなったり小さくなったりした。マリアにとっては、自分は何も賭けていないのに、スリリングな経験だった。マリアは、ラーズがギャンブルをするのは彼が裕福な銀行家で娯楽を求めているからなのか、それとも家族を失った喪失感を紛らわすためだろうかと考えた。ルーレットの回転盤が回るあいだ、結婚指輪をいじっている彼の癖に気づいて、後者にちがいないと思った。

「おもしろかったです」マリアは言った。「でも、もう行かなくては」

「ちょっと待って」ラーズはクルピエに合図した。まもなく、カジノの従業員が書類鞄を持ってきた。

ラーズはトークンの大きな山をテーブルの縁まで滑らせて、従業員を見た。「これを換金所へ持っていってくれ。勝利金はマリアのものとするように」

「あら、だめです」マリアは両手を上げて言った。「あなたからお金はもらえません」

「これはカジノの金ですよ」ラーズは言った。「それに、あなたが選んだ数字で勝った半分だ」

「もらえません」マリアは言った。

従業員はトークンを書類鞄に入れた。

「あなたのものです」ラーズは言った。

「では、捨ててしまいます」彼女は言った。

「好きにしてください」ラーズはポケットに手を入れて、名刺を取り出し、彼女に渡した。「楽しい夜をありがとう——幸運を祈りますよ。またカジノに来ることがあったら、連絡してください。最近は、スイスよりポルトガルにいるほうが多いんです」

マリアは名刺をクラッチバッグに入れた。「さようなら」

彼は頭を下げ、それからルーレット台のほうを向いて、賭けを始めた。

マリアはカジノの従業員のあとについて、換金所へ行った。トークンの計算が済み、数束のエスクードが彼女に手渡された。あまりにも大金でクラッチバッグには入らなかったため、マリアは換金係から勝利金を入れるための布袋をもらった。換金所を後にして、ブラックジャックのテーブルを離れようとしていたパイラーとロイを見つけた。

「どうだった?」マリアは訊いた。

「ぜんぜんだめだよ」ロイは言った。

ち上げてみせた。

「わたしは上々よ」パイラーは微笑んで、一握りのトークンを見せた。「今晩の夕食を奢るわ」

「おめでとう。でも、それはマドリードで使うようにとっておいてちょうだい」マリアは布袋を持ち上げてみせた。

ロイが、口をあんぐりと開けた。

「何をしたの」パイラーは言った。「銀行強盗とか？」

「正確には、スイスの銀行よ」

「何を言ってるんだい」ロイは言った。

「帰りながら、全部話すわ」マリアは言った。「お金の入った袋を持ってこのあたりをうろつくのは、たぶんいいことじゃない。パイラーの勝利金を換金して、リスボンで食べる軽食を買いましょう」

換金所で、三人はパイラーのトークンをエスクードに替えた。出入り口に向かいながら、マリアは、まだルーレット台にいるラーズのほうを見た。いくつもの山積みにされていたトークンは減って、小さな山が数個あるきりになっていたが、あらたにカジノの従業員がトークンでいっぱいの書類鞄を持ってきた。〝驚いた。どれだけのお金をギャンブルに使うつもりかしら？〟彼女はそんな思いを忘れて、リスボンで共に過ごす最後の晩に、おいしい食事を友人たちに奢れる――偶然スイスの銀行家と出会ったおかげで――ことを喜びながら、カジノをあとにした。

第十八章

リスボン、ポルトガル——一九四三年五月十一日

マリアはパイラーと向き合って、カメラの装置やマイクロフィルムの入った船積み用トランクのハンドルをつかんだ。二人でそれをアパートメントの正面ドアまで運び、パイラーのスーツケースと並べておいた。ロイが来るのを待つあいだ、二人はキッチンに座って、ブラック・コーヒーと、ナシのジャムを塗ったトーストの朝食を摂《と》った。

「カジノで手に入れたお金をどうするつもり?」パイラーは訊いた。

「寄付するわ」マリアは言った。

「どこに?」

マリアは迷った。パイラーのことは、絶対的に信用していた。それと同時に、ティアゴの秘密の仕事を暴くことで、彼からの信用を裏切りたくもなかった。「ユダヤ人避難者を助ける慈善活動よ。ルア・ド・クルシフィクソの書店のティアゴは、避難者たちの窮状《きゅうじょう》に詳しい。どうやって寄付するのがいいか、彼に相談してみるつもりよ」

「いいお金の使い道ね。たくさんの人々が迫害を逃がれるためにヨーロッパを出ようとしているのを見ると、胸が苦しいわ」パイラーはマリアを見た。「いつ彼に会いにいくの?」

「今日よ」

パイラーの顔に、かすかな笑みが浮かんだ。

「何を考えているの？」

「ティアゴのことが好きなのね」

マリアは頰《ほお》が熱くなった。「彼は枢軸《すうじく》国の出版物を、マイクロフィルムにするために集めてくれる。彼の書店はわたしたちの活動にとって最高の情報源だし、書店員のローザは話がとてもおもしろいの」

「あなたが彼のことを話すとき、〈リヴラリア・ソアレス〉という店名じゃなく、ティアゴと言うのに気づいていたわ。ほかの店のことは、たいてい店名を使うのに」

「意識してなかったわ」マリアは言った。

パイラーは空《から》になったカップをおいた。「話そうと思ってたのよ――昨日、ティアゴの書店に行ったの」

マリアは首をぴんと立てた。

「近くに行ったから、立ち寄って朝刊を買ったのよ」

「ティアゴと会った？」マリアは訊いた。

「会ったわ」

「何か言ってた？」

「あなたは元気かって訊かれたわ」

マリアは皿の上のパン屑《くず》を拾った。「それで、なんて答えたの？」

「元気だって言っておいた」パイラーは身を乗り出した。「彼のことが好きなんでしょう、ねえ？」

「そうかもしれない」マリアは両手でスカートをなでた。「でも、そんな個人的なことを考えている時間などないわ。職務が第一よ」

「あなたは一人きりになる」パイラーは言った。「ロイとわたしがマドリードにいるあいだ、友だちがいてもいいかもしれない」

マリアは大きく息を吸ってから、うなずいた。胸に寂しさが広がった。「きっとあなたに会いたくなるわ」

「わたしもよ」

「スペインに帰ることについては、どんな気持ち?」

「不安よ」パイラーは言った。「もう、内乱の前に両親とわたしがあとにしてきた国ではない。独裁政権のもとで暮らしているスペイン人を見るのは、辛いことでしょうね」

「きっとそうね」彼女はよくわかるという表情で、パイラーを見た。「あなたのことを信じてる。マドリードで立派な仕事をするでしょう」

「本当にそう思う?」

「きっとね」マリアは言った。「戦争に役立つような敵国の出版物を発見するって、期待してるわ」

パイラーは微笑んだ。「最善を尽くすわ」

ドアをノックする音がした。

「わたしが出る」マリアはテーブルを離れて、ドアを開けた。

ロイが入ってきて、二つの荷物を床においた。流しに皿を積み上げているパイラーを見た。「準備はいいかい?」

「ええ」パイラーは言った。「お皿を洗うから、少し待ってくれる」

「そのままにしておいて――あとでわたしが洗う」マリアが言った。「駅まで送っていこうかしら?」

「嬉しいけど、その必要はないわ」パイラーは言った。

「マドリードに着いたら、電報で知らせるよ」ロイは言った。「いつリスボンに戻るのを許されるか、連絡は絶やさないよ」

マリアは道端まで、彼らの荷物を運ぶのを手伝った。そこで運転手が、タクシーのトランクに荷物を積んだ。彼女は二人を抱きしめて別れ、タクシーが走り去ったとき、寂しさが胸に押し寄せた。

マリアはアパートメントに戻り、中に入って錠をかけ、ティアゴを通して手に入れた本の撮影を始めた。何ページか進んだところで、ドアをノックする音がした。

〝パイラーが何か忘れ物をしたんだわ〟マリアはカメラをおき、ドアに近づいた。〝だけど、どうして自分の鍵を使わないのかしら?〟彼女は覗き穴から外を見た。上向きに反《そ》った眉の形で相手が誰なのかを知り、目を見開いた。錠をはずして、ドアを開けた。

アーガスはかぶっていた帽子を脱いだ。「おはよう《ボン・ディーア》」

「こんにちは《オラ》」マリアは言った。「パイラーとロイとは会えませんよ。駅に向かっているところです」

「わかっている」アーガスは言った。「きみと二人だけで話したかったから、彼らが出かけるのを待っていた。入っていいかな?」

マリアは落ち着かない気持ちになった。彼に入るようにと、手まねをした。

彼は室内に入り、ドアを閉めた。「コーヒーはあるかな?」

「飲み残しがこんろにあります」彼女は言った。「温めましょう」

「いや、いい。そのままいただく」

二人は生ぬるいコーヒーの入ったカップとともに、キッチンのテーブルについた。どうしてアーガスは自分だけと話したいのだろう、マリアはその理由について目まぐるしく考えていた。〝わたしが集めた本のこと? ゆうべ、怒らせるようなことを言ったかしら? キルガーが、わたしをよそに移動させたがっているとか?〟マリアは酸っぱくて苦いコーヒーを、一口飲んだ。

「マドリードへ行くとおっしゃっていませんでしたか?」マリアは訊いた。

「旅程を遅らせた」

「理由を聞かせてくださいますか?」

彼はがぶりとコーヒーを飲んだ。「きみがカジノ・エストリルで、ある男と一緒にいたと連絡を受けた。どうやって出会ったか、何を話したのか、詳しく知りたい」

マリアは背筋を伸ばした。「全部ですか?」

「そうだ」

数分かけて、彼女はラーズ・スタイガーという名前のスイス人銀行家と会い、一緒にルーレット台に座り、勝利金を分けると主張されたことを話した。

「彼は個人的なことや、仕事に関連したことを、何か話していたか?」アーガスは訊いた。

「今は独り身で、家族は交通事故で亡くなったと言っていました。銀行業務のために、ポルトガルにいることが多いそうです」彼女はカウンターにおいてあったクラッチバッグを手にして、名刺を取り出し、アーガスに渡した。「彼に興味はないとはっきり言いましたが、それでも名刺をくれて、またエストリルに行くことがあったら連絡してほしいと言われました」

アーガスは名刺を見て、それをテーブルにおいた。「きみは、自分のことをどのように話した?」

「名前を言って、議会図書館の職員として来ていると話しました――キルガーに言われたとおりの筋書きを守りました」

彼はうなずいて、コーヒーのカップを回した。

「いったいどういうことなんですか?」マリアは我慢しきれなくなってたずねた。

「ラーズ・スタイガーは、イギリスの情報機関が監視している人物なんだ」アーガスは言った。

「MI6が、わたしがラーズと一緒にいるのを見たと連絡してきたんですか?」

「そうだ」彼は言った。「ラーズはただのスイスの銀行家ではない。ドイツがポルトガルのタングステンを獲得するために使うナチスの金《きん》を、洗浄していると思われる」

マリアは眉を上げた。

「タングステンのことは知っているかな?」

「少しだけ」彼女は落ち着きを取り戻しながら言った。「装甲を貫通する砲弾や戦車のような、硬鋼を作るのに欠かせない金属だとか」

「そのとおりだ」アーガスは感心したように言った。「ポルトガルはヨーロッパで最大級の、タングステンの産地だ。その大半はコヴィリャン近くの山地で採掘されて、ポルトガルはそれをドイツとイギリスの両方に売りながら、双方との力関係を乱さないようにしてきた。タングステンがなければ、ヒトラーの軍隊は破綻する。ポルトガルの独裁者、サラザールを通して買うか、闇市場で買って山岳地帯を通ってスペインに秘かに運びこむか、ドイツはそれを確保するためにあらゆる手を尽くしている」

「それにラーズ・スタイガーが、どう関わるんですか?」

「スタイガーは金《きん》を合法に見せかける洗浄工作の首謀者であるらしい」

彼女は口の中が渇いた。

「彼はドイツとスイスとポルトガルの銀行のあいだで、複雑なからくりを使っていると思われる。ポルトガルのサラザールはドイツとの金融取引を秘密にしたいと思っているから、直接ドイツからポルトガルへ金《きん》が送られることはない」

マリアは額《ひたい》をこすった。「その代わり、金《きん》はスイスの銀行を通じて動かされる」

「そのとおりだ」彼はコーヒーをごくりと飲んだ。「また、ナチスがタングステン取得のために使う金《きん》の、すべてとは言わないが大半が、ドイツ占領下の国の中央銀行や住人から盗み取られたものだと考えられている」

〝ああ、とんでもない〟

「スタイガーには広い人脈がある」アーガスは言った。「サラザール個人の銀行家やポルトガルにいるドイツ大使と、頻繁にやりとりをしている。また、ドイツ軍の情報機関ともつながりがある。MI6の監視によって、国防軍情報部の部長、ヴィルヘルム・カナリス大将と一緒にいるところを一度ならず確認されている」

マリアは胃のあたりまで重くなるような気がした。アーガスの話をすべて理解しようとすると、頭が痛くなった。カップを脇においた。「どうしてそれを全部、わたしに教えるんですか?」

「ラーズ・スタイガーに近づいてほしい」

マリアは椅子の上で身じろぎした。

「闇市場で密輸されているタングステンの量や、スタイガーによる金《きん》の洗浄について、どんな情報でも得られたら、連合国側に有利になる。また、もしきみがスタイガーの信用を得られたら、情報活動や対敵諜報《ちようほう》活動のために便利なことがあるかもしれない」

「わたしにスパイになれと言っているんですか?」

「そうだ」

マリアの全身に興奮がひろがった。「どうしたら彼の信用を得られるでしょう?」彼女は訊いた。

「それはきみにまかせる」

「彼と寝ることはしません」彼女はきっぱりと言った。

「そういうことを言っているのではない」彼は言った。「きみは機転の利く人間だ。ドイツの武器工場の位置など、貴重な枢軸国の情報を獲得してきた。それに、ドノバン大佐に採用してもらうため、他人のふりをしてアスター邸に入ったのも知っているよ。じつをいうと大佐はその話を、戦略情報局《OSS》で働くに足る人物に必要とされる独創性と度胸の例として好んで持ち出す。アメリカ一の金持ちの屋敷に入りこめるなら、スイスの銀行家についての情報もうまく手に入れるかもしれない――色仕掛けはなしでね」

　マリアは深く息を吸いこんでから吐き出した。

「この提案を受け入れるなら、きみは表向きは議会図書館の代理人であり続け、パイラーとロイに対しても、スタイガーを監視していることを秘密にする必要がある。きみとＯＳＳ本部、そしてわたししか、きみのスパイ行為を知らないことにする」

「キルガーはどうなんですか？」

「彼には、ドノバン大佐が必要だと判断しないかぎり知らせない」

「ほかに、わたしが知っておくべきことはありますか？」

　彼は両手の指先を合わせた。「スタイガーを秘かに調べることには、大変な危険が伴う。もし見つかったら、きみはサラザール政権に反抗する行為をしたとして秘密警察《PVDE》に逮捕されうるし、ドイツ軍によって暗殺される可能性もある。もちろん、きみの身分がばれたとわかったら、わたしたちはきみをポルトガルから出すつもりだ」

　マリアは手の震えを抑えるために、テーブルを握りしめた。「もし断わったらどうなりますか？」

「リスボンで、枢軸国の出版物を集めてマイクロフィルムに写す仕事を続けてもらう」

「では、これについては、わたしに選択権があるんですね」

　アーガスはうなずいた。立ち上がって帽子をかぶった。「考えることがたくさんあるだろう。一日、わたしの提案をよく考えてくれ。わたしはホテル・パラシオにいる。客として使っている偽名は――ハワード・デイヴィーズだ」

胸の中でさまざまな思いが渦巻くままで、マリアは椅子から立ち上がった。アーガスをドアまで送っていきながら、正しい決断を下す力が欲しいと願った。だがドアノブを握ったとき、母親が写したスペインの女性兵士の写真が頭に浮かんだ。愛国心が波のように、全身に広がった。命に関わることだというアーガスの警告にもかかわらず、彼女は彼を見て言った。「今お答えします、サー。その仕事を引き受けます」

第十九章

リスボン、ポルトガル——一九四三年五月十一日

ロシオの鉄道駅にいる避難者に偽造したパスポートを届けたため、仕事に向かうのが遅くなり、ティアゴは遅れを取り戻そうとして大股で歩いた。脇道を横切り、角を曲がってルア・ド・クルシフィクソに入ったとき、自分の書店が見えた。路肩に黒いセダンが止まっていて、ネヴェス警察官と耳の潰れた部下が、歩道で煙草を吸っていた。〝ちくしょう〟ティアゴの肩の筋肉がこわばった。彼らの威嚇《いかく》に屈しまいという思いで、彼は男たちに近づいていった。

「おはよう《ボン・ディーア》」ネヴェスが、歩道に立ちはだかって言った。煙草をふかしている。「普段とちがう時間だな」

「予定どおりに動けたためしがないんです」ティアゴは言った。

ネヴェスは灰を落とした。

ティアゴは店の窓を覗いた。店内で、ローザとアルトゥルがカウンターに新聞を積んでいた。

「朝刊を買ったらどうですか？」

ネヴェスは小さくなった煙草をつまんで、唇から離した。「ユダヤ人からはものを買わないし、何かをしてもらうこともない」

部下はにやにやしている。

「失礼します」ティアゴは苛立ちを抑えながら言った。「仕事がありますので」

ティアゴは二人の脇をすりぬけて、店に入った。警察官たちがついてくるものと思ったが、彼らは外で煙草を吸っていた。

アルトゥルは新聞の袋を肩にかけた。「こんにちは《オラ》、セニョール・ソアレス」

「元気かい、アルトゥル？」ティアゴは無理に笑顔を作って、たずねた。

「はい、サー」少年は答えた。

ローザはレジスターを開けた。「空《から》っぽ同然だわ。あなた、その子に支払うお金を持ってる？」

ティアゴはポケットからエスクードを出した。「新聞を何部だ？」

「十二部です」アルトゥルは答えた。

ティアゴは頭の中で計算し、代金を支払った。

「ありがとう《オブリガード》」少年は店を出て、歩道にいる秘密警察職員《ＰＶＤＥ》たちの横を通り過ぎ、急ぎ足で通りを去っていった。

ティアゴはローザを見た。「あいつらはどれくらい外にいるんだ？」

「わたしが仕事に来たときは、もういたわ」

「すまなかった。避難者と会うのを、朝ではなく夜にするべきなんだろうな」

「いいえ《ナウン》。わたしが相手をする」ローザは窓ごしに、警察官たちをにらんだ。「今週、彼らがこの通りを嗅ぎまわるのは、もう三日目よ。うちの客たちが、怖がって近寄れないわ」

「書店を開くのに、ＰＶＤＥ本部から徒歩圏内じゃない場所を選ぶべきだったかな」

「そうね」ローザはくすくす笑った。「だけど今日は、それも問題にならなかった――ネヴェスは車で来てる」

ティアゴはうなずいた。「いくつか、仕事部屋でやらなくてはならないことがある」

ローザは立って、店の奥へ行くようにティアゴに合図した。本を一冊取り上げ、彼に見せるふりをした。「ゆうべ帰宅する途中で、ヘンリ・レヴィンという名前の避難者に声をかけられたわ」

ティアゴは顔を寄せた。「ネヴェス警察官から見せられた写真の男か？」

「ええ」彼女は言った。「ただし、外見を変えていた」

「それで、なんだって？」

「ここに来てあなたと話そうとしたけど、ＰＶＤＥに見つかるのが怖かったそうなの。わたしが店に入るのを見て、少し離れたところで、わたしが帰るときまで待っていたんですって」

「なんと言ってた？」

「逃げていて、書類が必要だって」

「必要な情報は集めたのか？」

ローザはかぶりを振った。

「どうして？」

「これまで手掛けた偽造行為より、はるかに危険よ。彼はＰＶＤＥとゲシュタポに追われている、あなたにやるつもりがないなら、彼を助ける仕事になるべく関わりたくなかったの」

「もちろん、ぼくはやるつもりだ」ティアゴは言った。

「そう言うと思ったわ。レヴィンには、今日の正午にカルモ教会にいるように言っておいた、もし彼を助けるつもりなら、あなたがそこに行くってね」

「ここをまかせて大丈夫かい？」ティアゴは訊いた。

彼女は外にいる男たちをちらりと見た。「彼らなんか、知らないわ。やりましょう」

ティアゴは秘密警察に尾行されるかもしれないと予想して、レヴィンとの待ち合わせに早めに出かけた。ネヴェスはティアゴが書店に着いたあと、まもなく車で消えたが、若い部下はその場に居残っていた。おそらくネヴェスに、書店を出入りする人間を監視するように命じられたのだろう。そしてティアゴの予想どおり、若いＰＶＤＥ職員は彼についてきた。ティアゴは待ち合わせ場所に向かわず、近くのカフェへ寄り道した。バーに立って、エスプレッソを飲むあいだ、警察官は外で待っていた。ティアゴはコーヒーを飲み終えてからトイレに行き、窓を開け、そこをよじ登って脇道に出た。衣類の皺《しわ》を伸ばし、あの警察官はネヴェスに、書店経営者にまかれたと正直に話すだろうかと考えながら歩き去った。

正午に彼は、ロシオ広場を見下ろす丘にあるシアード地区の、中世に建てられたカルモ修道院の廃墟に着いた。この修道院は一七五五年のリスボン大震災で倒壊した。だが教会は、部分的に廃墟となっている場所に残存していた。身廊の上の石の天井は落ち、巨大な死体の肋骨に似た尖塔《せんとう》アーチと柱が残っている。彼は教会の残骸に入り、古い瓦礫《がれき》の上で靴が音を立てた。目の隅に何かの動きを捉え、振り向いた。

濃い色の落ちくぼんだ目をした、髭面《ひげづら》の男性が、両手を上げた。

「レヴィンですか？」

男性はうなずいた。

「ティアゴです」彼は男性に近づき、握手をした。

レヴィンは、ネヴェスの写真に写っていた人物とは、ほとんど似ていなかった。暗い色の髪を後ろに撫でつけ、顎髭《あごひげ》と口髭をきちんと手入れした男性ではなく、白髪交じりのぼさぼさの髪で、胸に届きそうな髭がある。衣類は体から垂れ下がっていて、かなり体重が減った様子だった。

「わたしを探していたんですね」ティアゴは言った。

「埠頭《ふとう》にいる避難者たちから、あなたが渡航文書を用意してくれると聞いてます」

「もしかしたらね」ティアゴは言った。「なぜＰＶＤＥとゲシュタポに追われているのか、まずはその理由を教えてください」

レヴィンは両手をポケットに入れた。「わたしは以前ドイツでジャーナリストをしていて、ベルリンにいました。戦争に先駆けて、ドイツのナチズムや軍国主義を批判して追放されました。フランスのマルセイユへ家族と一緒に逃げて、そこでドイツで起きていることを報道するための独立した出版所を作りました。過激なヒトラー批判者と見られていて、フランスがドイツに侵攻されたとき、ふたたび亡命者となりました」彼はいったん言葉を切って、髭をなでた。「もはや隠れる場所がなくなったと言えますね」

「ゲシュタポがあなたを逮捕しようとしている理由は理解できます」ティアゴは言った。「でも、最近ＰＶＤＥのネヴェス警察官がわたしのところに来て、あなたの居場所の情報を求めてきました。なぜネヴェスがあなたを探しているのでしょう？」

「ネヴェスのことなら知っています」レヴィンは言った。「彼は熱狂的なナチス贔屓《びいき》で、わたしを拉致《らち》するのに協力するように、ゲシュタポから金をもらっているのだと思います。もし捕まったら、わたしはゲシュタポに引き渡されて、ドイツの刑務所に送られるか、もっと悪いことも考えられます」

ティアゴは彼が気の毒になった。「ネヴェスに捕まることはありません。彼があなたを見つける前に、わたしがあなたをポルトガルから出します」

「ありがとう」

「何か細工に使えるような、身分証明書かパスポートか、渡航文書などはありますか？」

レヴィンは上着の内ポケットから書類を出して、彼に手渡した。

ティアゴは書類を見たが、そのどれもが有効期限が切れていた。「エステルという奥さんと、アルバーティンという娘さんがいるんですね」

レヴィンはうなずいた。「アルバーティンは、先週十歳になりました」

「娘さんやご家族にとっても、大変なことでしたね」ティアゴは言った。「みなさん、どんな様子ですか？」

「正直言って、元気だとは言えません」レヴィンの下唇が震えた。

ティアゴは彼の肩に手をおいた。「自由が近づいている、アルバーティンは十一歳の誕生日をアメリカでお祝いできるだろうと話してあげてください」

「話します」彼は袖《そで》で目を拭った。「これをまず言わなければならなかった――わたしは、あまり金がないんです」

「まったく要りません」ティアゴは言った。「リスボンでの滞在場所は？」

「ユダヤ人の漁師の家に隠れています」

「よかった」ティアゴは言った。「住所は？」

レヴィンは足を踏み替えた。

「どこに行けば会えるか知っておきたい、特に、急に連絡したいことがある場合にはね」

レヴィンは住所を教えた。

「パスポートと文書を偽造するのに時間がかかります」ティアゴは言った。「それぞれが新しい名前と身分を持つことになります。それから、写真を撮る必要がありますね」

レヴィンは髭をなでた。「わたしは古いパスポートの写真とはまったくちがっている。妻は同じですが、娘は古いパスポートが発行されてから何センチか大きくなっています」

「全員、新しい写真を使うほうが安全でしょう」

ティアゴはレヴィンを、瓦礫だらけで雑草が伸び放題のあたりへ連れていった。料理を載せる皿ぐらいの大きさの、平らな石を持ち上げた。「ここを隠し場所にしましょう。わたしに連絡する必要が生じて、書店に来るのは安全でないと思ったときは、ここにメモを入れておいてください。わたしはここを、二日に一度確認します。あなたも同じようにしてください」

レヴィンはうなずいた。

彼らはカルモ修道院の廃墟から、別々の方向へ立ち去った。普通だったら、ティアゴはすぐに写真を撮る手配をしたはずだ。でもこれは、これまで彼とローザが手掛けたなかでもっとも危険な文書偽造であり、これまで写真を撮ってもらっていた人物は、撮影の依頼があまりにも増えたせいで、ティアゴに協力するのを躊躇《ためら》うようになっていた。書店に帰る道々、彼は写真家や、プロ級のカメラを持っている者の名前を考えた。そして、マリア以上に信頼できる人物はいないと判断した。

第二十章

リスボン、ポルトガル――一九四三年五月十二日

ティアゴはマリアが書店に立ち寄るのを何日も待つ必要はなかった。その晩店を閉めたあと、自分のアパートメントのある建物に着いたとき、五階の踊り場の、彼の部屋のドア近くに彼女が座っていた。

「マリア」彼は驚いて言った。

「こんにちは《オラ》」彼女は立って、スカートを払った。

「大丈夫かい？」

彼女はうなずいて、買い物袋を持ち上げた。「話したいことがあるの」

「わかった」

ティアゴはドアの錠を開け、二人で中に入った。彼が電気をつけて、ドアにかんぬきをかけた。

「長く待たせたのかな？」彼は訊いた。

「一時間ほどね」

「どうして書店に来なかった？」

「これがあるからよ」彼女は買い物袋を差し出した。「もっと早く渡すつもりだった。仕事でなかなか来られなくて」

ティアゴはあまり重くないその袋を受け取って、キッチンのテーブルにおいた。中に手を入れて、布袋を取り出した。「これはなんだい？」

「避難者がアメリカへ行くのを助けるものよ」

彼は布袋の紐《ひも》を緩めて、中を見た。その目が大きく見開かれた。「こんな金を、どこで手に入れたんだい？」

「カジノ・エストリルで」彼女は言った。「ルーレットで勝ったの」

彼は札束を数えた。「二千エスクードはありそうだ」

彼女は微笑んだ。「もっとあるわ」

彼は髪の毛をかきあげた。「どうしてこんなことを？」

「枢軸《すうじく》国の出版物を集めるために必要な資金は、すべて政府からもらってる。だから、このお金は誰かの自由を買うために使うに越したことはないと思ったのよ」

「驚いたよ——ありがとう。この贈り物で、いくつもの人生が変わる」彼は金をおき、彼女に近づいて、そっとその手を握った。

二人の目が合った。

「ありがとう《オブリガード》」

彼女は息をのんだ。二人の指が絡まりあった。「どういたしまして《デ・ナーダ》」

彼は、彼女が離れるのを感じた。

彼女は窓辺に寄って外を見た。「仲間たちは、職務でマドリードへ行ったわ」

「いつまでいないんだい？」

彼女は彼のほうを向いた。「わからない」

彼は身じろぎをした。「もっと、ぼくと一緒にいるようにしたら？」

「楽しいでしょうね」彼女は言った。「残念ながら、仲間たちがいないあいだ、司書三人分の仕事をしなければならないの。これまでより長く働くことになって、自由な時間はほとんどないわ」

ティアゴはうなずいた。落胆を隠して言った。「仕事の話になったから言うけど、ブラガの業者から小さな荷物が届いた。見るかい？」

「ええ」

マリアは居間のソファーに座った。ティアゴは部屋を出ていった。彼は本を六冊、ドイツの雑誌を二冊、そして革装の住所録を持って、戻ってきた。

マリアは『統合されたズール－ゼラ－メリサーの武器工場』というタイトルの住所録を手に取った。思わず口を開けた。「驚いたわ」

「一九三七年に刊行されたものだ」彼は言いながら、彼女の横に座った。

彼女はページをめくった。「信じられない。国防軍に武器を供給する製造所の協会のものよ」

「嬉しそうだね」

「嬉しいわ」

彼は彼女がドイツの出版物を調べる様子を見ながら、ヘンリ・レヴィンと会ったときのことを考えた。肩がこわばった。「お願いしてもいいかな？」

「もちろんよ」

「いくつか写真を撮ってもらえないか？」

彼女は本を脇におき、彼を見た。「いいわよ。何に使うの？」

〝彼女に話さなくてはいけない。レヴィンとその家族の写真を撮ったとき、本当の目的を知るかもしれない。だったらぼくから知らせたほうがいい〟「パスポートだ」

「ポルトガルの出入国管理局で撮ってもらうわけにはいかないの？」

彼は彼女を見た。「ぼくは秘密警察《PVDE》やゲシュタポから隠れているユダヤ人家族のために、渡航文書を偽造してるんだ」

彼女は眉を上げた。「話を聞かせて」

数分かけて、彼はレヴィンのことを彼女に話した。平和主義者であり、以前はドイツでジャーナリストをしていて、なんとかドイツとポルトガルの秘密警察から逃げて捕まるまいとしている人物だと。またティアゴは、渡航文書の偽造や船の乗客係の買収など、ユダヤ人避難者たちをアメリカに向かう船に乗せるためにやっている秘密の仕事を詳細に明かした。

「亡命者たちの中には、期限切れの査証や不適当な書類を持ってリスボンに到着する者もいる」ティアゴは言った。「そういう人々は、強制送還される危険もあるから、書類を偽造したり書き換えたりして助けているんだ」

「レヴィンはＰＶＤＥや出入国管理局の指名手配リストに載っているかもしれない」彼女は言った。「彼と家族に新しい身分を作って、それを証明する書類も作る必要があるわね」

「そのとおりだ」彼は言った。「出生証明書と査証の申請書も作ることになる」

「文書の偽造方法は、どこで習ったの？」彼女は訊いた。

「独学だよ」彼は嘘をついた。

彼女は小首を傾げた。「誰かを守ろうとしているのね？」

彼はうなずいた。「こんな難しい問題にきみを巻きこむのは嫌なんだ。でもこれまでの写真家が協力を渋るようになって、信頼できる誰かに頼まなくてはならない。もしやりたくないと言われても、理解できる。それなら、ほかをあたって――」

「手伝うわ」

「本当に？」

「ええ」

「ありがとう」

彼らは撮影の日時を決めたが、マリアは彼女のアパートメントで写すほうが簡単だし安全だと言い張った。彼としては別の場所での撮影を望んでいたが、彼女の提案に折れた。

「もう行くわ」マリアは言って、ソファーから立った。

ティアゴも立った。彼女の買い物袋を手にして、そこに枢軸国《オブリガード》の出版物を入れ、ドアまで運んだ。

マリアは彼から袋を受け取り、足元においた。「帰る前に言っておきたいの、わたしを信頼して、心を開いてくれたことをありがたく思っているわ。わたしも同じようにできなくて、胸が苦しい。わたしはどちらかというと用心深くて、もしかしたら、枢軸国の本を提供してもらう以外、あなたに興味がないように思われているかもしれない」

「きみのことを、そんなふうには思っていないよ」

「あなたに話したいことがたくさんあるんだけど、今は話せないの。わかってね」

「いいんだ」

彼女は深く息を吸った。「これから何週間か、何ヵ月か、会う機会が減るかもしれない、でもあなたの言ったことやしたことがまちがっていたからだとか、わたしがあなたを避けてるからだとかは、思わないでね」

「思わない」彼は彼女の目をじっと見た。「約束する」

彼女は身を乗り出して、彼に両腕を回した。

彼は彼女をしっかりと抱き、彼女の髪に頬《ほお》を押しつけた。彼の鼓動が速まった。

「会えないときでも、いつもあなたのことを考えているわ」

「ぼくもきみのことを考えている」彼は囁《ささや》くように言った。

マリアは爪先立って、彼の頬にキスをした。彼から離れ、本の入った袋を持ち上げて、出ていった。

階段を下りる彼女の足音が小さくなるのを聞きながら、彼の胸の中にはさまざまな思いが去来《きょらい》していた。心を優先するならば、彼女を追いかけて自分の気持ちを打ち明け、二人一緒にいられる方法を探そうと言いたかった。だが頭では、仕事を優先させたいという彼女の思いを尊重するべきだとわかっていた。〝ぼくたちは、それぞれの戦線で闘っている〟底知れない切なさ《サウダーディ》が押し寄せた。彼はドアを閉めてソファーに座りこみ、職務のせいでマリアが危険にさらされないように祈った。

第二十一章

エストリル、ポルトガル——一九四三年五月十八日

濃紺のイブニングドレスに真珠のネックレスとイヤリングをつけたマリアは、アパートメントのある建物の前に立っていた。前方のフェンダーが広がった黒いメルセデスベンツが、路肩に止まった。彼女は不安を抑えこむように、ハンドバッグを胃のあたりに押しつけた。ダークスーツを着て運転手の帽子をかぶった恰幅のいい男性が、車から下りてきた。

「〝マリア・アルヴェス〟ですか？」

「ええ」彼女は言った。

「エイトルです」彼は帽子をちょっと持ち上げて言った。「エストリルまでお連れする運転手です」彼は後部のドアを開け、乗るように手まねした。

マリアは後部座席に座り、ドレスの裾《すそ》をまとめて足元に入れた。

運転手はハンドルの前に座り、車を出した。「セニョール・スタイガーは町の外で仕事の会合があって、遅れるそうです。あなたを彼の家までお送りするようにと言われています。そこで待っているほうが、カジノよりも居心地がいいだろうとお考えです」

「ありがたい気遣いだわ」マリアは指にはめた母親のサファイアの指輪を回した。「会合はどこで？」

運転手はバックミラーに映る彼女をじっと見た。「よく存じません」

〝知っているけど、言えないのかもしれない〟

マリアは、ピリピリと落ち着かない気持ちを海風が鎮《しず》めてくれるかもしれないと思って、窓を下ろして開けた。ゆっくりと息を吸い、座席に沈みこんだ。移動のあいだ、頭の中で何度も、繰り返し計画を稽古《けいこ》した。

ラーズ・スタイガーの行状をスパイしてほしいというアーガスの要請を引き受けた直後、彼女は彼の名刺を手にして、彼に電話をかけた。受付係に伝言を残すと、一時間も経たないうちに彼から電話が来た。彼女は楽しい夜と彼の寛大なはからいに礼を言い、同僚たちが街にいないので、またカジノに行こうという彼の誘いに乗りたいと伝えた。日にちを決めたあと、ラーズはエストリルの行き来に運転手を手配すると言い張った。彼女は受話器をおいたとき、ラーズの信用を勝ち取って、彼の銀行業務とタングステン取引についての情報を得ると決意していた。だがマリアは、もしそれがうまくいっても、そこで止めるつもりはないと承知していた。〝ラーズが国防軍情報部部長、ヴィルヘルム・カナリス大将と知り合いであるなら、カナリスに近づく足掛かりとしてラーズを利用できるかもしれない〟

ラーズと会うはずの夜までの何日か、彼女はポルトガルの銀行システムとタングステン鉱山について、すべてを学ぼうと努力した。アーガスがマドリードに発《た》つ前、そうした事柄を説明してくれたが、彼女の知識の大半はポルトガル国立図書館で本や雑誌を読んで得たものだった。だがどれほどタングステン鉱山や国際的な銀行業務に詳しくなっても、ラーズの信用を得られなければ、なんの意味もなかった。

リスボンを出て四十分、彼女はエストリルの海を見晴らす丘に建つ、堂々たる二階建ての屋敷に着いた。運転手は、ピンクの花が咲いているセイヨウキョウチクトウが並ぶ、石造りの円形の車寄せに車を止めた。マリアは彼の介添えで車を下り、一人でエントランスへ歩いていって、彫刻が施されたパネルのあるアーチ形のドアの横に据えつけられた、真鍮《しんちゅう》製の機械仕掛けのドアベルを鳴らした。足音が近づいてきてドアが開き、メイドの制服を着た中年女性が現われた。

「セニョリータ・アルヴェスですか?」

「はい」マリアは言った。

「ようこそいらっしゃいました」女性は言って、マリアを中に入れた。

「セニョール・スタイガーは、一時間以内にお帰りになるはずです」女性は言った。「客間とパティオ、どちらでお待ちになりますか?」

「パティオのほうがいいかしら」マリアは言った。「夕焼けを見るのに、気持ちのよさそうな晩だから」

「きっとすてきです」

女性はマリアを広い廊下の先へ案内した。両側の壁は、コバルトブルーと白の手塗りのタイルで覆われていた。二人は第一帝政様式のクリスタルのシャンデリアのある、寄木《よせぎ》張りの床の舞踏室を横切り、フレンチ・ドアから石造りのパティオに出た。周囲には美しい庭園、プール、そしてテニスコートがあった——そのすべてから、海を望むことができた。

「寝椅子にお座りになりますか、それともテーブルにつかれますか?」女性が訊いた。

「テーブルにします」

女性は十人分の座席のある鉄製のテーブルから、クッション・チェアを一つ引き出した。

マリアはハンドバッグを膝において座った。「ありがとう」

「食前酒をいかがですか?」

マリアは頭をはっきりさせておきたかったが、少し酒を飲んだらリラックスできるかもしれないと考えた。「ジン・トニックを――ジンは少なめで――いただこうかしら」

女性は立ち去り、数分もしないうちに、ミックス・ナッツとクラッカーとともに、飲み物を持ってきた。

一時間ほど、マリアは一人でパティオに座っていた。ジン・トニックを少しずつ飲みながら、太陽がオレンジと赤の色合いに空を染め、やがて海に沈んでいくのを見た。星が見え始めたころ、車のエンジン音、それに続いて車のドアの閉まる音が聞こえた。マリアの鼓動が速まった。数秒して、ラーズ――仕立てのいい灰色のスーツを着て、革の書類鞄を持っている――が、家の脇の小道から現われた。

「外にいると思いましたよ」ラーズは彼女に近づきながら言った。

彼女は立って微笑んだ。「ご明察」

彼は書類鞄をおき、彼女の両頰《ほお》に交互にキスをして、挨拶をした。「遅くなって申し訳ありません」

「いいえ。食前酒とすばらしい夕日を楽しめました」

「それはよかった」彼は腕時計を見た。「カジノに行く前に、食事をしましょうか?」

「ええ」

彼は手を上げて、フレンチ・ドアの前でじっと立っていた家政婦に合図をした。

家政婦が近づいてきた。「はい、サー」

「トマスに、パティオで摂《と》る夕食を二人分用意させてくれ」彼は言った。

「あら」マリアは言った。「外食をするものと思いました。わたしのために、誰かに手間をかけてもらう必要はありません」

「手間なんかじゃありませんよ」ラーズは言った。「何がいいですか?」

「なんでも、簡単なものを」彼女は言った。

「好物はなんですか？」

「調味した黒オリーブかしら」

彼は微笑んだ。「そんなに簡単なものでは済ませませんよ。トマスは挑戦を好む。なんでも好きなものを言ってください」

夕食を準備している父親の姿が、頭の中に閃《ひらめ》いた。〝ああ、父さんに会いたい〟彼女はその思いを隠して言った。「バカリャウ・ア・ブラスを」

ラーズは家政婦のほうを見た。「バカリャウ・ア・ブラスを二つだ。待つあいだに、シャンパンのボトルとオリーブを持ってきてくれ」

「はい、サー」家政婦は中に入り、パティオと庭を照らし出す、外の明かりをつけた。

ラーズはマリアのために椅子を引き、彼女を座らせた。自分はその隣、テーブルの角に座り、ネクタイの皺《しわ》を伸ばした。

「仕事の会合はどうでしたか？」彼女は訊いた。

「うまくいきました」彼は言った。「でこぼこ道を五時間も車で揺られるのは、経験しなくてもよかったですがね」

彼女はラーズのウィングチップの靴に、泥がこびりついているのを見た。「会合はどこであったんですか？」

「コヴィリャンです。昨日帰ってくる予定だったんですが、滞在が長引きました」

マリアは膝の上で両手を握った。〝タングステンはコヴィリャン近くの山地で採掘されている〟

彼女はアーガスとの会話を思い出しながら考えた。

「別の夜に替えてもよかったんですよ」

「いや」彼は言った。「あなたと会うのが楽しみでした」

家政婦がシャンパンの瓶と細長いクリスタルのグラス、そして風味のついた黒オリーブの入ったボウルを持ってきた。

ラーズはシャンパンのコルクを抜き、グラスに注いだ。「何に乾杯しましょうか?」

「新しい友情に」彼女はグラスを掲げながら言った。

「友情に」彼はグラスを合わせた。

彼女はシャンパンを飲んだ。アーモンドと柑橘の風味のある辛口だった。「美しいお宅ですね」

「ありがとう」彼は言った。「ポルトガルで過ごす時間の長さを考えて、ここに第二の家を買うことにしたんです」

「広そうですね」彼女は言った。「寝室がいくつあるか、教えてもらえますか?」

彼は大きく一口、シャンパンを飲んだ。「寝室は九つ、バスルームは七つあります」

「すごいわ、ニュージャージー州の家の近所にあった、集合住宅の建物みたい」

彼は笑った。「ニュージャージー州のどこに住んでいたんですか?」

「アイアンバウンドです。ニューアークという街の労働者階級のポルトガル人が住む地区です」彼女はあたりを見渡した。「わたしが育ったところには、こんな家はありません」

「わたしも同じです」彼は言った。「家族は貧しかった」

「あら」彼女は言った。「たいていのひとは、あなたが裕福な育ちをしたと思うでしょう」

「正反対です」彼は言った。「父は鉄道労働者で、素面《しらふ》でいることはめったになかった。母はお針子でした。苦労して、わたしと五人の兄弟姉妹を育ててくれた。いつも食べるものに不足していて、服は兄たちからのお下がりのぼろでした」

「大変でしたね」

「いやいや」彼は言った。「そのおかげで今日《こんにち》のわたしがあります」

「どうしてですか？」

「貧しさから脱出しようとする動機づけになりました」彼は言った。「グラマー・スクールでは、高給取りだったり、会社経営をしているような親を持つ裕福な子どもたちを羨みました。彼らの家族は、わたしの家にはないものを全部持っているように見えました――暖かい家、すてきな衣類、豊富な食べ物。彼らのようになるための唯一の方法は教育を受けることだとわかっていました。わたしは学校で猛勉強をしてベルン大学に進み、銀行家になるつもりで経済とビジネスを学びました」

「たいていの銀行家は、あなたほど成功していません」彼女は自信が増すのを感じながら言った。

「わたしの知っている銀行家は普通預金口座を作ったら子豚の貯金箱をくれるぐらいで、海の見える邸宅を持ってはいないし、カジノの上客になったりもしません」

彼はにやりと笑った。「わたしは競って勝つのが好きなんです」

「きっと得意なんでしょう」彼女はオリーブ――オレガノとニンニクとレモンの風味がついている――を嚙《か》んで、銀の皿に種を出した。

彼は煙草に火をつけ、ゆっくりと吸った。「あなたのこれまでのことを、もっと聞きたい。あなたのことは、お父さんがポルトガル人で、ご自分は議会図書館で働いていること以外、ほとんど知りません」

「ルーレットの番号を選ぶのがうまいことも」

「そうでした」彼は身を乗り出した。「さあ、あなたについて話してください」

「わかりました」頭の中で嘘が渦巻いたが、マリアは冷静で自信に満ちていた。〝ちゃんとできるわ〟「あなたと同じように、わたしも貧しい育ちです。父は、批評家の賞賛を勝ち取るという夢を達成できたことのない、苦労している報道写真家です。母は父に、いつの日か作家として成功すると説得されて結婚したそうです。　母は父の助手になって、フィルムを現像したり記事に手を入れたりしていました」

「なんという新聞で働いているんですか?」ラーズは訊いた。

「父はフリーの報道写真家で、お金を出してくれるならどんな新聞でも仕事を受けます。報道写真家の父親のもとで育ってよかったことはあまりありませんが、その一つは、一時的にですが家族でヨーロッパで暮らせたことですね」

「どこですか?」

「ロンドン、パリ、リスボン、ローマ、マドリード。短期間ですが、イングランドとスコットランドにもいました。長いつき合いの友人たちの多くは、外国にいたころに知り合ったひとたちです」

彼は煙草の灰を落とした。「ご両親は戦争中も外国に?」

「いいえ、父は合衆国内だけで仕事をしています、母は亡くなりました」

「それはお気の毒に」

彼女はうなずいた。

「最近亡くなられたんですか?」

「わたしが大学生のときです」彼女は頭の中で物語を組み立てながら、シャンパンをゆっくり一口飲んだ。「父は、スペインの内乱の取材をしに、母と一緒にマドリードへ行きました。この紛争の取材がジャーナリズム界での大きな成功のチャンスになると、父は母に約束していました。ところがそうではなくて、母は軍隊の十字砲火に巻きこまれて殺されてしまった。わたしは父をけっして許していません」

「耐えがたいことだったでしょう。残念ですね」

「ありがとうございます」

彼は指のあいだで煙草を回転させた。「お母さんも、お父さんと同じようにポルトガル出身ですか？」

彼女はかぶりを振った。「ドイツです」

彼は煙草を吸って、鼻から煙を出した。

「母は大戦のあと、ニューヨークに移り住みました」マリアはグラスの中のシャンパンをくるりと回した。「母の死後、わたしは勉学を終えて、修士号を取りました。でも女性には――高い教育を受けていて、数ヵ国語を流暢《りゅうちょう》に話せても――仕事はほとんどありません」

「それで、図書館司書になったのですね」

「ええ、でも一時的なことです。リスボンでの海外勤務を引き受けたのは、日常を変えて、将来の計画を立てる時間が欲しかったからです」

「なるほど」彼は言った。

家政婦はテーブルに銀器とナプキン、そして蠟燭《ろうそく》をならべ、バカリャウ・ア・ブラスの皿を二つとヴィーニョ・ヴェルデの瓶を持ってきた。

マリアはジャガイモの千切りと卵とともに、塩のきいたタラを口にした。「おいしい。レストランに行くより、ここで食事するほうがいいという理由がわかります。トマスに、よろしく伝えてください」

「伝えます」ラーズは言った。

数分間、二人は食事をしながらお喋りをした。だがまもなく、ラーズは話題を家族や旅行のことから、もっと微妙な政治関係に変えた。マリアは地雷原に足を踏み入れるような気分になった。胃がむかむかしたが、無理に料理を口に入れ、彼との時間を楽しんでいるふりをした。ラーズは質問やコメントをうまく曖昧にしていたが、マリアは自分が面接試験を受けていると、ますます強く思うようになった。

「アメリカが参戦することについて、どう思いますか?」

「わたしの意見では、紛争に参加するべきではなかったと思います」彼女は嘘をついた。「合衆国が日本に石油を買わせなかったせいで、日本は真珠湾を攻撃しました。爆撃のあと、アメリカは宣戦布告するよりも、平和的な協定を交渉すべきだったんです」

「孤立主義の信奉者ですか?」

「いいえ。国家はたがいに交流し合うべきだと思います。でも合衆国は中立であるべきでした」

「スイスのようにね」

「ポルトガルのようにです」

彼の顔にうっすらと笑みが浮かんだ。彼は二人のグラスにワインを注いだ。

「電話で話したとき」彼はその晩三本目の煙草に火をつけながら言った。「あなたは、仕事仲間が遠出していて、それでカジノの夜のわたしの誘いを受けることにしたと言いました」彼は深く煙草を吸いこんだ。「わたしと会いたかった理由が、ほかにありますか?」

「いくつかあります」

彼は座席の背にもたれた。「話してください」

「まずいちばんに、あなたとは楽しい夜を過ごしました。あれほど楽しかったのは、本当に久しぶりでした」

「わたしもですよ」彼は言った。「ほかには?」

彼女は視線を彼の指にはまっている指輪に移した。「奥さんと子どもたちを思って結婚指輪をしているという話に感動しました。あなたが家族を深く愛しているのがわかって、あなたの喪失感を気の毒に思いました」

「それはどうも」

「あなたの哀悼《あいとう》の行為に、心を打たれました」彼女は自分の手を上げて、サファイアの指輪を見せた。「これは母の結婚指輪です。はずしたことはありません」

彼の表情が緩んだ。

「それに」彼女は言った。「カジノでの勝利金を分けてくれたことに感謝しています。あなたにとってはたいした額《がく》でなくても、図書館司書にとっては、袋いっぱいの現金は思いも寄らないものです。理解を超えた出来事の味は、中毒性があるもの。それでわたしは、これまでとは違う人生を生きてみたいと思うようになりました。施しものをもらいたいとか、財産目当てで結婚したいとかいう話ではありません」

彼は椅子に座ったまま身じろぎした。

「がっかりさせましたか?」

「ぜんぜん」彼は言った。「あなたはわたしには若すぎる、そうでしょう?」

マリアは微笑んだ。脚を覆っているドレスの裾の皺を伸ばした。「いつの日か、わたしも我が家の貧困の連鎖を破りたい。それを、自分の力で成し遂げたいんです」

「すばらしい決意です」彼は言った。「だが何かを勝ち取るためには、普通、何かを賭ける必要がある。あなたは望むものを手に入れるために、何を賭けるつもりですか」

彼女は彼の目をまっすぐに見た。「すべてです」

第二十二章

リスボン、ポルトガル——一九四三年六月二日

カジノ・エストリルに深夜までいたために疲れ果てた気分で、マリアは目をこすって眠気を払い、ローブを羽織ってキッチンへ行き、コーヒー・ポットをこんろにおいた。パーコレーターが沸くのを待つあいだ、彼女は三十五ミリのカメラを取り出して、ナチス党の公式機関紙、〈フェルキッシャー・ベオバハター〉の最新版をマイクロフィルムにおさめた。

この二週間ほどで、彼女はラーズと五回、夜を過ごした。二人の夜は、いつも彼の家のパティオでのカクテルと夕食から始まった。ラーズの個人シェフによって用意されたおいしい料理を食べながら、二人は少しずつ互いを知っていった。彼女は自分の話をうまくひねって、政府の仕事に不満があり、今現在よりもいい暮らしに憧れているような印象を作り出した。とはいえ、もしラーズに彼女の背景を調査する手段と願望があった場合に実証できるように、多くの真実を織り交ぜるようにした。食事のあと、運転手の運転でカジノ・エストリルへ行き、夜更けまでルーレットをした。最初の晩のように、彼女が番号を言い当てるような幸運が繰り返されることはなかった。そんなことは、ラーズには問題ではなかった。彼は大金を失っても不機嫌にならず、賭けるチップが少なくなると、カジノの従業員がトークンがいっぱいに詰まった書類鞄を持ってきた。

ラーズについての情報はほとんど得られなかった。でも一緒に過ごせば過ごすほど、彼は警戒を

緩めた。いちばん最近に会ったときには、ラーズは――シャンパンをグラスで数杯飲んだあと――商売相手に会いにコヴィリャンへ行くため、早く起きなければならないと言った。「その商売相手というのは、どんな仕事の方なんですか？」彼女は、彼が質問をはぐらかすだろうと予想しながら訊いた。ところが彼はグラスを空けながら言った。「採鉱会社です」彼女は彼がそれと認めたことに驚いたが、彼についてまだ戦略情報局《OSS》に知られていない事柄は、何一つ明らかにされなかった。彼女は、やがて彼が重要な何かを漏らすことを望んでいた。

二人で過ごしている時間、ラーズは常に親切で寛大な態度で、彼女が家に到着するとき、心から喜んでいるように見えた。彼は話をよく聞き、川に墜落したヤンキー・クリッパーに乗っていたことについて、彼女の気持ちを自分のことのように理解した。また、マリアが脚を組むとき、そのふくらはぎに視線を吸い寄せられはしても、二人の関係を純粋にプラトニックなものにしておきたいという彼女の希望を尊重した。友人という役に徹しながらも、ワシントンやロンドンでの知人や友人について、遠まわしにだが執拗に質問をした。マリアは彼の興味をかきたてるべく、海軍婦人部《WRN》隊《S》で無線電信のオペレーターをしているヴェラというリヴァプールの女性、ＯＳＳロンドン支部の郵便物集配室に職を見つけたナイルズという男性、そして建てられたばかりのペンタゴンのアメリカ国防省で働いているグレイディスという秘書などの知人をでっちあげた。ラーズとの会話の辻褄《つじつま》を合わせるために、創り出した人物の詳細を日記に記録しておき、その日記は電気掃除機の集塵《しゅうじん》袋の中に隠しておいた――ティアゴから習ったやり方だった。

ラーズと一緒にいないときは、枢軸《すうじく》国の資料を手に入れてマイクロフィルムにおさめる仕事に精を出した。二週間に一度、リスボン・ポルテラ空港へ行った。そこでは連合国の飛行機とドイツの飛行機が、アスファルト舗装の離発着場で隣り合うようにとまっていることが頻繁にあった。〝故郷のひとたちは信じられないでしょうね〟鉤十字《かぎじゅうじ》の紋章の描かれている飛行機の横を通り過ぎながら、彼女は考えた。現像されていないフィルムの入った箱を英国海外航空《BOAC》の手荷物係に渡し、飛行機がロンドンに向かって飛び去るまで、外周フェンスの近くに立っていた。彼女は武器製造会社の住所録や、はからずもフランスのルアーヴルでの国防軍の戦力を明かしているドイツの新聞紙の記事など、明らかに価値のあるマイクロフィルムを発送した。だがキルガーからはほとんど何も反応がなくて、アメリカ大使館を通して日常業務の連絡電報が来るばかりだった。またアーガスからの連絡も、ロイとパイラーがいつリスボンに戻るのかについての知らせもなかった。彼女は孤立しているような気分になって寂しくて、父親が恋しかった。父親がつつがなく暮らしていることを願い、彼女の手紙——マイクロフィルムの荷物と一緒に送る——が無事に届いて、自分の娘が戦争行為に参加していることへの心配を減らせられればいいと思った。

　マリアの寂しさは、ティアゴと何週間も会っていないことで倍化していた。マイクロフィルムの仕事とラーズと会うのに忙しくて、彼の書店に行く機会はめったになかった。店に立ち寄ったとき、ティアゴはひとと会う約束があって外出中だった。ティアゴは不在で、代わりにローザが、彼がマリアのために仕事部屋に用意していた何冊かのポルトガルの詩集を手渡した。マリアは帰宅してから、それらの本が、偽物のカバーのかかった、ナチスが禁じたユダヤ人の作家による作品であることを知った。本の調達についての彼の援助、避難者を助けようとする彼の決意を、マリアは素晴らしいと思った。でもわがままなことだが、ほっとするような声の響きをもっと聞きたい、一緒にいる歓《よろこ》びをもっと感じたいと思った。

　ティアゴと約束したとおり、マリアはヘンリ・レヴィンとその家族の写真を撮った。彼らは闇に紛れて、彼女のアパートメントに来た。マリアは彼らを思って胸を痛めていた。とりわけヘンリの娘のアルバーティンは他人と目を合わせようとせず、何ヵ月もゲシュタポから隠れて過ごしたせいで心が傷ついているようだった。マリアはポルトガルのカスタード入りタルト、パステル・デ・ナータを食べさせて元気づけ、エリザベス王女が表紙を飾っている〈ライフ〉誌の一九四三年二月十五日号を持たせた。別れしな、家族を抱きしめて、アメリカで楽しい日々が送れるだろうと請け合った。

フィルムの現像のため、マリアはパイラーの寝室の窓をボール紙とテープで覆って、暗室に変えた。彼女の役割はマイクロフィルムに写すことに限られていて、フィルム現像の装置を持っていなかったので、引き伸ばし機と薬品と紙をリスボンの写真店で購入した。間に合わせの作業だったが、写真はうまくできあがった。父親がフィルム現像術を教えてくれたおかげだと思った。写真の入った封筒をハンドバッグの中に入れて、ティアゴのアパートメントへ行った。何度もノックしたが応えがなかったので、封筒をドアの下から差し入れて帰った。また彼と会えず、寂しかった。

マリアはカメラをおき、キッチンに行った。コーヒー・ポットをこんろから下ろし、カップにコーヒーを注いでいると、電話の呼び出し音が鳴った。

彼女はびくりとして、カウンターにコーヒーをこぼし、手の甲を火傷した。あわてて流しに行って、冷たい水を肌にかけた。

また呼び出し音が鳴った。

マリアの鼓動が速まった。彼女の電話番号を知っている者は、ほとんどいない。ロイかパイラーがマドリードからかけてくるとは思えないし、アーガスはドイツのスパイや秘密警察《PVDE》による盗聴の可能性を恐れて、電話による連絡を避ける。あと、彼女が電話で話したことのある人物はただ一人、ラーズだが、彼が普通かけてくるより時間が早い。彼女はふきんを濡らし、手——ヒリヒリと痛む——に巻いて、五回目の呼び出し音を鳴らしている電話に駆け寄った。

「こんにちは《オラ》」彼女は落ち着いた声で言った。

「起こしてしまいましたか?」ラーズが訊いた。

「いいえ。仕事をしていました。ずいぶん早く起きてるんですね、ゆうべ遅くまで外出していたのに」

「あなただって同じでしょう」彼は言った。

彼女は無理に笑い声を立てた。

「楽しかったですよ」

「わたしもです」彼女は赤くなっている手の甲を見て、傷痕が残るだろうかと考えた。

「今日の午後はどうしていますか?」

「仕事です」

「休みを取ってください」彼は言った。

「どうしてですか?」

「リスボンでおこなわれる会合に出ることになりました」

彼女は背筋を伸ばした。「打ち合わせのあと、どこかで会おうというのですか?」

「いいえ」彼は言った。「一緒に会合に行ってほしいのです」

彼女は電話のコードをいじった。

「会合の相手の銀行家は、市内で用事があるため奥さんを連れてきます。わたしが仕事をしているあいだ、あなたに奥さんの相手をしてもらいたいと思ったんです。その後、一杯やりましょう」

「わかりました――時間と場所を教えてくれれば、そこに行きます」

「アパートメントに迎えにいきますよ」彼は言った。「あなたの家を見てみたい」

彼女の視線は、枢軸国の出版物の山に引き寄せられた。彼女は息をのんだ。「今ちょっとちらかっているんです。外で会いましょう」

「いや、ぜひ」彼は言った。「あなたはうちに何度か来ているのに、わたしがあなたのアパートメントを知らないなんて、公平じゃないでしょう」

彼女は自分の意見を通したかったが、彼を家の中に入れるのを拒むと、疑われるのではないかと怖かった。「いいわ。でもあなたの家のようにすてきじゃなくても、がっかりしないでくださいね」

「しませんよ」

「何時ですか?」

「一時です」

「それでは、その時間に」

彼女は受話器をおいて、手を冷水につけて火傷を手当てした。ラーズに自分の世界を覗かせるのは嫌だったが、彼の信用を確実に得たければ、避けるわけにはいかない。〝OSSは感心しないかもしれないけど、何かを捨てなければ、それ以上のものは手に入らないわ〟手の痛みが消えるのを待ちながら、マリアは頭の中でいくつかの選択肢を考えて、自分の職務を危険にさらすことなく明らかにできる情報を選び出した。

マリアはその日の朝を、アパートメントを準備するのに費やした。もっとも要注意である枢軸国の出版物の大半はパイラーのベッドの下に隠したが、ラーズには破棄される危険のあるヨーロッパの出版物を救うのが仕事だと話してあるので、すべてをしまいこむわけにもいかなかった。ダイニング・ルームは小型のマイクロフィルム部のような状態のままにして、そこに大判の本や雑誌や新聞紙などをおいた。

彼女は入浴し、化粧をして香水をつけ、体にぴったり合った青いワンピースを着た。真珠のイヤリングのキャッチをつけたとき、ドアをノックする音がした。胃のあたりが重くなった。バスルームの鏡に映っている自分の姿を見た。〝何もかも、うまくいくわ〟

彼女は玄関に行き、覗き穴からラーズの姿を見た。チャコール・グレーのスーツに栗色のネクタイをして、紫色の花束を持っている。少し緊張がほどけて、彼女はドアの掛け金をはずした。ラーズは部屋に入り、彼女の両頰《ほお》にキスをした。花束を彼女に渡した。「切りたてのラヴェンダーを気に入るだろうと思ってね」

「ありがとうございます」彼女は花の香りを嗅いだ。「いい香り。花瓶に入れてくるので、ゆっくりしていてください」

彼はうなずいた。

マリアはキッチンに行き、陶磁器の水差しに水を入れ、ラヴェンダーを活けた。それを持っていくと、ラーズはダイニング・ルームにいた。

「ちゃんとした花瓶を持っていないんです」彼女は水差しを掲げてみせながら言った。「どうかしら?」

「あなたらしくていい」

彼女は微笑んだ。

彼の視線は、出版物とカメラの置かれたテーブルに引き寄せられた。「あれは、あなたの仕事ですか?」

「ええ」彼女は雑誌の山をずらして、テーブルに水差しをおいた。

彼はフランスの本、ジョゼフ・ケッセルの『昼顔』を取り、ページをめくった。「議会図書館は、どんなものを集めろと言ってるんですか?」

「手に入る外国の新聞や雑誌、ドイツ語、フランス語、オランダ語やポーランド語で書かれた本なら、なんでもです。幅広く集めろと言われています。蝶々を探していて蛾を捕まえてしまったような気分になることが多いですけどね」

彼はうなずいた。「あなたのフィルムは、合衆国に届いたらどうなるのですか?」

ほんの一瞬だが彼女は、フィルムを空路で送っていることや彼女が空港へ行くことなどを、彼が知っていただろうかと考えた。「ヤンキー・クリッパーの墜落事故以来、フィルムは飛行機でロンドンに送られます。それからさらに、保存のために合衆国の議会図書館へ送られますが、情報があるかどうか検分されているのではないかと思います」

「あなたの直感は正しいでしょう」ラーズは本を下において、彼女に近づいた。「何か重要なものをもたらしたら、国の図書館から報酬が出るんですか?」

「いいえ」

彼は金のカフスボタンの位置を直した。「それは残念ですね」

「さほど悪いことではありません」彼女は言った。「本の購入のためにかなりの予算をエスクードでもらっていますし、会計報告は自分でやっています」彼女は髪を耳の後ろにかけた。「うまくごまかして、ほんの少し手元にお金を隠してると言ったら、軽蔑されるでしょうか?」

「いいや」彼は言った。「あなたは誰も傷つけていない。自分の価値に見合った報酬を受け取っているだけでしょう」

「そうですよね」

二十分後、ラーズの運転手は、リスボンの歴史的地区にあるサン・ベント宮殿の正面に車を止めた。ラーズはモノグラム模様の革の書類鞄を抱え、マリアに手を貸して後部座席から下ろした。

彼女は円柱のそびえ立つ堂々たる新古典主義の建物を見詰めた。「銀行家と会う約束があると言ったと思いますが」

「そうですよ」彼は言った。

「この宮殿で?」

「隣の邸宅でです」

「首相の公邸ではないでしょう？」

「そうですよ」彼は彼女を見た。「会合の相手は、首相のサラザールと、その銀行家であるリカルド・エスピリト・サントなんです」

彼女は眉を上げた。「ここに来るんだと、前もってわかっていたかった」

「会う相手を言わなかったのは、言ったら同行を断わられるかもしれないと思ったからです。それに、朝からずっと気を揉ませたくもなかった」

「気を揉んだりはしなかったでしょう」彼女は嘘をついた。「だけど、もっときちんとしたものを着てきましたね」

「今の服装で完璧です。会合は短時間のはずですから、リカルドの奥さん、メアリーの相手をしていてくれるとありがたい」彼は彼女の腕に触れて、微笑んだ。「アメリカに戻ったとき、サラザールに会ったと、みんなに話せますよ」

彼女は大きく息を吸って、気持ちを鎮《しず》めようとした。「わかりました」

二人は隣接する白い石造りの邸宅へ歩いていき、エントランスまでの階段をのぼった。ドアが開き、家政婦に迎えられた。建物の中は、家全体を掃除したばかりのように、酢のにおいがした。家政婦の後ろから廊下を歩いていくとき、マリアは脚に思うように力が入らなかった。

家政婦はあるドアの前で立ち止まり、ノックをした。

「入れ」男性の声が聞こえた。

家政婦はドアを開け、二人に入るようにと身振りした。

マリアとラーズは、ガラスの扉のついている本棚がならんでいる、薄暗い部屋に足を踏み入れた。天井から床まである黒いカーテンが窓を覆い、唯一の明かりはアール・デコ風のデスク・ランプだ。

独裁者のアントニオ・デ・オリヴェイラ・サラザールは、新聞の写真で顔を見ていたからわかった。サラザール――机に向かって座り、紙に何か書いている――は五十代半ばで、白髪交じりの髪を後ろに撫でつけている。黒い三つ揃いのスーツを着て、陽光に当たるのを極力避けているかのように、肌は青白くて皺《しわ》が少ない。

「首相」ラーズは言った。「お会いできて光栄です」

「こちらもだ」サラザールは書くのをやめて、ペンをおいた。椅子から立ち上がって、ラーズと握手した。

ラーズが振り向いた。「こちらはマリア・アルヴェス。会合のあいだ、リカルドの妻の相手をします」

サラザールはマリアを見て、体の前で両手を握った。「こんにちは」

「お会いできて光栄です、サー」マリアは言った。気詰まりだったが、寛《くつろ》いで見えるように努力した。

廊下を近づいてくる足音が大きくなり、男性と女性が部屋に入ってきた。サラザールはマリアの横を通り過ぎて、その男性の手を握った。

マリアは一歩退き、サラザールが挨拶をする場を作った。首相の机を見ると、そこには書類が山積みになっていて、イタリアの独裁者、大きな額《がく》に入ったベニート・ムッソリーニの写真が飾られていた。〝驚いた！〟

「マリア」ラーズは言った。「リカルドですよ」

マリアは彼のほうを向いて、微笑んだ。

その銀行家は四十代で、熱心なゴルファーなのか体が引き締まっていて、ダブルの灰色の格子柄のスーツに水玉模様の蝶ネクタイをしている。彼はマリアに近づき、握手をした。

「こちらがメアリーです」ラーズは言い、象牙色《ぞうげ》のワンピースと、それによく合う靴を履いた、魅力的な女性を差し示した。滑らかな黒髪を後ろにまとめ、リボンで結んでいる。

マリアはその女性と握手した。「お会いできて嬉しいです」

「知り合えて、嬉しいですわ」女性は言った。

戸口に家政婦が現われた。「ご婦人がた、どうぞこちらへ、庭にコーヒーを用意しました」

マリアとメアリーは、家を出て手入れの行き届いた中庭へ導かれた。そこには二人掛けのテーブルがあり、磁器のコーヒー・ポットと受け皿つきのカップ、ペストリーの載った皿が用意されていた。コーヒーを注いで、それぞれの好みの味にしたのち、家政婦は立ち去った。

「リカルドから、ラーズは最近あなたとよく一緒にいると聞いたわ」女性は言いながら、カップを口元に運んだ。

「ええ」マリアは言った。「数週間前に知り合ったんです」

女性はコーヒーをすすった。「カジノで、でしょう」

「ええ」マリアは言った。

「リカルドは、ラーズがあなたとの時間を楽しんでると言ってたわ」

「わたしもです」マリアは頭の中で、目まぐるしく考えた。「あなたとリカルドは、どのようにラーズと知り合ったんですか？」

女性はペストリーをかじった。「夫の銀行の仕事を通してよ」

「なんという銀行ですか？」

「エスピリト・サント銀行」女性は、マリアがその名前を知らないのに苛立ったような口調で言った。「ポルトガルでもっとも力のある銀行よ」

「そうですね」マリアは言った。

女性は紫色の花をつけている、ジャカランダの木の枝で鳴いている鳥のほうを見た。

「ラーズとはよく会うんですか?」マリアは会話を続けようとして訊いた。

「リカルドはね。少なくとも一週間に一度は会うし、電話では毎日話しているわ。わたしはラーズとは月に一度くらい、たいていカスカイスの家で会うわね」女性はあたりを見回した。「きっとカスカイスの、我が家の庭を気に入るわ。草木や花がすばらしいの。ここと負けず劣らず、すてきなのよ」

「すごいんでしょうね」マリアは言った。

一時間ほど、マリアはメアリーとお喋りしていた。会話はほぼメアリーが独占し、彼女の家や四人の娘たち、友人たち、カスカイスのスポーツ・クラブの会合などについて話した。戦争が始まるころにひと月ほど自宅に滞在していたという特別な客、ウィンザー公爵と公爵夫人について話すと き、女性の目は輝いた。マリアについては、ほとんど質問しなかった。マリアが会話の流れを変えて、ラーズやリカルドに関する情報を聞き出そうとするたび、メアリーは話題を自分自身に戻した。

「楽しくお喋りできましたか?」ラーズが庭に入ってきてたずねた。

「あら、そうね」メアリーは言った。「今度我が家へいらっしゃるときは、マリアを連れてきてちょうだい」

「そうします」ラーズは言った。「リカルドは首相と話しています。まもなく、ここに来るでしょう。ゆっくりしていたいが、ほかに用事があるもので」

マリアは立ち上がった。「お話しできて楽しかったです、メアリー」

「ありがとう」女性は言った。

マリアとラーズはサン・ベントの邸宅を出て、車に乗った。運転手がアクセルを踏み、車は路肩を離れた。

「一杯飲みましょうか?」ラーズは訊いた。

「ええ」

「チボリに行くのは、どうでしょう。リベルダーデ大通りで、あなたのアパートメントからも遠くない」

〝リスボンでのドイツ人たちの定宿だと噂のホテルだわ〟「それはいいですね」

まもなく、二人はホテルに着いた。マリアはラーズが手にしている書類鞄を見て、ずっと彼がそれを持っているのは奇妙だと思った。書類鞄に彼女に見せたいものが入っているのだろうか、それともサラザールと銀行家との会合に関係するものが入っていて、非常に重要なものだから運転手のもとに放置しておけないのか。そんな思いを消して、アール・デコ風のガラスの天窓のある、二階分を使ったロビーを、彼と一緒に横切った。バーへ入ったが、テーブルに白いクロスがかかり、ナプキンや銀器がおかれているところをみると、そこはレストランも兼ねているらしかった。カクテルアワーにはまだ早く、客はほとんどいなかった。ラーズはマリアから離れ、給仕長と話をした。二人は窓際の、リベルダーデ大通りを眺めることのできる席に案内された。ウェイターが飲み物の注文を聞いて立ち去ると、何人かの従業員が、近くのテーブルや椅子を持ち去った。

「あなたが、ああするように言ったんですか?」マリアは訊いた。

「そうです」彼は言った。「プライバシーが欲しいので」

彼女は窓外の、並木道を歩行者が歩く様子をちらりと見た。「きれいな景色ですね」

「本当に」

マリアは脚を組んだ拍子に、彼の書類鞄を蹴ってしまった。「ごめんなさい」

「いいんです」彼は書類鞄を、自分の椅子の横に動かした。

ウェイターが飲み物を持ってきた。マリアにはジン・トニック、ラーズにはシュナップスだ。

「首相との会合はどうでしたか?」マリアは訊いた。

「うまくいきました」

彼女はグラスを上げた。「会合の成功に」

彼はグラスを合わせ、シュナップスをごくりと飲んだ。

マリアは、ジンばかりのようなジン・トニックを一口飲んだ。温かさが、喉から胃へと伝い落ちていった。

「訊きたいんですが」ラーズは言った。「どうして、わたしの銀行の仕事について何も訊かなかったんですか?」

「何をしているか、もうわかっていますから」彼女は躊躇《ためら》いなく答えた。

「なんだと思っているのかな」彼は言った。

彼女は怯えた気持ちを抑えつけた。「タングステン売買の手配をしているんでしょう」

彼はくるりと酒を回した。「どうしてそう考えるんですか?」

「コヴィリャンに採鉱会社のひとに会いにいったと聞いて、そうではないかと思いました。今日、あなたがサラザールとその銀行家と働いているとわかって、確信しました」彼女は彼を見た。「ポルトガルが連合国とドイツにタングステンを売っているのは秘密ではありません。そしてその取引についての交渉が、サラザールのいないところでおこなわれるはずはないですよね」

彼はシュナップスを飲んだ。「なかなか洞察力がありますね」

「ありがとうございます」彼女は彼の、落ち着き払った反応にほっとした。

ラーズはグラスをおき、両手の指を絡め合わせた。「タングステンをめぐる争いはサラザールにとってもっとも選択の難しい問題です。もし彼が連合国側に売ることをやめたら、連合国側はポルトガルのアゾレス諸島と、もしかしたら本土まで占領しようとするでしょう」

「それで戦争を遠ざけておくために、サラザールにはタングステン売買の資金を動かすスイスの銀行家というパートナーが必要なんですね」

彼はうなずいた。

彼女はグラスの縁を指先でなぞった。「あなたがどの国のために働いているのか、教えてくれますか？」

「その質問に対する答えは、わかっていると思います」

マリアはうなずいた。

「それで、あなたは気を悪くするでしょうか？」

「いいえ」彼女は不快な気持ちを隠して言った。「スイスとポルトガルは同じ苦境に立たされているんでしょう。独立を保持するためには、ドイツと協力する必要がある。もしわたしが強力な人脈を持つスイスの銀行家だったら、たくさんお金を稼げて、祖国を戦争に巻きこまれないようにできるのであれば、同じことをするでしょう。わたしの考えではこうです――紛争が終わるとき、貧しいよりも裕福であるほうがいい」

彼の口元に、うっすらと笑みが浮かんだ。

マリアはアルコールが気持ちを落ち着かせてくれることを願いながら、ジン・トニックを飲み干した。

ラーズがウェイターに合図し、それを受けてウェイターは速やかに酒のお代わりを持ってきた。ウェイターが話の聞こえないところまで離れるのを待ってから、彼は言った。「あなたと話し合いたいことがあるんです」

「今後もギャンブル友だちでありつづけるかどうかというのなら、答えは〝はい〟です」

彼は笑った。「それを聞いて嬉しいが、わたしが話したいのは、そのことではありません」

「何を考えているのか、教えてください」

彼は身を乗り出して、声を低くした。「連合国軍の情報に対して気前よく金を出す人物を知っていると言ったら、どうしますか?」

マリアは腹部に痛みを感じた。「お話を聞きたいと言いますね」

彼はスーツのポケットから銀のケースを取り出し、煙草に火をつけた。ゆっくりと煙草を吸った。

「その人物はロンドンとワシントンからの情報を探しています」

「どんな情報ですか?」

「軍隊の動き。船舶や潜水艦の配置。軍の計画。軍備の量」彼は灰皿に灰を落とした。「連合国軍に関することなら、なんでもです」

「あなたの連絡相手は国防軍情報部のひとなんですね」彼女は言った。

彼は煙草をふかした。「わたしの連絡相手は、匿名を希望しています」

マリアは酒をすすった。「その人物は情報にいくら出すのかしら」

「それは内容によるでしょう。でも信用できる情報源だということになれば、裕福になれるはずです」

「どうしてわたしが連合国の情報を得られると考えたんですか?」

「あなたができるかどうかはわかりません。でもあなたは賢いし、ロンドンとワシントンに人脈がある。申し出を受けても、断わってもいい――わたしには関係ない。わたしはただ、チャンスがあるのを教えたかっただけです」

彼女は顎《あご》をこすりながら考えた。「その仕事をすると決めたとします。そうしたら、どうなるんですか?」

「あなたは情報を集めて、わたしに届ける。当面、連絡相手からは、契約料として千ドル相当のエスクードを支払うように指示されています」

マリアは彼の連絡相手が、国防軍情報部の長、ヴィルヘルム・カナリス大将ではないかと考えた。〝驚いたわ！　本当にこんなことになるなんて！〟彼女は手が震えないようにするために、グラスを握った。

「この申し出について考える時間が必要ですか？」

「いいえ」彼女は彼の目を見て言った。「引き受けます」

彼は微笑んで、グラスを上げた。「あなたの将来に」

マリアは彼とグラスを合わせ、酒を口に含んだ。頭の中も心臓も、せわしなく動いていた。敵国のためのスパイになれという提案を引き受けたと話したら、アーガスはどうするだろう。叱責されるか、合衆国に呼び戻されるだろうか。ところがOSSに叱責されるのではないかという恐れは、まもなく疑いに変化した。彼女は自分がラーズの信用を勝ち取って、彼にサラザールとのタングステン関連の取引、さらにはスイスの銀行のドイツとの関係を明かす気にさせたと思いたかった。だが心の奥底で、ラーズは非常に巧妙で、他者にすっかり操作されるような人間ではなく、同じ手を彼女に対して使っているのではないかと疑ってもいた――情報を明かして、それ以上のものを手に入れる。マリアはラーズに、失敗したら恐ろしい結果が待っているテストをされているのだと思った。彼の試験にうまく合格するだけでなく、国防軍情報部に潜入して情報を有利に利用したいと思った。

第二十三章

リスボン、ポルトガル――一九四三年六月四日

ティアゴは自分の書店の仕事部屋に座っていて、腕時計を見た。午後六時二十分だ。胸の中で期待が高まった。ナイフを使って、床に固定されていないタイルを引き上げ、パスポートと出生証明書――ヘンリ・レヴィンとその家族のための新しい身元を捏造《ねつぞう》してある――を秘密の穴から取り出した。タイルを元の位置に戻し、書類をスポーツ・ジャケットの裏地の内側に隠されたポケットに入れて、仕事部屋を出た。レジ・カウンターのほうへ行くと、そこではローザが書店内に一人だけいた客のレジを打っていた。

「意外なラストなのよ」ローザは、頭にスカーフをかぶった年配の女性に本と少しの釣り銭を渡しながら言った。

女性はうなずいた。釣り銭を小銭入れに入れ、本と一緒にキャンバス地のトートバッグにしまった。

ローザはカウンターに身を乗り出した。「どうなるか、ちょっと教えましょうか?」

ティアゴは笑いをかみ殺した。

「いいえ《ナウン》、ありがとう《オブリガーダ》」女性はトートバッグを肩にかけて帰っていった。

ローザは肩をすくめた。

「両手で耳を塞いで駆け出していかなかったのが不思議だよ」

「あのひとの楽しみを潰したりはしなかったわ」彼女は言った。「ただ、本についてのわたしの意見を話そうとしただけ」

「たしかに、そうだね」

彼女は話題を変えたくてしかたないという様子で、空《から》っぽの棚を指さした。「また新聞が切れてるわ」

「今週、三度目だな」彼は言った。「アルトゥルに、もっと持ってきてくれと頼むべきなのかもしれない」

彼女は眼鏡を鼻先まで下げた。「あの子が新聞を配達してくるとき、必ずあなたがここにいるとは限らないから、わたしからアルトゥルに言えと言ってるのね」

「そうだ」彼は言った。「丁寧に言おうとしてみたんだ」

「わたしはずばりと言うほうだわ」

「あなたの率直な態度は好きだよ、ローザ。本心はどうなんだろうと考えたことがない」

「そうあるべきでしょう」彼女は顎《あご》をくいと上げて言った。

ティアゴは低く笑った。

ローザは店の正面の窓を見た。「ネヴェス警察官と部下が店の前でこそこそしなくなってから、客足が増えたわ」

「一時的なものだろう」ティアゴは言った。「ほかにすることがなくなったら、秘密警察《PVDE》は監視を再開するはずだ」

「そうかもしれないわね」ローザはスツールの上で身じろぎをした。「ご両親はいかが?」

「まだひどく悲しんでる」彼は最近両親に会いにポルトへ行ってきたことを思い出しながら言った。

「窓辺に蠟燭《ろうそく》を灯し続けて、祖父母がドイツ側の収容所でも無事でいるという希望を捨てずにいる」

ローザは肩を落とした。

「ブドウ園にやってくるユダヤ人たちを助けることを続けているよ。フランス国内の逃避経路の神父が、避難者たちに両親のところへ向かうように指示してるんだ。まるでいまだに祖父母が、ボルドーからポルトガルへ逃げるひとたちを助けているような気がする」

「お二人は永遠に続く希望の道を作られたのね」

「そう思いたい」ティアゴはいった。胸に寂しさがこみあげた。「祖父母が生きていて、苦しんでいないように祈ってる」

「また会えるわよ」彼女は床からハンドバッグを持ち上げ、木造りの十字架のついている数珠《じゅず》を取り出した。「わたしもお二人のために祈るわ」

「ありがとう、ローザ」

彼女は数珠をおき、目を拭った。

「出かけてくる」彼は悲しみをしまいこんで言った。「ヘンリ・レヴィンに会って、彼と家族の渡航文書を渡すんだ。あなたの鮮やかな偽造で、アメリカ行きのセルパ・ピントに乗るための新しい身元ができた」

「わたしの最高傑作の一つよ」彼女は自慢げに言った。「でもわたしだけの手柄ではないわ」

ティアゴは眉を上げた。

「マリアに写真を撮ってもらえたのは幸運だったわ。彼女はパスポートにぴったりのサイズの写真を作ってくれて、前の写真家より出来がよかった」

「そうだね」彼は言った。

彼女は身を乗り出した。「あなた、この前マリアに会ったのはいつ?」

「先月だ」

「だめじゃない」ローザは指を振りながら言った。「彼女が店にあなたに会いにきたとき、いなかったわね」

「忙しかったんだ」

「彼女に会おうと努力しなくちゃ、二度と会えないかもしれないわよ」

「できることを考えてみる」彼は言って、ドアに向かった。

彼女は立ち上がり、腰に手を当てた。「わたしの言ったこと、忘れないでね」

「ああ。楽しい夜を、ローザ」

ティアゴは書店を出て、レヴィンが隠し場所に伝言をおいて指定してきた待ち合わせ場所である、ロシオ広場へ向かった。その道々、彼はマリアと前回会ったときのことを考えた。彼女は彼に何かを打ち明けたがっていると、彼は信じたかった。そしていずれ、彼女が胸の奥にしまいこんでいることを話してくれるように願った。彼女の抱擁《ほうよう》と頬《ほお》のキスには驚いた、そしてお喋りを突然終えなくて済めばよかったのにと思った。何週間も会っていないが、彼女のことは頭からも心からも離れなかった。〝たぶん戦争後に、二人の時間を持てるだろう〟彼はそんな考えを押しのけて、不揃いな石敷きの道を歩く歩調を速くした。

彼がロシオ広場に着いたのは黄昏どきで、広場には照明がついていた。避難者の集団がいくつか、噴水の近くに集まっていて、街中を走る黄色い路面電車が音を立ててレールの上を進んでいく。カフェ・シャヴェ・ドウロの前を通るとき、イワシを焼くにおいが彼の鼻をくすぐった。ロシオ広場の周囲の通りは、ラッシュアワーが終わって、比較的静かだった。彼は通りを渡って広場に入り、人混みに紛れてレヴィンを探した。何分かしてから、彼を見つけた——胸に届きそうなほど伸びた髭《ひげ》でわかった——通りの反対側に立っていた。人目を引くのを恐れて、手で合図をしたりはせずに、ティアゴは頭を下げて路肩のほうへ歩いていった。

ホテルの前に止まっていた黒いセダンのエンジンがかかった。その車は、タクシーを遮るようにして勢いよく走り出した。クラクションが鳴った。

ティアゴが振り向いたとき、黒いスーツ姿の男が四人乗っているセダンが通り過ぎていった。

セダンが近づいてくるのを見て、レヴィンは目を見開いた。とっさに踵《きびす》を返し、細い一方通行の道を走り始めた。

ティアゴは強い衝動に駆られた。交差点に向かって走った。

車はタイヤを鳴らして角を回り、そのまま脇道へ進んだ。

ティアゴは煙草を吸っている男たちを押しのけた。大急ぎで角を曲がり、歩行者のいない通りを走った。前方で、車がブレーキをかけて急停止した。助手席と後部のドアが開き、三人の男が飛び出して走り始めた。あっというまに一人の男がレヴィンを地面に押し倒した。

レヴィンが悲鳴を上げた。

「やめろ！」ティアゴは叫んだ。

襲撃者の一人がレヴィンの顔を殴り、ほかの者たちは何度も彼の肋《あばら》や脚を蹴った。

ティアゴはそちらへ走っていきながら、上着から鞘《さや》に入ったナイフを出した。

男たちは、鼻や口から血を流しているレヴィンをセダンのほうへ引きずっていった。

ティアゴはナイフを鞘から出した。「そのひとを放せ！」

襲撃者の一人、丸い眼鏡をかけた金髪の男が、ティアゴをまっすぐに見た。スーツの上着の下にあるホルスターから拳銃を引きぬいた。

ティアゴの全身に恐怖が走った。戸口に身を寄せたとき、銃弾が石壁に撥《は》ねた。

運転手はセダンをバックさせて加速した。

セダンが自分めがけて走ってくるのを見て、ティアゴの脈拍が急上昇した。彼は歩道に身を投げた。後部のバンパーが彼の左脚をかすめ、車はそのままドアに衝突して、ドアが蝶番《ちょうつがい》から引きはがされた。ティアゴは舗道に倒れこみ、右肩をしたたかに打った。腕に痛みが広がった。ナイフが手から滑り落ちて、丸石に当たって音を立てた。

「速く《シュネル》！」男のうちの一人が叫んだ。

ティアゴの耳の奥で鼓動が響いた。隠れる場所はない。彼は拳銃を持っている男が車を回してきて、撃ってくるだろうと予想した。闘わずにやられるつもりはない。ティアゴは手足をついて這《は》い、ナイフを取り戻した。

通りの端に人だかりができた。サイレンが聞こえた。

運転手は車を前に出して止めた。「車に乗れ《スタイヒ・インス・アウト》！」

レヴィンは後部座席に押しこまれ、二人の男に押さえつけられた。拳銃を持った男は助手席に乗り、乱暴にドアを閉め、セダンは猛スピードで走り去った。

ティアゴは横向きに倒れ、息を吸いこんだ。

サイレンの音が大きくなった。ロシオ広場からの歩行者たちが、恐る恐る彼のほうに近づいてきた。

立ち上がると、腕に痛みが走った。ナイフをポケットに滑りこませた。恐ろしい思いが全身に、波のように広がった。人混みから逃げた。無理やり速く歩こうとすると、脚の筋肉が焼けるようだった。とにかくレヴィンの妻と娘が同じ運命になる前に、手を打つと決意していた。

第二十四章

リスボン、ポルトガル――一九四三年六月四日

ロシオ広場から何本か通りを進んだところで、ティアゴはタクシーを止めた。肩がずきずき痛むまま、後部座席に乗って、アルファマ地区の川沿いへ行くように運転手に告げた。数分後、彼は運転手に支払いをしてタクシーを下り、リスボンの古くから漁業の盛んな地域の、狭い通りや階段を急いだ。このあたりは照明が暗く、住所表示もない。何度か同じ道を行き来したあと、初めて会ったときにレヴィンから渡された住所の建物を見つけた。

後ろをうかがって尾行されていないことを確認し、ドアをノックした。額《ひたい》の汗を拭き、大きく息を吸って呼吸を整えた。

少しの間があったのち、ドアが半分開いて、がさがさの頰《ほお》に灰色の不精髭《ひげ》が生えている老人が顔をのぞかせた。老人は額に皺《しわ》を寄せた。「どなたかな?」

「ティアゴといいます。エステル・レヴィンに話があって来ました」

「そのような名前の人物はいない」老人はドアを閉めようとした。

ティアゴはドアとドア枠のあいだに脚を差しこんだ。「ヘンリの友人です。エステルに緊急事態だから話がしたいと伝えてください」

老人は肩越しに後ろを見た。

「お願いです、時間がない」

老人は彼を中に入れて、ドアにかんぬきをかけた。「ここで待っていなさい」老人は廊下の先へ消えた。それからすぐに、エステルと女の子を連れて現われた。ティアゴはパスポートの写真を見ていたので、それがアルバーティンだとわかった。

「ティアゴです」彼は言った。「ヘンリに頼まれて、渡航文書を用意しました」

「彼はあなたに会いにいきました」女性は恐怖を目にたたえて、娘に腕を回している。「彼はどこに？」

ティアゴは胸が痛んだ。「拉致《らち》されました」

「ああ、そんな」彼女は震える声で言った。

女の子はすすり泣いた。その目に涙がいっぱいたまっている。

「止めようとしたんです」ティアゴは言った。「彼は四人の男たちに、車で連れ去られました」

エステルは青ざめた。「秘密警察《PVDE》かしら？」

運転手の声がティアゴの頭の中で甦《よみがえ》った。「男たちはドイツ語を話していました。ゲシュタポかもしれない」

エステルは崩れるように膝をついた。娘がその横に倒れこんで泣いた。

ティアゴは二人に近づいてひざまずいた。「本当に残念です。彼を見つけるために力を尽くしますが、今はとにかくここを離れなくてはならない。あの男たちがヘンリをつけていたとしたら、この場所も知られているかもしれない。あなたとアルバーティンを捕まえにくるかもしれません」

「ポルトガルの法執行機関の誰かが助けてくれないでしょうか」エステルは言った。

「危険過ぎます」ティアゴは言った。「ＰＶＤＥのネヴェス警察官はヘンリを探していました。ご主人から、ネヴェスは彼を見つけ出すようにゲシュタポから金をもらっているらしいと聞きました。

ＰＶＤＥの上層部には親ナチス派がいて、そういう連中に助けを求めたら、あなたがポルトガルに不法入国したのを理由に国外退去にされる可能性もある。スペインの国境へ送られて、そこでゲシュタポが待っているかもしれません」

女性は娘の髪に唇を押しつけた。その体が震えている。

「行かなくては」ティアゴはエステルの方に手をおいた。「下宿屋にお連れします。そこの家主はユダヤ人に好意的です。あなたとアルバーティンは、そこにいれば安全なはずです」

女性は目元を拭ってうなずいた。

「持ち物をまとめよう」老人が言った。

「時間がありません。あとでわたしが取りにきます」ティアゴは老人の手を握りながら、その顔をまっすぐに見た。「あなたも一週間か二週間、ここを離れたほうがいい。どこか行く場所はありますか、それとも二人と一緒に下宿屋に行きますか？」

「セトゥーバルに兄弟が住んでいる」老人は言った。

「すぐに行ってください」ティアゴは言った。

老人はうなずいた。

ティアゴはエステルとアルバーティンを立たせて、一緒にその家を出た。川沿いでタクシーに乗り、二十分後、アジュダの教会区の下宿屋に着いた。ティアゴは二人の新しい身元を使って宿泊手続きをし、二人を部屋に連れていった。泣いている二人の側に座って、ヘンリを見つけるためにできることはすべてすると、希望と約束の言葉で慰めようとした。二人とももうこれ以上涙が出ないという頃合いで、彼は財布から金を出してエステルに渡し、抱きしめてさようならを言った。

「神さまのご加護を」エステルは、泣いたためにかすれた声で言った。

アルバーティンは母親の横にすり寄った。

「朝、また来ます」彼は言った。

女性はうなずいた。

ティアゴは下宿屋を出た。アジュダの通りを歩きながら、後悔の念に苛まれた。〝ロシオ広場で会おうという隠し場所にあった伝言に反対していれば、こんなことにならなかった。もっと目立たない場所で会うべきだった〟レヴィンはドイツに連れ戻されて収監されるか、もっと悪いことも考えられた。苦悩のあまり、腹部が痛くなった。タクシーを拾わず、家まで歩くことにした。時間をかけて頭の中を整理すれば、できる範囲で何かを取り戻す方法が見つかるかもしれない。

アパートメントの建物に着いて、彼は通りを見渡したが、監視している者はいないようだった。中に入り、痛む右肩をさすり、階段をのぼりはじめた。半分ほどのぼったところで、建物の出入り口のドアが音を立てて開き、閉じた。ティアゴのうなじに鳥肌が立った。のぼる歩調を緩めて、二階分ほど下の足音に耳を澄ました。三階の踊り場で、頭上の床板が軋《きし》んだ。彼は足を止めた。彼の喉元に小剣を押しつけるネヴェス警察官の姿が、頭の中に甦った。急に脈拍が速まった。利き腕ではない左手を使って、上着からナイフを出した。下から聞こえる足音が大きくなった。隠れる場所はどこにもない。彼は運命に向き合うつもりで、階段をのぼった。

第二十五章

リスボン、ポルトガル——一九四三年六月四日

マリアは紙にメモを書いて、その紙片を半分に折り、ドアの下に滑りこませた。鉛筆をハンドバッグに入れて、振り返った。そこでティアゴがナイフを手にして立っているのを見て、目を見開いた。

ティアゴは階段をもう少しでのぼりきるところに立ち、指を一本唇に当ててみせた。

マリアは息をのんだ。そしてうなずいた。

足音が、階段室に響いた。

彼は手すり越しに覗きこんだ。何秒か経ち、二人がいる場所の一階下でドアが開き、足音はそこのアパートメントの中に入っていった。彼はマリアに、自分のほうへ来るようにと身振りで示した。

彼女はそっと前に出た。

彼は彼女に階段にいるように指示し、自分はゆっくりとドアのほうへ移動した。ナイフを持ったまま、錠を開けて中に入り、明かりをつけた。

マリアは、彼が各部屋を調べて回り、その体重で床が軋《きし》むのに耳を澄ました。心臓が激しく鳴っていた。

まもなくティアゴが戸口に現われて、ナイフを上着に押しこんだ。「怖がらせてごめん。入って

も大丈夫だ」

彼女は大きく息を吸って、吐き出した。肩の力が抜けて、彼女は彼のアパートメントに入った。

彼はドアを閉めて、かんぬきをかけた。

「何があったの?」彼女は訊いた。

「ヘンリ・レヴィンが拉致《らち》された」

彼女は落胆した。「そんな。エステルとアルバーティンはどこにいるの?」

「隠れ家に移した」

「よかった」彼女は彼の、ひどく悲し気な顔を見た。「何があったのか教えて」

二人はキッチンのテーブルにつき、ティアゴは数分かけて、ロシオ広場近くの通りでレヴィンがドイツ語を話す四人の男に連れ去られたこと、彼自身も危うく撃たれそうになり、男たちの車に轢《ひ》かれるところだったこと、急いでレヴィンの妻と娘を下宿屋に隠れさせたことを、詳しく話した。

「ゲシュタポだと思う」ティアゴは言った。「レヴィンは、ネヴェス警察官が彼を捕まえようとするゲシュタポに協力していると考えていた」

「ネヴェスの姿を見たの?」

彼はかぶりを振った。

彼女は両腕で自分を抱きしめた。「エステルとアルバーティンは打ちのめされているでしょう」

彼はうなずいた。

「二人はどうなるの?」彼女はたずねた。

「彼女たちも、それを言うならぼくたちも、ヘンリのためにできることは何もない。彼は拉致されて、車でスペインの国境へ、さらにその先のドイツ占領下のフランスに連れていかれるか、それとも飛行機でドイツに連れ戻されるか。いずれにしても、ドイツの刑務所へ行くことになるだろう」

彼は顎《あご》をこすった。「朝になったら、エステルを説得して、娘さんと一緒にアメリカへ行かせるつもりだ」

「ここを発《た》つのは辛いでしょうね」彼女は言った。「レヴィンがどこに収監されたのかわからないまま、リスボンを離れたくないかもしれない」

「そうだな」彼は言った。「でもここにいてヘンリの拉致をポルトガルの権威筋に報告したら、二人は不法に入国している状態だから国外退去になる可能性が高い。少し時間が経って悲しい出来事の衝撃が和らいだら、エステルは娘さんの幸せを第一に考えて、新しい身元でアメリカへ向かう気になるんじゃないかな」

レヴィン一家を思い、マリアは胸を痛めた――ティアゴのことも気の毒だった。辛そうな声や暗い顔の表情から、彼がヘンリの拉致に動揺しているのがわかった。エステルとアルバーティンが経験している痛みは、祖父母が逮捕されてドイツの収容所に送られたとき、ティアゴが味わった苦しみと同じものだろう。マリアはなんとかして、彼の悲しみを和らげてあげたいと思った。

「残念ね」彼女は言った。

「ぼくもそう思う」彼は頭の中で出来事を思い返しているかのように、天井を見上げた。「レヴィンとロシオ広場で会うことに同意してはいけなかった。もっと安全な場所にしようと説得するか、彼が隠れていた家に渡航文書を届けるかすれば、彼は自由への道を進めた」

「あなたが悪いんじゃないわ」彼女は彼の手を握った。「もしゲシュタポだったら、彼を尾行して、彼を逮捕するのに適当な場所を探していたはず。あなたは彼を助けるためにできるかぎりのことをしたわ。邪悪な連中のせいで、あなた自身を責めてはいけないわ」

彼は彼女の指を握りしめた。

「いつごろエステルとアルバーティンを合衆国行きの船に乗せられそうなの？」

「二ヵ月はかかるだろうな」彼は言った。「誰かに金を払って、乗船券の購入と乗船日を早くしてもらわないかぎりな」

マリアは手を引っこめた。ハンドバッグから、輪ゴムをかけてあるエスクードの束を出し、テーブルにおいた。「これは、役に立つかしら?」

彼は目を見開いた。「ああ」

彼女はその金を彼のほうへ押し出した。

彼は紙幣をぱらぱらとめくった。「図書館司書が本を買うには多すぎる金だ。どこで手に入れたんだい?」

契約金を書類鞄から出して渡してよこすラーズの姿が、頭の中に閃《ひらめ》いた。「どこで手に入れたかは、問題じゃない。大事なのは、これを避難者を救うのに使うことよ。エステルとアルバーティンの自由への航行を早くするのに必要以上の額《がく》があるはずよ」

「たしかにある」彼は言った。「ありがとう《オブリガード》」

「力になれて嬉しいわ」彼女の胸の中で、罪悪感が渦巻いた。椅子の上で身じろぎをした。「あなたにお願いがあるの」

彼は金を脇にのけた。「なんでも言ってくれ」

「どんなお願いか知る前に、引き受けてほしくないわ」彼女は言った。「今夜あったことを考えると、これを話し合うには最悪のタイミングだと思う。でも、次にいつまたあなたと会えるかわからない」

「大丈夫だ」彼は言った。「なんでも言ってくれ」

「わたしのために、書類を偽造してくれない?」

「どんな書類だ?」

彼女は息をのんだ。「英国海軍の作戦表よ」

彼は顎の不精髭《ひげ》をこすった。

「その表には連合国と英国、それぞれの海軍の船舶の配置と動きが記されている。〝ピンク・リスト〟と言われていて、普通は三日か四日ごとに印刷される」

「どうしてそれを作る必要があるんだい?」彼はたずねた。

彼女の胸の中で、緊張感が高まった。「ある人物に誤情報を与えるためよ」

「どうしてそういう書類を作るのに、合衆国政府が協力してくれないんだ?」

彼女はアーガスとの会話、ラーズに対してスパイ行為をすると承諾したときのことを考えた。

「わたしは連合国の援助を得られるような立場じゃないし、役割上、独自に動く必要があるの」

彼は小首を傾げた。「こうした偽の表を、誰に渡すんだい?」

「わたしの連絡相手の名前は、あなたは知らないほうがいいわ」

「ぼくのことなら信用してくれ」彼は言った。

「信用してる」彼女は言った。「だけどもし計画がうまくいかなかったら、あなたを巻きこみたくない。必要以上にあなたが危険にさらされる必要はない」彼女はテーブルに両手をおいた。「その表は、ドイツの情報機関を惑わすため、その注意を脇に逸らすためのものなのよ。うまくやるには、あなたの協力が必要なの。でもやりたくないというのも、理解できるわ」

「協力しよう」

「ありがとう《オブリガーダ》」

「ピンク・リストのサンプルはあるかい?」

彼女はハンドバッグを軽く叩いた。「あるわ。数年前のものだけど、表の書式は変わっていないみたい。英軍委員会は大戦以来、船舶の位置を追いかけるのに同じ書式を使っているの」

「それをどうやって手に入れたかは、教えてもらえないんだろうね」

「本よ」彼女は言った。「ポルトガルの国立図書館でどれほどの情報を得られるか、きっと驚くわ」

彼は眉を上げた。

彼女はハンドバッグから本を取り出し、ピンク・リストのぼやけた写真のあるページを彼に見せた。船舶の等級、場所、到着日、出航日などの情報が記されていた。そののち、彼女は彼に、捏造されたリヴァプール港からの艦隊の動きを書いた紙を手渡した。「これを、表に記入してほしいの」

彼は手書きのメモを見た。「きみがこれを考えたのか?」

「そうよ」

「どうしてリヴァプールなんだ?」彼はたずねた。

〝王立婦人海軍で働いている友人がいると、ラーズに話したからよ〟と、彼女は考えた。「リヴァプール港はイギリスと北アメリカを結ぶ中心的な場所でしょう」

彼はうなずいた。「本物に見せるために、イギリスの紙を使う必要があるな」

「それを手に入れるのは難しいの?」

「いや、でも白黒写真を手本にするなら、色を合わせるのが難しいな」

「再現できると思う?」

「ああ。書類が適切な色合いになるように、一度きみのカメラで写して、本の写真と比較して、見え方を確認すればいい」

「すばらしいわ」マリアはハンドバッグを脇においた。「ほかに質問はある?」

「そうだな」ティアゴは言った。「夕食は食べたかい?」

彼女は驚いて、背筋を伸ばした。「まだよ」

「何か作るよ」

「いいの。家に帰って、何か食べるから」

彼は椅子から立ち上がった。「今夜はこれで、戦争のことは忘れよう。朝になったら仕事をする。今は、二人で食事を楽しむことにしないか」

マリアは迷った。職務上はすぐに帰るべきだとわかっていたが、心の中ではここにいたいと思っていた。〝彼と一緒にいると楽しい、帰りたくないわ〟「そうね」

ティアゴはスポーツ・ジャケットを脱ぎ、袖をまくりあげた。キッチンをかきまわして、パンの塊《かたまり》を半分、イワシの缶詰、熟れたトマト、レッド・オニオン、オリーブ油、そしてレモン半分を探し出した。

「何を作るの？」彼女はカウンターの上の食材を見て訊いた。

「トマトと甘タマネギのサーディン・トーストだ」彼は言った。「口に合うといいんだけど」

「おいしそう。わたしは何をしたらいい？」

「ワインを選んでくれ。棚の左下にある」

マリアは棚を開いた。中には彼の家族が作ったポートワインがあって、すべてに同じラベルがついていた。彼女は笑いながら、一本を取り出した。

数分後、ティアゴはサーディン・トーストをテーブルに並べ、二つのグラスにワインを注ぎ、テーブルの中央に蠟燭《ろうそく》を灯した。彼女を椅子に座らせ、自分も彼女の隣に座った。

「すてきね」彼女は言った。「父が夕食のためにしそうなことだわ」

「喜んでもらえたかな」

彼女は耳の後ろに髪をかけた。「すごくね」

彼はグラスを上げた。「乾杯《サウーディ》」

彼女はグラスを合わせ、ワインを口に含んだ。チョコレートとブラックベリーの香りのする、こくのある味だった。

ティアゴは一口飲んで、グラスをおいた。自分の皿の料理に、レモンを絞った。「感想を聞かせてくれ」

マリアは塩気のきいた、オリーブ油の香りの強いサーディン・トーストをかじった。「わあ——すごくおいしいわ」

彼は微笑んだ。

彼女はトーストを嚙《か》みながら、以前に彼と会ったときの会話を思い返した。好奇心が湧いてきた。「恋人はいないと言っていたわね。これまでに、特別なひとがいたことはあったの?」

「レオノールという女性がいた。コインブラの大学で勉強していたころに知り合った」彼はワインを一口飲んだ。「関係は続かなかったよ」

「どうして?」

「ファシズムの台頭を抑えるためにスペイン内乱に参加するという、ぼくの選択に反対だった」

「うまくいかなくて、よかったのね」

彼はうなずいた。「きみには、特別な誰かがいたのかな?」

「大学時代はデートしたこともあった」マリアは言った。「でも、一生を共にしたいと思うひととは出会わなかったわ」

「これからだよ」

「どうしてそんなふうに言い切れるの?」

「男だったら誰でも、きみと一緒にいたら幸運だと思う」

彼女は微笑んだ。

「戦争が終わったら、たくさんの求婚者がきみの気を引こうとするだろう」彼は言った。「そのうち、きみにぴったりの男性が見つかるよ」

〝もう見つけたみたい〟彼女は気持ちを鎮《しず》めようとして、ワインを飲んだ。〝ティアゴは優しくて、ハンサムで、誠実だわ。ファシズムに反対し、避難者たちを助けている。彼と一緒にいると自分に正直でいられるし、世界により良い未来があるという希望が持てる〟

「戦争のあとは、どうするつもりだい？」彼はたずねた。

「そんなこと、あまり考えたことがなかったわ」

彼は椅子ごと、彼女に近づいた。「夢を持たなくてはいけない――それが人生を価値あるものにする」

彼女は指にはまっている母親のサファイアの指輪を回した。「両親のような人生を送りたいわ。お互いを敬愛しあうような」

「お母さんのことは、本当に残念だったね。きみから聞いた話では、お母さんは勇気ある女性だった」

彼女は彼の優しい言葉に感謝しながらうなずいた。

ティアゴはトーストの小さな切れ端を口に入れた。

「あなたは、戦争のあとどうするの？」彼女は訊いた。

「きみと同じだよ」彼は言った。「両親や祖父母の家は愛と笑いでいっぱいだった。いつの日か、自分でも家族を持ちたい」

「そうだな」

彼女は微笑んだ。「子どもは欲しい？」

「何人ぐらい？」

「できれば、一人以上は欲しい。一人っ子だから、いつも兄弟が欲しかった」

「わたしもよ」

彼は彼女の腕にそっと触れた。「あまり食べてないね」

彼女は気持ちが高ぶった。「おいしいのよ。でも会話に夢中になってしまって」

一時間ほど、ふたりは食事をしながらお喋りをした。その後、彼は彼女のグラスにワインを注ぎ足し、彼が皿を洗うあいだゆっくりしているようにと言った。

「優秀なもてなし役ね」彼女は言った。「それに、ずいぶん甘やかしてくれる」

「いいじゃないか」ティアゴはタオルで皿を拭き、カウンターに並べた。腕を上げて眉をひそめた。

「どうしたの？」

「ロシオ広場のつかみ合いで、肩を痛めた」

「言ってくれればよかったのに」彼女はグラスをおいて立ち上がった。「座って、見せてちょうだい」

「その必要はない」

「頑固なのね、わたしが縫《ぬ》い目のはずれた傷を手当てしてもらうのを渋ったときみたい」彼女は彼の腕に触れた。「お願い、座って」

彼はテーブルから椅子を引き出して座った。

「傷を見せてちょうだい」

彼はドレス・シャツのボタンをはずして、それを脱いで膝においた。

彼女は彼の背後に立ち、うね織の綿の下着の肩の部分をずらして、大きな青黒い痣《あざ》をむき出しにした。

「ひどいかい？」彼は訊いた。

「洋ナシぐらいの痣ができているわ」マリアはキッチンを見回したが、冷蔵庫はなかった。蛇口から出る冷水でふきんを濡らして冷湿布の代用品を作り、彼の肩に当てた。水滴が彼女の指のあいだから、彼の広くて筋肉質の背中へ流れ落ちた。彼女の鼓動が速まった。「少しはよくなった？」

「ああ」彼は低い声で言った。

マリアは数分ほど冷湿布を当てていて、やがてそれを脇においた。彼女は彼の肩をなでた。反射的に背を丸めて、額《ひたい》を彼の髪に埋めて囁《ささや》いた。「どう？」

「ずっといい」怪我していないほうの腕を使って、彼は彼女の手を握り、二人の指が絡まりあった。彼女は深く呼吸した。彼が椅子から立ち上がり、離れるのを感じた。

彼は彼女に歩み寄り、片手を彼女の頰に当てて、親指で頰を愛撫した。

彼女がもたれかかると、彼の両腕に体ごと包みこまれた。胸が騒いだ。見上げると彼と目が合い、唇が彼女の口元に寄せられた。

ティアゴはそっとキスをした。彼の唇が彼女の開いた口から頰へと動き、首筋に押しつけられた。

「泊まっていくかい？」

胸で、鼓動が激しく鳴っている。「そうね」

彼は彼女の手を持ち上げ、手のひらにキスをした。彼女を寝室へ連れていき、蠟燭――燃えて小さな塊になっている――を、鏡台の上においた。

蠟燭の火が、ティアゴの顔を揺らした。「きみを傷つけるようなことは、けっしてしない」

「わたしもよ」マリアはゆっくりとブラウスのボタンをはずした。そっと彼の手を握り、自分の胸に当てた。

二人は慎重に、お互いの服を脱がしていった。ボタンをはずし、バックルやファスナーを緩めた。服を床に落として、二人でベッドに入った。体が重なって一つになったとき、マリアは熱い想いがあふれ出し、抱擁がいつまでも終わらないでほしいと願った。

第二十六章

リスボン、ポルトガル――一九四三年六月五日

ティアゴは、マリアの息が裸の胸に穏やかにかかるのを感じて目を覚ました。彼女は彼に寄り添い、片方の腕と脚を彼の体に乗せている。カーテンの隙間から流れこむ陽光を受けて、部屋は鈍く輝いていた。何分間か、彼はそのまま動かずにいて、彼女の温もりを味わい、規則正しい呼吸を聞いていた。

マリアが身じろぎして、目を開けた。

「おはよう《ボン・ディーア》」彼は言った。

「おはよう」

彼は彼女の髪に唇を押しつけた。ライラックの香水のかすかな香りがして、二人で過ごした夜の記憶が甦《よみがえ》った。

彼女は指先で彼の胸骨をなぞった。「ゆうべはすてきだった」

ティアゴは秘かな興奮を覚えた。「そうだね」

「残念だけど、もう行かなくちゃ」

「コーヒーを淹《い》れるよ」

「今度ね」マリアは彼を抱きしめてから、ベッドを出た。床に散らばっていた下着と服を集めた。

「下着姿を盗み見しないで」

彼は低く笑った。「それを言うのは、もう遅いんじゃないか?」

彼女は衣類で自分の体を隠しながら振り返り、笑顔を見せた。

彼が手を伸ばした。

彼女はぎこちなく彼のもとへ行った。

ティアゴはマリアの手を握り、ベッドのほうへ引き寄せ、両腕で彼女を抱いた。

マリアは笑った。

彼は肩の痛みを無視して、彼女をきつく抱きしめた。

彼女は彼の頰《ほお》に手を当て、ゆっくりと優しいキスをして、それから顔を離して囁《ささや》いた。「ここにいたいけど、行かなくてはならないの」

「今夜会えるかな?」

「無理よ」彼女は言った。「でも今週の後半には会えるようにすると、約束するわ」

ティアゴは抱擁《ほうよう》が解けるのを感じた。彼女がベッドから滑り出た。

マリアは服を着て、指先で髪を直した。彼はズボンをはいて、彼女をドアまで送った。二人はキスをして別れた。彼は彼女が階段を下りていくのを見送ってからドアを閉じた。

マリアと一緒にいたいという深い思いが、胸に湧き出した。祖父母が逮捕されて収容所に送られてから、彼は寂しさ以外の感情を忘れていたが、マリアが歓《よろこ》びや生きる意欲を思い出させてくれた。彼女は彼に、友情と温もりと——何よりも——希望を与えてくれた。だがいくら彼女と一緒にいたいと望んでも、二人の関係はしばらく進展を待たなければならないとわかっていた。彼にはリスボンに流れこみ続ける避難者を助けるという責務があり、彼女は祖国のための職務に専念している。二人が一緒になるチャンスが訪れるのは終戦のときだろうと、ティアゴは確信した。

さらに悪いことに、マリアの職務は彼がもともと考えていたよりも危険なものだった。彼女は情報収集の目的で本を集めているだけの図書館司書ではなかった。ドイツのために働いていると見せかけて、実際は連合国のために働くスパイなのだという。今、彼は彼女と共謀して、敵を惑わそうとしている。もし彼の作った偽の書類が本物に見えなかったら、マリアの命が危ないかもしれない。彼は彼女を失望させることがないように望み、祈った。

ティアゴはシャワーを浴び、服を着て、マリアの本と指示のメモをスポーツ・ジャケットの裏地の内側に隠して、アパートメントを出た。いつもの朝のカフェ訪問を飛ばして書店へ行くと、新聞売りの少年がドアから出てくるところだった。

「こんにちは《オラ》、セニョール・ソアレス」アルトゥルは袋を肩にかけなおした。「よけいに新聞をおいておきました。一日ずっとあるはずです」

「すごく助かるよ」ティアゴは言った。「学校で楽しくやれよ」

「そうします」少年は踵《きびす》を返し、歩道を歩いていった。

「学校は反対方向だぞ」ティアゴは呼びかけた。

「はい、セニョール。ええと——もう一ヵ所、配達があるんです」少年は歩調を速めた。

ティアゴは眉をひそめた。店に入ると、ローザがカウンターで新聞を読んでいた。

「アルトゥルに教育を受けさせようとせっついても、あの子が家族を支えるために働かなければならないという事実は変わらない」彼女は新聞を見たままで言った。

「でもやってみなければ」ティアゴは言った。

彼女はページをめくった。「たいした理想主義者ね」

「あなたはなんなのかな？」

「現実主義者よ」彼女は言った。「あなたもそうしてみたら。世間を渡り歩くのが楽になるわよ」

ティアゴは店内を見回して客がいないのを確認してから、彼女のカウンターに近づいた。胸が重くなった。「悪い知らせがある」

彼女は目を上げ、息をのんだ。

「ゆうべ、ヘンリ・レヴィンが拉致《らち》された」

彼女は青ざめた。額《ひたい》と胸と両肩に手を触れて、十字を切った。

数分かけて、彼は彼女に、ゲシュタポによるレヴィンの拉致と、大急ぎでレヴィンの妻と娘を隠れ家に移したことを話した。

ローザは眼鏡をはずして、目をこすった。「エステルとアルバーティンはどんな様子?」

「打ちひしがれている」彼は言った。「今朝会いにいくことになっていて、アメリカに行くように説得しようと思ってる」

ローザは顎《あご》を突き出した。「秘密警察《PVDE》のやつ、リスボンでドイツ人たちに好き勝手させているのね。ゲシュタポやスパイや情報提供者が、そこいらじゅうにいるのよ」

ティアゴはうなずいた。

「ネヴェス警察官はヘンリを探していた。拉致する現場にいなかったとしても、ゲシュタポが彼を探し出すのに、ぜったいに手を貸していたにちがいないわ」

「同感だ」彼は上着を脱いで、本と手書きのメモを取り出した。

「それは何?」

「ぼくたちが手掛ける新しい計画だよ」彼はそれらを彼女のカウンターにおいた。

彼女は眉を上げた。「渡航文書じゃないようね」

「そのとおり」

彼はマリアと会ったことを、ロマンティックな出来事を省いて話し、彼女の仕事はドイツ側に惑わせる情報を与えることなのだと説明した。マリアの秘密を明かすのは嫌だったが、マリアは彼に偽造の協力を頼む人物がいることをすでに知っているのだから、彼女の信頼を裏切ることになるとは思わなかった。彼自身で危険度の高い偽の書類を作れればいいのだが、厳しく精査されるはずの本物そっくりの偽造文書を作るには、リスボンで最高の偽造の名人の才能が必要だ――つまりローザだ。

「あのマリアがスパイだったなんて」ローザはにこやかに笑いながら言った。

〝二重スパイというほうが近い〟彼は本を開いて、見本となるピンク・リストの載っているページを見せた。連合国と英国海軍の配置と動きを示したものだ。彼は手書きのメモを彼女のほうに滑らせた。

彼女はその資料をじっと見た。

「これを引き受けてくれるかい?」彼はたずねた。

「あら、もちろんよ」

彼は微笑んだ。「偽造文書のために、同じようなイギリスの紙を見つけられるかな?」

「見つけられると思うわ」彼女はティアゴに顔を向けた。「マリアは、わたしがこれをするのを知っているの?」

「いいや」彼は言った。

「わたしの役目をマリアに明かしても、べつにかまわないわよ」

彼はかぶりを振った。「この件も、ほかの偽造と同じようにやっていこう。ぼくが窓口になる。二人の人間が危険な立場に立たなければいけない理由はない。一緒に仕事を始めたとき、そう決めたよね?」

「そうだったわね」彼女は指先でカウンターを叩いた。「いつまでに仕上げるの?」

「できるだけ早くだ」

彼女は本を閉じた。「適当な紙を探すのに、少し書店を留守にすることになるわ」

「もちろんだ」彼は上着を着た。「ぼくがエステルとアルバーティンの様子を見て戻ってきたら、すぐに店を出ることにしたら?」

彼女はうなずいた。「二人によろしくと伝えてね、いつも彼女たちのためにお祈りをしてるわ」

「伝えるよ」

ティアゴは書店を出た。下宿屋へ向かいながら、彼の胸の中には希望と悲しみが奇妙に渦巻いていた。エステルを娘とともにアメリカへ逃げるように説得できると思ったし、ローザはドイツの諜《ちょう》報《ほう》員を騙せるような完璧な偽造文書を作れるという自信もあった。だがマリアのことが心配だった。枢軸《すうじく》国側の連絡相手が彼女の裏切りを知ったら、きっと彼女は拉致されるか殺される。彼女を守りたいという強烈な熱意を感じながらも、彼はナチスの圧政に抵抗する彼女の闘いに干渉はしないつもりだった。彼女と同じように、彼は命を賭けてでもファシズムの台頭と闘うと誓っていた。マリアの二重スパイとしての成功を助けるためにできることはなんでもする、二人が一緒になるのを妨げるどんな障害にも打ち克《か》つと、彼は心に決めた。

第二十七章

エストリル、ポルトガル――一九四三年七月一日

タクシーの運転手が、ドイツのスパイたちの溜まり場であるホテル・アトランティコの前に車を止めたとき、マリアの肩に力が入った。マリアは深く息を吸い、吐き出した。〝ちゃんとできるわ〟指のサファイヤの指輪を回しながら考えた。〝わたしが信用できるように見えれば、嘘は真実になる〟

彼女は運転手に支払いをしてタクシーを下り、ホテルのロビーに入った。ラーズから待ち合わせに指定されたバーに向かうさい、ハイヒールの踵《かかと》が白い大理石の床に音を立てた。夕食をどこで食べようかとドイツ語で相談している男性たちの横を通り過ぎた。男性たちの目がマリアの腰の揺れに吸い寄せられて、会話が中断した。彼女は自信に満ちて安定した歩調を変えず、頭の中では計画を繰り返し確認していた。

ロビーの端まで行き、彼女はバーに入った。タキシード姿のホテルの従業員に、ラーズが煙草を吸っている特別席に案内された。

「こんにちは《オラ》」マリアは偽の微笑みを浮かべながら言った。

ラーズはクリスタルの灰皿の中で煙草の火を消した。彼は立ち上がり、彼女を迎えて両頰《ほお》にキスをした。

二人は座り、ラーズが従業員を見た。「ジン・トニックとシュナップスを」

男性はうなずいて立ち去った。

「わたしのことをよくわかっているんですね」彼女は言った。

「もちろんです」

マリアは、星のない黄昏《たそがれ》どきの大西洋の空を望む窓をちらりと見た。「きれいな風景ですね」

「昼間はもっといいですよ」彼は言った。「夜だと、海岸まで続いている庭園が見えない。わたしは特別に花が好きなわけではありませんが、このホテルにはエストリルでもっとも美しい庭があると評判です」

「それでは、昼間もう一度招待してもらわないといけませんね」

彼はネクタイをなでた。「あなたと会えるのは嬉しい」

「わたしもです」彼女は困惑を隠して言った。

「夕食を一緒にできないのが残念です」彼は腕時計に目をやった。「あと四十分で、仕事の約束があるんです」

「そうですか」彼女は言った。「急に時間を作ってもらって、すみません」

彼はカフスボタンを直した。「電話で、いい知らせがあって、直接会って話したいと言っていましたね」

「ええ」ほかの客たちに聞こえる場所ではなかったが、彼女は声を低くした。「王立婦人海軍で働いている友人に連絡を取りました。彼女は連合国軍の情報を提供すると承知してくれました」

彼の顔に、うっすらと笑みが浮かんだ。

「それから――彼女からの情報を受け取る経路を作るため――戦略情報局《OSS》のロンドン支部で働いている友人を誘いました。彼は秘密裡《ひみつり》に情報を手に入れて、備品を送ってよこすイギリスの飛行機に載せてくれるはずです」彼女は彼に身を寄せた。「最初の荷物が届きました」

ラーズは手を重ね合わせた。「すごいじゃないですか」

マリアはハンドバッグを開けた。ティアゴの作った偽のピンク・リストを出して、裏返してテーブルにおいた。「この書類には、ハリファックス港からリヴァプールの港へ行く連合国海軍の護衛艦の詳細が記されています」

ラーズはその一覧をちらりと見て、テーブルの下においていた書類鞄の中に入れた。

ウェイターが酒を持ってきて、立ち去った。

マリアはジン・トニックを少し飲んだ。「あなたの連絡相手にさらに情報を渡す前に、受け入れてもらいたい提案がいくつかあります。まず、適切な支払いについて決めておきましょう。わたしは二人の友人に仕事をしてもらうことになったので、報酬を上げてもらいたいと思います」

「この情報を連絡相手に渡して調べさせます」彼は言った。「その後、わたしがあなたと彼とのあいだに入って、報酬についての取り決めをしましょう。あなたの仕事に対して高い報酬が出るように、最善を尽くしますよ」

「もちろん、そうしてください」

彼はシュナップスを大きく一口飲んだ。「連絡相手に訊かれるかもしれないので、お友だちの名前と役職を教えてください」

「二人は匿名を希望しています。当面、リヴァプールの女性をヴェラ、ロンドンの男性をナイルズと呼びましょう」

「わかります」彼はシュナップスをくるりと回した。「どうしてお友だちは秘かに情報を渡すのを承知したのか、理由を訊いてもいいですか」

マリアは親指と人差し指の先を合わせた。「お金です」

「当然でしょう、でも何か、隠している動機があるのでは？」

マリアは急いで考えた。「ヴェラは夫を亡くし、五歳に満たない子どもが二人いて、本当にお金に困っています。それにドイツに好意的なんです――ご両親が大戦後にベルリンから移住してきたので」彼女はジン・トニックを少し飲んだ。「ナイルズについては、彼はビール一杯のために母親を売るような人間です」

「なるほど」ラーズは言った。「ほかの提案というのは？」

「ヴェラは、全部とは言いませんが、大半の報告を手書きで渡すことになると思います。原本を盗み続けたら、捕まるかもしれないでしょう」

「それは賢明ですね」彼は言った。「ほかには？」

「わたしの情報を買っている人物と会いたいんです」

「そのうちね」ラーズは言った。「ヴェラやナイルズと同じで、わたしの連絡相手も匿名を希望しています」

「わかりました」

彼はグラスを上げた。「よくやりました。あなたは裕福な女性になろうとしていますよ」

マリアは彼とグラスを合わせた。

「今夜の予定は？」

「何か食べるものを買って、タクシーで帰ります」

「カジノ・エストリルで十時に会いませんか？　そのころには仕事が終わります。シャンパンとルーレットで、あなたの成果をお祝いしましょう」

「それはいいですね」彼女は席を立ち、ハンドバッグを手にした。「それでは、そこで」

マリアは全身が震えるほどの興奮を覚えながら、バーを離れてホテルを出た。建物の周りを散歩し、新鮮な海風に当たって気持ちを鎮《しず》めたいと思い、海岸へ向かった。照明のない庭に入り、ホテルを振り返ると、建物内は明るく照らされていた。ラーズの言葉が頭の中に響いた。〝夜だと、海岸まで続いている庭園が見えない〟彼女は方向を変えて、ホテルのほうへそっと進んだ。

マリアはジャカランダの木の陰に隠れた。幹から顔を覗かせてバーの窓をうかがうと、ラーズが煙草を吸っているのが見えた。数分待って、その場を離れようとしたとき、一人の男性が部屋を横切ってきて、ラーズのテーブルについた。ホテルまで距離があるので、その男性の身元はよくわからない。一つの選択肢を思いついた。気が変わる前に、彼女は窓から十メートルほどの場所にある生け垣へ向かった。そこにしゃがみこみ、建物内の光のせいで男性たちにこちらが見えないように祈りながら、ガラス越しに中を覗いた。彼女は、ラーズはサラザールの銀行家リカルド・エスピリト・サントと会うのではないかと予想していた。だがその男性はもっと年長で、灰色の髪を後ろに撫でつけ、眉毛が濃い。じりじりと近づいていくと、わかった――枢軸《すうじく》国の新聞に写真が載っていた――国防軍情報部の部長、ヴィルヘルム・カナリス大将だ。〝驚いたわ〟ラーズが書類鞄の中に手を入れ、彼女の偽のピンク・リストをカナリスに手渡すのを見て、全身に寒気が走った。

第二十八章

リスボン、ポルトガル——一九四三年七月十五日

マリアはリスボンの中心にある庭園、プリンシペ・レアル広場に入り、夜明け前のツバメたちのさえずりに迎えられた。その緑の空間は、三日月の淡い輝きを受けて、暗い迷宮のようだった。土道を庭の中央のほうへ進んでいくと、天蓋のような古い糸杉の木の下に背の高い人物が立っているのが、影になって見えた。

「ティアゴ？」

「ああ」彼は彼女に近づいた。

顔が見えるようになってから、彼女は彼に両腕を回した。

「会いたかったよ」彼は彼女をしっかり抱きしめて言った。

「わたしも。ずっと会えなくてごめんなさい」

「しばらくはしかたない」

彼女は身をすりよせて、彼の温もりを味わった。

マリアは短時間の逢瀬《おうせ》以来、ティアゴに会っていなかった。店でローザに伝言を頼み、プリンシペ・レアル広場で会う約束をした。彼と会えないのは悲しかったが、偽の連合国の情報をラーズに渡してから、彼女の生活は逆戻りできないほど変化した。

「どうしてた？」彼は訊いた。

「大丈夫よ」彼女は、彼を心配させまいとして言った。

「ぼくが作った偽の書類がばれるような心配があるとか？」彼は彼女の落ち着かない様子を感じ取ってたずねた。

「いいえ」彼女は言った。「この数週間で、いろんなことがあったの。ある時点になったらあなたに全部話すけど、今は話せない。とにかくわたしは無事でいて、会えないときもあなたのことを思っているわ」

彼は彼女を抱きしめた。

「信用してくれる？」

「心からね」

彼女の目に涙があふれ出した。頭を彼の胸にもたせかけた。「何かいいことを言って」

彼は彼女を見て、親指で頰《ほお》をなでた。「明日、エステルとアルバーティンがアメリカに向かうセルパ・ピントに乗る」

彼女は微笑んだ。「それはすばらしいニュースね」

「きみの資金で乗船券を買って、船の乗客係を買収しなかったら、できないことだった」

「あのお金が役に立って嬉しい。でも彼女たちの自由への道を切り開いたのはあなたよ」

「ぼくたちは彼女たちの将来に、一役買えたね」

彼は彼女を木製のベンチに連れていった。そこに座り、手を握り合った。それ以上戦争の話はしなかった。夜が明けてくるまで、希望や夢について語り合った。

「いつの日か」彼は言った。「毎朝二人で、日の出を見ながら一緒に過ごそう」

彼女は彼にもたれかかった。「それ以上の幸せはないわ」

彼は彼女の顎《あご》をそっと上げ、唇を重ね合わせた。

彼と深いキスをしていると、彼女の悩みが溶け去った。

近くの通りで、車のエンジンがかかる音がした。教会の鐘が鳴った。

マリアは体を起こした。「もう行くわ」

「今度はいつ会える？」

「わからないの」彼女はベンチから立った。

ティアゴは座ったままで彼女を引き寄せ、自分の頬を彼女の胸に押しつけた。「気をつけるんだよ」

〝それには、もう遅い〟彼女は彼の髪を指で梳《す》きながら考えた。彼の頭にキスをして、その場から離れた。


アパートメントの建物の前で、彼女はあたりを見回して誰にも見られていないのを確認した。建物に入り、階段をのぼって自分のアパートメントに入った。

居間の床板が軋《きし》んだ。

彼女ははっとした。キッチンに走っていって、引き出しからナイフを取り出して振り向いた。

「待て！」アーガスが、両手を上げて言った。

「死ぬほど怖かった」マリアは言った。心臓が早鐘《はやがね》のように鳴っていた。ナイフをカウンターにおいた。「どうやって中に入ったんですか？」

「きみが大使館に残した伝言に、非常階段を使って窓から入れとあっただろう。鍵がかかっていたから、ガラスを割らなければならなかった」

「二週間前の話です」彼女は言った。「それからたくさんのことが変わりました。もっと早く来ると思っていたのに。どうしてこんなに時間がかかったんですか？」

「マドリードから動けなかった」彼は言った。「できるだけ早く、出てきたんだよ」

マリアは怒りを払うようにかぶりを振り、こんろの上のポットを指さした。「コーヒーを飲みますか？」

「ああ、そうだな」

数分後、二人は温めなおしたコーヒーを入れたカップとともに、キッチンのテーブルについていた。マリアは過去数週間の出来事や友人たちの様子を思い返して、頭の中が混乱していた。

「パイラーとロイは、どうしていますか？」彼女は訊いた。

「元気にしている」彼は言った。「でも、リスボンに戻ってくるかもしれない」

「パイラーはマドリードに駐在するはずじゃなかったですか？」

「スペインでは、ポルトガルよりも、枢軸《すうじく》国の情報を得るのが難しいことがわかった。キルガーは彼らの配置転換の可能性を考えている」

「それは残念ですね」

彼はうなずいた。「きみのほうの、ラーズ・スタイガーを秘かに探る件はどうなった？」

マリアは淹《い》れてから一日経っている、酸っぱくて苦いコーヒーを飲んだ。「予想以上にうまくいっています」

「というと？」

彼女は深く息を吸って、勇気をかき集めた。ラーズの家とカジノ・エストリルで彼と一緒に過ごしたこと、やがて彼が、タングステンをドイツに供給するためのポルトガルと彼のスイスの銀行との取引について、断片的に明かしたことを話した。

「彼はタングステンを二つの経路から獲得しています」彼女は言った。「闇取引と、サラザールとその銀行家との取引です。彼はタングステンを掘っているコヴィリャンの山岳地帯で長時間過ごしています。どれほどの金をカジノで使うかを考えると、たぶん、ポルトガル政府を通すより、闇取引で密輸するほうが多いようです」

「ずっと疑っていたことだ」彼は言った。「タングステンの重量や、名義の変わっている金《きん》やエスクードの量について、何か情報を得たか？」

「それは今、調べています」彼女はコーヒーを一口飲んだ。「サラザールと彼個人の銀行家との会合のために、ラーズと一緒にサン・ベントの首相公邸へ行きました」

彼は目を見開いた。「冗談だろう」

彼女はかぶりを振った。「もちろん話し合いに同席はしませんでしたが、サラザールと銀行家には会いました」そのときの様子が、頭の中に閃《ひらめ》いた。「サラザールのオフィスでは、イタリアの独裁者であるベニート・ムッソリーニの写真が額《がく》に入れて机に飾られていました」

「なんということだ」

彼女はコーヒーを回した。「サラザールと銀行家はわたしのことを、〝金離れのいいおじさま〟としてラーズを利用している女だと思ったでしょう」

彼は息をのんだ「今でもスタイガーとは、つきあっているんだろうね」

「週に幾晩《いくばん》か」

「よくやった。会って話したことを、なんでも思い出す限り報告書に書いてくれ」

彼女は緊張した。「もっとお話ししなければならないことがあるんです」

彼は椅子に座ったまま、身を乗り出した。

「お酒を飲みながら、ラーズは連合国軍の情報に気前よく報酬を出す人物を知っていると言い、情報提供に興味はあるかとたずねてきました」

アーガスの額《ひたい》に皺《しわ》が寄った。「なんと答えたんだ？」

「あると答えました」

彼は椅子の上で身じろぎした。

「ないと答えたら、ラーズのわたしに対する信用は崩れてしまったかもしれません」

「いいだろう」彼は言った。「その件は検討しよう。時間稼ぎをする計画を立てて――」

「もうすでに、計画を実行に移しました」彼女は勢いよく言った。

彼は肉づきのいい顎をなでた。「まず、わたしに相談してほしかった」

「あなたに連絡をする時間はありませんでした。チャンスが生じたときに、飛びついたんです」

彼はネクタイを緩めた。「けっこうだ。何をしたのか、話してくれ」

彼女はコーヒーを注ぎ足してから、二人の人物――王立婦人海軍のヴェラと戦略情報局《OSS》ロンドン支部のナイルズ――が、情報を盗み出して、備品を運ぶのに使うイギリスの飛行機で彼女に送ってよこすという作り話をでっちあげたことを話した。

「連合軍海軍の護衛船についての架空の情報をラーズに渡しました」彼女は、ティアゴに書類を偽造してもらったことは伏せて言った。「そしてその情報を、ラーズが国防軍情報部の部長、カナリス大将に渡すのを見ました」

「なんてことだ、マリア」彼は片手で髪の毛をかきまわしながら言った。「きみは殺されるぞ」

「最初、わたしもそう思いました。偽情報を渡した翌日、家の前に、二人の男が乗った車が止まっているのに気づきました。彼らは何日も、わたしを監視していました。彼らは国防軍情報部の人間で、ドイツのスパイ候補としてわたしの身辺を調査していたんだと思います」彼女は割れた窓を見た。「それで、非常階段を使うように伝言をしたんです。彼らに、あなたの姿を見られたくなかったから」

彼はコーヒーをおいた。

「一週間後、監視はいなくなって、ラーズから電話があって、男性がわたしのアパートメントに贈り物を届けにくると言われました」彼女は彼を見た。「国防軍情報部の職員でした。彼はわたしに、ドイツの暗号表と隠顕《いんけん》インク、そして伝言の隠し場所についての情報をくれました」

「きみには手に余る状況になった、マリア。次の船で合衆国に帰ってもらう」

彼女は椅子から立ち上がった。「わたしはどこにも行きません」

「そんな計画がうまくいくはずがない。きみは一ヵ月以内に死んでいるぞ」

マリアはキャビネットを開いてビスケットの缶を出し、それをテーブルにおいた。その蓋を開け、大量の現金と小さな金《きん》の延べ棒を見せた。

アーガスは口をあんぐりと開けた。金《きん》の延べ棒を取り上げ、鉤十字《かぎじゆうじ》とドイツ帝国銀行の刻印を見た。

「わたしの計画はうまく進んでいます。国防軍情報部はわたしがドイツのためにスパイ行為をしていると信じています。そうでなければ、エスクードやナチスの金《きん》の延べ棒をよこすはずはないでしょう?」彼女は彼の目をじっと見た。「わたしが渡す誤情報を、連合国側に有利に使いましょう、そして——恐れながら、サー——わたしはこのしようもない戦争に勝つまで、リスボンを離れません」

第三部　フォーティテュード作戦

第二十九章

リスボン、ポルトガル――一九四三年十二月十日

マリアは隠顕《いんけん》インクを入れた万年筆で、ドイツの暗号を使ってメモを書いた。メイン州キタリーのポーツマス海軍造船所を出発した、USSストーンフィッシュという名のガトー級潜水艦についての偽情報を提供するものだ。早く乾くようにインクに息を吹きかけてから、その紙をハンドバッグに入れた。壁の時計を見ると、午前十時七分だった。アーガスと会う前に、国防軍情報部の隠し場所に伝言をおくつもりだったが、たっぷり時間の余裕がある。彼女はカメラを出して、週刊新聞の〈ダス・ライヒ〉をマイクロフィルムに写し始めた。

　アーガスはマリアがリスボンに居続けることを許し、そのうえ戦略情報局《OSS》が、彼女がドイツ情報機関に誤情報を供給するのを全面的に支援することになった。過去数ヵ月のあいだに、イギリスと合衆国に七人の偽の協力者ができた。リヴァプールのヴェラとロンドンのナイルズに加えて、想像上のチームには、マルコム――グラスゴーの漁師、ルビー――ワシントン州の合衆国陸軍省で働いている清掃係の女性、ダニエル――造船所の労働者たちに酒を出しているポーツマスのバーテンダー、レイモンド――ニューヨーク出航港の積み荷担当者、そしてヘイゼル――サウス・イースト・イングランドのバードウォッチャーで、アマチュアの写真家がいた。マリアは二十を超える秘密の伝言を国防軍情報部の隠し場所、ドイツ大使館近くの路地の、固定されていない煉瓦《れんが》の奥の空洞に

届けた。今のところ、彼女の情報は国防軍情報部に嘘だとばれてはいないが、彼女はドイツの諜報《ちょうほう》員が自分のもたらす事実に不備を見つけるのは時間の問題なのではないかと疑っていた。もしそうなったら、協力者が偽の情報をもたらしたかまちがいを犯したかしたとして、言い逃がれるつもりだった。

偽の情報に混ぜて、マリアは国防軍情報部に、本物だが軍事的価値の低い情報や、重要だが意図的に時期を遅らせた情報をも供給した。九月に連合国がイタリアに侵攻したさい、グラスゴーの協力者は連合国側の軍隊輸送船と水陸両用の輸送船艇の船団について報告した――地中海風の迷彩柄に塗られていると。その手紙は航空便で送付され、侵攻の前の日付の消印が押されていたが、OSSとイギリス情報部によって意図的に留め置かれて、ドイツ側にとって価値あるものとなるには到着が遅すぎた。その直後、マリアは国防軍情報部の隠し場所を通じて暗号で書かれた伝言を受け取り、それは――解読すると――このような内容だった。〝あなたからの知らせが届くのが遅かったのは残念だったが、情報としてはすばらしかった〟

マリアは、隠顕インクと暗号表を持ってきてスパイ行為についてざっと説明をした、狼《ヴォルフ》という暗号名のドイツのスパイに会っただけで、ヴィルヘルム・カナリス大将や、その下の国防軍情報部の職員たちと直接会うことはなかった。国防軍情報部は彼女のことを、古い手書きの本を指す言葉、〝写本《コデックス》〟と呼び、OSSは、マリアがアスター邸に入りこんでドノバン大佐と会ったときに使った名前、ヴァージニアと呼んだ。国防軍情報部とのやりとりはすべて隠し場所を使っておこなわれ、報酬――彼女と彼女の協力者に対する――はラーズから手渡しされた。六ヵ月も経たないうちに、十一万五千ドル相当が、エスクードとナチスの金《きん》の延べ棒で支払われた。彼女はそれらを手元に残しはしなかった。それらの収入はOSSに渡したのだが、そうする前にかなりの額《がく》を、避難者を助ける資金としてティアゴに寄付した。

戦争の形勢は連合国側に傾きつつあった。イタリアは休戦協定に調印し、独裁者のベニート・ムッソリーニは失脚したが、ヒトラーの下の傀儡《かいらい》指揮官としてイタリア北部に居残った。連合国軍はイタリアの〝爪先〟から闘いながら北上したが、ローマの南で強力なドイツ軍の守備最前線に止められた。マリアは、いずれ連合国軍がヨーロッパを解放すると期待していた。闘いが終わったら、心から恋しく思っている父親と再会できるし、ティアゴとの将来を築くのも自由だ。世界が平和になるまで、職務を続けると決意していた。

ドアをノックする音がした。

マリアは警戒しながらドアに近づき、覗き穴から外を見た。パイラーとロイの姿を見て、目を見開いた。歓《よろこ》びが波のように全身に広がった。掛け金をはずして、ドアを勢いよく開き、両腕を広げて二人を抱いた。

パイラーは彼女を抱き返した。「会えて嬉しい」

「わたしもよ」マリアは言って、二人から離れた。「すごく会いたかった」

ロイはにやりとした。「びっくりしただろう」

「そうよ」マリアは言った。「帰ってくるまでに、数日はあると思っていたの」

「マドリードでの仕事が早く終わった」パイラーは言った。「リスボン行きの夜行列車に乗ったんだ」

マリアは二人を中に入れて、キッチンのテーブルにつかせ、コーヒー・ポットを準備した。二人のカップにコーヒーを入れ、アパートメントにわずかにあった、買ってきて一週間は経つビスコイトを皿に載せて出した。

「クッキーはちょっと古いの」マリアは言った。「コーヒーに浸けて食べるといいわよ」

ロイはクッキーをコーヒーに浸してから口に入れた。「本当だ――おいしいよ」

「荷物は?」マリアは、二人の答えを知りながら尋ねた。

「新しいアパートメントにおいてきたわ」パイラーは残念そうな口調で言った。「ここだってあなたと一緒に住むのに充分広いのに、キルガーったら、別のアパートメントを用意してくれるだなんて無駄遣いだと思う」

「キルガーには彼の考えがある」ロイは上司をかばって言った。「マイクロフィルムにおさめる本の保管場所が必要だと思ったんだろう」

マリアは真実を隠すための姿として、本を集める仕事を続けていたが、イベリア半島におけるOSSの作戦行動の責任者であるアーガスに報告し始めて以来、頻繁にキルガーと連絡を取り合っていた。先週、アーガスはマリアに、彼女の同僚たちがリスボンに戻るさい、秘密の仕事をするためのプライバシーを確保できるよう、別々の住居を持つようにすると告げた。マリアは仲間に対して秘密を持つのが嫌だったが、OSSの決定に従った。何よりも、連合国側の人間だと国防軍情報部にばれて命を狙われでもした場合、友人たちを危険にさらしたくなかった。

「あなたがここにいないと、つまらないわ」マリアは言った。「新しいアパートメントはどこ?」

「エストレラ大聖堂の近くだ」

パイラーは眉をひそめた。「ここから歩いて三十分もかかるのよ」

「少なくとも、大使館には近いわね」マリアは言った。「チャンスがあったら、必ず寄るわ」

三十分ほど、パイラーとロイはマドリード滞在中のことを話した。書店や図書館は敵国の資料の供給源になることを渋り、枢軸《すうじく》国の出版物を集める活動は、本当にわずかな成果しか上がらなかった。集まったものの大半はドイツの新聞で、それならばリスボンでも入手できた。

「スペインは中立国だけど、ドイツと緊密に提携してる」ロイは言った。「独裁者フランコがスペイン内乱に勝ったさい、ヒトラーの協力に頼ったことに由来してるんだろうな」

パイラーは目に悲し気な表情を浮かべた。そしてクッキーのかけらを拾った。

マリアはテーブル越しに手を伸ばして、パイラーの手を優しく握った。「あなたはできることをしてきたわ。この戦争が終わったら、事態は変わる。いつの日か、あなたのスペインとわたしのポルトガルは民主主義国家になるわ」

「そうだといいわね」彼女は言った。

「きっと実現するわよ」マリアは言った。「独裁者がいなくなったら、わたしたち三人で、イベリア半島の人々とともにお祝いをしましょう」

ロイは上着のポケットからパイプを出した。「事態が変化するには、何世代もかかるかもしれないな」

マリアは彼を見た。「だったら、長生きしなくちゃね。やめさせないわよ、ロイ。それが実現するとき、あなたも一緒にいる、そしてきっと実現する」

「もし生きていたら」彼は言った。「ここにいるよ」

「決まりね」マリアは言った。

パイラーは微笑んで、コーヒーを一口飲んだ。「わたしたちのことは、これくらいにしましょう。あなたのほうはどうなの？」

「順調よ」マリアは言ったが、内心落ち着かなかった。〝二人に秘密を隠し持っているのは嫌だわ〟

自分のコーヒーを注ぎ足し、本の収集とマイクロフィルム撮影について話した。

「ティアゴは？」パイラーが訊いた。

「元気よ」マリアは答えた。

「ティアゴって？」ロイはパイプに煙草を詰めながらたずねた。

パイラーは、彼の脇腹をつついた。「ルア・ド・クルシフィクソの書店主さんよ」

「ああ、そうだった」ロイは言った。「詩集ばかりの店をやってる」

マリアはうなずいた。「彼は、リスボンでいちばん、枢軸国の出版物を提供してくれるの」

パイラーはマリアを見た。「今週のいつか、仕事のあとで散歩でもしましょう。ティアゴから手に入れた本のことを聞きたいわ」

〝彼女は、わたしが彼のことを好きだってわかってる〟「そうしましょう」マリアは時計を見た。「来てくれたばかりで出かけるのは申し訳ないんだけど、本を取りにいく約束があるの」

「一緒に行くわ」パイラーが言った。

マリアは立ち上がった。「それはありがたいけど、あなたは休んだほうがいいわ。夜行列車では、よく眠れなかったはず。新しい家に落ち着いたら、遊びにいかせてもらうわね」

「そうね」パイラーは言った。

彼女たちはテーブルの上を片づけて、マリアは二人の住所と電話をメモした。三人でアパートメントの建物を出て、それぞれの方向へ歩き去った。

ドイツ大使館の近くで、マリアは歩行者だけが通れるような狭い小路に入った。古い建物の壁に、固定されていない煉瓦《れんが》を見つけた。マリアは膝をつき、靴を直すふりをして、あたりに誰もいなくなるのを待った。煉瓦をはずし、石の中の空洞にメモを入れた。煉瓦を元どおりに戻してから、川沿いの地区へ向かった。

アルカンタラの埠頭《ふとう》で、彼女は木製のディンギーの近くに立っている、荒れた肌をした老人に近づいた。老人はうなずいて、彼女を船に乗せ、船首のベンチに座るように身振りで示した。老人は船尾に座り、船外モーターのコードを引っ張った。推進器が音を立てて動き始めた。モーター音とともに、ディンギーは埠頭から離れた。船首を上下させながら、船はテージョ川を進んだ。海水のにおいが、ヤンキー・クリッパーの恐ろしい記憶を甦《よみがえ》らせた。墜落で傷ついた乗客たちを思って、マリアは胸を痛めた。ベン・ロバートソン、タマラ・ドラシン、そしてジェーン・フローマンの姿が頭の中に閃《ひらめ》いた。そんな思いを脇にのけて、彼女はディンギーの縁をつかんだ。船首に飛沫が散った。

何分か後、船はテージョ川の南岸に近い場所に投錨《とうびょう》している釣り船に到着した。アーガスが乗ってきたと思われる手漕ぎ舟が、船の後部に繋がれていた。ディンギーが近づくと、アーガスが操舵《そうだ》室から現われた。マリアは船の脇腹にある金属製の梯子《はしご》の横木をつかみ、苦労してのぼった。アーガスは彼女に手を貸して船に乗せ、ディンギーの船主を見た。「一時間したら戻ってきてくれ」ポルトガル語で言った。

老人は船外モーターの回転数を上げて去っていった。

彼らは操舵室に入り、ひっくり返した状態の、イワシ《サルディーニャ》という文字が刻印されている木製の箱に座った。古い魚の刺激臭が、かすかに感じられた。

「パイラーとロイが、今朝戻りました」マリアは静寂を破って言った。

「知ってる」彼は言った。

「だから、ここで会うことにしたんですか?」

「ちがう」彼は言った。「重要なことを話したい」

彼女は背筋を伸ばした。「わたしたちが話すことは、すべて、極秘事項です」

「そうだが、今朝は特別に、誰にも見られたり聞かれたりしないように注意を払いたかった」

彼女は息をのんだ。

彼は身を乗り出して、指を絡め合わせた。「連合国側の情報部は、国防軍情報部がきみのことを自分たちの手先だと信じていると、確信している」

彼女はウールのスカートの皺《しわ》を手で伸ばした。「わたしもそう思います。そうでなければ、もう殺されています」

彼はうなずいた。

マリアは、胸を締めつけている緊張感を和らげようとして、深く息を吸いこんだ。

「きみは特別作戦に二重スパイとして参加することになった。連合国全体による欺瞞《ぎまん》作戦だ」

彼女の脈拍が速まった。「どんな欺瞞作戦ですか?」

彼は彼女を見た。「連合国のフランス侵攻の場所についてだ」

熱意と恐怖が混ぜ合わさって、マリアの全身に広がった。

「今後何ヵ月かにわたって、きみには軍隊や輸送船の増強についての誤情報が渡される。きみの役目は、侵攻がおこなわれる場所を想定するための偽情報を、国防軍情報部に提供することだ」

「それはどこなんですか?」

「わからない」彼は言った。「ある時点で、われわれがどこから侵攻するとドイツ側に思わせるか、告知があるだろう。だがわたしたちの誰も、上陸作戦の本当の場所は知らされないんじゃないかと思う」

彼女は目まぐるしく考えた。「その侵攻というのはいつおこなわれるんですか?」

「日にちは教えられていない」彼は言った。「だが、一年以内にあると思う。イタリアが解放される時期によるな」

「この計画に暗号名はあるんですか?」

「フォーティテュード作戦だ」

それから一時間ほど、二人は作戦における彼女の役割を話し合い、どのように彼女とアーガスが連絡を取り合うか相談した。大使館に伝言を頼むよりも、隠し場所を使うほうがいいと合意した。

ディンギーの船外モーターの音が近づいてきたので、二人の会合は終わりになった。

アーガスはマリアと握手した。「成功を祈る」

「ありがとうございます、サー」

マリアは操舵室を出て、梯子を下りてディンギーに乗った。船が川を横切っていくさい、後ろを振り返ると、アーガスが南岸の町であるアルマダに向かって舟を漕いでいくのが見えた。彼女は前方を見た。冷たい湿った風が頰を刺した。リスボンの街が近づいたころ、彼女の胸の中には闘志が燃えていた。戦争が始まって以来初めて、彼女は勝利が近いと感じていた。

第三十章

リスボン、ポルトガル——一九四四年一月七日

マリアは贅沢な黒のイブニングドレス姿をウールのコートの下に隠して、ルア・ド・クルシフィクソの滑らかな石灰岩の歩道を速足で歩いた。ティアゴの書店に着いたとき、ローザが店を閉めてドアに鍵をかけているところだった。

「こんにちは《オラ》」マリアは言った。

ローザは振り向いて、微笑んだ。「会えて嬉しいわ」

「わたしもです」彼女は大きく息を吸って、呼吸を整えようとした。正面の窓から、暗い店内を見た。肩を落とした。「また彼と会えなかったのね?」

「そうね。あなたとティアゴはスケジュールがちぐはぐなようね」ローザは錠に鍵を入れて、ドアを開いた。「ちょっと中に入りなさい」

「それは嬉しいんですけど」彼女は言った。「でもあなたは帰宅するところでしょう。また改めて来ます」

ローザは店内に入って、明かりをつけた。コートを脱いで、ラックに掛けた。

マリアは断わりきれず、中に入ってドアを閉めた。

「コートを脱ぐ?」ローザはたずねた。

「このままで大丈夫です」彼女は言った。着飾っているのを見せたくなかったのだ。

ローザはカウンターの陰からスツールを引っ張り出して、座面を叩いた。「どうぞ」

「一つしかない椅子を使うのは気が引けます」彼女は言った。「立っていられます」

「いいから座って」ローザは言った。「わたしは一日じゅう座っていたの。脚を伸ばしているほうが、血流がよくなるわ」

マリアは座って、膝にハンドバッグをのせた。

「元気にしてる？」ローザは訊いた。

「ええ」彼女は嘘をついた。

ローザは鼻梁《びりょう》の上の眼鏡を下げた。「ティアゴはほかのひとに負担をかけまいとするし、何か悩みがあっても、めったにわたしには言わない。だけど彼が寂しくて悲しんでいることはわかる、ちょうど今、あなたがそう見えるのと同じようにね」

マリアは椅子の上で身じろぎした。

「彼はあなたを思っているわ」

「わたしも彼のことが好きです」

ローザは眼鏡の位置を直した。「いつの日か紛争や苦しみが終わる、あなたのリスボンでの職務もね。やがて、あなたとティアゴは二人の時間を持てるようになる」

「そう願います」

ローザはハンドバッグを持ち上げて、数珠《じゅず》を出した。「あなたのためにお祈りするわ」

マリアは胸がいっぱいになった。瞬きをして涙をこらえようとした。「ありがとう《オブリガーダ》」

ローザは数珠をハンドバッグにしまい、マリアの肩に手をおいた。「覚えておいて欲しいことがあるの」

マリアはローザを、その年を経た、分厚いレンズのせいで大きく見える茶色い目を見た。

「戦争のせいで、ティアゴとのあいだに山が聳《そび》えているような気がしているかもしれない。でも努力と信念があれば、何事も可能なのよ」

マリアはうなずいて、目を拭った。

ローザはマリアの肩を軽く叩き、コートを着た。「もうお行きなさい。わたしのために、約束に遅刻することはないわ」

彼女は落ち着きを取り戻した。「どうしてどこかへ行くところだと、わかるんですか?」

「いい靴を履いている。コートの縁からのぞいている布地の質から、これから贅沢な場所に行くんだとわかる。少しお化粧をしているし、口紅は塗ってないけれど、きっとその場所へ行く前に塗るんでしょう。あえて推測すると、たぶんリスボンの高級レストランか、上流階級のひとたちが食事をするエストリルにでも行くんじゃないかしら」

「優秀な探偵になれますね」

ローザは指先でこめかみを叩いてみせた。「もう前ほど視力はよくないけど、なんでもお見通しよ」

マリアは微笑んだ。〝本当に、そのとおりだわ〟

二人は書店を出て、ローザがドアに鍵をかけた。

マリアはローザが通りの角を曲がっていくのを見送り、それからコメルシオ広場へ向かった。ティアゴに会えなかったのは残念だったが、ローザの励ましの言葉に感謝した。タクシーを止めて、後部座席に乗りこんだ。

「どちらへ?」運転手が尋ねた。

「エストリルへ」

半時間後、マリアは海を望むラーズの屋敷に着いた。中に入ると、メイドが彼女のコートを預かり、蠟燭《ろうそく》が灯り、冷えた白ワインの瓶が用意されているダイニング・ルームに案内した。

「セニョール・スタイガーは、すぐに下りていらっしゃいます」メイドは言った。「アペリティフはいかがですか?」

「いいえ、けっこうよ」

メイドは踵《きびす》を返して立ち去った。

マリアは十二人もの客が座れるほど大きなアール・デコ風のローズウッドのテーブルの、端のほうに二人分用意されているテーブル・セットの一つの前に座った。何分かして、廊下に足音が近づいてきた。

「こんばんは」ラーズが部屋に入ってきながら言った。

マリアは立ち上がり、二人はお互いの頰《ほお》にキスを交わした。彼はきれいに髭《ひげ》を剃《そ》っていて、ラヴェンダーの香りのついた石鹼《せっけん》のにおいがした。彼女は蠟燭をちらりと見た。「あなたの料理人のトマスが、夕食を作っているようですね」

「彼の料理は、町のどのレストランよりもおいしいですからね」彼は言った。「それに、二人だけで話がしたかったんです」

彼女は敢《あ》えて笑顔を作った。「ここでの夕食なら、完璧ですね」

彼は二つのグラスに白ワインを注いだ。

マリアは一口飲んだ。「何か、特別に話し合いたいことがあるんですか?」

「二つあります」彼は言った。「一つは仕事のこと、もう一つは個人的なことです。どちらから始めましょうか?」

「仕事を片づけてしまいましょう」

彼はスーツの上着に入っていた銀のケースから煙草を出して、火をつけた。煙草を吸って、煙を吐き出した。「気になる噂を耳にしました」

彼女は不安に苛《さいな》まれた。「どんな噂ですか？」冷静なままの口調で訊いた。

「信用できる情報源から、カナリス大将が国防軍情報部の部長からはずされるかもしれないと聞きました」

〝まさか！〟彼女はワインを回した。「誰から聞いたのか、教えてもらえますか」

彼は大きく一口、ワインを飲んだ。「スイスの銀行家、とりわけドイツ人の顧客を持つ銀行家は、情報源を漏らすことはしません。わかってもらえますね」

「わかります」彼女は言った。「訊いたことを許してください」

「かまいません」彼は言った。「質問をすることを責めはしませんよ。わたしがあなただったら、同じことをしていました」

「本当にカナリスははずされると思いますか？」

「はい」彼は言った。「この異動で、あなたを驚かせたくなかった。カナリスはポルトガルでかなりの時間を過ごしています。彼の解任、あるいは突然の消息不明は、新聞に書きたてられるはずですから」

「ありがとうございます。教えていただいてありがたいわ」

マリアは最近国防軍情報部へ暗号で送った伝言を思い出した。そこにはロンドンの連合国情報部から提供された、イギリスのドーヴァー近くの河口域に八隻の海軍の上陸用船舶を目撃したという偽報告書も含まれていた。〝連合国はドイツに、ドーヴァーの海峡を挟んで対面にある、フランスのパ＝ド＝カレーに侵攻すると思わせたいのかもしれない。だけど、国防軍情報部の主導者が権威を失うとしたら、わたしの誤情報にどんな効果があるというの?〟彼女はそんな思いを隠して尋ねた。「カナリスが失墜したら、わたしはどんな活動をしたらいいのか、何か提案はありますか?」

「国防軍情報部に情報を提供し続けてください、わたしが報酬を届け続けます。カナリスの後継者がわかったら、あなたにも教えます」

彼女はうなずいた。「ほかに仕事上の話はありますか?」

「いいや」彼は煙草の灰を灰皿に落とした。

「わたしに話したいという、個人的な話というのはなんですか?」

彼はこざっぱりした白いドレス・シャツの上の黒いネクタイを、手でなでた。「結婚式があって、スイスへ行きます。数ヵ月先ですが、あなたに同行してもらえないかと」

「あら」彼女は驚いて言った。「どなたの結婚式ですか?」

「家族の友人です。マルガレーテという女性です」

彼女は彼を見て、偽の微笑みを作った。「わたしが、あなたのパートナーとして行くんですか?わたしはあなたには若すぎると言っていましたよね」

「今もそう思っています」彼は言った。「でもあなたと一緒にいると楽しいし、あなただって、飛行機に乗るのが嫌でなければ、週末ぐらいリスボンを離れたいんじゃないですか」

「スイスに飛ぶのは安全なのかしら?」

「ああ。わたしはリスボンとベルンのあいだをしょっちゅう飛んでいます。中立国から中立国へ移動するようにしますし、スペインとフランスのヴィシー上空の航路も、スイスのフライトなら安全です」

マリアは靴の中で、足指を小刻みに動かした。彼と旅行をするつもりはなかったが、二人の関係や国防軍情報部とのつながりを悪化させないように、丁重に断わらなければならない。「ヤンキー・クリッパーの墜落事故での経験があるので、飛行機に乗る気になれるかどうかわかりません。少し考えさせてもらえますか?」

「もちろんです」彼は彼女の手に触れた。

彼女はその手を引っこめたい衝動をこらえた。

「難しいことだとわかっています。この誘いについて、何ヵ月でも考えてください。ほかの誰かに同行を頼むつもりはありませんから」

彼女は彼の結婚指輪を見た。彼が妻や子どもたちの死について告白したときの記憶が、頭の中に甦《よみがえ》った。「立ち入ったことを言うと思わないでくださいね。だけど、ギゼラはあなたが、新しい人生に進んで欲しいと思ったかしら?」

彼は手を下ろし、グラスの中を見詰めた。「そうですね」

「どうしてそうしなかったんですか?」

「過去から離れる気持ちになれませんでした」

「やってみるべきです」

彼の目は悲しみに満ちていた。「たぶん、いつの日か」

マリアは彼のことを気の毒に思った。敵国と協力関係にあるのは嫌だったが、いつまでも家族の喪失の痛みを抱えているのは理解できた。マリアとちがって、彼は悲しみを整理することができずにいる。家族の死を受け入れるプロセスを避けるかのように、富を得ては賭け事で失って、心の痛みを麻痺《まひ》させることを選んだ。ほんの一瞬、彼がドイツと共謀し、ナチスの金《きん》を操作するのを選んだのは、その悲しみが一因だったのかもしれないと考えた。彼女は感情を押し殺し、彼に対する同情は遠ざけようとした。

食事中、二人はほとんど話さなかった。その後カジノに行き、そこでラーズはルーレットで大金をすった。マリアは彼の側に立って、楽しんでいるふりをしていたが、その間ずっと頭の中で、フォーティテュード作戦の計画を検討していた。

第三十一章

リスボン、ポルトガル――一九四四年一月十日

ティアゴは書店の仕事部屋に入り、ドアを閉めて机についた。上着のポケットから、合衆国の切手が貼ってある封筒を出した。期待に胸を膨らませながら、封筒の中から、折りたたまれている便《びん》箋《せん》を出して開いた。

親愛なるティアゴ
わたしと娘を守るためにあなたがしてくれたことのすべてに対する恩義は、言葉に表わすことができません。あなたのおかげで、わたしたちはもう、常に恐怖や苦しみを感じながら暮らさなくて済むようになりました。あなたからの自由という贈り物に、永遠に感謝します。

ティアゴの顔に笑みが広がった。〝エステルとアルバーティンだ〟

夫について何か報告できるといいのですが。アメリカの権威筋が、彼が収容されている可能性のある場所を突き止めようとしてくれています。戦争のあと、彼が解放されてわたしたちのところに戻ってきてくれるように、希望を持ち続けています。

ティアゴの思いは、祖父母とヘンリ・レヴィンへと移った。彼らが生きていて、苦しんでいないことを祈ったが、常に不吉な思いが胸の奥にあった。

わたし同様、娘も悲嘆に暮れています。父親を恋しがっていますし、わたしも彼に会いたいです。わたしたちは少しずつ、新しい生活に慣れてきました。娘は学校で友だちができて、わたしは針子の仕事を見つけました。あなたがくれたお金で、ブルックリンの下宿屋に入ることができました。いつか、あなたの親切にお礼をしたいと思っています。亡命者たちをアメリカに到達させてくれるあなたに、神さまのご加護がありますように。

あなたに恩義を受けた友人より

ティアゴは封筒にある差出人の住所を見た。手紙、特に国外からの手紙はポルトガルの検閲《けんえつ》局で調べられることが多いのを考えると、エステルが名前を書かなかったのは賢明だった。エステルとアルバーティンの無事がわかって安堵し、エステルの言葉に、ユダヤ人避難者たちを助ける仕事の価値を再確認した。〝祖父も祖母も、このニュースに大喜びしただろう〟彼は考えた。楽観的な思いが胸にあふれた。エステルに返事を書きたくてたまらず、紙を出し、万年筆を手にした。

クラシックのピアノ・コンチェルトが、ローザのカウンターの上のラジオから聞こえた。

ティアゴのうなじに鳥肌が立った。手紙を床のタイルの下にある秘密の穴に入れて、立ち上がった。ドアノブに手を伸ばしたとき、店の表から大きな音がした。ティアゴははっとした。仕事部屋から飛び出すと、ネヴェス警察官と三人の男たちが、ローザのいるカウンターにいた。アルトゥルが目を見開いて新聞の袋を抱え、折れた木々と割れた真空管を見詰めている。

「あなたが来たから、止めようと思っていたのよ！」ローザはネヴェスを睨みつけた。「新しいラジオを買ってくれるんでしょうね！」

ネヴェスはローザを無視し、ティアゴを見据えた。

「何事ですか？」ティアゴは言って、彼に近づいた。

「捜査をおこなう認可を受けている」ネヴェスは男たちの一人に合図し、その男はティアゴの横を通り過ぎて彼の仕事部屋へ入っていった。

「令状を見せてもらいたい」ティアゴは言った。

ネヴェスはコートから折りたたんだ紙を出し、その手を伸ばした。ティアゴがそれを取ろうとしたとき、ネヴェスは腕を引っこめ、ティアゴのみぞおちをしたたかに打った。

腹部に痛みが走り、ティアゴは体を二つに折った。

ローザが悲鳴を上げた。

アルトゥルは顔面蒼白になった。雑誌用のラックに背中を押しつけた。

「そいつを調べろ」ネヴェスが言った。

二人の職員がティアゴの両腕をつかんで持ち上げ、彼を本棚に叩きつけた。何列もの本が床に落ちた。一人の職員がコートから警棒を出し、ティアゴの喉元に押しつけて、もう一人が彼の衣類を探った。

ティアゴは息ができず、首から警棒をどけようとした。耳の奥で鼓動が鳴っていた。

「やめなさい！」ローザは男たちにつかみかかったが、ネヴェスに押しのけられてしまった。

一人の職員がティアゴの上着の内ポケットから、財布と鞘《さや》に入ったナイフを取り出した。その仲間が警棒を下げた。

ティアゴは膝をついてあえいだ。

ティアゴの仕事部屋から、ガサガサと物音がした。その直後、職員が――自分の帽子を籠《かご》のように持って――同僚たちに近づいてきた。

ネヴェスは男の帽子を手にして、中に入っているものをかきまわした――偽造用の備品、期限切れのパスポート三冊、丸めたエスクードの束、小さな金《きん》の延べ棒。彼はそれを持ち上げて、鉤十字《かぎじゆうじ》とドイツ帝国銀行の刻印を見た。

ネヴェスはティアゴの髪の毛をつかみ、ぐいと頭を後ろにそらせて、顔から数センチのところに延べ棒を差し出した。「これをどこから手に入れた?」

ティアゴはナチスの金《きん》を見詰めた。マリアからもらったものだ。反抗心が胸に湧き上がった。顎《あご》に力をこめた。

「手錠をしろ」ネヴェスは言った。

「彼のことは放っておいて!」ローザが叫んだ。

職員たちはティアゴに手錠をかけ、手首に食いこむほどきつくして、彼を立ち上がらせた。

「その女を尋問のため本部に連れていけ」ネヴェスは言った。

「ティアゴ!」ローザは大声で言った。

「何もかも、大丈夫だ」ティアゴが呼びかけた。

一人の職員が彼女の腕をつかみ、店から連れ出した。

ネヴェスはティアゴの襟《えり》の後ろをつかみ、ドアのほうへ歩かせた。

ティアゴはアルトゥルを見た。逮捕されるところを少年に見られたのが、残念だった。「もう帰れ」

アルトゥルは下を見て、視線を逸らした。「すみません、セニョール・ソアレス」

ネヴェスは足を止め、少年の肩に手をおいた。「よくやったな、おい」

ティアゴはうなだれた。〝なんてことだ。何も見えていなかった〟

第三十二章

リスボン、ポルトガル――一九四四年一月十日

ティアゴは秘密警察《PVDE》に連れていかれて、建物の地下の、窓のない尋問室へ入れられた。ネヴェスの同僚の二人が、彼を金属製の椅子に枷《かせ》で繫いだ。手足の血流が止まるほど、きつく拘束された。部屋は暗くて、彼の顔に向けられた卓上ランプがあるだけだ。彼は目を細くして、眩しい照明を遮ろうとした。職員たちは部屋を出て、堅牢な鋼鉄製のドアを閉めていった。ローザの気配がしないかと耳を澄ましたが、高ワット数の電球のフィラメントから出る高音以外、何も聞こえなかった。

彼は後悔に苛《さいな》まれた。リスボンのどこにでも情報提供者はいるが、まさか、アルトゥルのことはほとんど警戒していなかった。アルトゥルの教育のことばかり考えていて、家族のために必死に金を稼いでいるあの少年が、秘密警察の金に誘惑されるとは思いもしなかった。ネヴェスの同僚が秘密の穴を見つけるのに、ほとんど時間がかからなかった。ティアゴは、その職員はどこを見るべきか正確に知っていたにちがいないと思った。アルトゥルが日に一度の配達で書店に来たとき、ティアゴの仕事場で音のする床のタイルを探っている様子を想像した。

自分の不注意が、自分とローザにとって恐ろしい結果を招くことになると、ティアゴは考えた。ローザが拘置されて同じ扱いを受けていないように祈った。自分を救うためにできることは何もなかったが、自分がどうなろうと、ローザには何も罪をかぶせないようにすると決意した。

アルトゥルについての誤算だけが、彼の犯したまちがいではなかった。仕事に夢中になるあまり、ナチスの金《きん》の延べ棒――避難者を助けるためのマリアからの寄付――を、信用できる宝石商に持ちこんで溶かして売ってもらうのを怠った。書店でネヴェスに押収されたものに加えて、アパートメントにもいくつか、手のひらほどの大きさの延べ棒を隠してある。彼は決意した。〝やつらに何をされようとも、絶対にマリアの名前は明かさない〟

何時間も経ってから、部屋のドアが開き、ネヴェス警察官が入ってきた。

ティアゴは顔を上げて、目を細くした。

ネヴェスはドアに鍵をかけ、木製のテーブルのティアゴの正面につき、煙草に火をつけた。

煙草の燃えるにおいがティアゴの鼻を刺激した。

「いつからパスポートを偽造していたんだ?」ネヴェスは訊いた。

ティアゴは光から顔をそむけた。

ネヴェスはテーブルに身を乗り出した。煙草を吸い、赤くなった吸いさしを、ティアゴの手の甲に押しつけて消した。

ティアゴの皮膚に、裂けるような痛みが走った。彼はびくりとしたが、きつい枷のせいで動けなかった。

ネヴェスはまた煙草を手にして、金属製のライターでその先に火をつけた。「喋ることになるぞ。煙草を一箱使うかもしれないが、いずれはすべてを喋るだろう」

〝こいつは嗜虐《しぎゃく》的な異常者だ〟ティアゴは、こめかみが波打つように痛かった。

「もう一度やってみようか」ネヴェスは言った。「いつ、パスポートの偽造を始めた?」

ティアゴの心は闘えと言っているが、頭では、ネヴェスに自分一人の行為だと信じさせたかったら黙秘は役に立たないとわかっていた。彼は痛みと感情を隠して言った。「戦争が始まったときだ」

「たいして難しいことじゃなかっただろう?」警察官は灰を落とした。「全部、ユダヤ人のための文書か」

「そうだ」

数分間、ネヴェスは避難者のための文書の偽造について尋問をした。ティアゴは自分一人で偽造をおこなっていたと思わせるようにして、それぞれの質問に答えた。

ネヴェスは煙草をふかし、鼻から煙を吹き出した。「これについて、書店員は何を知ってる?」

「何も知らない」

「彼女は自白したぞ」ネヴェスは言った。「罪を認めた。おまえの側からの話を聞きたいんだ」

〝嘘だ。ローザは厳しい尋問を受けても、簡単に口を割ったりしない〟「彼女は書店の店員で、それだけだ。避難者のために文書を作る自由時間が欲しくて、店員を雇った。監視してたからわかるだろうが、わたしはしょっちゅう店を留守にした」

ネヴェスは髭《ひげ》をなでた。煙草を吸って、言った。「金《きん》はどうして手に入れた?」

質問がローザから逸れて、ティアゴは安堵した。目まぐるしく頭を回転させた。「裕福な亡命者からの寄付だ」

「名前を言え」

「ウリ・マルキンだ」出入国記録を調べるのに何日か、もしかしたら何週間もかかって、この架空の名前で時間稼ぎができることを望んだ。

「ユダヤ人か?」

「そうだ」

「その男はどうしてドイツの金《きん》を持っていたんだ?」

「知らない」ティアゴは言った。「盗みでもしたんだろう」

「その男と、どうやって知り合った？」

「彼は造船所で、わたしが文書を偽造するという噂を聞いた。それでわたしの書店に来た」

「パスポートを作ってやったのか？」

「すでに持っているパスポートに手を加えた」ティアゴは言った。「期限が切れていたから」

「どうして金《きん》で支払った？」

「支払いはエスクードだった」ティアゴは言った。「金《きん》は寄付だ」

警察官は顎《あご》をなでた。「その理由は？」

「マルキンの親戚のうち六人がフランスでドイツ軍に逮捕された。彼はその金《きん》を、避難者がヨーロッパを出る援助に使って欲しいと言った」

「どれほどの金《きん》をもらったんだ？」

「小さな延べ棒を四本だ」彼は金《きん》についてすべてを明かすのが最善だと考えた。「アパートメントに三本、店に一本、いずれ溶かして売るつもりだった」

「おまえのアパートメントも捜査した」ネヴェスは言った。「金《きん》は見つからなかった。置き場所をまちがえて記憶してるんじゃないか」

〝この野郎は金《きん》をくすねて、それを知らせたいんだ〟ティアゴの顔が熱くなった。

「だがこれは見つけた」ネヴェスは上着に手を入れて、拳銃をテーブルの上においた。

ティアゴは目を細くした。

ネヴェスは卓上ランプを動かした。

ティアゴは瞬きをした。目の焦点が、ゆっくり自分の拳銃アストラ四〇〇に合った。苦悩が胸にあふれた。

「スペイン軍の拳銃を、どこで手に入れた？」

「買ったんだ」

「いつだ？」

「アパートメントにあんたが侵入した直後だ。身の危険を感じたのでね」

ネヴェスは立ち、拳を握って、ティアゴの顎を打った。

ティアゴの顔に痛みが走った。彼は息を大きく吸って、頭をはっきりさせようとした。唾を飲むと、血の味がした。

〝ああ、まずい〟

「嘘だ」ネヴェスは黒いネクタイを直した。「わたしを見くびるな。おまえのことを、何ヵ月も捜査していたんだ。今週の初め、レオノールという女と話をした」

「彼女の話によると、コインブラの大学に在学中につきあったが、おまえがスペイン内乱に参加したときに別れたそうじゃないか」

ティアゴの喉の奥に苦いものがこみあげた。

「政府の記録では、サラザールがフランコのナショナリスト軍の支援に送った兵士の名簿におまえの名前はない。だから共産主義支持者だったということだな」

「わたしは共産主義者ではない」ティアゴは言った。

「サラザールとエスタド・ノヴォに反対だというなら、共産主義者だろう」

冷たい汗が、ティアゴの背中に流れた。

ネヴェスは上着から新しい煙草を出して、火をつけた。彼は煙草を吸い、煙をティアゴの顔に吹きかけた。「話し合うことがたくさんあるな。尋問が終わるころには、おまえは秘密を全部話しているだろうよ」

ティアゴは狼狽《ろうばい》を押し隠した。〝ネヴェスの制裁はぼくが引き受ける。どれほど苦しい思いをしても、ローザとマリアを傷つけることになるような秘密は漏らさない〟

第三十三章

リスボン、ポルトガル――一九四四年一月十一日

マリアはティアゴに会いたいと思いながら、彼のアパートメントのある建物の階段をのぼっていった。踊り場に着いたとき、彼の部屋の正面ドアが壊されているのを見て凍りついた。そっと中に入ると、キッチンの引き出しやキャビネットに入っていたものが床に散らばっていた。

「ティアゴ」彼女は呼びかけた。その声は震えている。

居間に入った。そこは家具が倒れ、クッションが破けていて、凶暴な犬が室内で暴れまわったような有様だった。ティアゴが発禁本を隠していた掃除機は二つに割れて、集塵《しゅうじん》袋が裏返しになっている。寝室では、ティアゴの服が床に散らばり、マットレスが切り裂かれて、金属製のバネがむき出しになっている。

心臓が激しく打ってドキドキしながら、マリアはアパートメントから逃げ出した。何分かのちに書店に着くと、正面ドアには南京錠がかかっていた。窓に貼られた紙に、〝新国家所有地〟とある。

〝ポルトガルの秘密警察の強制捜査があったんだわ〟彼女は考えた。怒りに震えながら、店の正面のガラスを通して、本や壊れたラジオが床に散らばっているのを見た。手を握りしめて、強制捜査がおこなわれたときティアゴとローザがここにいなかったことを願った。動揺し、どうしようもない思いで、家へ向かった。

自分のアパートメントで、ドアに鍵を差そうとすると、解錠されていた。全身が緊張でこわばった。

「マリア？」パイラーの声がした。

〝よかった〟彼女は室内に飛びこんで、パイラーとローザがキッチンにいるのを見つけた。

「何があったんですか？」マリアは震え声でたずねた。

パイラーは両腕でマリアを抱いた。「ティアゴが逮捕されたんですって」

「そんな！」マリアの脚から力が抜けた。

パイラーは彼女を放した。「たまたま寄ったら、ローザが建物の外であなたを探していたの。わたしのスペア・キーを使って、中に入らせてもらったわ」

マリアはローザのほうを向いた。ローザの目は赤く腫れている。マリアは胸を締めつけられた。

「あなたも乱暴されたんですか？」

「わたしは大丈夫」ローザはマリアの手を握った。「たくさん話すことがある」

「二人きりのほうがいいかしら」パイラーは言った。「わたしは失礼するわ」

「いいえ」ローザは言った。「マリアのお友だちなら、信用できるとわかっているわ」

三人はテーブルについた。数分かけて、ローザは秘密警察《PVDE》による書店の強制捜査について話した。

「秘密警察は、どこを調べるべきかを正確に知っていた」彼女は言った。「偽造用の備品とパスポート、お金、ナチスの金《きん》の延べ棒を、ティアゴの仕事部屋の隠し場所から持っていったわ」

マリアはうなだれた。目に涙があふれ出した。

「警察の車の中で」ローザは言った。「新聞売りの少年がＰＶＤＥの情報提供者だったって、職員の一人が自慢げに言っていた。もっと注意するべきだったのね」

「残念な話ね」パイラーは言った。

「わたしとティアゴは尋問のためにＰＶＤＥの本部へ連れていかれた」ローザは言った。「わたしはちょっと手荒に扱われたけど、金《きん》や偽造については何も知らないと言い張ることができた。五時間質問されたあとで、帰らせてくれた。あいつら、おばあさんに偽造文書を作る技術があるとは思いもしない、女嫌いのブタなのよ」

「ティアゴはどうなったのかしら？」マリアは訊いた。

「まだＰＶＤＥに捕まっているわ」マリアを見詰めるローザの頬《ほお》に、涙が伝い落ちた。「ティアゴじゃなくてわたしが閉じこめられるべきなのに。彼は偽造に関しては初心者よ。あなたのピンク・リストも含めて、書類の大半を偽造したのはわたしなんだから」

「ああ、ローザ」マリアは言った。彼女の手を握りしめた。

パイラーは目を丸くして、二人を見詰めた。

「わたしがティアゴにお金と金《きん》の延べ棒を渡したの」マリアは言った。「きっと、彼の犯罪の証拠にされるわね」

「あなたの贈り物は、彼の運命にほとんど影響を与えないはずよ」ローザは彼女を慰めようとするかのように言った。「秘密警察は、サラザール政権にとって脅威となる人間を抑圧するという方針で、告発をでっちあげるんだから」

パイラーは両手を握り合わせて、椅子に座ったまま身を乗り出した。「わたしに何かできる？」

マリアは必死に心痛をこらえながら、頭の中で選択肢を考えた。「戦略情報局《OSS》に、いちばん本を提供してくれた人物が逮捕されたと知らせるべきね。何ができるかわからないけど、やってみる価値はあるわ」

「そうね」パイラーは言った。「ＯＳＳへの連絡はわたしがする。それから、ロイに会ったとき、事態を知らせておく」

「ありがとう」マリアは言った。

ローザは目を拭いて、立ち上がった。「わたしは以前一緒に働いていた法律家と話してみるわ。この人物の不正行為を手伝っていたことがあって、貸しがあるのよ。何かわかったら知らせるわね」

「あなたと連絡を取るにはどうしたら？」マリアは訊いた。

ローザはハンドバッグに入っていた紙と鉛筆で、住所を書いた。マリアを抱きしめて、立ち去った。

パイラーは深く息を吸い、吐き出した。「何がどうなっているのか、すべてを話してくれなくていいわ。ＯＳＳで秘密の仕事をしているんでしょう。そうでなければ、ロイとわたしが街の別の地区に離れて住むはずはないもの。覚えていてね、必要ならいつでも協力するわよ――なんでもね」

マリアは、友人の献身的な支援の言葉に感謝してうなずいた。

「きっと大丈夫よ」パイラーは言った。「彼を刑務所から出す方法が見つかるわ」

「そうよね」マリアは苦悩しながらも言った。

マリアはパイラーを抱きしめて、ドアまで送っていき、彼女が階段を下りていくのを見送った。アパートメントに一人になると、ティアゴの苦しい状況、その深刻さが胸に重くのしかかった。ソファーに座り、両膝を抱えて泣いた。

〝ナチスの刻印のある金《きん》を彼にあげてはいけなかった。あれは、彼の立場を悪くするばかりだわ〟

ほかに誰もいないアパートメントでは、素直に無防備な気持ちになれた。一歩外に出たら、弱い様子は見せられない。強くなるしかないのだ。しっかりしよう。ＯＳＳは、マリアが連合国軍のフランス侵攻についての誤情報を仕込むことを必要としている。何千人もの命がかかっている。彼女は涙を拭い、ドイツの隠顕《いんけん》インクの瓶と暗号表を出し、国防軍情報部の隠し場所におくための伝言を書いた。

第三十四章

エストリル、ポルトガル――一九四四年二月二十日

夜会服を着たマリアは、アパートメントの建物を出て、ラーズの運転手に迎えられた。運転手は彼女を黒いメルセデスベンツの後部座席に乗せ、ドアを閉めて、運転席に座った。車が路肩から離れるとともに、マリアの不安は強まった。何時間か前、ラーズが電話をよこして、運転手を迎えにやるから家に来るようにと言ったのだ。重要な用件で、できるだけ早く話がしたいというだけで、詳しい説明はなかった。この二日間隠し場所の伝言が回収されなかったことを考えると、カナリス大将か国防軍情報部の職員に関わることだろうか。へたに憶測するのはやめることにして、彼女は座席の背に寄りかかって寛《くつろ》ごうとしたが、思いはティアゴに向けられた。

戦略情報局《OSS》は秘密警察《PVDE》とサラザール政権の刑事事件に関わることを拒否した。そのうえ、ローザの心当たりの法律家はティアゴを解放する理由をうまく作れなかった。ティアゴは複数の罪で告発された――政府発行の文書の偽造、盗まれた金《きん》と貨幣の所持、そしてサラザール政権を覆そうと意図する共産主義者であること。逮捕されてから何日かのうちに、彼は政治犯を収容する重警備の刑務所である、ペニーシェ要塞に送られた。

「戦争のあとなら、彼を解放するために外交的な働きかけができるかもしれない」アーガスは、最近のマリアとの秘密の会合で言った。

マリアは悲嘆した。義務感に駆られて、二重スパイの役目を続けた。国防軍情報部の隠し場所に誤情報を届け、議会図書館の職員という表向きの役を演じ、カジノ・エストリルでラーズと一緒に賭けをした――ずっと、傷ついた心を隠したままで。また厄介なことに、彼女はティアゴを救出するために、内密に動かなければならなかった。もし大っぴらにPVDEやサラザール政権に抵抗したら、国外退去になるかもしれない。フォーティテュード作戦は連合国軍のフランス侵攻の成功にとって重大だ。何百万人もが戦争で命を落とし、さらに何千人もが毎日殺されていた。連合国側に早く勝利をもたらし、虐殺を終わらせるため、敵を惑わせるほかはないと彼女は信じた。

ときが経つにつれて、ティアゴに再会できないという絶望は耐えられないほどになった。先週、彼女は変装して――黒いかつら、ヘッドスカーフ、レインコート――バスで二時間かけてペニーシェへ行った。強風が吹き、雨の降るなか、彼女は要塞から数百メートル離れた急勾配の海岸の岩場に、二時間ほど立っていた。大西洋に突き出した半島の高い位置にある刑務所の下で、激しい波が岩に砕けた。彼女は彼と一緒に過ごした時間を思い起こした。初めて会った日、傷の手当てをしてくれたときの優しい仕草や、避難者に自由になるチャンスを与えるために払った数知れない犠牲、家族への献身、そして彼の腕に抱かれたときの歓《よろこ》びなどを思い出した。ティアゴは、彼女が夢に描く男性そのものだった。〝あなたを助け出す方法を見つけるわ〟マリアは雨に顔を打たれながら誓った。〝わたしたちが共に灯した光は輝き続ける〟マリアは全身ずぶぬれになって震えながら、心の内に決意を燃やしてペニーシェをあとにした。

運転手がラーズの家に車を止め、後部座席から彼女を下ろした。彼女は玄関口へ歩み寄り、ラーズに迎えられた。

彼の頰《ほお》にキスをした。「使用人はどうしたんですか？」

「今夜は休ませました」

彼女は中に入って、彼のあとについて書斎へ行った。木製の鏡板が貼られた広い部屋で、一脚テーブルと革製のウィングチェア、布張りのソファーと暖炉がある。奥の壁沿いにカクテル・バーがあり、あたりはかすかに煙草の煙のにおいがした。

「飲みますか？」

「あなたが飲むなら」彼女はソファーに座り、ハンドバッグを床においた。

彼は彼女のためにジン・トニックを作り、自分にはシュナップスをグラスに注いだ。「さあどうぞ」彼は言って、酒を彼女に手渡した。

「ありがとう」

彼は彼女の横に座り、シュナップスを一口飲んだ。「カナリスは解任されました」

彼女は顔を彼のほうに向けた。

「ヒトラーが彼を解雇して、国防軍情報部は解散されました」

彼女は驚いた。「いつですか？」

「一昨日です。ドイツの独裁者は自分のところの情報機関は無能だと考えたらしい。北アフリカとイタリアでの出来事を前もって察知できませんでしたからね」

マリアはかなりジンのきいている酒を、一口飲んだ。ヒトラーの情報部が無能だと聞くのは嬉しかったが、国防軍情報部の廃止で、誤情報を広める道は閉ざされてしまった。カナリスの解任は予想していたが、組織全体がなくなるとは思わなかった。不安が胸に湧き上がったが、表向きは冷静なままでいた。

「何かあったのだろうと思っていました」彼女は言った。「隠し場所の伝言が、この二日間、回収されませんでした」

「あそこは二度と使わないでください。もう安全ではありません」

「どのように情報を渡せばいいんですか？」

「わたしにください」彼は片手で髪の毛をかき上げた。「カナリスの役割と国防軍情報部の機能は、国家保安本部の親衛隊小将シェレンベルクが引き継ぎました。わたしは銀行業務のつてを使ってあなたの情報を送り、必ず引き続き報酬が支払われるようにします」

マリアはうなずいた。

「国防軍情報部が隠し場所から回収しなかったもので、重要な情報はありましたか？」

「ええ」彼女はサイド・テーブルにグラスをおき、ハンドバッグを持ち上げた。文字の書かれていない紙を出して、彼に渡した。「隠し場所においたままにしたくなかったんです」

彼は紙の裏と表を見て、眉をひそめた。

「隠顕《いんけん》インクで書いてあって、暗号を使っています」

「伝言の内容を教えてくれますか？」

彼女は身じろぎした。

「ベルリンの国家保安本部の職員は、リスボンの国防軍情報部と同じ暗号を使っていないかもしれません。解読に時間がかかる可能性もありますね。新しい暗号表を受け取るまで、暗号を使わずに送ったらどうでしょう」彼はシュナップスを一口すすり、飲みこんだ。「どちらにしてもわたしはあなたの伝言を読む、だから今言ってくれてもいいでしょう」

〝しかたがない〟彼女は思った。〝彼はベルリンとの唯一の繋がりだもの〟「協力者のうちの二人、ワシントンとリヴァプールのそれぞれから、合衆国の軍隊がイギリスに移動していると報告してきたんです」

彼は背筋を伸ばした。「場所は？」

「サウス・イースト・イングランドです」

「その軍隊に名称はありますか?」

マリアはロンドンの連合国本部から受け取った偽情報を基に、考えを巡らせた。胸の重みが増した。「合衆国第一陸軍集団――略してFUSAGですね。十五万人の兵士がいて、ジョージ・パットン大将の指揮です」

彼は目を見開いた。「それは確かなんですか?」

「はい。二人の協力者はお互いの存在を知りませんが、同じ情報を報告してきました」

彼は酒をくるりと回した。「どれほどの軍隊がイギリスに到着したんですか?」

「わかりません」彼女は言った。「情報源からは、FUSAGがそこに配置されたことしか言ってきていません」

ラーズはシュナップスを飲み干して、グラスを脇においた。「フランスの侵攻がいつどこでおこなわれるかわかれば、ドイツにとっての戦況が変わりかねない。少なくとも戦争は長引く、へたをすると何年もね」

彼女はうなずいた。

彼は立ち上がり、自分のグラスにシュナップスを注ぎなおした。「長期の戦争になったら、わたしはタングステンの銀行取引で一財産稼げます」

マリアは体が熱くなり、脚を組んだ。

彼は彼女から何センチも離れていない場所に座った。

「わたしはどうなんでしょう?」

ラーズは小首を傾げた。「どういう意味ですか?」

「わたしの情報のおかげであなたが巨額の富を得たら、わたしにも分け前があってもいいと思ったんです」

「あなたはすでに、ドイツから報酬を受けているでしょう」

「わたしは国防軍情報部から報酬を受けていましたが、そこはもうなくなりました。国家保安本部からの報酬が始まるまで、自分の心配をしなければなりません。それに状況をよく考えたら、わたしはドイツと同じくらい、あなたにも必要とされています」彼女は彼の目をまっすぐに見て微笑んだ。「あなたから学んだものが一つあるとしたら、儲かるチャンスはつかみ取れということですね」

彼は笑って、彼女のドレスからのぞいた膝に手をおいた。「もしあなたの情報によって、わたしの富が増えたら、喜んであなたにも還元しますよ」

「どれくらいですか?」

「あなたの情報が、いかに、どれほど戦争に影響を与えたかによります」彼の視線が、彼女の脚に引きつけられた。彼は親指で、彼女の膝頭を愛撫した。「うまくいけば、あなたが夢見る額《がく》以上にもなるでしょう」

嫌悪感が胃のあたりに渦巻いた。彼女は彼を突き放したい衝動を、必死に抑えた。「きちんと対応してくれると信じていますよ」彼女は彼の手を軽く叩いた。「もう行きますね。今夜はたくさん仕事があるんです」

「夕食を一緒にできると思っていました」

「できればそうしたいんですが」彼女は言った。「仕事が待っているんです。この情報について、読みやすい報告書を準備する必要があります。朝一番で、届けますね。一緒にコーヒーでもどうですか」

ラーズはうなずいた。手を引っこめて、シュナップスをがぶりと飲んだ。

彼女は彼を見た。その目は落胆に満ちていた。最初、彼女のことを自分には若すぎると言っていたのに、ラーズが性的興味を抱いているのは明らかだった。よほど気を遣って対処しないと、彼の誘惑を避けようとして関係が悪化したり、ドイツ情報部に潜入する可能性を断たれることになりかねない。〝しばらくは調子を合わせておいたほうがいいかもしれない〟

「スイスでの結婚式に同行することを、考えてみました」マリアは言った。

彼は酒を脇においた。「気持ちは決まりましたか？」

彼女はうなずいた。「六月には、飛行機に乗っても大丈夫になっているでしょう。まだ招待が有効なら、一緒に行きたいと思います」

彼は顔を輝かせた。「もちろん、有効です」

彼女は微笑んで、手を差し伸ばした。

彼は彼女の手を握って、ソファーから立たせた。二人で書斎を離れ、外の車寄せに止まっているメルセデスまで歩いていった。

運転席で休んでいた運転手が、車を下りて後部のドアを開いた。

「さようなら」ラーズは彼女の頰にキスをした。

「朝、会いましょう」彼女は言った。

マリアは後部座席に乗りこみ、ラーズがドアを閉めた。運転手は運転席に座ってエンジンをかけ、走り出した。ラーズと彼の屋敷が見えなくなると、安堵と不安がマリアの胸の中で渦巻いた。カナリスと国防軍情報部の失脚にともなう破滅的事態を避けられたのは幸運だった、きっとラーズの銀行の人脈で、誤情報をドイツに送り続けられるだろう。だがラーズと旅行すると約束したのはまちがいだったのではないかと心配だった。スイスへ行くつもりはなかった。でも約束したことで、時間稼ぎができた。フランス侵攻がまもなく始まるように願った。さもなければ、彼を遠ざけるうまい口実をでっちあげなければならない。

第三十五章

ペニーシェ、ポルトガル――一九四四年三月十二日

ティアゴは三人の看守に殴られて、背中が傷ついてひどく痛む状態で、コンクリートの床を這《は》って進んだ。堅牢な鋼鉄のドアが音を立てて閉まった。看守たちが歩き去っていく音、その一人が廊下の壁を木の警棒で打っていく音が、ドアの下の隙間から入りこんできた。痛みが背筋を駆け下りるのを感じながら、苦労して寝台にのぼり、胎児のような格好で丸くなった。大きく息を吸いこむと、古い汚れたマットレスの不潔なにおいがした。この一ヵ月で、こんなふうに棍棒で打たれたのは二度目だった。二度とも、政治犯はサラザールの独裁政権のお荷物でいるより殺してしまったほうがいいと公言して憚《はばか》らない看守の一人の先導だった。ティアゴが受ける暴行は不定期で荒々しかったが、そうした虐待に苦しむ囚人は彼だけではなかった。刑務所の彼のいる翼では、囚人の全員が絶えず同じ扱いを受けた。

ティアゴの監房は奥行き三メートル、幅一・八メートルほどの広さで、柵がはまっている窓があり、窓の内側は外が見えないように白く漆喰《しっくい》が塗ってある。部屋には金属製の枠の寝台、壁に備えつけの茶色い水の出る流しがあり、隅の棚には汚物用のバケツがおいてある。彼はこのじめじめした暗い部屋の唯一の住人だった。ペニーシェ要塞――ポルトガルの政治犯収容所でもっとも過酷な場所だと知られている――には、個室の監房しかない。建築家が、孤独によって囚人たちを罰する

ように刑務所を設計しろと命じられたかのようだ。囚人たちは隔離されているせいで、ほかの在監者とはめったに話さなかった。ティアゴは、一日一時間、囚人たちが外気を求めて屋上テラスを歩くのを許される時間以外は、自分の監房を離れることはなかった。

それに加えて、本や新聞は禁止されていた。長時間たった一人でいて、脳を刺激されることもないせいで、精神的に衰弱する囚人もいた。刑務所に入れられて二週間も経ったころ、ティアゴは暗い目をして消沈した様子の男が、テラスの壁を越えて身投げするのを目撃した。男は要塞のはるか下に広がる岩がちな海岸線に落ち、その衝撃で死んだ。囚人たちへの見せしめのため、看守たちは男を一週間も岩の上に放置し、死体はやがて最大級の大潮によって流されて消えた。

心身両面での衰弱に立ち向かうと決意して、ティアゴはルイス・デ・カモンイスの詩を暗唱した。監房の床を歩数を数えながら歩き回り、筋肉が落ちるのを防ぐために腕立て伏せと上体起こしをした。ごくわずかな食事量にもかかわらず——主に、かびたジャガイモとタマネギの皮と魚のクズから作った水っぽいポタージュ——彼は屈服して永遠の眠りにつくのではなく、懸命に体と頭を動かそうとした。痛みをこらえるために、頭の中で何度も繰り返し、マリアとの短くも楽しい時間を思い起こした。彼女が無事で、長く美しい人生を送るように祈った。彼女は彼の心にずっといるはずだが、政治犯は生きてペニーシェ要塞を出ることはないとすると、彼女との将来はもはや望めなかった。

ネヴェス警察官と秘密警察《PVDE》による告発のなかで、今のところ、共産主義者であるとの申し立てがもっとも厳しいものだった。偽造罪や盗まれた金《きん》や通貨の所有は、五年から十年の懲役になったかもしれない。だがサラザールは共産主義に強く反対し、自分の政権に対する脅威とみなしていた。そのため、ティアゴには公判も裁判所の聴聞もなかった。彼は共産主義者と決めつけられて終身刑を言い渡され、拘束されたままPVDEの留置場からペニーシェ要塞へ移送された。結局、彼の人生の道筋を変えたのは避難者を助けるための犯罪行為ではなかった。スペイン内乱に志願兵として参加したこと――ファシズムの台頭に抵抗するため――が、彼の人生を決めた。

何週間か、何ヵ月かが過ぎて、彼は頻繁に、祖父母はまだ生きているのだろうか、両親はもう二度と息子と会えず連絡も取れないと知って、悲嘆しながらもなんとかやっているだろうかと考えた。家族ばかりでなく、友人であるローザのこともとても恋しく思った。毎日、彼女が無事でいるように、彼の犯罪行為には何も関わっていないとＰＶＤＥを納得させられたようにと祈った。ローザがネヴェス警察官を出し抜いて、ヨーロッパを逃げ出す避難者を助ける仕事をどうにか続けていると思いたかった。

笛の音が大きく響いた。

ティアゴは目を開けた。〝寝台に残っていたら、また打たれるだろう〟背中が焼けるように痛かったが、彼は寝台から転がり落ちて、監房のドアまで脚を引きずっていった。錠の中で鍵が音を立て、鋼鉄製のドアが軋《きし》みながら開いた。彼は廊下に出た。そこでは看守たちが十二の監房のドアを解錠していた。囚人たちは廊下に出てきて、一列に並んだ。咳や痰《たん》を払う音があたりに満ちた。

笛が鳴った。

囚人たちは廊下を進み、コンクリートの階段を二階分のぼり、アーチ形の戸口から石造りの屋上テラスへ出た。

陽光がティアゴの目を射貫いた。彼は目を細くし、塩を含んだ外気を吸いこんで肺に入れた。目が慣れると、ダニロという名前の灰色の髪の囚人が、壁に背をつけて地面に座っているのが見えた。この男性は暗い色の落ちくぼんだ目をしていて、鎖骨が突き出している。ティアゴがここに来てから、ダニロはものすごく痩せた。彼はティアゴに、自分は五十歳だが、十八ヵ月閉じこめられているあいだに十年も、いやもっと歳を取ったと話した。

ダニロはげっそりとした顔で、片手を上げ、すぐにそれを膝においた。

ティアゴは彼のほうにすり足で行った。

「ひどく打たれたのか？」ダニロはかすれ声で訊いた。

「外気を吸う時間を見送るほどじゃない」

ダニロはうなずいた。

「歩いてみたらどうだ」ティアゴは言った。

「とても無理だ」ダニロは瞼《まぶた》を伏せた。

「食べているのか？」

「何も飲みこめないんだ」

「やってみることだ」ティアゴは言った。「生きていたかったら、小さな欠片《かけら》でも食べる必要がある」

「どうでもいい。どうせここから出られないんだ」

ティアゴは、か弱くて骨ばっているダニロの肩に手をおいた。「諦めたら、あいつらに勝たせることになるぞ」

ダニロは涙を払おうとして瞬きし、目を拭った。

「歩いてみよう」ティアゴはダニロが立ち上がるのに手を貸した。

二人はゆっくりとテラスを歩いた。でも数分もすると、ダニロは呼吸が苦しそうになり、床に座りこんでしまった。ティアゴは痛みや疲れに負けまいとして、壁伝いに歩いた。笛が鳴り響くまで、一歩、また一歩と体を前に運んだ。

第三十六章

リスボン、ポルトガル――一九四四年六月二日

日没の直後、マリアはクローゼットからスーツケースを出して、ベッドの上においた。衣類を詰め始めたとき、アパートメントのドアをノックする音がした。ホワイエに行き、覗き穴から見ると、廊下にアーガスが立っていた。彼女は目を見開いた。ドアの鍵を開け、アーガスを中に入れた。

「捕まえられてよかった」アーガスはドアにかんぬきを掛けながら言った。彼女のほうを見た。「話したかったんだ」

マリアは自分の腕を抱くようにつかんでうなずいた。何か緊急なことにちがいない、そうでなければ、アーガスは秘密の場所での会合を前もって手配するはずだ。

二人はキッチンに行って、腰を下ろした。

「いつ発《た》つんだね？」彼は訊いた。

「朝六時です」彼女は答えた。

「今引き返しても、遅すぎないぞ」

彼女はかぶりを振った。「ラーズはリスボンからドイツ情報部へ情報を渡す唯一の経路です。わたしの渡すものが本物だと信じさせておくために、できることはなんでもしなければなりません。結婚式のためにベルンに同行すれば、彼の信用を保てます」

アーガスは顎《あご》をこすった。

「ロンドン本部から新しい荷物が届きました。今日の午後、マイクロフィルムの備品と一緒に飛行機で来ました」マニラ紙の封筒の中身を見たときの記憶が、彼女の頭の中に閃《ひらめ》いた。「連合国の侵攻場所についての系統立った誤情報が入っていました。それをラーズに渡すことが重要です」

「情報を届けるだけにして、旅行には行かない口実を作ったらどうだ」

「もう決めたんです」彼女は言った。「行ってきます」

彼は息を吸いこみ、吐き出した。「わかった」

マリアは最初結婚式にラーズと同行することを取り消すつもりだったが、やがてこの数ヵ月で気持ちが変わった。ロンドン本部から誤情報を提供される頻度、その重大さを考えると、フォーティテュード作戦における彼女の二重スパイとしての役目は重要性を増していた。連合国側は彼女の働きによって、フランス侵攻の場所についてドイツ軍を惑わすことを期待していて、彼女はそれを裏切るわけにはいかないと思った。

アーガスはテーブルに両手をおいた。「結婚式についてわかっていることを教えてくれ」

「場所はベルンで、結婚するのは家族の友人であるマルガレーテという女性——名字は、たしかブラウエンだとか言っていました。相手はヘルマンという名前で、ラーズは会ったことがないそうです」

「一人でラーズと同行するのは大丈夫か?」

「彼のことは、なんとかします」マリアは答えた。ラーズの思わせぶりな態度が増えてきていることは口にしなかった。「旅行については、スイス航空の航路は安全で、戦闘空域を避けています。スイスはポルトガル同様に中立国です。大丈夫です」

「きみの気持ちは変わらないだろうと思っていた。それで、いくつか持っていくといいものがある」アーガスは上着に手を入れて、口紅と銀色のコンパクト、そして小さなレバーのついている、ペンのように見える金属製のものを持ち出した。

彼女は眉をひそめた。「なんですか？」

「保身のためだ」

彼は口紅の底をひねって開けて、彼女のほうに差し出した。「中にL薬《ピル》が入っている」

〝致死性《リーサル》の薬ということね〟彼女はカプセルに入った薬を見た。

「これを噛み砕けば、十五秒以内に死が訪れる」

マリアはぞっとした。

彼は口紅の底を元に戻し、コンパクトを手にした。それを開き、鏡の部分をはずすと、いくつかのカプセルがあった。「これらはK薬《ピル》、こっそり何かに混ぜて飲ませる催眠薬だ。一粒の中身を飲み物や食べ物に入れると、それを口にした人物は意識を失う」

彼女は息をのんだ。

彼はコンパクトをおき、ペンのようなものを拾い上げた。「これはスティンガー・ペン型銃だ。二二口径の薬莢《やっきょう》が入っている。実際に使うには——安全ピンをはずして、至近距離で相手に向けて、レバーを押す」

〝驚いた！〟彼女は椅子の上で身じろぎした。「これは必要ないでしょう」

「あくまでも用心のためだ」アーガスは言った。「戦略情報局《OSS》の準軍事訓練を受けていたら、すでにこれらを持っていたはずだと言えば、気が楽になるかな」

彼女は背筋を伸ばした。「正直言って、ＩＤＣの司書たちが敵国占領下の国へ配置される職員と同じ道具や指示を受け取らないことには、怒りを感じています」

彼は彼女を見た。「言いたいことはわかる」

彼女は自分の気持ちは脇に除けて言った。「心配いただいて、ありがとうございます。お守りとして持っていきます」

「わたしはマドリードへ行くところだ。もし連絡の必要があったら、大使館に伝言を頼んでくれ」

アーガスは立って、彼女と握手した。「幸運を祈る」

「ありがとうございます」

アーガスは去り、マリアは寝室に戻ってスーツケースに荷物を詰めた。そののち、彼女はキッチンに行き、口紅とコンパクトをハンドバッグに入れた。ペン型銃を手にして、一瞬迷い、この冷たい金属製の小武器を指先でなでた。不安がいや増した。拳銃を撃つのはおろか、持ったこともなかった。これを使うつもりはない、それを言うなら薬物もだ。〝アーガスは心配のし過ぎだわ。ペン型銃なんて、自分の身を守るためというより、ハンドバッグの中でまちがって発射してしまうほうが怖い〟だが心の奥底で、自分自身を守らなければいけないと直感が告げていた。そこで彼女はハンカチーフで武器を包み、ハンドバッグの内張りの下に隠した。

第三十七章

リスボン、ポルトガル――一九四四年六月三日

運転手がリスボン・ポルテラ空港に続く道へと車を進め、マリアはメルセデスベンツのリムジンの後部座席にラーズと並んで座り、窓外を眺めた。顔を出したばかりの太陽が、鮮やかな青い空に金色の光を放っている。ターミナルに行くのではなく、運転手はリムジンをゲートに進め、空港の従業員が手を振るのを受けてそこを通り、エプロンに入った。スイス航空の双発機の近くで車が止まったとき、マリアは指のサファイアの指輪を回した。

ラーズは飛行を前にした彼女の不安を察したのか、彼女の腕に手をおいた。「大丈夫ですよ」

彼女はうなずいた。

運転手が荷物を出すあいだ、マリアとラーズはリムジンから下りて、乗客係に迎えられた。

「飛行機の搭乗準備はできています」乗客係は言い、飛行機の後部の階段を手で示した。

ラーズは帽子を上げた。

マリアは力が入らない脚で、ラーズのあとをついて階段をのぼり、機内に入った。客室には窓際に座席が十四個あり、そのどれもが空席だった。「早かったみたいですね」

「時間どおりですよ」ラーズは言った。「わたしたちだけですから」

「飛行機をチャーターしたんですか？」

「そうです。わたしのもののようなものですが、飛行機と搭乗員を丸々雇ったのでね」

彼女は無理に微笑んだ。

彼は彼女を客室の中央へ連れていき、一つの座席を勧めた。

彼女はハンドバッグを抱えるようにして座った。

ラーズは通路を歩いていって、操縦室のドアをノックして、中に入った。彼が機長と話しているあいだに、副操縦士は飛行機の後部へ行った。客室係がのぼってきて、彼らの荷物を頭上の棚におさめ、飛行機を出ていった。客室係は移動式の階段を機体から離し、副操縦士が飛行機のドアを閉めて、操縦室へ行った。

ラーズは通路を挟んだマリアの隣に座った。

「客室係はいないんですか?」彼女は訊いた。

「余計な人間がいないほうが好きなんです。食べ物や飲み物は後ろに用意されています。飛行機が飛んだら、いろいろなものの場所を教えますよ」

操縦室のドアが閉まった。一分後、エンジンが音を立て、轟音とともに動き出した。プロペラが回り、マリアの座席にも振動が伝わった。彼女は思わず緊張した。

「この飛行機はどんなものなんですか?」彼女はシート・ベルトを締めながらたずねた。

「いちばん安全なタイプです」ラーズは言った。「DC-2で、とても優秀な操縦士が二人ついています。わたしはこの航路を、数えきれないほど飛んでいます」彼はレバーを指さした。「座席はたっぷり背を倒せるように、特別注文しました。午後の到着に備えて、よく休めますよ」

〝少しでも眠れるとは思えないわ〟

飛行機は九十メートルほど走り、滑走路へ向かった。エンジン音が響いた。車輪が地面で音を立て、離陸のために速度を増した。マリアはハンドバッグを体の横に抱え、爪が食いこむほど肘掛けをつかんだ。ヤンキー・クリッパーの羽がちぎれる映像が頭の中に閃《ひらめ》いた。心臓が激しく打った。数秒後、飛行機の前部が上がり、機体は宙に浮いた。

陽光が客室の窓から差しこんできた。彼女は深く息を吸いこみ、肘掛けをつかむ手の力を緩めた。飛行機が高度を増し、彼女は窓からリスボンの街と、大西洋に流れこむテージョ川を見た。海岸線の光景は、ペニーシェ要塞の砕ける波の記憶を喚起した。彼女は無言で、ティアゴが苦しんでいませんように、彼を刑務所から出す方法が見つかりますようにと祈った。機体が右へ傾き、岸は見えなくなった。

飛行機が巡航高度に達し、ラーズは煙草に火をつけた。

マリアは職務のために、飛行機で飛ぶことの不安も、ティアゴのことも忘れるようにした。ラーズを見て言った。「新しい情報があります」

彼はゆっくり煙草を吸って、煙を吐き出した。「持ってきているんですか?」

「ええ」マリアはハンドバッグを手にして、マニラ紙製の封筒を出した。そこから小さな写真を取り出して、ラーズに渡した。

彼は眉を上げた。感潮河川のような場所に停泊している連合国海軍の上陸用舟艇《しゅうてい》の、きめの粗い白黒写真を見た。「これをどこで手に入れたんですか?」

「協力者のヘイゼルが撮ったんです。彼女はサウス・イースト・イングランドのトウィッチャーです」

「トウィッチャーとは?」

「一種のバードウォッチャーです。広い河口でその写真を撮ったそうです。そこには何十隻もの上陸用舟艇があると言っています」

「全部の船がサウス・イースト・イングランドにあるのかな?」

「ええ——正確にはドーヴァーの外ですね」彼女は脚を組んで、スカートの皺《しわ》を伸ばした。「それから、二人の情報提供者から、パットン大将率いるFUSAGが近くに配置されているという報告がありました」彼女は彼を見た。「十五万人もの軍隊を宿泊させて食事を摂《と》らせるのは、かなりのことだと思います」

彼は顎《あご》をこすった。「ドーヴァーか?」

彼女はうなずいた。

彼は地理を思い浮かべようとするかのように、天井を見上げた。「そうなると、フランスでもっとも近い侵攻場所はパ＝ド＝カレー県ということになりますね」

「そうですね」

彼はまた写真を見た。「お手柄です」

「ありがとうございます」彼女は言った。「でも、ほかにも情報があるんです。また別の情報提供者、王立婦人海軍の無線電信のオペレーターをしている女性から、連合国軍は陽動作戦を企てているという報告がありました」

「どこでですか?」

「わからないそうです。本当の大規模なフランス侵攻の数日前に、海からの上陸攻撃——ドイツ軍の注意を逸らすために計画されたもの——をおこなうという連絡を盗聴したそうです」

「いつおこなわれるのかは、わかっているんですか?」

「一週間以内のようです。彼女の報告書によると、連合国軍は海と天気の状況が明らかになるのを待っているようです」彼女は彼を見た。「侵攻はいつあってもおかしくありません」

彼は襟《えり》元のボタンをはずして、ネクタイを緩めた。

彼女は手書きのメモを封筒から出して、彼に渡した。「いつもは協力者からの情報を報告書にまとめますが、この時点ではその必要はないと考えました。あなたが連絡係と接触するころには、侵攻はおこなわれているかもしれません」

マリアは、ラーズが送り主の記されていない手書きのメモを読むのを見た。彼の表情や姿勢に、疑っている様子が表われるだろうかと観察したが、何もなかった。

「ドイツにとっての戦況が変わるかもしれない」彼はその紙を掲げた。「これは、鉄十字勲章《くんしょう》にも値します」

「鉄より金《きん》のほうが好きです」

「わたしもですよ」彼は口元に歪んだ笑みを浮かべた。「ドイツ軍があなたの情報を参考にして動いていれば、戦争は長引き、わたしは裕福になる」

彼女は胃のあたりが騒いだ。「分け前を約束してくれましたよね」

「いつでも約束は守ります。もし連合国軍の侵攻が失敗して、ドイツの軍事力が維持されれば、わたしはあなたを裕福な女性にしてあげますよ」

「嬉しいです」

ラーズはその情報をモノグラム模様の書類鞄にしまいこみ、座席の背にもたれて煙草を吸った。

マリアは会話からいったん離れたくて、座席を寝台に変えた。横向きになって体を丸め、目を閉じて、眠ったふりをした。


何時間か経って、マリアの飛行に対する不安も次第に薄れた。乱気流の影響もほとんどなく、給油のためのバルセロナ着陸も速やかに済んだ。昼食には、三角形に切ったトースト、生クリーム、楔形に切ったレモン、固ゆでの卵を添えたキャビア缶、そしてシャンパンが出た。ラーズの態度から考えて、彼がマリアのもたらした情報を真実だと受け入れたのはまちがいなかった。〝最初のハードルを飛び越した〟彼女はシャンパンを飲みながら考えた。〝結婚式を楽しむふりをして、彼の誘惑を避け、明日にはポルトガルに帰る〟

リスボンを出て六時間半後、飛行機はスイスのベルンの、小さな空港に着陸した。マリアは大きく息を吸いこんで吐き、口や肩から緊張が消えるのを感じた。

ラーズは灰皿に煙草を押しつけて消した。

彼女はスカートの皺を伸ばした。「どこかで、着替えをしなくてはなりません」

「結婚式の前にホテルによる時間はないでしょう」彼は言った。「飛行機の後部で着替えたらどうですか」

「本当に？」

「ええ」彼は言った。「目隠しのカーテンがありますから」

飛行機が滑走路を走っているあいだに、彼女はハンドバッグとスーツケースを持って、飛行機の後部へ行った。機体を横切るようにカーテンを引き、服を脱いだ。スーツケースから黒いドレスを取り出したとき、推進エンジンの音が消え、飛行機はゆっくり止まった。彼女はドレスを着て、ヒールの高い靴を履いた。アーガスからもらったコンパクトの鏡を見て、化粧を直し口紅を塗った。旅行中の服をしまい、黒と白の縁なし帽をかぶった。

〝終わらせてしまいましょう〟マリアはカーテンを開け、荷物を持って前方へ行った。窓の外、飛行機の前方近くに燃料トラックがあり、油の染みのついた繋ぎを着た男性がホースを巻いているのが見えた。彼女は座席に座って煙草を吸っているラーズに歩み寄った。

「準備ができました」彼女はスーツケースをおいて言った。

彼は立った。彼女の全身を眺めた。「すてきですよ」

「ありがとう」彼女は言った。「あなたは着替えは？」

彼はネクタイを持ち上げてみせた。「あなたが、これがスーツに合わないと思わないならね」

「おしゃれですよ」

彼はにやりと笑った。

燃料トラックが走り去った。プロペラが回り、飛行機のエンジンが音を立てた。

彼女はびくりとした。「どうしたの?」

「もう少し飛ぶんです」

彼女は息をのんだ。

エンジン音は大きくなって、飛行機は前進した。ラーズは彼女のスーツケースを頭上の棚に上げ、彼女に手を貸して座席に座らせた。飛行機は向きを変え、左右に揺れながら、速度を上げて滑走路を走った。

マリアは気持ちが高ぶった。シート・ベルトをして、肘掛けをつかんだ。「次の空港はどこなんですか?」

彼はゆっくり煙草を吸った。「オーストリアです」

第三十八章

ペニーシェ、ポルトガル——一九四四年六月三日

看守の笛が鳴り響き、ティアゴの体に寒気が走った。衰弱して空腹だったが、彼は寝台から這《は》い出した。鍵がはずされて、鋼鉄製の監房のドアが軋《きし》みながら開いた。彼は足を引きずって廊下に出て、監房棟の囚人たちと列を作った。

クリップボードと鉛筆を持った看守が列に沿って歩き、人数を数えた。看守は眉をひそめて、もう一人の、チェーンのついた笛を人差し指で回している看守のほうを見た。「一人足りない」

看守は笛をポケットに入れて監房を調べた。廊下を半分ほど行ったところで、足を止めた。「起きろ！」

囚人たちの視線が、その看守に集まった。

〝ダニロの監房だ〟ティアゴの鼓動が速まった。

「中に入らせないでくれ」看守は言った。「一発やっちまうぞ」

〝頼むから、起き上がってくれ〟ティアゴは頭の中で叫んだ。

看守はベルトから警棒を取り、監房に入った。

〝やめてくれ〟ティアゴは警棒が人体に叩きつけられる恐ろしい音が聞こえるものと覚悟した。だがそうではなくて、看守は監房から出てきて同僚を見た。「死んでるぞ」

ティアゴは落ちこんだ。

笛を持っている看守は警棒で二人の囚人を指して言った。その一人はティアゴだった。「そいつを死体保管所に運べ」

ティアゴは列から離れて監房へ入った。ダニロの命の宿っていない体が、寝台にあった。半分開いた目はどんよりした灰色で、傷《いた》んだ魚のようだった。ティアゴは手で、そっと友人の瞼《まぶた》を閉じた。

「早くしろ！」看守は叫んだ。

もう一人の囚人がダニロの手首をつかんだ。

「優しくしてやれ」ティアゴは囁《ささや》いた。

囚人はうなずいた。

ティアゴは、骨ばって冷たいダニロの踝《くるぶし》をつかんだ。瞬きをして涙をこらえた。

ふたりは死後硬直でこわばったダニロの体を、寝台から持ち上げた。衣類が手足から滑り落ちて、古い傷跡や生々しい傷がむき出しになった。〝ろくでなしども〟ティアゴの胸で怒りが燃え立った。看守たちに仕返しをしたかったが、ほかの囚人と同様に、彼もまた闘うには脆弱すぎて栄養不良だった。苦労して死体を監房から出し、廊下を運んだ。刑務所の地下にある石造りの部屋が死体保管所になっていて、そこで看守はダニロの死体を、低い木製のベンチにおくように命じた。ティアゴはダニロの脚を下ろし、無言で彼と彼の家族のために祈った。

「行け」看守は言った。

ティアゴともう一人の囚人は死体保管所を出た。看守が警棒の先で壁をこすりながら二人のすぐ後ろを歩き、彼らは監房棟へ戻った。ティアゴの胸の中で惨めな痛みがいや増した。自分の死体が仲間の囚人たちに運び出されるまで、あと何日あるだろうと考えた。

第三十九章

ザルツブルク、オーストリア——一九四四年六月三日

飛行機が滑走路を離れるとき、マリアは目を見開いてラーズを見た。「ごめんなさい、聞きまちがえたにちがいないわ。あなたは今、オーストリアに行くと言ったのかと思いました」

「正しいですよ」ラーズは言った。「結婚式はザルツブルクであるんです」

恐怖がマリアの全身に広がった。飛行機は空に舞い上がり、彼女を座席に押しつけている。「結婚式はベルンであると言ったでしょう」

「わたしたちはベルンに飛ぶと言ったんです」

彼女は取り乱さずにいるのに苦労した。「式はオーストリアであるんだと、教えてくれるべきでした」

「謝ります」彼は彼女の腕に手をおいた。「あなたが来ないのではないかと、心配だったんです」

彼女は身を引きたい衝動を、必死にこらえた。「そのとおりです」彼女は言った。「来なかったでしょうね。わたしには、枢軸国《すうじく》に行くのがいいことだとは思えません」

「あなたは完璧に安全です。ドイツ側のスパイなんですから」

「ええ」彼女は言った。「でもアメリカのパスポートを持っています」

「パスポートは飛行機においていってください。わたしと一緒にいれば、必要ありません。あなた

は流暢《りゅうちょう》にドイツ語を話すし、うまく紛れこめるでしょう。もし誰かに素性を訊かれたら、ポルトガル人だと答えてください」

〝とんでもないわ！〟彼女はこの悪夢から逃れる解決法はないかと、必死に考えた。だが高度何千メートルもの上空を飛んでいる今、できることは何もないと観念した。〝冷静に堂々としていよう、なんとかやり通せるはずよ〟

飛行機は東へ傾き、水平飛行を始めた。

「驚かされて喜ぶ女性もいるのでしょうが」彼女は言った。「わたしは――あまり好きではありません」

彼は手を引っこめた。

「次に一緒に旅行するときは」彼女は言った。「旅程を正直に言って欲しいと思います。そうしてくれますか？」

ラーズの顔の皺《しわ》が緩んだ。「ああ」

「いいわ」彼女は言った。「今回の旅について、ほかに教えてくれていないことがありますか？」

彼は両手の指先を合わせた。「結婚式というのは、マルガレーテ・ベルタ・ブラウンのためのものです」

「ええ、わかっています」

「マルガレーテは、グレトルという名前で通っています」

マリアは小首を傾げた。グレトル・ブラウン。

「アドルフ・ヒトラーの連れ合い、エヴァ・ブラウンの妹です」

彼女は息をのんだ。「冗談でしょう」

彼はかぶりを振った。「結婚相手はヘルマン・フェゲライン、武装親衛隊の高い地位にある司令官です」

〝なんですって〟

「わたしの顧客は力のあるひとたちです。ポルトガルの首相とその銀行家との繋がりは、あなたもよく知っていますね。同じような関係をドイツの独裁者とも持っていることに、ショックを受けましたか？」

彼女は全身が冷たくなった。「いいえ」

「ドイツの金《きん》は、わたしを通してタングステンの購入に使われます。それでわたしは裕福になる、彼らの精鋭の結婚式や葬儀に出席するのは、わたしにとって重要なことなんです」

マリアは彼の言葉を理解するのに苦労した。「そういうことを、いつわたしに教えてくれるつもりだったんですか？」

「ザルツブルクに着いたときです」彼は片手で髪の毛をかきあげた。「もっと早く話せば、あなたは来ない口実を作ったでしょう。身勝手ですが、あなたに結婚式に同席してもらいたかった」

「どうしてですか？」

彼は彼女をじっと見た。「あなたのことが好きだからです」

彼女は胸で息が詰まるように思った。

「ギゼラが亡くなったとき、ほかの女性に愛情を抱くことはないと思いました。でもあなたと一緒にいると、生きているのを実感できる。一緒に遠出をしたら、あなたも同じように感じてくれるかもしれないと思いました」

「あなたのことは好きです。でもそれは――今の話を、全部は飲みこみきれません」

「わかります。隠しごとをして、動揺させたにちがいない」

「怒ってはいません」彼女は嘘をついた。「ただ、最初から全部話してくれればよかったのにと思います」

彼は金のカフスボタンを直しながら、少し間をおいた。「質問をしてもいいですか?」

「ええ」

「いつの日か、わたしを友だち以上の存在として見てくれることがあると思いますか?」

マリアは胃のあたりが締めつけられるような気がした。彼を拒絶したかったが、そうすると彼女自身の命や、フォーティテュード作戦を危険にさらすことになる。〝今は彼に頼るしかない。この窮状《きゅうじょう》から抜け出すには、彼のわたしに対する好意を利用する必要がある〟

「思います」マリアは嫌悪感を隠して、彼の手を握った。「ゆっくり進めていってもいいかしら?」

彼は彼女の指を愛撫した。「必要なだけ、時間をかけてかまいません」


ベルンの空港を出てから一時間半後、飛行機はドイツとの国境に近いオーストリアの街、ザルツブルクの丘の上にある空港に着陸した。マリアは窓外を見た。はるか遠くに雪をかぶったアルプスのある、常緑樹に覆われた風景が見えた。飛行機は着陸案内係やリムジンの待っている、エプロンへ走っていった。

マリアはこの旅行をどうやって乗り越えるか、その筋書きを必死に考えながら、飛行機を出て階段を下りた。しっかりした足取りで、舗道にヒールを響かせながら、ラーズのあとについてリムジンに向かって歩いた。

「こんにちは《ハロー》、ヘル・スタイガー」運転手は言って、つややかな黒いメルセデスベンツの後部ドアを開けた。

「こんにちは《グーテン・ターク》」ラーズは言った。

二人は後部座席に乗りこんだ。運転手は彼らの荷物をトランクに積み、運転席に座った。エンジンがかかり、リムジンはエプロンから走り出た。

十五分後、車はザルツブルクの街中にあるバロック様式の華やかな建物、ミラベル宮殿に着いた。二人はリムジンを下り、石敷きの円形車寄せを横切った。マリアはエントランスに近づいてくる二人の肩幅の広い武装親衛隊隊員——勲章《くんしょう》で飾られた灰色がかった緑色の制服を着ている——に、目を引きつけられた。

ラーズは彼女の腰に手を添えて、低い声で言った。「大丈夫ですか？」

彼女は恐怖心を隠した。「大丈夫《ミア・ゲート・エス・ゲート》です、ありがとう《ダンケ》」

彼は微笑んで、彼女の手を自分の肘におかせ、宮殿の中へエスコートして行った。

二人は長い廊下を進み、頰《ほお》の丸い陽気なケルビムの装飾のある、白い大理石の階段をのぼった。上のほうから長靴が階段を踏む音がして、マリアは背筋が凍るような思いだった。上階で、二人はマーブル・ホールと呼ばれる部屋に入った。さまざまな色が混じった大理石が幾何学《きかがく》模様を描く床に、アーチを描く天井が聳《そび》えている。壁には金箔で覆われた巨大で装飾的な石膏《せっこう》彫刻が並び、ただ一つ外向きの壁だけは三メートルのガラスのドアになっていて、ジュリエットが立つようなバルコニーに出ることができる。部屋の正面に、祭壇《さいだん》のような長い大理石のテーブルがあった。テーブルの前には赤いビロード地張りの椅子が四脚並んでいて、おそらくそれは花嫁と花婿、そして立会人のためのものだと思われた。式を見ることのできる角度で、客用の座席が四列、新婚者用の椅子の後ろに並べられていた。

マリアは椅子を数えた。〝二十人しか客がいないのでは、人混みに紛れこむのは無理だわ〟彼女は万力で締めつけられたように、胸が苦しくなった。

ラーズは彼女を連れて後ろの列に行き、いちばん端の席に座った。まもなく客たちが入ってきて、それぞれの席についた。男性たちは全員軍服で、例外はラーズと、足を引きずって歩く眼鏡をかけた男性だけだった。制服の記章から、マリアは、制服の男性たちはドイツ軍の最高司令部の士官のようだと考えた。

三十代前半の女性——銀色のシルクのガウンを着て、小さな映画カメラを持っている——がホールに入ってきて、集まっている人々の隅に立った。頬骨が高く、肌は真っ白で、肩までの長さの癖のある茶色い髪を、脇でリボンで結んでいる。

ラーズはマリアに顔を寄せて囁《ささや》いた。「あれがグレトルの姉の、エヴァです。あなたと同じ、写真家なんです」

マリアは鼓動が速まるのを感じた。あたりを見回したが、ヒトラーの姿はなかった。

グレトル——エヴァにそっくりで、ただし髪の毛はもっと短く、白いレースの襟《えり》のついた黒いドレスを着ている——が、結婚相手のヘルマンと一緒にホールに入ってきた。額《ひたい》の生え際がV字になっている、長身の武装親衛隊の士官だ。二人は軍隊の指揮官二人とともに、正面の列に座った。

客の中に、マリアにわかる人物は誰もいなかった。まもなく丸眼鏡をかけ、髭《ひげ》をきれいに刈りこんだ士官が正面のテーブルに歩み寄り、客たちのほうを向いた。写真の掲載されている枢軸国の新聞をマイクロフィルムに写したことがあったので、彼女はそれがハインリヒ・ヒムラー、ナチス・ドイツでもっとも力のある男性の一人だと気づいた。恐怖の波に襲われた。

二十分間、ヒムラーはマリアの信じている宗教のものではない結婚式を取り仕切った。彼は祖国と血統、そしてアーリア人の優越性について語った。エヴァは微笑みながら映画カメラのファインダーをのぞき、妹の特別な日をフィルムにおさめている。ヒムラーは結婚しようとする二人に杯からワインを飲むように指示し、グレトルとヘルマン、そして立会人たちに台帳にサインをさせて式を終えた。

客たちは席を立ち、新婚夫婦のあとからホールを出て、階段を下りた。マリアは客たちと談話などせず、リムジンに戻りたいと思ったが、ラーズと一緒に宮殿を出ようとしたとき、グレトルとヘルマンが近づいてきた。

「ラーズ！」グレトルは彼を抱き、頬にキスをした。「会えて、すごく嬉しいわ」

「わたしもです」ラーズはヘルマンのほうを向いて、握手をした。「おめでとうございます」

「ありがとう《ダンケ》」ヘルマンは言った。

「こちらのすてきなお嬢さんはどなた？」グレトルが訊いた。

「マリアです」ラーズは言った。

マリアは勇気を振り絞って微笑んだ。「お祝いの場にいられて光栄です」

グレトルは彼女を抱いた。「ラーズがあなたを連れてきてよかった。いつまで滞在するの？」

「明日には帰ります」彼女は言った。

「もっと長くいなさいよ」グレトルは言った。「パーティーは何日も続くのよ。仲良くなるチャンスだわ」

マリアは答えに困った。「せっかくですが――」

ラーズがマリアの肩に腕を回した。「残念ながら、仕事があるんです」

「あなたは働き過ぎよ」グレトルは言った。「明日帰らなければならないのなら、今夜、その分も楽しんでちょうだいね」

「楽しみにしています」ラーズは言った。

ヘルマンが妻の腕を取って、その場を離れていった。二人は幌《ほろ》の開く黒いリムジンの後部に乗って、走り去った。

マリアはラーズと一緒に円形の車寄せを横切った。〝ちゃんとできるわ。結婚式を乗り切れたんだから、披露宴も大丈夫〟二人がメルセデスに乗ると、運転手が車を急発進させた。

「どう思いましたか?」ラーズは尋ねた。

「興味深い式でした」マリアは人種的優越性というヒムラーの発言に対する怒りを隠して言った。「SS将校のための、民事結婚式です」

彼女はドレスの裾《すそ》を直した。「グレトルは感じのいい方でした」

ラーズはうなずいた。「彼女はとても社交的なんですよ」彼は煙草に火をつけて、窓を少し下ろした。

「披露宴はどこで?」

彼は煙草を吸った。「ケールシュタインハウスです」

〝鷲の巣《イーグルズ・ネスト》だわ〟マリアは考えた。

「きっと感心しますよ。ベルヒテスガーデン・アルプスの、高い山の背に建っている山荘です」

「遠いんですか?」

「四十分ほどです。でもそこに行く前に、ベルクホフに寄らなければならない用事があるんです」彼は窓から煙草の灰を落とした。「総統の別荘ですよ」

彼女は胃がよじれる思いだった。

「結婚式に出た一行は総統に敬意を払ってベルクホフに立ち寄り、写真を撮るでしょう。その後、全員が披露宴に行きます」

「わたしも一緒に?」

「いいえ」彼は言った。「あなたは先に披露宴に行っているほうがいい。わたしもあまり遅れずに行きますから」

「わかりました」彼女は安堵しながらも、自分の無力さを思った。

リムジンはザルツブルクの街を離れ、曲がりくねった山道を進んだ。高度が増すにつれて、気温が下がった。マリアの腕に鳥肌が立った。三十分後、運転手は二人の武装した警備員のいる詰め所の前に車を止めた。

ラーズが片手を上げた。

警備員たちはラーズに気づき、手を振って車を通した。

車は長いドライヴウェーの奥まで進んでから止まった。前方に、新婚の夫婦が家のエントランスに続く階段をのぼっているのが見えた。

ラーズは彼女の膝に手をおいた。「すぐに、また会えます」

「ええ」

彼は体を離して、車から下りた。

運転手がトランクを開け、ラーズに書類鞄を渡した。

ラーズがベルクホフに向かって歩いていくのを見ながら、マリアの胸の中で希望が閃《ひらめ》いた。〝彼はわたしの情報を持っていく〟彼がうまく情報を渡し、ヒトラーと最高司令部が、まもなく連合国がパ＝ド＝カレー県――実際にフランス侵攻がおこなわれる場所からは遠く離れている――に上陸しようとしていると信じこみますように。

運転手がエンジンをかけ、車を出した。車はトンネルが五つ、急なヘアピン・カーブが一つある急勾配の山道を何キロも走った。やがて大きな駐車場に近づき、そこから結婚式の客たちは徒歩で、山腹のトンネルへと向かった。トンネルの入り口の数百メートル上、山頂に鷲の巣《イーグルズ・ネスト》があった。

マリアは窓から山荘を見て、ラーズの言葉を思い出した。〝全員が披露宴に行きます〟花嫁と花婿のために乾杯をするヒトラーの姿が、頭の中に閃いた。呼吸がせわしくなった。動揺する気持ちを鎮《しず》めようとして、母親のサファイアの指輪を回し、頭の中で計画を立てた。

第四十章

オーバーザルツベルク、ドイツ――一九四四年六月三日

リムジンのドアが開き、マリアは外に出て、高高度の冷たい空気に包みこまれた。トランクを開けにいく運転手のあとを追いながら、彼女は身を震わせた。〝ラーズが暖かい衣類を持っていくようにと言った理由が、やっとわかったわ〟彼女はスーツケースからウールのコートを出しながら考えた。コートを着て、ハンドバッグを手にした。

運転手はトランクを閉めた。「楽しい夜を」

「ありがとう《ダンケ》」

マリアはトンネルの入り口を目指して、客たちを追いかけた。みんな、コートを着ていた。彼らは開いている鋼鉄製のドアから、配達用トラックも通れるほど広い地下通路へ進んだ。宙に吊られている電灯に照らされ、客たちのお喋りが大理石のトンネルの壁に響いた。マリアは地獄へ続く道を歩いているような気分で、意志の力だけでトンネルの先へ進んでいった。山の中に百二十メートルほど進んだころ、大きなエレベーターがあった。マリアも含めて、客の何人かはドーム型の待合室のベンチで休んだ。

人混みがまばらになってから、マリアは磨かれた真鍮《しんちゆう》板が貼りめぐらされた、緑色の革製のベンチのあるエレベーターに乗りこんだ。隅に座ったとき、武装親衛隊の士官が入ってきて、腕でドア

が閉まるのを止めて、毛皮のコートを着た女性二人を乗せた。マリアは会話を避けようとして、目を伏せ、女性の一人が東の前線に送られた息子の話をするのを聞いていた。

ドアが閉まった。エレベーターは大きく揺れてから、ゆっくり上がっていった。

「こんばんは、お嬢さん《フロイライン》」バリトンの声がした。

マリアが顔を上げると、おそらく三十歳前後と思われるドイツ人士官が立っていた。突き出した顎《あご》はきれいに髭《ひげ》が剃《そ》ってあり、帽子には銀色のどくろ図の記章がある。「こんにちは《ハロー》」

「座ってもいいですか?」

「ええ《ヤー》」

彼は座り、帽子を脱いで金髪を見せた——上のほうは長いが、後ろと両脇は剃ってある。「お名前は?」

エレベーターが軋《きし》み、呻《うめ》くような音を立てた。「マリアです」ヘア・トニックのメントールのにおいが、彼女の鼻をくすぐった。

「ヴィルヘルムです」彼は首元につけている鉄十字勲章《くんしょう》の位置を直し、マリアに顔を寄せた。「誰かと一緒に来ているんですか?」

「そのはずだったんですが、彼は仕事に呼ばれてしまったんです」

士官は微笑んだ。「その不運な人物は誰なんでしょう?」

「ラーズ・スタイガーです」

士官は背筋を伸ばし、マリアとのあいだを空けた。「失礼しました、お嬢さん《フロイライン》。ヘル・スタイガーによろしくお伝えください」

「伝えます」彼女は言った。「あなたのお名前をフルネームで教えてもらえますか?」

彼は息をのんだ。「親衛隊少佐、ヴィルヘルム・ブラントです」

エレベーターのドアが開いた。士官は帽子をかぶり、女性たちより先に出ていった。

〝彼はラーズを知っていて、恐れている〟マリアは考えた。

彼女はエレベーターを下り、案内係にコートを預け、広い客間へ続く廊下を進んだ。木の梁《はり》が天井にわたされていて、壁は成形された大きな石でできている。薪《まき》の燃える大きな暖炉から、焦げた白樺《しらかば》の香りが漂っている。電気で光る蠟燭《ろうそく》の燭台《しょくだい》が壁を飾り、この山荘を中世の城のように演出していた。客たち――軍人も民間人も入り混じっている――は、それぞれに二十人は座れるようなオーク材のテーブルのまわりに集まっていた。食事のセットの数からして、結婚式よりも多くが出席するようだが、大宴会というわけではなさそうだった。そして客の一覧表にある名前は、ヒトラーの側近たちばかりなのだろう。

〝ちゃんとできるわ〟彼女は花束を見ながら考えた。〝アスター邸にこっそり入ってドノバン大佐と会ったときのように、ここにいて当然のふりをするのよ〟

マリアは、花嫁と花婿のためのものと思われる、いちばん大きなテーブルに歩み寄った。それぞれのセットに、カリグラフィーの文字で名前が書かれたカードがおいてあった。目の隅でカードを見ながら、一人はタキシード、もう一人はビジネス・スーツを着ている二人の灰色の髪の男たちの横を通り過ぎた。テーブルの上座の席に、エヴァ・ブラウンと総統の名前があるのを見て、マリアは凍りついた。空《から》のクリスタルのグラスをちらりと見てから、山荘内の探検を続けた。

さらに室内を観察し、女性用の化粧室で化粧を直したあと、マリアは廊下を進んで階段を下り、バーとして使われているマツ材の板張りの部屋に入った。トリオの楽団――バイオリンとヴィオラとアコーディオン――が客たちを楽しませていた。マリアはバーに行き、リースリングを頼んだ。ワインのグラスを手にして上階へ戻り、コートを出してもらって、アルプスの山々を望む広いテラスに出た。コートと帽子を身につけた何人かの客が、シャンパンを飲んだり煙草を吸ったりしていた。手すりから、千メートルほども下のベルヒテスガーデンの町を見下ろした。顔に冷たい風が当たった。彼女はワインを飲み、自分の運命について考えた。

　マリアは平和主義者として育てられ、すべての命に価値があると信じてきた。だがヒトラーは何百万人もの死に責任のある邪悪な独裁者で、どんな犠牲を払っても止めるべき存在だ。何もしなかったら、今回の試練を乗り越えられたとしても、戦争を短くして数知れない命を救うために何かできたかもしれないのにと、後悔しながら生きていくことになる。でももし計画どおりに行動したら、生きて鷲の巣《イーグルズ・ネスト》を離れられるとは思えない。マリアはどちらにするかを秤にかけて、決意した。

〝わたしにはヨーロッパを解放し、命を救う使命がある。だから、あいつを殺すしかないわ〟

　その方法は三つあると考えられた。ハンドバッグの中に隠してあるスティンガーのペン型銃を使ってもいいが、それは低水準の二二口径のカートリッジのもので、相手を殺すというより逃げるために使うよう設計されている。あの武器を使うには、ヒトラーのすぐ横に立つ必要があるだろう。L薬《ピル》のシアン化物を彼のグラスに入れるには、二つ問題があった。まず、人に見られずにするのは難しいし、L薬の液体が皮膚を通じても摂取されるとしたら、手でカプセルを割った彼女がヒトラーが水を飲むより先に死ぬことになる。最後の方法は油断している士官から拳銃を奪い取り、総統を撃つというもの。だが彼女は力が弱く、武器の扱いの訓練を受けてもいないので、発砲するのは難しいだろう。どれほど相手の近くに行けるかによって武器を選択しようと、マリアは決めた。ワインを飲み干し、いろいろなことを考え合わせると自分にとって最後になりそうな夕日の光景を眺めた。

　山荘の中の人声が増え、マリアはテラスを離れた。ふたたびコートを案内係に預け、客間へ行った。花嫁一行が到着していて、グレトル――つややかな象牙《ぞうげ》色のシルクのウェディング・ドレスに着替えている――が、客たちに挨拶をして回っていた。マリアは室内を見回したが、ラーズもヒトラーも見当たらなかった。一人で立っているのは避けたかったので、エレベーターの中で話した親衛隊少佐を見つけた。

「失礼」マリアはバーで、彼に歩み寄って言った。

親衛隊少佐のブラントは、ワインを手にして彼女のほうを振り向いた。両方の眉を上げた。

「ヘル・スタイガーが来るまで、一緒にいてもらえませんか？　あなたのお世話になったことを、彼もとても感謝すると思います」

彼は微笑んだ。「もちろんです。飲み物はどうですか？」

「トニック・ウォーターを」

三十分ほど、彼女はブラントとお喋りをしていた。主に彼女のほうから質問をして、自分のことを明かす量はなるべく制限するようにした。会話のあいだじゅう、〝マイネ・エーレ・ハイスト・トロイエ（忠誠心がわたしの名誉）〟と書かれたバックルの光る、彼のベルトにつけられている革製の拳銃ケースを秘かに見ていた。ケースの作りからして、武器を抜くには革のストラップをはずさなければならないようだ。武器を奪い取れる唯一の希望は、ブラントの反応が鈍いかどうかにかかっていた。そこで彼女は一緒にいてくれるお礼のふりをして、イエーガーマイスターを一杯、彼に頼んだ。

白い手袋をした案内係が小さなベルを鳴らして、客たちに食事の席に座るよう合図した。マリアはブラントから離れ、結婚した夫婦の一行の近くの、〝ヘル・スタイガーの同伴者〟というカードのおかれた席についた。ホッホツァイトズッペ、小さなミートボールとアスパラガスの入っているチキン・ブイヨンがベースの結婚式のスープがボウルで供されるころ、彼女の緊張はさらに増した。一時間ほど、彼女は四皿のコース料理をやっとの思いで少しずつ食べながら、花婿の親族だという年配の夫婦とお喋りをした。

ウェイターがケーキの載った皿をテーブルにおいたとき、彼女は肩に触れられるのを感じた。

「遅くなって申し訳ありません」ラーズが彼女の隣に座った。「楽しくしていましたか?」

「ええ」彼女は、胃が締めつけられるような思いで言った。「おいしい料理を食べ損ねましたね。ウェイターに、キッチンに一皿取っておくように頼んでおきました」

「それは嬉しいですね。でも今夜は、もうデザートをもらいたい気分です」彼はウェイターに合図して、シュナップスを持ってくるように言った。

「会合がうまくいったんですね」

「はい」

彼女はエヴァ・ブラウンの隣の椅子が空いているのを見た。エヴァは妹と話している。マリアは不安を募らせた。「総統は来るのかしら?」

「いや。彼は軍の用事で足止めされました」

安堵と敗北感が入り混じって、彼女の胸に渦巻いた。

彼はフォークを取って、ケーキを一口食べた。「おいしい。あなたも食べてごらんなさい」

彼女が返事をする前に、彼はケーキをすくい、彼女の口元に運んだ。彼女は口を開けて、それを受け入れた。ナッツと蜂蜜を使った、何層にも重なった甘いツリーケーキだ。

まもなく、食器類は片づけられ、テーブルが動かされて小さな舞踏室ができた。トリオの楽団が、グレトルとヘルマンの夫婦としての初めてのダンスのためにモダン・ワルツの曲を弾いた。演奏は続き、新婚の二人に、二人連れの客たちも加わった。

ラーズは二杯目のシュナップスを飲み干し、手を差し出した。「踊ってもらえますか?」

彼女は彼の手を握り、彼の後ろからフロアの中央へ出ていった。ワルツを踊りながら、彼は彼女を抱き寄せた。右手が、彼女の背中を優しく愛撫した。

「ダンスがうまいんですね」彼女は彼の気を逸らしたくて言った。

「いいパートナーがいるかどうかで、全部がちがってきます」

ワルツのリズムに乗って動きながら、彼女はラーズという人物がはっきり理解できたような気がした。彼は富のために魂を売ったスイスの銀行家であるだけでなく、ヒトラーと直接繋がりのある情報提供者なのだ。しばらくのあいだ、彼女は彼をナチス支持者だと思ってきたが、ここで彼が総統の内輪のメンバーに囲まれている様子を見ていて、彼の本質を知った――ヒトラーの人種的浄化と世界征服の探求への協力者だ。マリアの胸で怒りが燃え立った。彼女は冷静でいるのに苦労し、彼を押しのけたい衝動と闘った。

三時間、二人は客たちとともに祝った。集まっている人々の大半がラーズをよく知っていた。誰かと話すたび、ラーズはマリアをポルトガル人の連れだと紹介した。話の大半は彼が受け持って、彼女は控え目な女友だちの役を演じた。グレトルと、女性がもう一人、ラーズが妻の死からようやく立ち直ったのを見て嬉しいと、内々に彼女に言った。ラーズはいつもよりたくさんシュナップスを飲んで、夜が深まるにつれて話し声が大きくなり、頻繁に彼女に触れるようになった。彼女は意識をはっきりさせておくため、トニック・ウォーターとコーヒーを飲んだ。

「楽しいですね」マリアはラーズに言った。「だけど、もう疲れました。いつ、ホテルに行けるのかしら？」

「あなたがそうしたいというなら、今すぐにでも」

「そうできたら嬉しいわ」

二人はグレトルとヘルマンに挨拶をして、コートを受け取り、エレベーターからトンネルへ下りた。駐車場で、ラーズはリムジンの窓を叩いて運転手を起こし、二人で後部座席に乗りこんだ。マリアは車のドアに寄りかかり、ザルツブルクのホテルに着くまで眠ったふりをした。

フロントで、ラーズが係の者と話しているあいだ、マリアはロビーのソファーに座っていた。ベルボーイがリムジンから二人の荷物を取り出し、階段の上に運んでいった。

ラーズは彼女に近づいた。「行きましょうか？」

マリアは身も心も疲れ果て、彼のあとから二階分の階段をのぼった。廊下の奥で、ラーズはドアの前で立ち止まり、ポケットから鍵を出した。目を細くして錠に鍵を差しこもうとした。

「やりましょうか？」

「できました」彼は鍵の先を錠にこすりつけて、ようやく穴を見つけた。ドアが開いた。

「ここはわたしの部屋ですか、それともあなたの部屋かしら？」

「わたしたち二人の部屋です」彼は言った。「ほかに空き室がありませんでした。あなたが同行するかどうか決まらないうちに、予約をしておいたんです」

彼女は胸の前にハンドバッグを抱えた。「ほかのホテルに行ってみます」

「もう運転手は帰ってしまいました」彼は言った。「ここは、前に泊まったことがあります。ソファーのある、広いスイートルームです。二人で泊まれますよ」

彼女は設備の整った室内を覗き見た。柱のあるベッドがあり、大きなたんすの前に二人の荷物がおいてある。〝ほかにどうしたらいいのかしら？　お金は持っていない。敵の領地内にいて、リスボンに帰るには彼に飛行機に乗せてもらわなくてはならない〟渋々、彼女は敷居をまたいだ。鏡台の上にハンドバッグをおいたとき、金属製のスタンドにバケツがあって、シャンパンの瓶が冷えているのに視線を引きつけられた。

ラーズはドアを閉めて、鍵をかけた。「すばらしい――ホテルは覚えていたんだな」彼はシャンパンを持ち上げ、フォイルを取って、コルクを抜いた。

マリアは自分を抱くように、両腕をつかんだ。

「乾杯しましょう」彼はグラスにシャンパンを注いだ。

「何にですか?」

「あなたの情報に」彼は彼女にグラスを持たせた。「ドイツの最高司令部は、装甲師団にカレー防衛を命じました」

〝神さま、ありがたい〟

二人はグラスを合わせ、シャンパンを飲んだ。

ラーズは大きく一口飲んでから、酒を脇においた。彼女に近づいて——靴が触れ合いそうになるまで——彼女のグラスを取り、それをスタンドにおいた。

〝どうしよう〟

彼は彼女の肩に手をおいた。「わたしたちはいいチームだと思いませんか?」

「そうですね」彼女は言った。

彼は指先で彼女の頰《ほお》をなでた。

寒気が彼女の背筋を駆け下りた。「ゆっくり進めていくものだと思っていました」

彼は身を乗り出して、酒臭い息をし、彼女の首にキスをした。「ゆっくりしているでしょう」

彼女は必死に頭を巡らせた。〝何を言っても逃げられない。彼はなんでも思いどおりにするのに慣れてる——そしてわたしを、自分の思いどおりにするつもりだわ〟

彼の手が彼女の胸に移動した。彼は体の重みをかけて、彼女を壁に押しつけた。

マリアは嫌悪感を隠し、両手で彼の髪の毛をかきあげた。「もっと楽な服に着替えるまで、待っていてください」

ラーズは血走った目を輝かせて、体を離して微笑んだ。「あまり時間はかからないだろうね」

「ええ」

彼女はその場を離れて、スーツケースからナイトガウンを取り出した。ハンドバッグを手にして化粧室へ行き、ドアに鍵をかけた。心臓がばくばくしていた。ドアに背中をつけて寄りかかり、深く息を吸って気持ちを落ち着け、服を脱いでナイトガウンを着た。音を立てるために蛇口を開いた。ハンドバッグからコンパクトを出すとき、アーガスの指示が頭の中に響いた。〝K薬の一粒の中身を飲み物や食べ物に入れると、それを口にした人物は意識を失う〟

指の爪を使って、彼女はコンパクトの鏡をはずそうとしたが、それはびくりともしなかった。ハンドバッグの中からヘアピンを出し、鏡の端をひっかいた。鏡がはずれて、破片と薬が床に散った。〝しまった！〟彼女は手足を床について、タイルの床の上を探った。〝いくつあったっけ？〟彼女はトイレの裏に転がった薬を拾いながら考えた。

ドアをノックする音がした。「大丈夫かね？」

「ええ」彼女は落ち着いた様子を保つのに苦労した。「すぐに行きます」

彼女は全部見つけたことを祈りながら薬を拾い、鏡の破片をゴミ箱に入れた。コンパクトと薬――一つを除いて全部――をハンドバッグに入れた。K薬をサファイアの指輪の下に挟んで、化粧室を出た。

体にぴったりしたシルクのナイトガウンを、両手でなでてみせた。「どうかしら？」

彼は視線でなぞるように、彼女の全身を見た。「きれいです」

彼女は彼に歩み寄り、その胸に手をおいた。「誰かと親密な関係になるのは、しばらくぶりなんです。ちょっと緊張しているし、なるべく時間をかけられたらいいと思います」

「優しくしますよ」

「わかっています」彼女は指先で彼のネクタイをなでた。「ゆっくりしていてください、もう少しシャンパンを注ぎますね」

彼は彼女の目を見詰めてうなずいた。

ラーズが上着を脱ぐあいだに、彼女はグラスを回収した。背中を彼に向け、K薬のカプセルを割って、その中の液体状の催眠薬を彼のグラスに入れた。空《から》のカプセルを氷水の中に隠し、バケツから瓶を出した。シャンパンを注ぎ、振り向いてズボンと白い下着姿になった彼を見た。

「はい」彼女は言って、グラスを彼に渡した。

彼は大きく一口飲んだ。

彼女もシャンパンを飲んだ。

彼はもう一口飲んで、中身が半分ほどになったグラスをおいた。

彼女は気持ちが高ぶった。「お酒を飲んでしまいましょう」

「あとでだ」彼は彼女のグラスを取り、脇においた。

「できれば時間をかけて――」

彼は彼女を抱き寄せて、いきなりキスをした。

彼女は彼が唇を開こうとするのを感じたが、きつく口を閉じていた。恐怖が全身に広がった。

〝もっと薬を入れるべきだったんだわ！〟

彼はのしかかるようにして、彼女をベッドに横たえた。彼女の後頭部の髪の毛をつかみ、首を反《そ》らした。荒い呼吸をしながら、口を開いて彼女の首筋に押しつけた。

マリアは彼を押しのけようとしたが、彼の力は強過ぎた。ナイトガウンがたくし上げられるのを感じながら、催眠薬が効いてくれるように祈った。

第四十一章

ペニーシェ、ポルトガル――一九四四年六月三日

ティアゴは眠れず、寝台から転がり出て、弱った脚で立ち上がった。監房は暗くて静かで、海岸に打ち寄せる波の音がくぐもって聞こえるだけだった。食事をしてからかなり経ち、胃が痛むほど空腹だったので、夜も遅い時間なのだと思った。友人の命の宿っていない体を死体保管所に運んだときの恐ろしい映像を追い払いたくて、彼は詩をつぶやいた。でも頭の混乱を鎮《しず》めるのに、言葉はほとんど役に立たなかった。詩の暗唱をやめて、彼は監房内を行ったり来たりした。

〝一、二、三、四、五、六、七、八、九、十〟

彼は向きを変え、脚を引きずって歩いた。

〝一、二、三、四、五、六、七、八、九、十〟

監房にはほとんど光が入らなかったが、彼は目を閉じていても、その空間を横切って、鼻先と監房の壁が数センチ以内になったところで立ち止まることができた。一時間、この監房棟のほかの在監者たちが眠っているあいだに、彼は床に足を擦りつけるようにして歩いた。〝頭と体を動かしておくことだ、さもないとダニロのようになってしまう〟

監房棟の出入り口の鉄製のドアが軋《きし》みながら開いた。銀色の光が、彼の監房のドアの下を照らした。

ティアゴは凍りついた。夜勤の看守が巡回する、その靴が床に当たる音に耳を澄ました。何分か後、監房棟のドアが金属製の枠に当たる音がした。彼は床に差しこむ光の筋を見詰めて、今週で三度目、看守が廊下の照明を消すのを忘れたことに感謝した。

彼は金属製の寝台の枠の端を持ち上げて、壁からそれを離し、コンクリートの床に刻みつけてあるかすかなチェス盤が見えるようにした。指を使って、マットレスの底に開けた穴から、注意深く駒《こま》を取り出した。床に座ると、湿った冷たさが尻と足から伝わってきた。チェス盤に駒を並べた。ゲーム類は、ペニーシェ刑務所ではいっさい禁止されている。もし見つかったら、厳しく罰せられるだろう。だがティアゴにとっては、これは危険を冒す価値のあることだった。頭が冴えるし、もっと重要なことに、人間らしさを感じられた。

チェスのセットを作るのに二ヵ月もかかった。チェス盤は小さな石でコンクリートに刻みつけ、一日足らずで作ることができた。ほとんどの時間と労力は、駒を作るのに費やされた。彼はそれらを、ウールと馬の毛――マットレスの詰め物――と、古いパンの欠片《かけら》で作った。工程の第一段階は、白いウールを栗色の馬の毛から選り分けることだった。パン屑と水をペースト状にして、毛と混ぜてチェスの駒のような形を作った。最初やってみたときはひどいもので、ルークとビショップとクイーンの区別がつかず、けばけばの芋虫が直立しているようだった。失敗だったが、彼は自分で笑い、ローザだったら芸術的才能のなさをなんと言っただろうかと考えた。

何度も試行錯誤したあと、彼は駒を作る工程に熟練した。最初は一人でチェスのゲームをするのは難しかったが、やがて脳の状態を公平に保てるようになり、常にいちばんいい手を考えるようにした。チェスをしていると夢中になれるばかりでなく、頭の体操にもなった。両親との楽しい思い出が甦《よみがえ》った。

ティアゴは八歳のときチェスの遊び方を覚えた。ブドウ園で一日重労働をしたあとの夜、父親と母親は娯楽としてチェスをした。ティアゴは両親の動きを観察し、質問をすることで、ゲームの規則や戦法を学んだ。何週間かで、どんなふうに動かしたらいいか、両親に提案を耳打ちするようになった。まもなく、三人で代わりばんこに対戦するようになった。

子どものころ、それは余暇《よか》にする楽しいゲームだとしか考えていなかった。やがて大人になってから、両親が協力の重要性、問題解決、そしてうまい勝ち方や負け方を教えようとしていたのだと理解した。いつの日か自分の子どもたちに、両親がしてくれたのと同じようにチェスを教えたいと思っていた。だが戦争やサラザール政権に、マリアとの将来を奪われた。夜更けに監房棟が静まり返ったとき、彼はよく、彼とマリアが二人の子どもたちにチェスを教えるのはどんなだっただろうと想像した。

〝ああ、物事をちがったようにできればいいんだが〟

ティアゴは胸を痛めながら、白のポーンを二升《ます》前進させた。冷たい床を這《は》ってチェス盤の反対側に移動して、頭を切り替えた。いくらか考えて、黒のポーンを動かした。夜勤の看守がふたたび巡回に来て、今度は忘れずに照明を消すまで、二時間ほどゲームをしていた。

第四十二章

ザルツブルク、オーストリア――一九四四年六月四日

ラーズがマリアのナイトガウンの下に滑りこませ、太腿《ふともも》をぎゅっとつかんだとき、彼女の耳の奥で激しく鼓動が響いた。マリアは彼にのしかかられて、ベッドの上で仰向けの状態で動けなかった。顔を逸らし、目を細くした。

「やめてください」彼女は言った。「早すぎます――よくないことだわ」

「いや――大丈夫だ」彼は彼女の頬《ほお》に口を押しつけた。

彼の酸っぱい息が、彼女の鼻を刺激した。彼女は両膝をつけておこうとして、脚が震えるほど力を入れた。彼を押しのけようとしたとき、クリスタルの灰皿が目に入った。腕を伸ばしたが、届かなかった。

彼は彼女の腰をつかんだ。

彼女はさらに腕を伸ばして、あと数センチで指先が灰皿に届きそうになった。

そこでラーズの呼吸が遅くなり、その体から力が抜けた。彼の両手が、ベッドに落ちた。

マリアの胸に彼の全体重が乗り、息をするのも苦しかった。体中の力を使って、彼女は彼を自分の横に転がした。苦労してベッドから下り、ソファーに倒れこんだ。目から涙があふれ出した。全身が震え、両手で両膝を抱えた。

数分間、マリアはラーズの胸が上下するのを見ていた。いつまで薬が効いているのかわからなかったので、ソファーを離れて、彼が起きたときのための準備をした。薬は無色だったが、彼のグラスのにおいを嗅ぐと、薬品のにおいがかすかに感じられた。そこで彼女は、瓶に残っていたものも含めて、シャンパンを全部流しに捨てた。化粧室の床を掃除して、鉤爪《かぎづめ》状の脚のついた浴槽の下にK薬《ピル》を一つ見つけた。残っていた薬をすべてハンドバッグの内張りの下に隠し、ペン型銃を出し、移動するのに着ようと思っている濃紺のスーツの上着の内ポケットに入れた。

何時間も経ったが、ラーズは意識を失ったままだった。彼女は風呂を使ったと見せかけるために浴槽に湯を溜め、着替えをして化粧をした。荷物をまとめ、ソファーに座り、規則的な彼の呼吸を聞いていた。〝彼をずっと眠らせておくわけにはいかない。彼がいなければ、ここを去ることはできない〟彼女はスーツの上着越しに感じられる塊《かたまり》をなでた。〝でも、また無理に抱こうとしたら、彼を撃つ〟

夜明けからだいぶ経ったころ、ラーズは動き始めた。

マリアは恐怖を抑えこんで、ベッドに近づいた。「ラーズ」

彼は呻《うめ》いた。

「ラーズ」彼女は彼の肩をつついた。「遅れますよ。もう行かなくてはならないでしょう」

彼はゆっくり転がってあお向けになり、頭をこすった。

マリアはカーテンを開け、太陽の光を部屋に入れた。

彼は両目を隠した。「何時ですか?」

「九時半です。無理に起こさなかったんです」

彼は両手で顔を覆って、ベッドの端に座った。「頭が割れそうだ」

「どれくらいシュナップスを飲んだんですか?」

「飲みすぎました」彼はかすれ声で言った。

彼女は勇気を出して、彼に近づいた。「わたしに乗りかかったまま寝てしまう前、何があったか覚えているんですか?」

ラーズは顔を上げ、手の甲で口を拭いた。「たしかわたしたちは――」

彼は頭の中の靄《もや》を払おうとしているような様子で黙りこんだ。

彼女は両手を腰にあてた。「あなたはものすごく乱暴な態度でしたよ」

彼は目を細くした。「わたしは――覚えていない――」

「わたしは覚えています」彼女は彼の言葉を遮った。「獣みたいな態度だったわ」

彼は髪の毛をかきあげた。「酔っていたんです」

胸に怒りが燃え上がったが、彼女は落ち着いた態度を崩さなかった。「それは言い訳になりません」

「申し訳ない」

「あなたのことは好きですが、まだ親密な関係になる気持ちにはなれません。それを尊重してもらいたいものです」

「もちろんです」彼は両手を上げてみせた。「怒っていますか?」

「がっかりしました」

彼は立ち上がって、彼女に近づこうとした。

彼女は腕を組んで、いつでもペン型銃をつかめるようにした。

「いつも無粋な行動をとるわけじゃない――わたしのことは知っているはずです」彼の目に後悔が浮かんでいた。「もう二度としません」

マリアはうなずいた。「もう発《た》たなければなりません。ロンドンからの定期便がリスボンに来るはずで、わたし宛の荷物に軍隊の動きについてのニュースがあるかどうか、確認しなければなりません」

「わかりました」彼はスーツケースのほうへ歩いていったが、シャンパンのバケツを見て立ち止まった。空の瓶を持ち上げて、つくづくと見た。

Ｋ薬のカプセルを隠した記憶が、マリアの頭に甦《よみがえ》った。息がつかえて吐き出せなくなった。ラーズは自分を恥じる様子で頭を振り、瓶をバケツに戻した。スーツケースを持ち上げてバスルームへ行き、ドアを閉めた。

水の流れる音が聞こえてくるのを待って、彼女はバケツから薬のカプセルをすくい出した。証拠の品をマットレスの下に隠し、荷造りの済んだスーツケースをドアの横においた。

二十分後、二人はホテルを出てリムジンに乗った。運転手が空港まで二人を送り、そこでは操縦士たちによる飛行機の点検がおこなわれていた。マリアとラーズは搭乗し、それぞれ座席についた。プロペラが回り、エンジン音が大きくなった。飛行機は滑走路を走って離陸した。

飛行機が水平飛行に移ったとき、ラーズは通路を挟んで座っているマリアのほうを見た。「ゆうべのことは、本当に済まなかったと思っています。我ながら、どうしてしまったのかわかりません」

「心配しないでください」彼女は彼の腕を叩いた。「大丈夫です。少し休んでください」

安堵の表情が彼の顔に浮かんだ。彼は椅子の背に寄りかかり、目を閉じた。

三十時間近く寝ていないのに、マリアは緊張が解けなかった。窓から、雪をかぶったアルプス山脈の山々を見た。意外な結婚式の場所、未然に終わったヒトラー殺害計画、そしてラーズとの恐ろしい夜。〝あとどれくらい耐えられるか、わからないわ〟

自信を取り戻すために、彼女は戦略情報局《ＯＳＳ》内のＩＤＣに入った動機を思い出した——祖国のために働き、ファシズムと闘うことだ。だがリスボンで過ごしたことで、目的意識が強くなった。ナチスの反ユダヤ政策のせいで、迫害を避けてリスボンの港から逃げていくたくさんのユダヤ人避難者たちを目撃した。ティアゴは新聞に書かれていない事柄に、目を向けさせてくれた。彼はヨーロッパからユダヤ人を一掃しようというヒトラーの計画で祖父母を失っただけでなく、避難者をアメリカへ逃がす援助をして自らの自由を犠牲にした。

〝連合国の勝利はもうすぐよ〟彼女は考えた。ヨーロッパが解放され、ティアゴがペニーシェ要塞から出てきて、彼女を両腕で抱きしめる様子を思い描いた。〝あなたは諦めないとわかっているわ、ティアゴ。わたしもそうよ〟

第四十三章

攻撃開始日《Dデー》——リスボン、ポルトガル——一九四四年六月六日

マリアは朝のコーヒーをカップに注ぎ、それをマイクロフィルム撮影用のテーブルに持っていった。熱くて苦いコーヒーを一口飲み、カップを脇においた。あと数時間のうちに、ロンドンから航空便が届くことになっている。待ち時間を利用して、彼女はカメラを取り上げ、ドイツの新聞をマイクロフィルムにおさめた。カメラは両手によくなじみ、シャッターを切る音の繰り返しが、無心にはなれないまでも、心を落ち着けてくれた。

リスボンに戻って二日経ったが、マリアはまだ心身ともに疲弊《ひへい》していた。それでも休むことを拒み、誤情報をラーズに渡す職務を続けた。架空の合衆国第一陸軍集団——十五万人の兵士がいて、ジョージ・パットン大将に率いられている——がフランスのパ＝ド＝カレー県を目指して海峡を渡る準備をしているという筋書きだ。旅行中にラーズが獣のような振舞いをしたあと、彼とつきあうのは気の重いことだった。マリアにとって幸運なことに、この四十八時間は彼が言い寄るそぶりを見せることはなかった。だがまた彼女を誘惑しようとするのは時間の問題だと、マリアは確信していた。

ドアをノックする音がした。

マリアはカメラをおき、玄関に行って、覗き穴を見た。ロイの姿が見えて、体の力が抜けた。ド

アを開けて、彼を中に入れた。

「おい」ロイは言った。「大丈夫かい？　くたびれ果てた様子じゃないか」

「そうなの」彼女はドアを閉めた。

「数日前、パイラーと一緒に様子を見にきたけど、留守だった。どこに行っていたんだい？」

「話しても信じないわよ」

「試してみるかい？」

「別のときにね」

彼は鼻をひくひくさせた。「淹《い》れたてのコーヒーのにおいだ」

「どうぞ」彼女は言った。「一杯、注ぐわ」

ロイはマリアと一緒にキッチンに行った。大きな花束を見て、ロイは目を見開いた。「すてきな花だね」

「アパートメントが明るくなるだろうと思ったの」彼女はこの花がラーズからの贈り物だということは明かさないことにした。花束には謝罪をする手書きの手紙が添えられていて、その手紙は引き出しに入れてある。届いたときは捨ててしまおうと思ったが、ラーズが突然やってきたりしたときに備えて取っておくことにした。

彼女はコーヒーをカップに注ぎ、彼に渡した。「パイラーはどうしたの？」

「もうすぐ来るはずだ。ここに来る途中で、新聞の売店に寄ったんだ」

「ああ」マリアは言った。

「驚かせるつもりだったんだ」彼は言った。「きみがいたら、朝食に連れ出そうと思ってね。三人一緒になるのは、ずいぶん久しぶりだろう」

マリアは微笑んだ。「嬉しい。一時間ほど時間があるわ。それでいい？」

「充分だよ」

アパートメントの外の階段から、足音が近づいてきた。二人がそちらを向いたとき、ドアが勢いよく開いて、パイラーが飛びこんできた。

「始まった！」パイラーは言った。

マリアは目を大きく見開いた。

「なんの話だ？」ロイが訊いた。

パイラーは息を吸いこんだ。「連合国軍がフランスに上陸したの！」

マリアの胸で、希望が大きく膨らんだ。「どうしてわかったの？」

「売店のラジオで言ってたのよ」パイラーは答えた。

マリアは急いで居間に行き、ラジオをつけた。真空管が温まるまで数秒ほど無音だったが、すぐにポルトガルの男性ニュースキャスターの声がした。三人はラジオのまわりに集まり、ニュースキャスターの話を聞いた。今朝早くに複数のドイツの通信社が、連合国軍のフランス侵攻が始まり、連合国軍パラシュート部隊がノルマンディーの夜明けの空を舞い下り、上陸軍がルアーヴル近くに上陸したと報じたという。またニュースキャスターは、連合国軍の戦艦が、ドイツ占領下フランスのセーヌ川河口にあるルアーヴル港を爆撃したと報告した。ラジオをつけたばかりの聴取者に向けて、その報告を繰り返した。

「すごいじゃないか！」ロイが言った。

マリアは両手を握りしめた。「本当に起きたのね」

「そうよ」パイラーは微笑みながら言った。

マリアは鷲の巣《イーグルズ・ネスト》のことを思い出した。グレトル・ブラウンとその夫となったヘルマンのための数日にわたる結婚披露宴が、今でも続いているのだろうか。軍関係の客たちが——侵攻のニュースを聞いて——山の上の別荘を飛び出し、パーティーが中断される様子を想像した。ドイツの最高司令部が攻撃に驚いたことを祈った。そしてもっと重要なのは、防衛のための戦力の大半を、連合国軍が侵攻した場所から遠く離れたカレーに配置してあることだった。

電話が鳴った。

マリアのうなじに鳥肌が立った。

電話がもう一度鳴った。

「出ないのかい?」ロイが訊いた。

「そうね」マリアは言った。

パイラーが、ラジオの音量のつまみに手を伸ばした。

「そのままでいいわ」マリアは言った。「でも、わたしが電話で話してるあいだ、黙っていてね」

ロイは両眉を上げた。

三度目の呼び出し音が鳴った。

「あとで説明するから」マリアは息を吸って、受話器を持ち上げた。「もしもし」

「ニュースを聞きましたか?」ラーズの声がした。

マリアの鼓動が速まった。「はい。今、ラジオをつけたところです」

「連合国軍はノルマンディーの海岸地域の、ルアーヴルとシェルブールのあいだに上陸しました」

マリアは息をのんだ。

「報告書では、大規模な攻撃だということです」彼は慌てた口調で言った。「あなたの情報は、本当に正しいのでしょうか」

「ええ」彼女は言った。「策略ですよ」

パイラーとロイは顔を見合わせた。

「あなたの協力者がまちがっているということは？」

「それはありません」彼女は言った。「彼らは独立した情報源です。彼らからの報告のすべてが、本当の侵攻はカレーでおこなわれると示しています」

ロイはあんぐりと口を開けた。パイラーは目を見開いた。

マリアは二人を見て、静かにしてというように指を一本唇に当てた。

パイラーはうなずいて、ロイの腕をつかんだ。

「連合国軍はこれを何ヵ月も計画してきました」マリアは断固とした口調で言った。「彼らはドイツ軍に攻撃はノルマンディーでおこなわれると思わせて、装甲師団をカレーから離れさせたかった、そしてそのカレーで数日のうちに実際の侵攻がおこなわれます」

「それがまちがいだったら」ラーズは言った。「わたしたちは殺されますよ」

「わたしの情報は正確です、あなたはわたしが正しいと知っているでしょう。ドイツ側が軍事力をカレーに集中させるように、説得するのに手を尽くしてください。そうしなければ、パットン大将の軍隊が海峡を渡ったとき、すべてを失うことになりますよ」彼女は受話器を握りしめて、彼の返答を待った。

「いつ会えますか？」

「今日、ロンドンから定期便が来ます。新しい情報があるかどうか確認してから、あなたの家に行きます」

「けっこうです」彼は言った。「ここで待っています」

「それではあとで」マリアは電話を切った。

「いったいどうなっているんだ？」ロイが訊いた。

「詳しいことを明かすわけにはいかないの」マリアは言った。「でも、わたしは戦略情報局《OSS》のために、ドイツの情報部に誤情報を流す仕事をしているとだけ、言っておくわ。わたしを信用して」

彼は首の横をこすった。「わかった」

パイラーはマリアを見た。「わたしたちに、何かできることはある？」

マリアはアーガスのことを考えた。彼はマドリードへ行っていて、マリアはまだ、ラーズとの旅の報告をしていなかった。「大使館に行って、アーガス宛にわたしがエストリルに行くと伝言を頼んで。彼はわたしがそこにいる理由を理解するわ」

「わかったわ」パイラーは言った。

「きみ一人で出かけて、安全なのか？」ロイは訊いた。

「いいえ」マリアは答えた。「ノルマンディーに上陸して闘っている何千人もの連合国軍の兵士たちにとっても、安全じゃないわ。でももしわたしがエストリルに行かなかったら、それ以上の命が失われる可能性があるの」

友人たちと会うのはこれが最後かもしれないと恐れながら、マリアは二人をきつく抱きしめた。それから体を離し、ハンドバッグをつかみ、アパートメントを出た。外でタクシーを捕まえて、空港へ行った。〝いつまでもラーズを騙しておくことはできない、でもあと四十八時間騙していられたら、ドイツ軍が侵攻に対して防衛するには手遅れということになるかもしれない〟

第四十四章

攻撃開始日《Dデー》――ペニーシェ、ポルトガル――一九四四年六月六日

監房棟に笛が鳴り響き、ティアゴは苦労して寝台から立ち上がった。鋼鉄製のドアに鍵が差しこまれる音がして、ドアが開き、看守と刑務所長――カーキ色の制服の脇の下に汗染みをつけた、胸ががっしりと厚い男――の姿が見えた。ティアゴが監房棟で過ごした時間を振り返ると、刑務所長が現われるというのは、抜き打ちの検査か行き当たりばったりの懲罰か、その両方だった。

「脇に立っていろ」看守は叫んだ。

ティアゴは背を壁につけた。

看守は監房中をかきまわした。寝台の金属製の枠の上からマットレスを引きずり下ろし、壁に作りつけの流しの下や、ティアゴの汚物入れのバケツがおいてある棚の中を調べた。

刑務所長は腕を組んで、戸口に立っている。

「何もありません」看守はぼろぼろの毛布を足で押しのけながら言った。

ティアゴは肩の力を抜いた。

「あれはなんだ?」刑務所長が、床を指さして言った。

ティアゴの脈拍が上がった。

看守はコンクリートに刻まれているものを凝視した。「チェッカー盤のようです」

刑務所長はティアゴを見た。「駒《こま》はどこにある？」

「何を言っているのかわからない」ティアゴは言った。

「思い出させてやれ」刑務所長は看守に言った。

看守は木製の警棒をベルトから取り、ティアゴのみぞおちを打った。

腹部に痛みが走り、ティアゴは膝をついた。

「駒をどこに隠しているのか、言え」刑務所長は言った。

ティアゴはあえいで、肺に空気を入れるのにも苦労した。

看守はマットレスを調べて、小銭ほどの大きさの穴を発見した。「ありました、サー」彼はとば口を破り、駒を取り出した。

「そいつを押さえつけろ」刑務所長は命じた。

看守はティアゴを壁に叩きつけた。警棒を喉元に当てて、気道をふさいだ。

ティアゴは息ができず、頭がずきずきと痛んだ。両手で警棒を押したが、衰弱しすぎていて抵抗できなかった。

「それぐらいでいいだろう」刑務所長は言った。

看守は締めつけていた手を離し、ティアゴは床にくずおれた。

「チェッカーの駒はおまえが作ったのか？」刑務所長は訊いた。

ティアゴは息を吸いこんだ。

「もう一度だけ訊く」刑務所長は言った。「どこでチェッカーの駒を手に入れた？」

反抗心が、ティアゴの胸に湧き起こった。彼は顔を上げて、刑務所長をまっすぐに見た。「チェッカーじゃない、チェスの駒だ」

刑務所長の顔が怒りで歪んだ。「そいつの食事を半量にしろ、それから三ヵ月間、外出禁止だ」

「はい、サー」

男たちは監房を出て、鋼鉄のドアに施錠した。

ティアゴは監房の隅に座り、床に刻んだチェス盤を見詰めた。恐怖で胸が悪くなった。ペニーシェ刑務所では、六日以上食事を半量にされた囚人の大半が死んでいった。

第四十五章

エストリル、ポルトガル——一九四四年六月八日

マリアはロンドンからの定期便で届いたマニラ紙製の封筒を手にして、ラーズの家の書斎で、彼と隣り合ってソファーに座っていた。上陸用舟艇《しゅうてい》が一枚、アメリカのシャーマンタンクの写っているのを三枚、合わせて四枚の写真をラーズに手渡した。

「協力者のヘイゼルが送ってきたものです」マリアは言った。

「バードウォッチャーですね」

「ええ」

「どこで撮影したんですか？」

「イギリスのドーヴァーです——受け取った、ほかの写真と同じです」マリアは彼のほうを見た。「パットン大将の軍隊は、今もサウス・イースト・イングランドにいます。フランスのカレーでの侵攻はもうすぐです」

ラーズは顎《あご》をこすり、写真を眺めた。

この二日間、マリアはノルマンディーでの攻撃はまやかしだとドイツの最高司令部を説得してくれと、ラーズに嘆願してきた。マリアにとって幸運なことに、戦略情報局《OSS》は毎日ロンドンから航空便で、ごまかし続けるための偽の証拠を送ってよこした。「ヒトラーの装甲師団はカレーでおこな

われる本当の侵攻に対して、防衛態勢を保持しておくべきです」彼女はリヴァプールの協力者が提供した、傍受した無線通信を見せた。だが何時間も、そして何日もが経ち、ラジオや新聞がノルマンディーにおける連合国軍の戦果を報道すると、ラーズの困惑は増した。彼はたいていの時間、秘かに電話で話し、ニュース報道を確認して過ごした。彼の信用を保っておくため、彼女は空港へ行くのと自宅で眠る以外は、彼の家にいるようにした。

ラーズは写真を脇においた。煙草を吸い、灰と吸いさしがあふれそうになっているクリスタルの灰皿に押しつけて消した。「今ごろ、カレーでの侵攻があると思っていました」

「わたしもです」彼女は言った。「もうまもなくのはずです」

ラーズは脚を組み、ネクタイをなでた。「新聞には、連合国軍のノルマンディーでの攻撃は予想以上にうまくいっていると書いてあります。バイユーが占領され、カンで激しい闘いが繰り広げられているとか」

「辛抱強く、諦めないでいることです」彼女は彼の目を見詰めて言った。「数日のうちに、あなたは総統にとっての守護神のように思われますよ。長い戦争で、あなたは銀行業務を通じてドイツがポルトガルのタングステンを購入する手配をして、大儲けをする」

彼はカフスボタンを直してうなずいた。「あなたも裕福になる」

彼女は微笑んだ。「まさしく、そのとおりです」

彼の机の上で電話が鳴った。

「取ってください」マリアは言って、立ち上がった。「キッチンから何か持ってきましょうか?」

「いや、けっこう」

彼女は書斎を出て、ドアを閉めた。ドアに耳を押しつけて盗み聞きしようとしたが、木のドアは分厚くて、ラーズの話し声は小さかった。気づかれる危険を冒すのはやめて、彼女はキッチンへ行き、黒オリーブをボウルに入れた。ラーズが完璧なプライバシーの確保を望み、運転手を含めて使用人の全員に暇を出したので、家は静まり返っていた。マリアはラーズと二人きりだったが、以前ほど彼を怖いと思わなかった。連合国軍がノルマンディーに侵攻し、彼はドイツによるフランス支配を維持するのにばかり気を取られていた。

マリアはオリーブを入れたボウルと種を出すための皿を銀のトレーに載せた。それを書斎に運び、ドアを叩いた。

「どうぞ」彼は言った。

彼女は中に入り、簡易バーに立ってシュナップスをグラスに注いでいる彼のほうへ歩いていった。

「問題はないですか?」

「ああ」

彼女はトレーを差し出した。「何も食べていないでしょう、オリーブを持ってきました」

彼は一粒つまみ、口に入れて嚙《か》んだ。

「どうですか?」

「おいしい」彼は種を皿に出し、シュナップスを飲んだ。

「トレーをおいてき――」

彼は腕を後ろに引いて勢いをつけ、持っていたグラスを彼女の頭の横に叩きつけた。

彼女はこめかみに痛みを感じた。そのまま床に崩れ落ち、何もかもが真っ暗になった。

第四十六章

コヴィリャン、ポルトガル——一九四四年六月八日

眩暈《めまい》を覚えながら、マリアは頭を起こそうとしてもがいた。両手を背後にきつく引っ張られ、両手首が紐《ひも》で縛られている。少しずつ力が戻ってきて、彼女は薄く目を開けた。ラーズがポケットからハンカチーフを出し、それを彼女の口に突っこみ、テープで覆った。〝おしまいだわ〟

彼女は逃げようとしたが、体が壊れてしまったかのようだった。頭の傷から血が滴って、髪の毛を濡らしている。何もできず、彼女はラーズが彼女の両方の踝《くるぶし》を縛り合わせ、枕カバーを頭にかぶせるのを見ていた。

彼は彼女の脚をつかみ、呻《うめ》き声とともに、肩に担ぎ上げた。

彼女は身をくねらせ、その拍子に頭に鋭い痛みが走った。抗うこともできず、エネルギーを取っておくために、体から力を抜いた。

ラーズは彼女を家から運び出し、メルセデスベンツのトランクに入れた。

トランクの蓋が音を立てて閉まり、そこは暗い地下室のようになった。心臓がばくばくしている。密閉された空間の古い空気を吸った。縛《いまし》めを引っ張ったが、少しも緩まなかった。手首と足首は、手脚の血流が止まるほどしっかり結ばれている。車が曲がりくねった道を走る数分のあいだ、彼女はゆっくり首を前後に動かして、枕カバーを鼻の上までずらした。

しだいに思考力が戻ってきたが、それとともに自分の窮状《きゅうじょう》と運命を理解もした。〝ラーズにわたしのしたことがばれた、彼はわたしをどこかに連れていって殺すつもりだ〟いずれ、わたしがいないことにパイラーやロイ、あるいはアーガスが気づき、OSSが助けにくるだろう。でもそのころには、すべてが終わっているはずだ。恐怖が彼女の全身に広がった。

彼女はラーズが、エストリル郊外の人里離れた地域に行くものと思った。でも彼は、何時間も止まらずに車を走らせた。トランクの中は耐えがたいほど暑くなり、空気は淀んでいる。汗が額《ひたい》を伝い落ち、目に染みた。もはや望めない将来を思い、身も心も痛んだ。父親、友人たち、迫害を逃れる避難者たちを思い、そして連合国軍が勝利してヒトラーの専制政治が終わるように祈った。ティアゴが刑務所から解放される奇跡が起きるように望んだ。

車は荒れた道に入り、急勾配をのぼっていった。マリアは胎児のように体を丸めて、トランクの中で転がった。エストリルを離れてから数時間、車が止まり、エンジンが切られた。ラーズがドアを開け、トランクのほうへ歩いてくる音を聞いて、彼女は身をこわばらせた。鍵が錠に差しこまれ、蓋が開いた。頭から枕カバーがはずされて、彼女は陽光に目を細くした。

ラーズは彼女の左側の腕と脚をつかみ、トランクの外に引きずり出した。

彼女は地面に落とされて、息を詰めた。鼻から息を吸おうとした。口にはハンカチーフを詰められたままだった。

ラーズは彼女の踝の紐をほどき、手は背後で縛ったままにした。両手を彼女の脇の下に入れて彼女を立たせ、車の後部ドアへと誘導し、そこで彼は、後部座席の床から鉱山労働者のランプを取り上げた。

彼女は目の隅で、あたりをうかがった。人気のない山腹の地域は岩や常緑植物で覆われていて、舗装道路や家などは見えなかった。ラーズがよく行っていたタングステン採鉱の町、コヴィリャンの近くだろうか。

彼は上着から拳銃を出し、彼女の背中に押しつけた。「歩け」

縛られていたため脚に力が入らなかったが、彼女はよろけながら狭い土道を歩いた。歩き始めて数分経つと、血流が回復して、爪先の感覚が戻り、踏みしめている地面を感じられたが、あちこち痛むふりをして、よろけて呻き声を漏らし続けた。二人は急な道を四十メートル近くのぼり、やがて斜面に作られた、南京錠のかかった木製のドアに辿り着いた。

彼は彼女の肩を強く押して、膝をつかせた。

〝ああ、どうしよう！〟彼女は顔をしかめて、頭に拳銃を押しつけられて引き金を引かれるのを待ち受けた。

ラーズは岩を持ち上げ、それを錆びた南京錠に打ちつけて掛け金を壊した。ドアを開け、煙草用のライターを出した。数回フリント・ホイールを回したが、火はつかなかった。

〝火がつかなかったら、ここで殺されるわ〟

八回目に、ようやくライターに小さな火がついた。彼はすばやくランプにも火をつけ、彼女を立たせた。

彼女は首の後ろに、銃口を感じた。

「歩け！」

しかたなく、彼女は坑道へ入った。

ランプの光が天井の低い通路を照らした。そこは垂直方向の木の梁《はり》で支えられている。坑内の鉄道——鋼鉄部分は錆に覆われている——が、トンネルの中央を走っていた。天井部分は一部が崩れ落ちていて、ここはタングステン鉱石が採れなくなったか、廃棄された場所のようだ。地下深く進むにつれて、気温が下がった。彼女は逃げる手立てを考えながら、脚を引きずって前進した。

「止まれ！」彼が叫んだ。その声がトンネル中に響いた。

彼女は凍りついた。

彼はランプを下におき、彼女に近づいた。

拳銃の先が、首筋に押しつけられるのを感じた。口に貼られていたテープがはがされた。

彼は一歩下がった「こっちを向け」

マリアはハンカチーフを吐き出して、彼のほうを向いた。「どうしてこんなことをするの？」彼女は叫んだ。

「あなたのハンドバッグの内張りの下に、ペン型銃と薬が隠されているのを見つけた」

〝キッチンにいるあいだに調べたんだわ〟「あなたが思っているようなものじゃありません。自分の身を守るためよ」彼女は背後に回された両手をよじり、紐を緩めようとした。

「わたしを裏切った」

「いいえ――わからないわ」彼女はすがるように言った。「あなたのせいで痛いのよ、ラーズ。医師に診てもらわなきゃ」

「嘘をつくな！　連合国側の人間なんだろう。ノルマンディー攻撃はまやかしじゃない――本当の侵攻だ。あなたは何ヵ月もわたしを使って、ドイツ軍を惑わせてきた」

彼女は息をのんだ。喉が渇いて、ヒリヒリしていた。「こんなことをしなくてもいいでしょう、ラーズ」

彼は拳銃の狙いを定めた。

「二人で協力して、この事態を乗り切る方法を考えましょう」彼女はなだめるように言った。

「それにはもう遅い。わたしたちは全世界を我が物にしていたのに、あなたがしようもない愛国心のために台無しにしてしまった」

彼女は彼と目を合わせ、ゆっくりと彼のほうへすり足で進んだ。「お願い、ラーズ。わたしを殺したいとは思っていないでしょう」

彼は躊躇《ためら》い、一歩後ろに下がった。腕が震えている。

突然マリアは横に飛んでランプを蹴り、ガラスが割れて火が消えた。拳銃が火を噴いて、銃弾が壁に撥《は》ねた。彼女は無限に広がる暗闇に向かって駆け出した。

やみくもにトンネルの中を走った。鋼鉄製の線路につまずいて倒れ、肋骨に刺すような痛みが走った。銃火が閃《ひらめ》いて、銃弾が頭上を飛んでいった。心臓がばくばくした。彼女は横向きに転がった。両脚を使って、背を壁に押しつけながら立ち上がった。ラーズがランプに火をつけようとし、それからそれを地面に叩きつける音が聞こえた。

「見つけるぞ！」ラーズの声がトンネルに響いた。

彼女は線路につまずくのを避けるため、肩を壁につけるようにして、できるだけ早く動いた。まもなく、屋根を支えている木の柱に肩が当たった。注意深く、その柱を避けるようにしてじりじりと進んでいったとき、足先が石に当たった。その石が竪穴《たてあな》を転がり落ちていく音を聞いて、マリアは凍りついた。〝坑道のいちばん奥なんだわ〟

ラーズの足音が近づいてきた。彼は何度もライターをつけようとしてホイールを回したが、そのたびに火花が散るだけだった。

マリアは数十センチほど這《は》い戻って、竪穴から離れた。肩甲《けんこう》骨と縛られている腕を壁に押しつけた。ヒールの部分を使って、靴を反対側の足からはずして、爪先に引っかけている状態にした。マリアから数十センチのところで、フリント・ホイールを回す音がして火花が散った。彼女はそっと脚を上げ、爪先で靴のバランスを取った。〝神さま、お願いです〟

「マリア！」

恐怖で全身が震えた。マリアは息を詰めた。

彼がライターのホイールを回して、小さな炎が生まれた。

彼女は靴を竪穴の縁に当たるように、ひょいと飛ばした。

ラーズは前に飛び出して、拳銃を撃った。

マリアの顔を風がかすめた。

ラーズが悲鳴を上げながら、竪穴に転がり落ちた。鈍い音がして、それから静まり返った。

マリアは両脚が震えていた。気持ちを落ち着けようとして、壁に寄りかかった。それからトンネルを出るために、そろそろと後戻りした。

彼女は坑道から、暖かい午後の陽光の中へ出た。新鮮な空気を深く吸いこんでから、坑道の出入り口にある木柱のぎざぎざした角に、縛られた手首をこすりつけた。木片が皮膚に食いこんだ。腕と肩の筋肉が焼けるように痛かった。痛みを無視して三十分ほど続けていたら、紐がぷつりと切れた。

ラーズのメルセデスベンツの中を調べたが、予備の鍵は見つからなかった。とはいえグローヴボックスの中にハンカチーフがあり、それで血まみれの手首を拭くことができた。靴は片方しかなくて、身も心もずたずたで、マリアはやっとの思いで山を下りた。

第四部　解放

第四十七章

リスボン、ポルトガル――一九四四年八月二十五日

パイラーとロイに会いにいく途中、マリアは新聞の売店に立ち寄って、特別版の新聞を買った。ラジオ番組でニュースを聞いたが、印刷された記事を見るのは、現実的で意味のあることのように思えた。見出しを見たとき、勝利の歓《よろこ》びが胸に湧き上がった。

パリ、解放！

彼女は新聞をたたみ、丸石敷きの通りを進んだ。ロシオ広場で、カフェに入ってテーブルにつき、友人たちの到着を待ちながら新聞を読んだ。

この二ヵ月間は、マリアにとっては、身体的にも精神的にも回復の時間だった。坑道から逃げたあと、彼女は重い足取りで最寄りの町コヴィリャンへ向かった。町の住人の中にラーズや彼のタングステン密売行為と関係のある者がいるかもしれないと恐れて、カトリック教会に助けを求めることにした。クリスティナという修道女が、彼女の頭と手首の傷を洗い、包帯をしてくれた。マリアはこの女性に、リスボンで見知らぬ殺し屋に拉致《らち》されて、走行中の車から飛び下りて逃げてきたと話した。クリスティナは疑わしいと思っているようだったが、警察に通報したくないというマリア

の意思を尊重した。マリアは縫《ぬ》う必要のありそうな頭の傷を、地元の村の医師ではなく、自分のかかりつけの医師に治療してもらいたいと言い張った。そこでクリスティナは教会区民に頼んで、マリアをリスボンへ送るよう手配してくれた。

マリアは医師の治療を先延ばしにした。アパートメントに戻り、体を洗って着替えをしてから、ヘッドスカーフで包帯を隠した。真夜中の少し前、タクシーでカジノ・エストリルに到着した。でもその中には入らず、ハンドバッグを取り戻すためにラーズの家まで歩いていった。秘密警察《PVDE》やドイツの諜報《ちょうほう》員に、自分に不利な証拠物として使われるのを恐れてのことだった。使用人はいないので、彼女はフレンチ・ドアのガラス板を割って中に入った。数分のうちに彼女は家中を探し、ハンドバッグとその中身を回収して、その場を離れた。

翌朝、頭部を三針縫ってもらったあとで、彼女はアーガスと会ってすべてを話した――ラーズのヒトラーや最高司令部との関係、グレトル・ブラウンの結婚式、鷲の巣《イーグルズ・ネスト》での披露宴、ラーズの性的誘惑から逃げるために催眠薬を使ったこと、二日間ノルマンディー侵攻はまやかしの攻撃だとラーズに思いこませようとしたこと、そして拉致。

「とんでもない体験をしたな」アーガスは言った。「きみの勇気ある働きのおかげで、フォーティテュード作戦は成功した。きみは充分に働いたと思う。帰国する潮時だ」

ポルトガルに居続けたら殺される危険もあるかもしれないというアーガスの警告にもかかわらず、彼女は帰国の提案を断わった。かなりしつこく言い張ったあと、ようやく彼は、彼女がリスボンでマイクロフィルム撮影の仕事を続けるのに同意した。また、アーガスは――戦略情報局《OSS》とＭＩ６の人脈を使って――コヴィリヤンにあるラーズのメルセデスベンツを始末すると約束した。マリアは連合国側の情報機関があらゆる手を尽くして、ドイツの諜報員が彼女の身元を突き止めるような証拠物を消すはずだと信じていたが、それでも保証はなかった。それにマリアはラーズの家やカジノ・エストリルで彼と一緒のところを何度も見られているので、いずれPVDEがラーズの失踪についてたずねてくると予想ができた。だが何日かが何週かになり、さらに何ヵ月かが過ぎても、警察からの連絡はなかった。彼女はしばしば、ラーズは存命する家族のいない親ナチスの銀行員だったから、取引から手を引いてヨーロッパから南アメリカへ逃げたと思われているのかもしれないと考えた。

マリアは二重スパイとして活動する役割が終わって、ほっとしていた。もう命の心配をせずに済み、嘘ばかりの話も終わった。そして何よりも、今は時間も労力も、大半をティアゴを自由にするために使うことができた。彼女はアーガスとキルガーに、ティアゴのことをOSSの活動に協力した書籍商だと説明し、彼を助けるべく動いてほしいと頼んだ。彼らはその件を指揮系統の上へ上げることを承知したが、彼女に対しては、収監されたポルトガルの一般人を解放するためにOSSにできることはほとんどないと言った。また、彼女はドノバン大佐に手紙を書いたが、返事はなかった。この数週間、彼女はアメリカ大使館を訪れて、合衆国ポルトガル大使のレイモンド・ヘンリー・ノーウェブに陳情をした。やがて彼女は、ティアゴについてポルトガル政府と話し合いを始めるように、ノーウェブを説得した。ノーウェブが力になってくれるかもしれないと期待したが、それも彼女が——二日前だ——大使館に呼び出されるまでだった。

「申し訳ない」ノーウェブは言った。「サラザール政権は、政治犯の解放はいっさい拒否している。これ以上できることは何もない」

マリアは打ちひしがれて大使館をあとにしたが、諦めるつもりはなかった。〝外交ルートなんて、どうでもいいわ。わたしは自分でなんとかする〟

パイラーとロイがカフェに入ってきて、足を止めて店内を見回した。

マリアは新聞を脇において手を振った。

「やったわね！」パイラーは言い、マリアに駆け寄って彼女を抱いた。

ロイは口からパイプを取って、にやりとした。

「そう、やったわよ！」マリアは歓びと悲しみが奇妙に入り混じった気分だった。

三人はテーブルについた。パリ解放を祝うため、コーヒーとペストリーを注文した。

パイラーはロイをつついた。「朗報を、彼女にも教えてあげなさいよ」

「Ｔフォースに選ばれたんだ」ロイは言った。「軍付属の、特別な集団だ。ぼくは、ドイツ軍が引き上げたあとに残された本や出版物を回収する文書チームに入る。今日の午後、パリに向かうんだ」

マリアは微笑んだ。「おめでとう」

「ありがとう」彼は言った。「キルガーはリスボンにぼくたちを配置したときみたいに、数ヵ月後にきみたち二人のことを合流させるんじゃないかな」

「そうだといいわ」パイラーは言った。

マリアはコーヒーを一口飲んだ。「わたしは合流しないと思う」

「どうして？」パイラーが訊いた。

「ＩＤＣを辞めたの」

ロイは目を見開いた。「いつだい？」

「昨日よ。いずれにしても、それは問題じゃない。イタリアとフランスが解放されたら、リスボンの出先機関は年末には閉鎖になるでしょう。いずれ、ＩＤＣの司書たちはＴフォースのメンバーになっていく、ロイみたいにね」

パイラーはマリアの腕に手をおいた。「この忌《い》まわしい戦争で、あなたはどんな諜報員よりもいい働きをしたわ」

「そうだよ」ロイは言った。「きみほど勇敢なひとは知らない」

マリアは涙をこらえようとして、瞬きをした。彼女は二人に二重スパイとしての役割を全部話したわけではなかったし、二人のほうも詳細を訊いたりしなかった。

「いつ帰国するの?」パイラーは訊いた。

「帰国はしない」マリアは言った。「リスボンにいて、ティアゴのために何ができるか探ってみる」

パイラーは彼女を見た。「いつか、彼は解放される」

「ええ、そうよ」マリアは息を吸って、カップを持ち上げた。「わたしのことは、これくらいにしましょう。わたしたちに、IDCの司書たちに。一緒に働けて、光栄でした」

「わたしこそよ」パイラーは言った。

「乾杯だ」ロイは、カップを合わせて言った。

三人はペストリーを食べて、パリ解放を祝った。三人は、遠からずヨーロッパの残りの地域も解放され、ナチス・ドイツが敗北するのは時間の問題だと信じていた。何ヵ月かぶりかで、三人は楽しい気分を味わった。三人で集まるのはこれが最後だと承知していて、それぞれに抱き合ってさようならをし、この先も連絡を取り合おうと約束した。友人たちと別れたとき、マリアの胸には固い決意があった。彼女は道路を渡り、ティアゴを自由にするのに役立つと信じられる、唯一の人物に話をしにいった。

第四十八章

リスボン、ポルトガル——一九四四年八月二十五日

リスボンのもっとも高い丘に立つ、グラサ修道院から一区画離れた場所で、マリアは紙片に書かれた住所を見つけて足を止めた。彼女は正面に青いタイルの貼られた建物に入り、二階にあるアパートメントへと、暗い照明の廊下を歩いていった。ドアを叩いた。

近くのアパートメントで、犬が吠えた。

マリアはハンドバッグの留め金をいじった。足音が近づいてきて、ドアが開いた。

「マリア！」ローザは彼女を両腕で抱いた。「会えて嬉しいわ」

「わたしもです」彼女は言って、ローザをきつく抱きしめた。「会いたかったです」

「どうぞ入って」ローザは彼女を室内へ入れて、ドアを閉めた。「あなたが来るとわかっていたら、髪の毛をきちんとしたし、何か食べ物を用意したのに」

「すてきですよ、ローザ。不意に訪ねてきてごめんなさい。迷惑でなかったですか?」

「とんでもない」彼女は言った。

ローザはマリアを小さな居間に案内し、そこで灰色のヴィクトリア様式のソファーに座った。室内はあちこちに額《がく》入りの家族写真が飾られていて、蜜蠟《みつろう》と洗剤のにおいがした。一つの壁ぞいに家庭用の祭壇《さいだん》があり、十字架と聖書と祈禱用の数珠《じゅず》がおかれていて、小さな蠟燭《ろうそく》が何本か灯っていた。

「ちょうど、夫のジョージと行き違いになったわ」ローザは言った。「今日は関節炎の具合がいいからと言って、散歩に出かけたのよ」

「ぜひお会いしたかったです」

「あなたが帰る前に、戻るといいわね」ローザは眼鏡の位置を直した。「パリのニュースは聞いた？」

「はい。連合国の勝利が近そうですね」

「ヒトラーは戦争に負けて、ヨーロッパのすべてが解放されるでしょう」ローザは眉をひそめた。

「だけどポルトガルの人々は、独裁者が死ぬまで離れられないのね」

「民主主義がやがて勝つと期待します」マリアは家庭用祭壇のほうへ目を向けた。

「ティアゴと、彼のお祖父さんやお祖母さんのための蠟燭もあるのよ」ローザは言った。

「優しい気遣いですね。きっと彼は、彼や家族のために祈ってもらって喜ぶでしょう」

ローザはうなずいた。「先月、ポルトにいるティアゴのご両親に会いにいってきたの」

「どんな様子でしたか？」

「悲嘆に暮れているわ」

「一緒に行けたらよかったのにと思います」マリアは、ティアゴの両親に会っていないことに後ろめたさを覚えた。

「あなたには戦争に勝つという職務があったでしょう」ローザは言った。「すぐに会えるわよ。一緒に行きましょう」

「ぜひそうしたいです」マリアは言った。

「ティアゴについて、何かわかったかしら？」

マリアの胸に痛みが広がった。彼女は合衆国大使を介してポルトガルに外交的働きかけをしたが、功を奏さなかったと話した。「大使は、サラザール政権は政治犯の解放を拒否したと言いました」

涙がローザの目にあふれた。「秘密警察から彼を守るために、何かできればよかったのに。それに以前の上司だった法律家が、彼の解放のために何もできなかったのも残念だったわ」

マリアはハンドバッグからハンカチーフを取り出し、ローザに渡した。「ありがとう《オブリガーダ》」ローザは目を拭い、鼻に皺《しわ》を寄せた。

「あなたに、できることがあるんです」

ローザはハンカチーフを下ろした。「どういう意味かしら?」

「彼を刑務所から出す計画を立てました、あなたの協力が必要です」

彼女は眉を上げた。「仲間に入れてちょうだい」

「詳しく聞くまで、引き受けないでください」マリアは言った。「成功するかどうか、かなり難しいことですし、すごく大きな危険を伴います」

「どれほどの危険かしら?」

「へたをしたら、一生監獄暮らしになるくらいです」

ローザは顎《あご》をくいと上げた。「終身刑など、怖くないわ。どうせわたしのような老女では、たいして長く刑務所にいられやしない」

「わたしの案を聞いたら、気持ちが変わるかもしれない」

「いいえ」ローザは言った。「すぐに仕事を始められるように、計画を説明してちょうだい」

第四十九章

ペニーシェ、ポルトガル——一九四四年八月二十五日

ティアゴはかろうじて目を開けて、監房のコンクリートの天井に走っている溝を見上げた。身を震わせ、毛布を胸まで引き上げたが、暖かさはほとんど感じなかった。彼は体重がはなはだしく減って、いくら何かをきつく体に巻きつけても、寒い状態だった。

彼の目は暗く落ちくぼみ、筋肉はもはや運動のために監房内を歩き回ることができないほど萎縮《いしゅく》していた。食事を少なくされているにもかかわらず、彼は食料や水を欲しいとは思わなかった。頭はうまく働かず、大好きなルイス・デ・カモンイスの詩を暗唱することができなかった。最悪なのは、愛するひとたちの顔を思い出すのに苦労することだった。

ティアゴは目をきつく閉じ、記憶を探り、頭の中にマリアの姿を描いてみようと努力した。鼻の曲線。顎《あご》の形。髪の毛の柔らかさ。声の響き。肌のにおい。だが思い描けるのは、雨にさらされた水彩画のように、ぼんやりした画像だけだった。

点呼の時間を告げる、笛が鳴った。一つずつ、監房のドアが解錠された。

ティアゴは手足を鉛のように感じながら、毛布を胸からずらした。寝台から転がって床に落ち、腰を打った。

「ソアレス！」看守が廊下から叫んだ。

彼は立とうとしたが、両手と両脚をついて体を起こせただけだった。頭がくらくらした。

「出てこい！」

彼は息を吸いこみ、眩暈《めまい》が治まって力を出せるように願った。

廊下の足音が大きくなった。看守が入ってきて足を大きく後ろに引き、ティアゴの肋《あばら》のあたりを蹴った。

みぞおちに痛みが走った。彼は横向きに倒れた。エネルギーが枯渇していて、自分を守ろうともできなかった。

看守がベルトから警棒を取ったとき、刑務所長が戸口に現われた。

「放っておけ」刑務所長は言った。「そいつはじきに死ぬ」

看守は警棒をしまって部屋を出て、監房のドアに鍵をかけた。

ティアゴは動く力もなくて、そのまま床にいた。蛇口から落ちる水滴の音を聞いていると、いつのまにか痛みは消え、眠りに誘われた。

第五十章

カスカイス、ポルトガル――一九四四年九月五日

タクシーが広大な地中海風の屋敷の玄関へ向かい、円形の車寄せで止まった。マリアは運転手に支払いをし、そのまま待っているように頼み、書類鞄を持って車を下りた。ポルトガルの独裁者アントニオ・デ・オリヴェイラ・サラザールの親しい友人であり銀行家、リカルド・エスピリト・サントの家の玄関に近づいていくにつれて、心拍数が上がった。呼び鈴を鳴らして待った。家の裏手から、談笑する声が響いてきた。

灰色と白のメイドの制服を着た中年女性がドアを開けた。「ご用ですか?」

「マリア・アルヴェスといいます。リカルドに話があって来ました」

「申し訳ありません。セニョール・サントは来客中です」

「重要な話です」彼女は言った。「割りこませてください」

「それはできません。あなたがいらしたことはお知らせ――」

マリアは体の向きを変えて、よく手入れされた芝地を横切って家の脇へ向かった。

「すみません、セニョリータ」女性は呼びかけた。「そちらへ行かれては困ります」

マリアは歩幅を大きくした。角を曲がり、まもなく裏庭に行くと、そこにリカルドと妻のメアリーが、パティオで二組のカップルを接待していた。全員が裕福そうな服装で、いっせいにマリアの

ほうを見た。お喋りが消えた。

「申し訳ありません、セニョール」メイドが庭に駆けこんできて言った。「この女性が、どうしてもお話がしたいとおっしゃって」

「こんにちは、リカルド」マリアは落ち着いた口調で言った。それから彼の妻を見た。「ご機嫌いかが、メアリー?」

メアリーはカクテルをおいた。あたりは緊迫した。

「マリアです。サラザール首相の公邸で会いました」

「今は困る」リカルドは言った。

「あら、今お願いします」マリアは言って、書類鞄を持ち上げてみせた。

リカルドは、そのモノグラム模様の鞄を見詰めた。座席から立って、妻を見た。「長くはかからない。お客さんたちをまかせていいかな?」

「もちろんよ、あなた」メアリーは言った。

マリアはあたりを見回した。「あなたが言っていたとおりの庭だわ、メアリー。草木も花も、サラザールの庭と同じくらいすばらしい」

相手の女性は、不敬の言葉を指摘されたかのように、目を伏せた。

「こっちへ」リカルドは言って、パティオを横切っていった。

マリアは彼を追いかけて家の中に入り、トラバーティン・タイルの廊下を歩いた。二人は、ゴルフのトロフィーやサラザールと一緒に写っている写真が何枚か飾られている書斎に入った。

リカルドはドアを閉めて、彼女のほうを向いた。「ラーズの書類鞄を、どうして持っているんだ?」

ラーズの家に押し入ったときの記憶が頭の中に閃《ひらめ》いた。彼女は自分のハンドバッグを取りにいったのだが、彼の書斎をかきまわして秘密情報を探し、書類鞄も持ってきた。

「彼がわたしのアパートメントにおいていったんです」彼女は机の前の、布張りのウィングチェアに腰かけて、書類鞄を膝の上にのせた。「彼が今どこにいるのか、ご存じですか？」

「いいや。知っているのか？」

「さあ。推測するに、アルゼンチンあたりで早めの隠居生活を楽しんでいるんじゃないかしら」

「その書類鞄をよこして、立ち去れ」

「これをあなたに届けにきたんです」彼女は鞄を机の上に、掛け金が革張りの椅子のほうを向くようにしておいた。

彼は腕を組んだ。

「少しの時間、ここにいます。鞄を開けたあと、あなたはわたしに質問をしたいかもしれませんからね」

リカルドは机の向こうへ行き、座った。掛け金に両手をおいて、そのまま動かなかった。

「どうぞ。爆発したりしませんよ」

彼は掛け金をはずし、蓋を開けた。両眉を上げた。「これはなんだ？」

「マイクロフィルムです」

彼は小さな画像のある、現像されたフィルムを取り出した。

「スイス銀行の書類が写っています」

彼はフィルムを伸ばして、画像を光にかざした。顔面蒼白になった。

「小さくて読めないでしょう」彼女は言った。「それで勝手ながら、書類の一枚を大きな写真にしておきました。書類鞄の仕切りの奥に挟みこんであります」

彼はその写真を見てから、裏返しに伏せて机においた。「原本はどこにある？」

「安全な場所に」彼女は言った。「それに、マイクロフィルムでたくさんコピーを作ってあります」

「全部よこせ、さもないと逮捕させるぞ」

「いいえ」彼女は脚を組んで、スカートをなでた。「わたしを投獄するような愚かなことをしたら、わたしの友人たちがこの書類のコピーを、イギリス、アメリカ、カナダ、そしてオーストラリアの政府に送るでしょう。また、ロンドン、ニューヨーク、ワシントン、トロント、そしてシドニーの新聞に送るためのコピーもあります。フランス共和制の臨時政府の主席、シャルル・ド・ゴール将軍に送るための特別なコピーもね」

リカルドはしかめ面をした。「自分が何をしているか、わかってないな」

「そんなことはありません」彼女は言った。「金《きん》の洗浄計画については、すべて承知しています」

彼は顎《あご》をこわばらせた。

「ラーズの記録によると、ドイツは金《きん》を使ってポルトガルからタングステンを購入した、でもドイツからポルトガルへの直接の金《きん》の移動はなかった。その代わり、金《きん》は複雑な計画に基づいてベルンのラーズのスイス銀行に預けられ、そこからポルトガル銀行へ移送されました。その書類で、銀行が金《きん》の代わりにポルトガル・エスクードを送っていることがわかります。ラーズの銀行が受託して。賢いやり方ですね」

「ばかなことを言う」彼は言った。

「そうは思いません。わたしの計算では、百トン以上のナチスの金《きん》がドイツ帝国銀行から送られました」

リカルドは両手を握り合わせた。

彼女は身を乗り出した。「連合国側の主導者たちは、ドイツとスイスとポルトガルの銀行が関わった最大級の金《きん》の洗浄計画について、ぜひとも知りたいと思うでしょうね」

彼は息をのんだ。

「あなたの銀行にある金《きん》は盗まれたものです。ナチス・ドイツはそれらを占領した国やそこの住人から略奪しました——強制収容所に送られたユダヤ人から奪われた宝石類も含まれています」

リカルドは動揺した様子で、顔を伏せて視線を逸らした。

「ヒトラーの失脚は目の前です。何ヵ月かのうちに、いまだ占領下にある国も解放されるでしょう。その政府が、自分たちの金《きん》があなたの銀行の金庫におかれていると知ったら、取り返そうとするでしょうね。そしてアメリカとイギリスの政府はあなたとサラザールに対して、なんらかの人的訴訟を考えるにちがいありません」

彼は手の甲で額《ひたい》を拭った。「何が欲しい？　金《かね》か？　金《きん》か？」

彼女はまっすぐに彼を見た。「ある政治犯をペニーシェ刑務所から出してください」

リカルドは額に皺《しわ》を寄せた。

「名前はティアゴ・ソアレスです。不当に収監されました」

「わからないな」

「わからなくていいんです」彼女は言った。「とにかく——わたしたちは、この取引でお互いに欲しいものを手に入れる。あなたとサラザールはあなたの銀行にある金《きん》を秘密にしておける、わたしはソアレスを解放してもらえる」

彼は、どこかの宴会で写したビジネス・スーツ姿の自分と独裁者の、額《がく》入りの写真を見た。「そっちの要求を考えるのに、時間が要る」

「三十六時間以内にソアレスを解放して、わたしのところに連れてきてください。そうでなければ、この記録を公表します」

「首相はもっと時間が必要なはずだ」

「三十六時間――それきりです」

彼は椅子の上で身じろぎした。「もし合意したら、銀行の記録のコピーをすべてよこすんだろうな」

「原本だけです」彼女は言った。「マイクロフィルムのコピーは、念のために安全な場所に保管しておきます。もしわたしやソアレス、あるいはソアレスの家族や友人に、なんらかの報復行為があった場合、コピーを公開します」

「その男を刑務所から出したとして、その後どうすればコピーの公開を避けられるんだ?」

「ソアレスと彼の家族に幸福になってもらいたい、そうでなければわたしはここにいません。書類を公表したら、サラザールは彼らを罰するかもしれない、それは避けたいのです」

「首相があなたの要求をのむとは思えない」

「こちらは交渉するつもりはありません」マリアは一枚の紙を出して、書類鞄の上においた。「この電話番号で、わたしに連絡できます。見送りはけっこうです」

彼女は書斎から立ち去り、玄関のドアから外に出て、タクシーの後部座席に座った。車がカスカイスを離れるころ、ようやく警戒心を解いた。座席に沈みこみ、窓の外を見た。自分のしたことの重大さに驚いていた。両手が震えた。ローザとともにラーズの書類を書き換えたのを思い出した。書類には金《きん》の移送についての詳細が記されていたが、銀行や個人の名前は秘密にするため省略されていた。身元を書き足したのはローザだった。彼女はまた、どのようにして金《きん》の洗浄計画がおこなわれたのか、マリアの断片的な情報を繋ぎ合わせて理解するのも助けてくれた。〝三十六時間以内に、ティアゴが解放されるか、わたしたち全員が刑務所に入るかだ〟彼女は目を閉じて、偽の銀行の書類を写したマイクロフィルムの画像に、計画を成功させるに足るほどの説得力がありますようにと祈った。

第五十一章

リスボン、ポルトガル――一九四四年九月七日

マリアはアルカンタラの港の埠頭《ふとう》の出入り口に立ち、列をなす乗客――その多くがユダヤ人の避難者――が、ニューヨーク行きのセルパ・ピントに乗ろうとしているのを見た。乗客たちが税関を通り、舷門をのぼって船に乗りこんで行き、しだいに人混みは減った。彼女は腕時計を見て、不安を募らせた。〝時間がなくなってきたわ〟

昨日の午後、彼女は自らの身元を明かさない男性から電話を受けた。この男性は彼女に、午前八時に埠頭に行き、書類とソアレスを交換し、彼女とソアレスはアメリカ行きの船に乗ることになると告げた。

「一つの条件つきで要求に応じる」男性はしわがれ声で言った。「あなたとソアレスはポルトガルから追放されるということだ」

ほかに交渉はせず、マリアはこれを受け入れた。受話器をおいて、歓《よろこ》びに涙した。落ち着きを取り戻してから、用心しようと考えた。〝罠かもしれない〟彼女はスーツケースに衣類を入れながら、自分に言い聞かせた。〝だけどわたしにはどうにもできない――サラザールは決定をして、わたしたちの運命は決まった〟

マリアは監視されていることを予想して、夜になるのを待ってから、秘かにローザのアパートメ

ントに行った。ローザの夫が寝室で寝ているあいだに、二人で居間に座り、マリアはローザに知らせを伝えた。ローザは喜んだが、マリアが彼は国外退去の扱いになると告げたとき、その目に涙があふれた。

「彼は解放される」ローザは数珠《じゅず》を持って言った。「それが大事ね」

マリアは、これがマリアを逮捕するための策略であることを恐れて、ローザには埠頭に来ないように頼んだ。彼女は鞄いっぱいのエスクード——九万ドル相当——をローザに渡した。ドイツ側から支払われて、戦略情報局《OSS》に渡さなかったものだ。彼女はローザに、それを自由を求めるユダヤ人避難者支援に使ってほしいと頼んだ。そして抱き合って別れた。

フェンダーが広がった形状の黒い車が出入り口近くまで来て止まった。マリアは息を詰めた。運転席のドアが開き、黒いスーツと帽子を身につけた男性が彼女に近づいてきた。その外見と態度から、男性は秘密警察《PVDE》の職員と思われた。後部座席にいる男性たちのうちの一人がティアゴだろうかと、マリアは必死に見ようとした。

「マリア・アルヴェスだな」男性は言った。

「ええ」彼女は言った。「ソアレスはどこ？」

「書類が先だ」

マリアはスーツケースを開き、包みを男性に渡した。

男性は中をのぞいた。「あなたに伝言がある」

マリアは口の中がからからに渇いた。

「秘密厳守の約束を破ったら、ソアレスの両親、レナートとリーナは共産主義の支援をした廉《かど》で終身刑になる」

「わかっています」

男性は彼女に乗船券と、ティアゴの名前のある渡航文書一式を手渡した。彼は車に歩み寄り、片手で合図した。

車の後部ドアが開き、二人の職員が、うなだれているティアゴを後部座席から引っ張りだして、地面に転がした。

マリアは彼に駆け寄った。「ティアゴ！」

職員たちは車に乗り、猛スピードで走り去った。

彼女は彼の横に膝をつき、両腕で彼を抱きしめた。涙があふれた。「ティアゴ！」

「マリア」彼は小声で言った。

「ここにいるわ」彼女は泣きながら弱り切った彼の体をきつく抱いた。「わたしと一緒に、家に帰るのよ」

彼は彼女の頰《ほお》に手を当てた。

彼女は顔を上げて、彼の暗く落ちくぼんだ目をのぞきこんだ。彼は数サイズも大きすぎるような民間人の服を着ていて、髪の毛は長くてぼさぼさだ。かつてはきれいに髭《ひげ》を剃《そ》ってあった顔は、髭が伸び放題になっている。「あなたはもう自由なのよ。何もかも大丈夫。わたしがあなたを元気にしてあげる」

彼の口元に笑みが浮かんだ。

船の警笛が鳴った。

「行きましょう」マリアの頰を涙が伝い落ちた。「歩けるかしら？」

「ああ、でもちょっと手を貸してくれ」

マリアは苦労して彼を立たせた。彼の腕を肩にかけさせて、彼の肋骨を手で感じながら、しっかりと彼を抱いた。〝なんてこと、あいつら、あなたに何をしたの！〟二人がふらつきながら前方に歩いていくと、二人の港湾労働者が助けにきて、彼女の荷物を持って二人の乗船を手伝った。何分か後、セルパ・ピントの警笛が長く鳴り響いたとき、二人はその甲板にいた。

二人は手すりにもたれて、港とリスボンの街を見渡した。

「きみが助けてくれたんだね」ティアゴは彼女の腕にそっと触れて言った。

「協力者がいたの」彼女は彼の手を握り、それを自分の唇に押しつけた。

ティアゴの目に涙が浮かんでいる。「もう一度きみに会いたいと望んでいたし、祈りもした」

「わたしもよ」感情の波が、全身に広がった。「あなたのことを、いつも思っていたわ」

「ぼくもだよ。きみのことを考えると、生きる力が湧いた。けっして諦めない力だ」彼は両腕を彼女に回した。

二人は一緒に泣いた。二人を隔てる時間と空間の障壁が崩れ去った。

ティアゴは彼女の涙にキスをした。

船は埠頭から離れていった。二人はしっかりと抱き合い、手すり越しに、最後にもう一度リスボンを見た。二人の視線が、見覚えのある年配の女性に引きつけられた——海岸に立って白いハンカチーフを振っている——顎《あご》を、くいと空に向けて。

著者のノート

本書『リスボンのブック・スパイ』のための調査をしているあいだに、わたしは諜報《ちょうほう》員として働くべく戦略情報局（ＯＳＳ）に配属された実在の図書館司書たちに魅了された。一九四一年十二月二十二日——日本による真珠湾攻撃の二週間後——ルーズベルト大統領は外国刊行物取得のための部局間委員会（ＩＤＣ）を設立しろという大統領令にサインをした。司書とマイクロフィルム専門家の部隊だ。ＩＤＣは、まもなくＯＳＳとなる情報調整局（ＣＯＩ）局長のウィリアム・〝ワイルド・ビル〟・ドノバン大佐が、ルーズベルトに提案したものだ。司書の諜報員の目的は、アメリカの戦争機関のために敵国の新聞や本や定期刊行物を集めることだった。彼らは、世界的危機において書籍を保存しようとする議会図書館のために資料を集めているアメリカの職員のふりをして、リスボンやストックホルムなどのヨーロッパの中立の都市へ派遣された。地元の通貨を使い、〈タイム〉や〈ライフ〉といったアメリカの雑誌を提供して、書店や秘密の経路から枢軸《すうじく》国の出版物を入手しようとした。出版物が手に入ると、職員たちはそれらをマイクロフィルムに写し——大きさや重さを小さくして——そのフィルムを合衆国かイギリスにいる諜報員に分析のために送った。

本書のマリアという人物は、ストックホルムに配置されたアデル・キブルという実在の職員から着想した。キブルはマイクロ写真の専門家で、七ヵ国語を流暢《りゅうちょう》に操り——調査記録によると——

もっとも成果を上げたＩＤＣ職員だった。海外勤務のあいだに、彼女は『Industrie-Compass 1943』というドイツの製造業者の秘密の住所録を手に入れることができた。キブルは知的で自信に満ちていて、勇敢で、スパイ行為に興味があった。また彼女は規則を破ることを恐れず、自主的に行動し、その態度は上司のフレデリック・キルガーを苛立たせることもあった。本書の中で、わたしはキブルの特性の多くを使ってマリアというキャラクターを作るようにした。

調査のあいだ、わたしはナチスの迫害から逃げるユダヤ人避難者の物語に心を打たれた。戦争中、ポルトガルのリスボンはヨーロッパから出るための最後の門戸だと考えられた。合衆国やカナダ、あるいはラテン・アメリカに向けて船出するため、百万人もの避難者がここへ逃げてきたと推定されている。避難者のうち何人がユダヤ人だったかについては、六万人から何十万人までさまざまな記録が見つかった。また、正式なパスポートや査証を持たずにポルトガルへ秘かに逃げてきた避難者もたくさんいた。ポルトガルの秘密警察によって、元いた場所に送り返されるのを恐れて、渡航文書を獲得するのに地下組織に協力を求めた者もいた。本書で、わたしはティアゴとローザが自由を求める者たちのために書類を偽造する秘密経路の黒幕であると想定した。この物語が、ドイツ占領下のヨーロッパを逃げ出した避難者たちを記念するものになるように望む。

第二次世界大戦中、中立であるリスボンはスパイ行為の街だった。ホテルには連合国と枢軸国のスパイがうようよしていた。中でも特に有名なのはホテル・パラシオとカジノ・エストリル近くのホテル・アトランティコだ。マリアのスパイとしての役割は、イギリス側の暗号名はガルボ、ドイツ側の暗号名はアラリックであった、フアン・プホル・ガルシアという名の二重スパイに着想を得た。彼はスペインのスパイだったが、リスボンに移り住み、二重スパイとして、ドイツに逆らいイギリスに忠実に働いた。彼は説得力のある演技者で、二十七人もの架空の協力者のチームを作り、その全員にドイツから報酬を得ていた。またプホルは、ヒトラーを惑わし、連合国軍のフランス侵攻の本当の場所を隠すという計画、フォーティテュード作戦で重要な役を演じた。ドイツは彼の偽情報のために三十万ドル以上を支払い、鉄十字勲章《くんしょう》まで与えた。戦争後、プホルは――ナチスの生き残りの報復を恐れて――イギリス情報部の援助で死んだと見せかけ、ヴェネズエラへ移住して書店を営んだ。

　ウォルフラム（タングステン鉱石）は、ヒトラーの兵器供給に重要なものだった。この稀有金属《レアメタル》は戦車や徹甲弾の硬鋼を製造するのに必要とされた。一九四二年ごろ、ドイツはほぼ全面的にポルトガルとスペインのタングステンに頼っており、ポルトガルの独裁者、アントニオ・デ・オリヴェイラ・サラザールはタングステンの取引を、基本的に国の中立状態を確保するために利用していた。ヨーロッパの攻略された中央銀行の金庫や、ホロコーストの犠牲者から盗み出されたナチスの金《きん》は、ドイツがポルトガルのタングステンを購入するのに使われた。サラザールはタングステンをイギリスにも売っていて、ドイツとの金融取引を秘密にしておきたかった。そこでドイツからポルトガルへ直接金《きん》を送るのを避けるため、ドイツ、スイス、そしてポルトガルの銀行間の複雑な金《きん》の洗浄計画が作られた。連合国の情報機関は、ポルトガルが四百トンのナチスの金《きん》を受け取ったと推測しており、この額《がく》は過小評価かもしれない。戦争後何年もの交渉を経て、やがてサラザールと連合国は、ポルトガルがわずか四トンの金《きん》を返却するということで合意した。

　調査のあいだ、わたしは多くの歴史的な出来事を発見し、本書の時間軸に織りこもうと努力した。例えば一九四二年の夏、ドノバン大佐はヴィンセント・アスター邸で講演をし、わたしはこの催しを、マリアがOSSに入る道を切り開くのに使った。ティアゴの祖父母の逮捕はフランスのボルドー地方でのドイツによる一斉検挙のあいだに設定した。一九四二年七月から一九四四年五月のあいだに、十両の列車が千六百人以上の子どもを含めたフランス系ユダヤ人を乗せて、アウシュヴィッツの強制収容所へ向かってボルドー地方を出発した。またパンアメリカン航空のヤンキー・クリッパーは一九四三年二月にリスボンのテージョ川に墜落し、乗っていた三十九人のうち二十四人がこの事故で亡くなった。墜落の原因は、おそらく着陸のさい飛行機の左翼の先が不用意に水面をかすったせいだとされている。マリアがリスボンに移動するのにヤンキー・クリッパーを使っただけでなく、わたしは読者にこのほとんど知られていない出来事を知ってもらい、乗客や乗務員の記念にしたいと考えた。また、フォーティテュード作戦は一九四三年十二月から一九四四年三月までおこなわれて、わたしはこの連合国軍の欺瞞《ぎまん》作戦を、二重スパイとしてのマリアの役割の一部に使った。エヴァ・ブラウンの妹、グレトルの結婚式は、Dデーの侵攻の三日前、一九四四年六月三日に鷲の巣《イーグルズ・ネスト》でおこなわれた。わたしは戦争の出来事の時間軸を正確に反映するように務めた。本書における歴史的な誤りは、わたしだけの責任である。

　多くの歴史的人物が本書に登場する。フランクリン・デラノ・ルーズベルト、ウィリアム・〝ワイルド・ビル〟・ドノバン大佐、フレデリック・G・キルガー、ヴィンセント・アスター、メアリー・ベネディクト・〝ミニー〟・カシング、ユージーン・パワー、ジェーン・フローマン、タマラ・ドラシン、ベン・ロバートソン、H・グレゴリー・トマス（アーガス）、アントニオ・デ・オリヴェイラ・サラザール、リカルド・エスピリト・サントとその妻メアリー、エヴァ・ブラウン、グレトル・ブラウン、そしてヘルマン・フェゲライン。『リスボンのブック・スパイ』はフィクションであり、わたしが創造の自由を行使してこの物語を書いたと強調しておくのが重要だろう。マリア、ティアゴ、ラーズ、ローザ、ロイ、パイラーそして秘密警察《PVDE》のネヴェス警察官は架空の人物だ。物語の中で、マリアはヤンキー・クリッパーでベン・ロバートソンと席を替わる。実際は、ジェーン・フローマンが自分の席をタマラ・ドラシンに譲り、タマラは墜落のさいに死んだ。このことで、フローマンはその後一生罪の意識に苛《さいな》まれたと伝えられている。

　多くの本、ドキュメンタリー、歴史的文書が、わたしの調査に欠かせないものだった。キャシー・ペイスによる*Information Hunters: When Librarians, Soldiers, and Spies Banded Together in World War II*は、ＩＤＣの司書たちについて学ぶのにとても参考になった。ニール・ロシェリーの*Lisbon: War in the Shadow of the City of Light, 1939-45*は、リスボンで起きた出来事、とくに避難者の危機、タングステンをめぐる争い、スパイ活動、サラザールとその個人銀行家、そしてナチスの金《きん》の洗浄計画などについて洞察するのにすばらしい情報源だった。ほかに調査に使った本としては、リチャード・ハリス・スミスの*OSS: The Secret History of America's First Central Intelligence Agency*、パトリック・Ｋ・オドネルの*Operatives, Spies, and Saboteurs: The Unknown Story of the Men and Women of World War II's OSS*、エリザベス・Ｐ・マッキントッシュの*Sisterhood of Spies: The Women of the OSS*、そしてゴードン・トマスとグレッグ・ルイスの*Shadow Warriors of World War II: The Daring Women of the OSS and SOE*。また、『The Fegelein Wedding: Nazi Fairytale or Nazi Nightmare?』というタイトルのマーク・フェルトン・プロダクションズによるビデオ作品では実際の催しの映像を見ることができて、グレトル・ブラウンの結婚式の場面を書くさいのすばらしい情報源になった。

本書を書くことができたのは名誉なことだった。ＯＳＳ内のＩＤＣの司書たちの立派な働きには、今後永遠に鼓舞されるだろうし、自由を求めてリスボンの港から逃げていった百万人の避難者たちのことを忘れることはない。本書によって、戦争で命を落とした男性、女性、そして子どもたちに敬意を表したい。

『リスボンのブック・スパイ』は、多くの人の援助がなくては書くことができなかった。わたしは以下のような才能ある人々に、ずっと感謝し続けたいと思う。

敏腕編集者のジョン・スコグナミリオに、深く感謝する。ジョンの導き、励ましと熱意が、本書の執筆にたいへん役立った。

すばらしいエージェントのマーク・ゴットリーブ、わたしの著者としての旅路における彼の支援と助言に、多大な感謝を。わたしはマークがエージェントでいてくれて、とても幸運だ。

広報担当者のヴィダ・エンストランドに深い感謝を。ヴィダの、わたしの物語の存在を読者に知らせようとする疲れ知らずの努力に、心から感謝している。

本を出版するのはチームの作業であって、わたしはケンジントン・パブリッシングのみなさんに、この本を誕生させてくれたことに永遠に感謝したい。

キム・テイラー・ブレイクモア、トーニャ・ミチェルとジャクリーヌ・ヴィックが報告義務のある相手でいてくれたことに感謝する。毎週おこなったビデオ会議は、わたしの原稿を予定どおりに仕上げる助けになった。

アクロン・ライターズ・グループのベティー・ウッドリー、デイヴ・レス、ケン・ウォーターズ、ジョン・スタイン、キャット・マクマレン、レイチェル・フレジアロ、チェリ・パセルそしてコリー・ノヴォセルに、心から謝意を。そして原稿の初期段階で批評してくれたベティー・ウッドリーには特別に心から感謝する。

この物語は妻のローリーとわたしたちの子どもたち、キャサリン、フィリップ、リジー、ローレンとレイチェルの愛情と支援がなければ執筆できなかっただろう。ローリー、きみは——今後もずっと——わたしの青空《メウ・セウ》だよ。

訳者あとがき

本書のタイトルに〝ブック・スパイ〟とあるが、ブック・スパイとはなんだろう。本のスパイと聞いて、どんなイメージが浮かぶだろうか？

わたしたちにとって本は身近な存在で、娯楽や慰めとなり、生活に必要な情報を提供してくれるものでもある。だが貴重な情報源であるがゆえに、場合によってはとても危険な存在にもなりうる。ヒトラー率いるナチス・ドイツは全体主義体制の一党独裁政治をおこない、ユダヤ人を迫害し、反ドイツ的な文化を排斥《はいせき》した。その象徴的な事例の一つに〝焚書《ふんしょ》〟がある。一九三三年五月、火によって書物を浄化するとして、ドイツ国内の多くの大学都市で反ドイツ的とされる書物が焼かれた。

いっぽうアメリカでは一九四一年に、貴重な情報源である本を戦略的に利用するべく、外国刊行物取得のための部局間委員会（ＩＤＣ）が設立された。敵国の情報を収集するために新聞や本を取得する使命を課して、まさに〝本のスパイ〟として図書館司書を外国へ派遣しようというのだ。

本書の主人公マリアは、ニューヨーク公共図書館に勤める司書。図書館内のマイクロフィルム部で、新聞記事などをマイクロフィルムにおさめて保管する仕事をしている。過去の出来事を人々の記憶に残す職務に意義を感じながらも、もっと自国のために働きたいと強く希望していた。そんなおりにＩＤＣの設立を知り、マリアはこれこそ自分のための職務だと確信する。性別や学歴の壁に阻まれながらも、無謀ともいえる作戦を遂行してその一員となり、欧州へ派遣されることになった。

派遣先であるポルトガルのリスボンは、ナチスによる迫害を逃れようとする避難者たちであふれていた。そこでマリアは、ティアゴ・ソアレスという男性と出会う。書店を経営しながら、ひそかに避難者たちの渡航を手助けしている男性だ。ＩＤＣ職員としての活動、そしてティアゴとの親交をとおして、マリアは厳しい現実に直面し、やがて図書館司書の枠を超えた危険な職務へと身を投じるのだが――


この『リスボンのブック・スパイ』はまぎれもないフィクション作品だが、物語の背景にはさまざまな史実がある。ナチス・ドイツの独裁政治はもちろん、リスボンから多くの避難者が自由を求めてアメリカを目指したこと、アメリカから外国へ図書館司書がＩＤＣの職員として派遣されて諜報活動に関わったことなども、実際にあった出来事だった。

著者のアラン・フラドはアメリカのオハイオ州とポルトガルを拠点として執筆活動をしている作家で、二〇一九年に *The Long Flight Home* で作家デビューした。以来、*Churchill's Secret Messenger*、*A Light Beyond the Trenches* と次々に作品を発表、二〇二三年に刊行された本書『リスボンのブック・スパイ』は彼の長編四作目にあたる。いずれの作品も第一次世界大戦および第二次世界大戦で実際にあった出来事や実在の人物を題材にしたもので、歴史作家として確かな地位を確立している。

本書で描かれるのは、第二次世界大戦中の激動の欧米社会で果敢に生きる図書館司書マリアの冒険とロマンスだ。マリアは強い愛国心と正義感を胸に、愛する国、そして愛するひとのために迷うことなく命がけの行動に出る。

フラドは本書執筆のために調査をしていて、第二次世界大戦中の図書館司書たちの活動に魅了されたという。本書でのマリアの大胆な行動には目をみはるばかりだが、そのキャラクターは、アデル・キブルという実在の女性が基になっているそうだ。キブルはＩＤＣ職員としてストックホルムに配置され、知的で勇敢で、必要とあらば規則を破ることを厭《いと》わずに大きな成果を上げたとのこと。事実は小説よりも奇なりというが、マリアのような人物がほんとうにいたと思うと、物語がいっそう胸に迫ってくるように思う。

そのほか、リスボンからアメリカを目指したユダヤ人避難者たち、リスボンで繰り広げられたスパイ戦など、本書には多くの史実が盛りこまれていて、それについては巻末の〝著者のノート〟に詳しい。

ティアゴの祖父母がブドウ園を営んでいたのはフランスのボルドー地方、両親のブドウ園があるのはポルトガルのポルト地方で、いずれも美味しいワインが生まれる土地だ。またその二つを結ぶ中継地であるサンセバスティアンは、スペインの中でも独自の文化を保持するバスク地方の代表的な街で、スペイン巡礼の北の道の入り口でもある。豊かで美しいけれど険しい山岳地帯もある過酷な道を経て、さらにその先へ、どれほどの避難者が自由を求めて逃げたのか。そしてヨーロッパ大陸の西端に位置する〝白い街〟リスボンで、マリアはもちろん、おそらく実際にいたにちがいないティアゴやローザのような人々が、どんなドラマを繰り広げたのか。

フラドはなるべく多くの歴史的事実や実在の人物を、物語の中に織《お》りこむように努力したと言っている。マリアがマイクロフィルムによって過去の文献を保存したのと同じように、過去の出来事や人物を人々の記憶に留めておきたいという思いがあるからだろう。

本書のあともフラドの執筆活動は順調なようで、今年七月には次作 *Fleeing France* が刊行された。今後も、積極的な執筆を続けるフラドの活躍に期待したい。

最後になるが、本書の訳出には多くの方々の協力をいただいた。力を貸していただいた皆さま、そして東京創元社の皆さまに、この場を借りてお礼を申し上げたい。
ありがとうございました。

二〇二四年八月

THE BOOK SPY by Alan Hlad

リスボンのブック・スパイ

著　者　アラン・フラド
訳　者　髙山祥子

2024年9月27日　初版

発行者　渋谷健太郎
発行所　(株)東京創元社
〒162-0814　東京都新宿区新小川町1-5
電話　03-3268-8231(代)
URL　https://www.tsogen.co.jp
装　画　安藤巨樹
装　幀　中村 聡
ＤＴＰ　キャップス
印　刷　萩原印刷
製　本　加藤製本

乱丁・落丁本は、ご面倒ですが小社までご送付ください。
送料小社負担にてお取替えいたします。

ISBN978-4-488-01139-0 C0097

IL CIMITERO DI PRAGA * UMBERTO ECO

史上最悪の偽書『シオン賢者の議定書』成立の秘密

プラハの墓地

ウンベルト・エーコ　橋本勝雄訳

イタリア統一、パリ・コミューン、ドレフュス事件、そして、ナチのホロコーストの根拠とされた史上最悪の偽書『シオン賢者の議定書』、それらすべてに一人の文書偽造家の影が！　ユダヤ人嫌いの祖父に育てられ、ある公証人に文書偽造術を教え込まれた稀代の美食家シモーネ・シモニーニ。遺言書等の偽造から次第に政治的な文書に携わるようになり、行き着いたのが『シオン賢者の議定書』だった。混沌の19世紀欧州を舞台に憎しみと差別のメカニズムを描いた見事な悪漢小説《ピカレスク・ロマン》。

▶気をつけて！　エーコは決して楽しく面白いだけのエンターテインメントを書いたのではない。本書は実に怖ろしい物語なのだ。――ワシントン・ポスト

▶偉大な文学に相応しい傲慢なほど挑発的な精神の復活ともいうべき小説。――ル・クルトゥラル

著者のコレクションによる挿画多数

四六判上製

千年を超える謎はいかにして解かれたのか？

ヒエログリフを解け

ロゼッタストーンに挑んだ英仏ふたりの天才と究極の解読レース

The Writing of the Gods The Race to Decode the Rosetta Stone

エドワード・ドルニック

杉田七重 訳

四六判上製

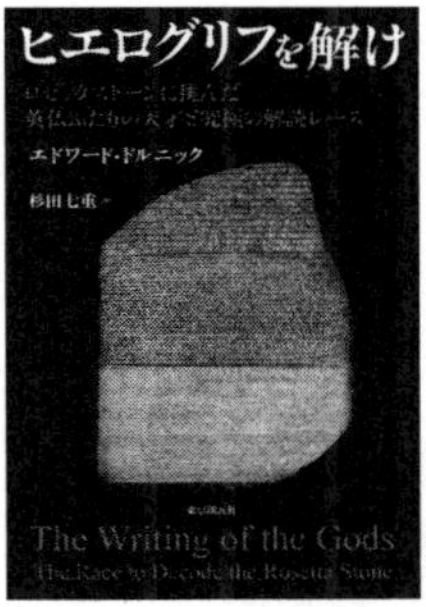

長年にわたって誰も読めなかった古代エジプトの謎の文字“ヒエログリフ”。性格も思考方法も正反対のライバルは、“神々の文字”とも呼ばれたこの謎の言語にいかにして挑んだのか？　アメリカ探偵作家クラブ賞受賞作家が、壮大な解読劇を新たな視点から描く、傑作ノンフィクション！